ALASTAIR MACNEILL

ALISTAIR MACLEAN'S SPUR DES TODES

Roman

Aus dem Englischen von Michael Windgassen

PAVILLON VERLAG
MÜNCHEN

PAVILLON TASCHENBUCH
Nr. 02/0049

Titel der Originalausgabe
DEATH TRAIN

Umwelthinweis:
Dieses Buch wurde auf
chlor- und säurefreiem Papier gedruckt.

Taschenbuchausgabe 1/2000

Der Pavillon Verlag ist ein Unternehmen der
Heyne Verlagsgruppe, München
http://www.heyne.de
Printed in Germany 2000
Umschlagillustration: Bildagentur Mauritius/ACE, Mittenwald
Umschlaggestaltung: Nele Schütz Design, München
Gesamtherstellung: Elsnerdruck, Berlin

ISBN: 3-453-16423-7

VORBEMERKUNG

1977 wurde Alistair MacLean von einer amerikanischen Filmgesellschaft beauftragt, eine Serie von Exposés zu entwerfen, in deren Mittelpunkt die fiktive United Nations Anti-Crime Organization, kurz UNACO, stehen sollte. Alistair MacLean starb am 2. Februar 1987 und kam leider nicht mehr dazu, seine Romane selbst umzusetzen.

Zwei dieser Entwürfe, HOSTAGE TOWER und AIR FORCE ONE IS DOWN, wurden mit Alistair MacLeans Zustimmung von John Denis zu Romanen ausgeschrieben. HOSTAGE TOWER wurde zudem verfilmt.

SPUR DES TODES (DEATH TRAIN) ist das 3. Exposé Alistair MacLeans, das als Roman veröffentlicht wird. Auch bei diesem Roman gibt es Filmpläne.

Wir hoffen, mit der Veröffentlichung von SPUR DES TODES und weiterer Romane nach Exposés Alistair MacLeans den Lesern, bei denen der Tod des großen Thrillerautors eine große Lücke hinterlassen hat, eine besondere Freude zu machen. MacLean-Fans werden den spannenden, packenden Erzählstil des großen Meisters in diesem Buch sofort wiedererkennen.

PROLOG

An einem nicht genauer bestimmten Tag im September 1979 rief der Generalsekretär der Vereinten Nationen eine außerordentliche Sitzung zusammen, auf der sechsundvierzig Gesandte erschienen, die zusammengenommen fast alle Länder der Erde repräsentierten. Auf der Tagesordnung stand nur ein einziger Punkt: die Eskalation der internationalen Kriminalität. Verbrecher und Terroristen schlugen in dem einen Land zu und setzten sich dann in ein anderes ab. Die nationalen Polizeikräfte aber konnten keine Grenze überqueren, ohne mit dem diplomatischen Protokoll und den Hoheitsrechten der anderen Staaten in Konflikt zu geraten. Überdies war der Papierkrieg um die Auslieferungsanträge (soweit zwischen den einzelnen Ländern überhaupt derartige Abkommen bestanden) sowohl kostspielig als auch zeitraubend. Außerdem hatten gerissene Anwälte in den betreffenden Gesetzen so manche Lücke entdeckt, wodurch sie eine vorbehaltlose Entlassung ihrer Mandanten erreichten. Es mußte also eine Lösung gefunden werden. Man einigte sich darauf, eine internationale Sondereinheit unter der Schutzherrschaft des Sicherheitsrates der Vereinten Nationen zu errichten. Dieser Einheit wurde der Name UNACO gegeben (United Nations

Anti-Crime Organization). Ihre Aufgabe sollte es sein, »Personen oder Gruppen, die auf internationaler Ebene in kriminelle Handlungen verwickelt sind, abzuwehren, zu neutralisieren und/oder zu ergreifen.«* Jeder der sechsundvierzig Gesandten wurde zum Schluß gebeten, ein detailliertes *Curriculum vitae* des von der jeweiligen Regierung benannten Kandidaten für die Position des UNACO-Direktors einzureichen. Die endgültige Entscheidung darüber behielt sich der Generalsekretär vor.

Am 1. März 1980 nahm die UNACO ihre geheimen Geschäfte auf.

* UNACO-Charta, Artikel 1, Paragraph 1c

1

Das Ziel monatelanger Planung — die Ermordung von General Konstantin Benin — stand unmittelbar bevor.

Am frühen Montag morgen graute es trübe über Moskau, und die Wetterfrösche schienen recht zu behalten mit ihrer Prognose, daß es gegen Mittag regnen würde. Die staatlichen Sechs-Uhr-Nachrichten hatten gerade begonnen, als der blaue, in südlicher Richtung fahrende Transit in eine der zahlreichen Parkbuchten am Rand der Ringstraße einbog. Lena Rodenko stellte den Motor ab und schaltete das eintönige Propagandagerede aus. Sie steckte eine Zigarette zwischen die trockenen Lippen, kramte in der Manteltasche nach einem Feuerzeug, steckte, die zitternden Finger vor die Flamme haltend, den Glimmstengel an und inhalierte tief. Sie war auf natürliche Art schön, machte aber um ihr Äußeres nicht viel Aufhebens. Das grob gestutzte rote Haar ragte keilförmig in die Stirn; die blassen Wangen und das kleine Kinn waren unansehnlich verpickelt. Sie warf einen Blick auf ihren Bruder, der auf dem Beifahrersitz hockte und sich ein mattes, nervöses Grinsen abrang. Vasili war zweiundzwanzig, drei Jahre älter als sie. Im Gegensatz zur Frisur der Schwester fielen seine Haare in ungekämmten Fransen auf die Schultern herab, und der zottelige

Bart sah aus wie umgehängt. Sie zog eine Kassette aus der Tasche und schob sie in den Apparat. Das Band stammte aus England und war ihr ein und alles. Vasili hatte es ihr zum letzten Geburtstag geschenkt. Zwar verstand keiner von beiden auch nur ein einziges Wort, aber die Musik repräsentierte für sie all das, was ihnen als gerecht und erstrebenswert vorschwebte: Demokratie. Versonnen lutschte sie an der Zigarette und ging in Gedanken noch einmal den Inhalt des Dossiers durch, das von ihnen über Benin vorbereitet worden war.

1950 hatte Benin seine Ausbildung auf der Akademie der Roten Armee abgeschlossen und war vier Jahre später vom KGB rekrutiert worden, machte aber erst 1961 auf sich aufmerksam als einer der Architekten von Fidel Castros *Direccion General de Inteligencia*. Die beiden Männer blieben Freunde fürs Leben. Benin brachte anschließend ein paar frustrierende Jahre als Militärattaché in Brasilien zu. Seine Versetzung wurde, wie man munkelte, von seinen Vorgesetzten lanciert, die um ihre eigene Position bangten und verhindern wollten, daß Benin als Chef der Abteilung für Überwachung nach Moskau zurückkehrte. Danach besuchte er für kurze Zeit die Agentenschule von Gaczyna, bevor er 1974 als hochrangiger Militärberater nach Angola geschickt wurde. Drei Jahre später übernahm er die Kommandantur von Balaschikha, einem berüchtigten Trainingslager am Rand von Moskau, wo internationale Terroristen ausgebildet wurden. In der Folgezeit war er zum stellvertretenden Vorsitzenden des Direktorats S ernannt und mehrere Male hintereinander in diesem Amt bestätigt worden. Zu den Aufgaben dieser finstersten KGB-Abteilung gehörten Entführung, Mord, Sabotage und Terroranschläge sowohl im Inland als auch außerhalb der Grenzen. 1984 stieg er dort zum Vorsitzenden auf. Sogar innerhalb des Politbüros wurde Kritik an seiner Amtsführung laut, denn er schickte mehr Menschen nach Sibirien und in den Tod als irgendein anderer KGB-Offizier vor ihm.

Lena und Vasili hatten bei der Zusammenstellung des Dossiers etliche Hindernisse zu überwinden gehabt. Bis auf ein Bild von Benin am Tag seiner Graduierung war kein einziges Foto von ihm aufzutreiben. Im nachhinein wurde die Genialität seiner Tarnung deutlich. Er hatte sich unauffällig eingereiht in die Gruppe gesichtsloser Bürokraten. Dieser Umstand war zu Anfang der Recherchen ein schier unüberwindliches Problem gewesen, bis jemand aus der Gruppe um Lena darauf hinwies, daß, wenn auch sein Gesicht unbekannt sei, zumindest doch sein Auto identifiziert werden könnte. Das werde wohl eher eine Art Panzer sein, meinte ein anderer. Man müßte Panzerfäuste einsetzen, um an ihn ranzukommen. Den Rest des Gesprächs hatte Lena nicht v folgt. Sie war in Gedanken längst bei der konkreten Planung der Aktion ...

Jetzt warf sie einen Blick auf die zerkratzte, billige Armbanduhr und schluckte nervös. Es war bald soweit. Wie zur Antwort auf ihre Gedanken meldete sich eine verzerrte Stimme im Funkgerät auf Vasilis Schoß. Die Aktion konnte beginnen. Lena ließ den Motor an. Schon fürchtete sie, er könne absaufen, als er endlich losstotterte. Sie lenkte den Lieferwagen auf die Straße zurück, hielt nach siebzig Metern neben einem Metallfaß an, schaltete in den Leerlauf und ließ den Motor laufen. Vasili schaute auf die Uhr. Gut vier Minuten blieb ihnen noch Zeit. Sie stiegen aus, liefen um den Wagen herum und öffneten die Hecktüren.

Gennadi Potrovsky konnte sein Glück kaum fassen. Vor zwei Tagen noch hatte er Truppentransporte bei Kuchino gesteuert, draußen vor Moskau, wo der KGB ein Trainingslager unterhielt. Und jetzt war er aufgefordert worden, keinen Geringeren als General Benin persönlich zu chauffieren. Bis zur amtlichen Bestätigung seines neuen Dienstes durfte er kein Wort darüber verlieren, nicht einmal seiner schwangeren Frau gegenüber. Doch von seiner Beförderung sollte sie natürlich als erste erfahren. Dann wollte er eine Party geben und den Freunden Bescheid sagen, die mit ihm im vergangenen Jahr an der Akademie der Roten Armee graduiert hatten. Sie würden mit ihm feiern, aber, wie er wußte, auch neidisch sein. Immerhin war General Benin während der Schulzeit *das* Gesprächsthema überhaupt gewesen.

Potrovsky trat an diesem Tag offiziell seinen neuen Dienst an. Tags zuvor hatte er die Route immer wieder auf und ab fahren müssen, bis er sie auswendig kannte. Ihm war gesagt worden, daß der Chef sehr viel Wert legte auf einen reibungslosen Fahrdienst. Doch den General bekam er kein einziges Mal zu Gesicht. Benin saß hinter dunkel getönten Fenstern im Fond des Mercedes, und selbst die Trennscheibe zwischen Fahrersitz und Rückraum war undurchsichtig. Der General hatte, wie es seine Art war, schon im Wagen Platz genommen, bevor sich der Chauffeur hinters Steuer setzte. Von einem Mitarbeiter war Potrovsky darauf hingewiesen worden, daß diese Gewohnheit zu den Eigenarten Benins gehörte. In der Nacht zuvor hatte Potrovsky den Wagen gewachst und poliert; ja, er war sogar soweit gegangen, die zwei Standarten rechts und links von der Motorhaube zu bügeln. Er wollte unbedingt einen guten Eindruck machen.

Behutsam trat er auf die Bremse, als der Mercedes auf die Kurve zurollte, und obwohl er sah, was vor ihm lag, blieb ihm nur ein Sekundenbruchteil Zeit, um zu reagieren. Auf der rechten Fahrbahn der zweispurigen Straße stand ein blauer Transit. Daneben kniete ein junger Mann, teilweise verdeckt durch einen aufmontierten Granatwerfer. Potrovsky trat die Bremse durch, und der Mercedes schlitterte über den vereisten Asphalt, als die Granate einschlug. Der Wagen barst in einer grellen Stichflamme auseinander, zerfetzte Metallteile flogen hundert Meter weit durch die Luft und landeten im überschneiten Kiefernwald zu beiden Seiten der Fahrbahn. Eine tiefe Mulde, umgrenzt von brennenden Trümmern, war in die Straße gerissen worden, wo zuvor der Mercedes gestanden hatte.

Lena starrte entgeistert auf das klaffende Loch. Vasili rüttelte sie an den Schultern und schlug ihr ins Gesicht. Eine Träne rollte ihr uber die Wange, aber sie schien den Blick nicht abwenden zu können. Vasili stieß sie zur Seite, klinkte den Granatwerfer vom Stativ ab und trug das Gerät zum Wagenheck, wo er es auf die graue Decke fallen ließ, mit der sie die Waffe verhüllt hatten. Das Stativ warf er hinterher und schlug die Türen zu. Dann packte er Lena bei der Hand und stieß sie auf den Beifahrersitz. In hektischer Eile legte er ungeschickt den ersten Gang ein, daß es krachte, und ließ, Vollgas gebend, die Kupplung so schnell kommen, daß die Reifen durchdrehten. Der Lieferwagen ruckte nach vorn, und fast hätte Vasili den Motor abgewürgt. Sekunden später schleuderte er im weiten Bogen um den bizarren Krater herum, der noch lange im Rückspiegel zu sehen war. Er warf einen Blick auf Lena. Sie stand noch unter Schock. Ihre Augen waren starr auf einen imaginären Punkt in der Mitte der Windschutzscheibe gerichtet. Vasili war der Meinung gewesen, daß sie zu jung sei für ein solches Unternehmen, hatte sich aber durch ihr hartnäckiges Drängen umstimmen lassen und sie mitgenommen. Immerhin war der ganze Plan von ihr ausgeheckt worden. Seine Aufgabe bestand nun hauptsächlich darin, sie und sich selber in Sicherheit zu bringen, und zwar in eine Datscha nach Teplyystan, einem Dorf fünfzehn Kilometer südlich von Moskau. Die Datscha gehörte einem Arzt, der, wie Vasili hoffte, Lena von ihrem Schock würde befreien können. Anschließend war geplant, daß er und Lena in Tula am Ufer des Don untertauchten, bis die Untersuchungen eingestellt sein würden.

Plötzlich entdeckte er hinter sich einen weißen Mercedes. Wo kam der auf einmal her? An der Straßeneinmündung sollten doch, sobald Benins Wagen vorbei war, Sperrschilder aufgestellt werden, um den Verkehr vor Sprengarbeiten zu warnen und auf eine Nebenstrecke umzuleiten. Mit wachsendem Unbehagen beobachtete er den Mercedes im Rückspiegel, ließ sich aber nicht irre machen. Dafür wird's doch wohl eine logische Erklärung geben, dachte er. Die Erklärung wurde ihm präsentiert, als er nach einer engen Kurve in eine langgezogene Gerade einbog. Eine Straßenblockade. Ein Mercedes und ein Sil standen Stoßstange an Stoßstange quer zur Fahrbahn und versperrten beide Spuren. Dahinter ragte die bedrohliche Silhouette eines T-72-Panzers auf, dessen Geschützrohr auf den herbeifahrenden Lieferwagen gerichtet war. Vasili warf einen Blick über die Schulter. Schon trat er aufs Bremspedal und langte mit der Hand nach dem Schaltknüppel. Der weiße Mercedes hatte ihm den Fluchtweg nach hinten abgeschnitten, und die beiden Insassen waren ausgestiegen und hielten Gewehre vom Typ AK 47 in den Händen. Vier der fünf Männer, die weiter vorn die Straße blockierten, waren ähnlich bewaffnet. Vasili zögerte nur einen Moment und stellte dann den Motor ab, als der unbewaffnete Mann herbeikam und die Fahrertür öffnete. Kaum hatte Vasili die Füße auf die Straße gesetzt, klickten Handschellen um seine Handgelenke. Hilflos sah er zu, wie Lena vom Beifahrersitz gezerrt und gefesselt abgeführt wurde in Richtung auf den bereitgestellten Sil. Der Unbewaffnete zog einen fleischfarbenen Plastikausweis aus der Tasche und hielt ihn Vasili vor die Nase. Direktorat S.

Die Fondtür des Mercedes ging auf, und ein hochgewachsener Mann mit kantigem Gesicht stieg aus. Er setzte eine fellgefütterte Kappe auf die weißen, kurzgeschorenen Haare und kam auf den Transit zu, ohne auch nur einmal den Blick von Vasili abzuwenden.

»Wenn ich mich selber vorstellen darf ... General Konstantin Benin.«

Überrascht war Vasili nicht. Der ganze Plan war schiefgelaufen. Aber wann und an welcher Stelle? Freimütig richtete er die Frage an Benin.

Der langte, bevor er sich zu einer Antwort bequemte, mit dem Arm in den Lieferwagen hinein, drehte die Musik aus und zog die Kassette aus dem Apparat. »Vor Frauen und Schnaps sollte man sich in unserem Geschäft besonders in acht nehmen. Einer Ihrer Kollegen hat diese Regel zum Glück nicht beherzigt.«

»Wer?« fragte Vasili, bereute aber sogleich, auf den Köder angesprungen zu sein.

»Das werden Sie noch früh genug erfahren. Von Ihren Mitverschwörern sind die meisten bereits in Haft.«

»Seit wann wußten Sie Bescheid?«

»Von Anfang an. Ihre Wohnung wird seit zwei Monaten abgehört.«

»Genosse General, sehen Sie sich mal das hier an!« Der unbewaffnete Mann zeigte in den Heckraum des Lieferwagens. »Das Ding stammt nicht aus unseren Beständen.«

»In der Tat.« Benin schaute in den Wagen und fuhr mit der Hand über den Granatwerfer aus britischer Herstellung.

Benin wandte sich wieder Vasili zu, brach die Kassette mit beiden Händen in der Mitte durch und ließ das Band über die Straße flattern. Dann stopfte er die Bruchstücke in Vasilis Anoraktasche.

»Anatoli!« rief er, nachdem Vasili in den Sil gebracht worden war.

Benins Stellvertreter eilte vom Heck des Lieferwagens herbei.

»Ja, Genosse General?«

»Ich möchte, daß Sie sich persönlich der Witwe Potrovsky annehmen. Sorgen Sie dafür, daß ihr eine Staatsrente zuerkannt wird.«

»Ich habe schon letzte Nacht entsprechende Schritte eingeleitet.«

»Gut. Ach, und schicken Sie ihr ein paar Blumen von mir mit den üblichen Worten.«

»Wird gemacht. Was ist mit der Pressemitteilung?«

»Soll möglichst kurz gehalten sein. Machen Sie bekannt, daß ich dank einer unplanmäßigen Verzögerung dem Tode knapp entronnen bin. Der Granatwerfer kann ruhig erwähnt werden, aber nicht das Fabrikat. Erklären Sie außerdem, daß die zwei jugendlichen Attentäter beim Versuch, sich der Festnahme zu widersetzen, erschossen worden sind. Geben Sie die ganze Geschichte morgen der TASS durch!«

»Wollen Sie die Sache nicht an die große Glocke hängen und ein öffentliches Verfahren anstrengen?«

»Daran habe ich auch gedacht, ist aber kaum möglich ohne Angeklagte.« Er tätschelte Anatolis Arm und kehrte zum Mercedes zurück.

Der Fahrer schlug die Tür zu, nachdem Benin eingestiegen war. Wenig später wurde die Blockade aufgelöst, und der Mercedes rollte in südlicher Richtung davon. Am Rand von Teplyystan ging der Chauffeur mit der Geschwindigkeit herunter und bog in eine schmale Straße ein, die zum Bittsevsky-Park führte, einem landschaftlich reizvollen und wild zerklüfteten Waldgebiet mit ausgedehnten Fichten-, Eichen- und

Kiefernbeständen. Das große Schild vor der Einfahrt wirkte reichlich ominös: *Halt! Eintritt verboten. Trinkwasserreservat.* Der Fahrer bremste den Wagen nach etwa zweihundert Metern vor einem Schlagbaum ab und zeigte dem wachhabenden KGB-Offizier seinen Dienstausweis, worauf er sofort durchgewunken wurde. Nach einem halben Kilometer endete die Straße in einer Sackgasse, und der Fahrer setzte den Wagen rückwärts in eine Parkbucht, wo so früh am Morgen noch kein Auto zu sehen war.

Benin stieg aus, ging zur Wachstube hinüber und zeigte seinen Ausweis dem ersten der drei bewaffneten Posten, der das Kärtchen pflichtgemäß auf seine Echtheit hin überprüfte und dann das elektronisch gesteuerte Drehkreuz öffnete. Alle drei salutierten, als Benin passierte, ohne ihren Gruß zu erwidern. Er marschierte über einen Fußweg, der durch eine weite Rasenfläche und vorbei an bunten, üppigen Blumenbeeten führte (Gerüchten nach sollten es Plastikblumen sein). Dann stieg er ein paar Stufen hinauf und betrat durch eine Doppeltür ein Gebäude aus Glas und Aluminium, dessen Grundriß einen dreizackigen Stern bildete. Der Zeitungskiosk war noch nicht geöffnet, aber nachdem Benin einem Wachposten seinen Ausweis vorlegt hatte, verlangte er, daß man ihm so schnell wie möglich eine Ausgabe der *Prawda* ins Büro bringen sollte.

Er fuhr mit dem Aufzug in den siebten Stock und ging über einen langen, menschenleeren Flur zu den Büroräumen, die am äußersten Ende lagen. In der obersten Etage untergebracht zu sein, die einen herrlichen Ausblick auf die umgebende Waldlandschaft bot, gehörte zu den vielen Vorzügen seines Jobs. Er öffnete die Außentür mit einer Magnetkarte, wiederholte den Vorgang, um in sein Büro zu kommen, und schloß hinter sich ab. Nachdem er das Licht eingeschaltet hatte, nahm er hinter dem massiven Schreibtisch Platz (der auf seinen Wunsch hin aus Bittsevsky-Eiche geschreinert worden war), schlug den in Leder gebundenen Terminkalender auf und las nach, was auf der Tagesordnung stand. Ein Eintrag fehlte, und zwar ein Name, der in öffentlichen Dokumenten nirgends auftauchte — der seines Spitzenagenten für Europa, dem er am meisten vertraute. Mit ihm Kontakt aufzunehmen, war der Grund, warum Benin schon so früh ins Büro gekommen war. Er klappte den Kalender zu, schwang im Drehstuhl zur Seite und öffnete den Wandsafe, dem er ein Schlüsselbund entnahm, einen Schlüssel heraussuchte und damit die unterste Schreibtischschublade zur Linken aufschloß. Die Lade war in zwei Hälften unterteilt; das hintere Fach war durch ein separates Schloß gesichert. Er öffnete es und holte einen Telefonapparat heraus. In einer Welt voller Wanzen und Überwachungsgeräte legte er Wert auf solche Trümpfe, die sich im Notfall aus dem Ärmel zaubern ließen. Er wählte eine Nummer und wartete auf den Anschluß, der, wie er wußte, geheimer war als alle Leitungen zwischen dem Kreml und dem Weißen Haus. Denn Telefongespräche zwischen den Kreml-Oberen abzuhören, war in den vergangenen Jahren zu seinem Steckenpferd geworden. Was er nicht alles wußte über deren Privatleben ...

Am anderen Ende wurde der Hörer abgenommen.

»Brasilien«, sagte Benin.

»1967«, kam die Antwort.

Die Paßwörter stimmten überein. Benin fuhr fort: »Gab's Probleme bei der Verladung in den Zug?«

»Keine. Die Tarnung war perfekt.«

»Und der Zug?«

»Ist fahrplanmäßig abgefahren. Die Männer haben ihre Positionen eingenommen. Alles läuft wie besprochen.«

Benin legte den Hörer auf und schloß den Apparat weg. Nachdem er auch die Schublade verschlossen hatte, legte er das Schlüsselbund zurück in den Wandsafe, klappte die Tür zu und drehte am Kombinationsrad. Dann lehnte er sich im Sessel zurück und faltete die Hände hinterm Kopf zusammen. Das versuchte Attentat auf ihn war vereitelt worden, und sein Europacoup verlief genau nach Plan. Alles deutete auf eine erfolgreiche Woche hin.

2

Karl-Heinz Tesselmann gefiel sich in der Rolle des Weltenbummlers. Ausdrücke wie Tramp, Tippelbruder oder Landstreicher fand er beleidigend; das waren Schimpfwörter aus dem Vokabular kleinkarierter Spießbürger. Seine Eltern waren während eines Bombenangriffs auf Berlin ums Leben gekommen, und weil er anschließend von einer Pflegefamilie in die nächste abgeschoben worden war, hatte er gegen Kriegsende Reißaus genommen. Mit siebzehn schloß er sich reisenden Zigeunern an, von denen er das Handwerk des Taschendiebs erlernte. Doch sechs Jahre später verletzte er sich die Hand, was dieser einträglichen Karriere ein Ende setzte. Die Zigeuner hatten keine Verwendung mehr für ihn und gaben ihm den Laufpaß. Er versuchte es im Alleingang, wurde aber bald verhaftet und eingesperrt. Nach seiner Entlassung mußte er erfahren, daß ihm, dem Knastbruder, überall die Türen vor der Nase zugeschlagen wurden, und so ging er, knapp sechsundzwanzig Jahre alt, auf die Walz.

Das war vor zweiunddreißig Jahren.

Pünktlich zum Jahresende hielt der Winter Einzug. Tesselmann reiste nach Süden, um der Kälte zu entgehen. Seit vierzehn Jahren war er zum ersten Mal allein unterwegs, denn sein bester Freund war zwei Wochen zuvor an Lungenentzündung gestorben. Hans hatte schon als Kind Tuberkulose gehabt und war Zeit seines Lebens für Infektionen anfällig gewesen. Sein verschlissener, mit Wolle gefütterter Mantel war nunmehr alles, was Tesselmann an Hans erinnerte. Das letzte Geschenk eines wahren Freundes. Tesselmann blickte an sich hinab. Unter dem Mantel zeigten sich speckige, durchgescheuerte Hosenbeine aus grünem Flanell, und die Schnürriemen seiner ausgelatschten braunen Schuhe waren unterschiedlich lang. Er kramte in den Taschen nach Zigaretten, die er vor wenigen Tagen von skandinavischen Studenten in Bonn geschnorrt hatte. Eigentlich hatte er im stillen auf einen leckeren Zusatz im Tabak gehofft (zumal ihm von skandinavischen Studenten einiges zu Ohren gekommen war), mußte aber zu seiner Enttäuschung feststellen, daß ihm ganz gewöhnliche Zigaretten zugesteckt worden waren. Bettler dürfen nicht wählerisch sein. Das Grinsen verging ihm, als er die allerletzte Zigarette aus der Tasche zog. Um möglichst lange damit auszukommen, wollte er sich auf ein paar Züge beschränken, bemerkte aber dann, daß ihm nur noch drei Streichhölzer übriggeblieben waren. Mißmutig steckte er die Zigarette zurück in die Tasche.

Er hatte seine Heimatstadt Kiel verlassen und nach zehn Tagen Wissembourg an der deutsch-französischen Grenze erreicht, ohne ein genaues Ziel vor Augen zu haben. Ihm kam es nur darauf an, irgendeinen Güterzug zu erwischen. Zusammen mit Hans hatte er den vergangenen Winter in Nizza verbracht, aber das war der einzige Ort, dem er jetzt auszuweichen versuchte. Die Trauer steckte noch zu tief. Vielleicht würde er im nächsten Jahr wieder dorthin ziehen. Im Augenblick spekulierte er darauf, den Güterzug nach Bern zu nehmen, der in sechs Minuten abfahren sollte. Es galt, am Aufsichtspersonal vorbeizukommen und ungesehen in einen der Güterwaggons zu gelangen. Als alter Hase kannte er sich zwar gut aus, aber auch für ihn war die Sache immer noch riskant, zumal seit neuestem Hunde eingesetzt wurden, um blinde Passagiere wie ihn aufzuspüren. Einmal hatte man ihn erwischt. Von den Zähnen des Schäferhundes waren häßliche Narben an seinem Handgelenk zurückgeblieben. Er pirschte über die Gleise und erreichte das Ende einer Reihe von Güterwagen, die mit Kohle beladen waren. Mit dem Rücken zur Wand spähte er um die Ecke nach vorn. Von der Aufsicht war niemand zu sehen. Der Güterzug nach Bern stand auf dem Nebengleis. Jetzt brauchte er nur nur noch knapp zwanzig Meter zurückzulegen und einen leeren Waggon zu finden. Den halben Weg hatte er schon geschafft, als ihn plötzlich eine laute Stimme erstarren ließ. Schon fürchtete er, von Hunden angefallen zu werden. Seine Füße waren bleischwer. Zögernd und aufs Schlimmste gefaßt, drehte er den Kopf in die Richtung, aus der die Stimme gekommen war. Doch niemand ließ sich blicken. Dann entdeckte er einen Stellwärter, der im Fenster seiner Baracke lehnte, die Trillerpfeife aus dem Mund zog und mit dröhnender Stimme einem der Lokführer antwortete, der offenbar einen Witz gerissen hatte. Beide Männer nahmen von Tesselmann überhaupt keine Notiz. Der Stellwärter kicherte über seine Bemerkung, zog sich zurück und machte das Fenster zu. Tesselmann seufzte erleichtert auf.

Ein Rucken ging durch den Zug, die Räder rollten an, obwohl dem Plan nach die Abfahrtszeit noch nicht erreicht war. Als er auf den nächsten Waggon zueilte, hörte er hinter sich das gefürchtete Gebell. Er warf einen Blick über die Schulter und sah einen Mann von der Aufsicht, der neben seinem Hund kniete, um die Leine zu lösen. Tesselmann langte nach dem Türgriff des Waggons und sprang vom Boden ab. Die Beine baumelten durch die Luft, während er auch mit der zweiten Hand den Griff zu packen versuchte. Er sah, wie der Hund mit peitschendem Schwanz herbeihetzte und die Zähne fletschte. Mit einem Kraftakt, der nur in äußerster Angst möglich ist, hievte er sich nach oben und zog die Beine an, bis die Fersen sein Hinterteil berührten. Der Hund sprang hoch, wirbelte in der Luft herum und schnappte zu. Seine Fänge verfehlten Tesselmanns Unterschenkel nur um wenige Zentimeter. Das Tier landete auf den Hinterläufen, verlor das Gleichgewicht und geriet unter die Räder. Tesselmann kniff die Augen zu, ließ die Beine wieder hängen und machte sich dann daran, den Riegel zu öffnen und die Tür aufzuschieben. Er kletterte nach innen, fiel erschöpft auf die Knie und schnappte nach Luft. Als er sich wieder halbwegs erholt hatte, kroch er auf die andere Seite, lehnte sich gegen die Wand und wischte mit dem Handrücken den Schweiß von der Stirn. Jetzt mußte er damit rechnen, am nächsten Haltepunkt aus dem Waggon gezerrt zu werden; dafür würde die Aufsicht schon sorgen. Doch wo und wann der Zug anhielt, wußte er natürlich nicht. Er sah sich im Waggon um, konnte aber nichts erkennen, weil es zu düster war. Also schob er die Tür weiter auf, um Licht hereinzulassen. Der Frachtraum war mit den üblichen Kisten und Containern beladen, die mit aufwendigen Mitteln vor fremdem Zugriff abgesichert waren. Während der letzten Jahre hatten sich die Sicherheitsmaßnahmen drastisch verschärft. Tesselmann kannte noch andere Zeiten, als man mit einem einfachen Taschenmesser die meisten Kisten und Kästen öffnen konnte, die nach ganz Europa verschickt wurden. Für gewöhnlich hatten sie irgendwelche Maschinenteile enthalten, aber manchmal waren ihm auch Leckereien untergekommen, so zum Beispiel eine Kiste Burgunder oder deutscher Rheinwein.

Er zog die Schultern hoch und verschränkte die Arme vor der Brust. Ein kalter Wind pfiff in den Wagen, und als er aufstand, um die Tür zuzuschieben, flogen ihm erste Regentropfen entgegen. Draußen braute sich ein Unwetter zusammen. Mit den Jahren hatte sich Tesselmann an seine unbequemen Zugreisen so sehr gewöhnt, daß ihm das Rütteln und Rucken ebensowenig ausmachte wie einem Seemann das Schaukeln des Schiffs. Mit sicheren Schritten erreichte er die Tür und wollte sie gerade zuziehen, als ihm eine flaschengrüne Plane auffiel, die zwischen zwei Holzkisten in der Ecke des Waggons steckte. Dafür hatte er Verwendung. Er stemmte sich dem inzwischen heftigen Regensturm entgegen, packte den Griff mit beiden Händen und zerrte die Tür zu, ließ aber einen kleinen Spalt offen. Dann schleppte er eine Kiste herbei und schob sie vor die Tür, um zu verhindern, daß sie von selber aufrollte. Der Wind fand immer noch einen Weg durch die Ritze und heulte gespenstisch durch den Frachtraum. Tesselmann fröstelte. Als er die Kisten verschob, um an die Plane heranzukommen, stellte er fest, daß sie einen Gegenstand verdeckten. Seine Neugier war geweckt. Wie ein Segler den Spinnaker, so raffte er die Plane und warf sie hinter sich, bevor er ins Halbdunkel spähte. Kleine Bierfässer. Kein Wunder, daß man sie abgedeckt hatte. Zählend tippte er jedes einzelne mit dem Zeigefinger an. Sechs insgesamt. Sie waren aus Metall, und das stellte für ihn ein nicht unerhebliches Problem dar. Wie sollte er die nur aufbekommen? Er sah sich nach einem geeigneten Werkzeug um, und obwohl sich seine Augen inzwischen an die Dunkelheit gewöhnt hatten, konnte er nichts Taugliches finden. Aber dadurch ließ er sich nicht entmutigen. Er war entschlossen, ein Fäßchen zu öffnen und seinen Durst zu stillen. Wie gern hätte er Hans dabeigehabt, der ihm nicht nur als Saufkumpan fehlte, sondern vor allem deshalb, weil er immer die zündenden Ideen hatte. Ihm wäre im Nu eine Lösung eingefallen. Doch plötzlich kam auch Tesselmann auf einen Gedanken. Der Feuerlöscher! Doch da, wo diese Geräte für gewöhnlich hingen, entdeckte Tesselmann bloß eine leere Halterung. Er fluchte und wollte sich schon abwenden, als ihm eine weitere Möglichkeit einfiel. Er untersuchte die Halterung aus der Nähe. Sie war rostig, und eine der Schrauben fehlte. Ein heftiger Ruck würde sie aus der Wand reißen. Er langte beidhändig zu, zog und zerrte am Gestänge herum, um es aus den restlichen Schrauben zu hebeln, doch das verrostete Ding saß fester als erwartet. Wieder packte er zu und warf sich mit Schwung zurück. Endlich riß die Halterung aus der Wand. Tesselmann mußte sich an einer Kiste festhalten, um nicht der Länge nach zu Boden zu stürzen. Triumphierend hielt er das Gestänge wie eine Trophäe in die Höhe, ging dann in die Knie und tastete mit dem Finger das versiegelte Spundloch ab. Der Pfropfen mußte nach innen ins Faß geschlagen werden. Holzhammer und Zapfhahn waren nicht zur Hand, also mußte er mit dem rostigen Eisengestänge vorliebnehmen. Er nahm Maß und schlug zu — mit dem Ergebnis, daß im Pfropfen nur eine kleine Delle zurückblieb. Das Siegel war zusätzlich verplombt worden. Tesselmann mußte die Taktik ändern. Statt mitten auf den Pfropfen zu schlagen, konzentrierte er sich nun auf die Versiegelung. Wenn er sie gründlich lädiert hätte, würde ein gezielter Schlag auf den Pfropfen das Spundloch öffnen.

Fünf Minuten lang hämmerte er auf der Plombe herum, und das rhythmische Rattern des Zuges machte ihm die Aufgabe nicht leichter. Von seinen Schlägen traf kaum die Hälfte ins Ziel. Schließlich ließ er sich rücklings vor eine Kiste fallen und starrte verzweifelt auf die Dellen rings um das Spundloch. Sollte die ganze Arbeit vergebens gewesen sein? Er packte das Gestänge mit beiden Händen und schlug wütend drauflos. Nach dem x-ten Schlag gab der Pfropfen plötzlich nach, und die Spitze des Eisens verschwand in der Öffnung. Doch Bier spritzte nicht heraus. Statt dessen schlug ihm eine Wolke aus leuchtendweißem Staub entgegen. Instinktiv wedelte er das Zeug aus dem Gesicht, stand auf und wischte es vom Mantelaufschlag. Er wartete, bis sich die Staubwolke gelegt hatte, ging dann einen Schritt auf das Faß zu und warf einen Blick ins Spundloch. Es schien mit einem weißen Pulver gefüllt zu sein. Verblüfft kratzte er durchs fettige, weiße Haar und fragte sich, was das wohl sein mochte und warum es in einem Bierfaß aufbewahrt wurde. Plötzlich bremste der Zug ab. Tesselmann eilte zur Tür, lugte nach draußen und erkannte sofort den Güterbahnhof von Straßburg. Er erinnerte sich an den Aufsichtsbeamten bei Wissembourg und wußte, daß ihm nicht mehr viel Zeit blieb, das Weite zu suchen. Nachdem er das Faß an seinen Platz gerückt hatte, deckte er alle sechs Fässer mit der Plane zu und schob die Kisten davor. Dann ging er zur Tür zurück und hielt Ausschau nach der Aufsicht, die ihn sicherlich schon erwartete. Aber von ihr war keine Spur zu sehen. Noch schien ihm das Glück treu zu sein; trotzdem wollte er es nicht darauf ankommen lassen. Wenn er länger im Wagen bliebe, würde er bestimmt erwischt werden. Er wartete, bis der Zug anhielt, sprang dann aus dem Waggon und zog so leise wie möglich die Tür zu.

Der Regen hatte nachgelassen, was Tesselmann als günstiges Vorzeichen deutete.

Joseph Maurer war seit achtzehn Jahren bei der österreichischen Polizei und während der letzten elf Jahre als Wachtmeister in Linz stationiert. Obwohl er von seinen Vorgesetzten immer wieder gedrängt worden war, sich befördern zu lassen, hatte er auf die amtsübliche Karriere verzichtet. Anstatt im Büro Papierberge zu bearbeiten, zog er es vor, im Streifenwagen durch die Straßen zu fahren, wo sehr viel Interessanteres zu erleben war. Vor vier Jahren war sein langjähriger Partner bei einem Schußwechsel ums Leben gekommen. Maurer hatte keinen neuen Partner mehr annehmen wollen und kümmerte sich seither um Neulinge, die frisch von der Wiener Polizeischule kamen. Er ließ sie teilhaben an seiner reichen Erfahrung und half ihnen, mit dem Bezirk rund um die Mozartstraße schnell vertraut zu werden.

Ernst Richter war der jüngste Absolvent der Polizeischule und erst seit einem Tag im Dienst. Da die Abteilung erst einmal sein persönliches Profil kennenlernen wollte, sollte er einen Monat lang mit Maurer Streife fahren und anschließend einem festen Partner zugeteilt werden.

»Was steht heute an, Meister?« fragte Richter, als die beiden Männer auf den Streifenwagen zugingen.

»Wenn schon, dann Wachtmeister«, antwortete Maurer und setzte die Schirmmütze aufs schüttere blonde Haar. »Für Sie kommt's jetzt hauptsächlich darauf an, so schnell wie möglich die Stadt kennenzulernen. Wir werden also in den nächsten Tagen reine Routineaufgaben wahrnehmen. Dabei können Sie sich auch ein wenig mit den Polizeimethoden vertraut machen.« Der junge Beamte wollte protestieren, aber Maurer winkte mit der Hand ab. »Ich weiß, das haben Sie schon alles auf der Schule gelernt. Das behaupten alle. Aber in Wahrheit liegen Theorie und Praxis weit auseinander. Im Klassenzimmer zu sitzen und mitzuschreiben ist eine Sache, etwas ganz anderes ist es, einem bewaffneten Mörder gegenüberzustehen oder einem Sittenstrolch, der sich in die Ecke gedrängt fühlt. Schreiben Sie sich das hinter die Ohren!«

Maurer hatte kaum den Wagen in die Mozartstraße hinausgelenkt, als es im Funkgerät knackte.

»Soll ich antworten, Wachtmeister?«

Maurer schmunzelte. Am Anfang waren alle Neulinge gleich. Ein jeder wollte sich hervortun und gute Noten einheimsen. Doch schon nach den ersten Monaten waren sie genauso verbittert und zynisch wie jene langgedienten Beamten, die sie zu beeindrucken versucht hatten. Auch Richter würde über kurz oder lang einsehen, daß es keine Helden gab, außer denen, die zu überleben verstanden.

Die Funkmeldung rief zum Einsatz. Maurer schaltete sofort das Martinshorn ein, erreichte wenig später die Landstraße und hielt gegenüber von der Länderbank an. Die beiden Männer stiegen aus und steuerten auf eine schmale Seitengasse zu, die Hand auf den Knüppel gestützt.

Ein glatzköpfiger Mann im Smoking stand in der Mitte der Gasse vor einem Hauseingang. Als er die Polizisten kommen sah, eilte er ihnen entgegen.

»Er liegt da drüben zwischen den Mülleimern«, erklärte er und deutete mit flüchtiger Handbewegung die Richtung an. »Da kann er nicht bleiben. Schließlich führt die Tür zur Küche eines Restaurants. Das ist doch unhygienisch, oder?«

Maurer rümpfte die Nase, als er ein halbes Dutzend überquellender Mülleimer sah, und fragte sich, woher der Mann den Nerv nahm und von Hygiene zu sprechen wagte. Zwei weitere Mülleimer waren umgekippt, dazwischen lag, in sich zusammengekrümmt, eine reglose Gestalt. Der rechte Arm war ausgestreckt und schien nach etwas greifen zu wollen.

»Ich dachte, er ist tot. Aber als ich ihn anfaßte, hat er zu stöhnen angefangen. Wahrscheinlich sturzbetrunken. Hier kann er auf keinen Fall liegen bleiben.«

»Das sagten Sie bereits. Besten Dank für Ihre Hilfe! Wir kümmern uns drum.«

Der Mann registrierte Maurers entschlossenen Blick, kehrte zurück in die Küche und schloß die Tür.

»Sieht aus wie ein Landstreicher«, bemerkte Richter. »Der Mantel scheint allerdings noch relativ neu zu sein. Den hat er womöglich gestohlen.«

»Sehr wahrscheinlich«, antwortete Maurer, hockte sich neben den Mann am Boden und verzog das Gesicht — so eklig war der Gestank, der ihm entgegenschlug.

Die Hände des Landstreichers steckten in wollenen Fäustlingen. Eine marineblaue Pudelmütze verdeckte fast das ganze Gesicht.

»Können Sie mich verstehen?« fragte Maurer und stieß den zerlumpten Mann mit der Spitze des Schlagstocks an.

Tesselmanns Finger zuckten, aber beim Versuch zu sprechen, brachte er nur gurgelnde Laute hervor. Maurer zog ihm die Mütze vom Gesicht.

Richter taumelte zurück und erbrach sich vor der Wand.

Maurer sprang auf. Seine Beine zitterten, als er zum Auto zurücklief und über Funk einen Krankenwagen anforderte.

3

Gibt's denn keine Kavaliere mehr? fragte sich Sabrina Carver. Mit der Linken die Halteschlaufe über dem Kopf umklammernd, stand sie im Mittelgang der überfüllten U-Bahn, die durch die unterirdischen Höhlen von New York rasselte. Sabrinas Haltung zum Feminismus war ambivalent. Natürlich glaubte auch sie an die Gleichheit der Geschlechter, besonders am Arbeitsplatz, war aber der Meinung, daß Galanterie und gute Manieren dabei nicht zu kurz kommen durften. Sie schaute sich um und war entrüstet zu sehen, daß keiner der Männer, die zu 70 Prozent das Abteil besetzten, seinen Sitzplatz räumte für eine der fünf Frauen, die im Mittelgang stehen mußten.

Aber dann glaubte sie den Grund zu erahnen, warum keiner der Männer aufzustehen bereit war. Von ihrem Platz aus konnten sie die Frauen besonders gut mustern. Vor allem sie, Sabrina. Sie war achtundzwanzig Jahre alt und eine wahre Augenweide, ja, sie schien der Titelseite eines Hochglanz-Modemagazins entsprungen zu sein. Ihr Gesicht hatte einen klassischen Schnitt: perfekt modellierte Jochbeine, schmale Nase, sinnlicher Mund und betörende, mandelförmige grüne Augen. Das schulterlange blonde Haar hatte goldbraune Strähnen, war straff zurückgekämmt und mit einer weißen Schleife zusammengefaßt. Ihr gestylter Aufzug entsprach ebenfalls dem, was die Hochglanzmagazine an neuester Mode anzubieten hatten: eine weiße Jacquard-Weste von Purificación Garcia (ihrem bevorzugten Designer), ein knielanger, schwarzer Baumwollrock und schwarze, hochhackige Wildlederschuhe von Kurt Geiger. Zu dick aufgetragenes Make-up war ihr zuwider; davon verwandte sie nur gerade so viel, um ihre umwerfend schönen Gesichtszüge dezent zu betonen. Besonders viel Wert legte sie auf Fitness. Um ihren Körper in Topform zu halten, besuchte sie dreimal in der Woche einen Aerobic-Kurs im Rivereast Health Club auf der Second Avenue, wo sie auch Hausfrauen Anfangsunterricht in Karate gab. Vor vier Jahren hatte sie in dieser Disziplin den schwarzen Gürtel erworben. Obwohl argwöhnisch auf eine schlanke Linie bedacht, war sie alles andere als fanatisch und liebte es, zum Essen auszugehen. Alle vierzehn Tage besuchte sie regelmäßig mit einer Gruppe von Freunden eins ihrer drei Lieblingsrestaurants und bestellte sich entweder ein Steak bei Christ Cella's, Cordon bleu bei Lutece's oder — wenn sie es besonders gut mit sich meinte — Tandoori Mixed Grill bei Gaylord's. Anschließend zog die Gruppe dann aus lieber Gewohnheit nach Greenwich Village in Ali's Alley, um einem mitternächtlichen Jazz-Konzert beizuwohnen.

Die Freunde glaubten, daß Sabrina als Übersetzerin bei den Vereinten Nationen arbeitete, doch dieser Job war für sie bloß Tarnung. Im Wellesley College hatte sie ein Diplom in Romanistik abgelegt, dann ein Zusatzstudium an der Sorbonne absolviert und war anschließend kreuz und quer durch Europa gereist, bevor sie in die Staaten zurückkehrte, vom FBI rekrutiert wurde und mit Feuerwaffen umzugehen lernte. Der UNACO war sie vor zwei Jahren beigetreten.

Am Central Park Nord verließ sie die U-Bahn, schlenderte, ein Liedchen pfeifend, die Manhattan Avenue entlang und erreichte nach hundert Metern ihre Parterrewohnung. Der Portier lüftete die Mütze, als sie das schwarz-weiß geflieste Foyer durchquerte. Sie lächelte ihm zu, schloß die Tür zu ihrer kleinen Wohnung auf und ging ins karg möblierte Wohnzimmer. Dort trat sie die Schuhe von den Füßen, hockte sich vor die Stereoanlage und fuhr mit dem Fingernagel die auserlesene Sammlung von Compact Disketten entlang, wählte eine davon aus und legte sie ins Abspielgerät. Ein Album von David Sanborn. Unwillkürlich kehrte sie in Gedanken zurück zu jener unvergessenen Nacht in Ali's Alley, als sie Sanborn, ihr Jazz-Idol, persönlich kennengelernt hatte. Von ihren Freunden hatte er diskret in Erfahrung gebracht, welches seiner Stücke sie am meisten schätzte, und aus dem Stegreif ein Konzert nur für Sabrina veranstaltet.

Das Telefon fing zu läuten an. Sie drehte die Musik leiser und nahm den Hörer ab. Mehr als ein paar einsilbige Antworten steuerte sie zum Telefongespräch nicht bei. Nachdem sie den Hörer wieder aufgelegt hatte, setzte sie sich an den Rand des Eßtischs und schmunzelte. Ein neuer Auftrag. Das Team stand nun offiziell in Bereitschaft, und für den Nachmittag war eine Einsatzbesprechung anberaumt.

Einer ihrer beiden Teamkollegen war C. W. Witlock, und mit ihm harmonierte sie besonders gut. Seine phlegmatische und gleichmütige Art war schon fast sprichwörtlich. Als sie zur UNACO stieß, hatte er alles darangesetzt, daß sie sich schnell zum Team zugehörig fühlen konnte. Außerdem nahm er sie wirklich für voll im Unterschied zu den meisten Männern, die in ihr nur das hübsche Frätzchen sahen, mit dem man anzubändeln versuchte. Obwohl sie und Whitlock privat kaum etwas miteinander zu tun hatten und nur beruflich zusammentrafen, zählte Sabrina ihn zu den wenigen echten Freunden.

Nachdem sie die Musik wieder aufgedreht hatte, verschwand sie in der Küche, um ein scharfes Pastrami zu kochen.

New York badete im hellen Sonnenlicht, und die Hitze wäre ohne die kühlende Brise vom Atlantik kaum zu ertragen gewesen. Ein vortreffliches Wetter für eine Grillparty im Freien.

C. W. Whitlock trat vom Wohnzimmer hinaus auf den Balkon seiner Wohnung im achten Stock, nahm die Zange zur Hand, die am tragbaren Grill hing, und stocherte in der Holzkohle herum. Die Glut war ausreichend. Er legte marinierte Koteletts und Würstchen auf den Rost, trat einen Schritt zurück und wischte sich mit dem Handtuch, das er um den Nacken gelegt hatte, den Schweiß von der Stirn. Aus der Lounge tönte schallendes Gelächter nach draußen. Er warf einen Blick zur Tür und war dankbar, allein zu sein. Dr. Charles Porter setzte sich wie gewöhnlich in Szene. Whitlock war dem Mann nicht abgeneigt, fand ihn aber schrecklich langweilig. Porter, einer der angesehensten Kinderärzte des Landes, hatte vor zwanzig Jahren eine junge Assistenzärztin aus Puerto Rico unter seine Fittiche genommen und ihr Mut gemacht, nach der Approbation eine eigene Praxis zu eröffnen. Inzwischen zählte sie selber zu den bekanntesten und gefragtesten Kinderärzten von New York. Sie hieß mit ihrem Mädchennamen Carmen Rodriguez und hatte vor sechs Jahren Whitlock geheiratet. Er sah sie neben der Tür sitzen, ihr Gesicht im Profil. Irgend jemand hatte sie einmal wegen ihrer schlanken und geschmeidigen Figur mit einer Weide verglichen, und Whitlock fand den Vergleich durchaus zutreffend. Sie warf ihm einen heiteren Blick zu und streckte zum Scherz die Zunge raus. Whitlock grinste und schaute an ihr vorbei auf das Paar, das auf dem Sofa saß: Carmens Schwester Rachel und ihr deutscher Ehemann Eddie Krüger. Die Schwestern glichen einander, allerdings war Rachel ein wenig kleiner und gedrungener. Krüger entsprach mit seinem Blondhaar und den blauen Augen der Klischeevorstellung eines Teutonen. Zu ihm stand Whitlock seit der ersten Begegnung in fester Freundschaft.

Whitlock wandte sich wieder dem Grill zu und piekte die Koteletts mit einem Messer an, um zu sehen, ob sie schon durchgebraten waren. Nachdem er die Würstchen gewendet und noch einmal in der Holzkohle herumgestochert hatte, stützte er die Arme aufs Geländer und schaute auf den Central Park hinaus. Obwohl er eine Sonnenbrille trug, mußte er mit den Augen blinzeln, so gleißendhell war die Sonne. Was für ein Tag!

Er war vierundvierzig Jahre alt und für einen gebürtigen Afrikaner recht hellhäutig. Sein Großvater, Major der britischen Armee, war während der Jahrhundertwende in Kenia stationiert gewesen. Whitlocks scharf geschnittene Nase und die schmalen Lippen verliehen seinem eckigen Gesicht eine gewisse Strenge, die aber durch den penibel getrimmten Schnauzbart, den er seit über zwanzig Jahren trug, ein wenig gemildert wurde. Er war in England zur Schule gegangen und nach seinem Diplom in Oxford (das er mit Auszeichnung ablegte) ins Geburtsland nach Kenia zurückgekehrt, wo er nach kurzer Militärzeit dem Geheimdienst beitrat. Während seiner zehnjährigen Agententätigkeit stieg er auf bis zum Rang eines Obersten. Doch die Vorurteile der Vorgesetzten im Hinblick auf seine britische Abstammung und Erziehung waren nicht zu überwinden gewesen. Deshalb gab er seinen Posten auf und nahm das Angebot der UNACO an. Dem Schein nach amtierte er als Attaché der kenianischen UN-Delegation, und die einzige Person außerhalb der UNACO, die über seine wirkliche Aufgabe halbwegs Bescheid wußte, war seine Frau. Aber auch ihr blieb vieles von dem, was er tat, verborgen. Er sprach nie mit ihr über die Art seiner Arbeit.

»Ich dachte, daß unser Küchenchef vielleicht ein Bier zu trinken wünscht.«

Schmunzelnd nahm Whitlock eine Flasche Budweiser von Krüger entgegen.

»Gib's zu, du hast die Nase voll von Dr. Kildare!« Whitlock hatte seinen vornehmen Oxford-Akzent nie richtig ablegen können.

»Mir ist schleierhaft, wie Carmen sein Gewäsch aushält.«

»Carmen?« knurrte Whitlock. »Und für mich hast du gar kein Mitleid? Zum Glück darf ich grillen und seinen gescheiten Vorträgen fernbleiben.« Er nahm wieder die Greifzange zur Hand, um die Fleischstücke zu wenden. »Carmen hält ihn für eine Art Guru. Zugegeben, er hat ihrer Karriere auf die Sprünge geholfen, aber ich wünschte, daß es außer der Medizin auch mal ein anderes Thema für ihn gäbe.«

Krüger grinste und trat ans Geländer, um den beiden Joggerinnen nachzublicken, die im gleichen Takt ihrer bronzenen Beine unten auf der Straße vorbeitrabten. Als sie verschwunden waren, wandte er seine Aufmerksamkeit zwei jungen Mädchen zu, die sich lachend eine orangefarbene Frisbee-Scheibe zuwarfen.

»Du solltest dir ein Fernrohr zulegen, C. W.! Den ganzen Tag über könntest du Sternchen beobachten.«

»Ich würde in der Tat eine Menge Sterne sehen, denn Carmen brächte es bestimmt fertig, mir das Ding über den Kopf zu hauen. Übrigens sind die beiden da unten nicht viel älter als Rosie.«

»Wir werden alle nicht jünger«, erwiderte Krüger wehmütig.

»Wie geht's Rosie eigentlich? Sie hat sich schon eine Weile nicht blicken lassen.«

Krüger legte eine Hand auf Whitlocks Schulter. »Ich weiß. Wir haben gehofft, daß sie heute mit uns kommt. Allerdings war sie schon mit Freunden am Time Square verabredet.«

»Was soll's, Eddie? Man kann doch von einer Fünfzehnjährigen nicht erwarten, daß sie einen so schönen Samstag den Eltern opfert, um mit alten Knackern zusammenzuhocken. Klar, daß sie lieber mit Gleichaltrigen rumzieht.«

Carmen tauchte in der Balkontür auf; die Hände steckten in den Taschen ihres bauschigen Rocks. »Wie sieht's mit dem Essen aus?«

»Noch ein paar Minuten. Hat der Herr Oberlehrer seinen Unterricht beendet?«

Sie verdrehte die Augen und kehrte ins Zimmer zurück.

Krüger sah ihr nach. »Irgendwie komisch ... eine Kinderärztin, die keine eigenen Kinder hat.«

»Wieso?« entgegnete Whitlock, ohne vom Grill aufzublicken. »Man kann auch zuviel des Guten haben.«

In der Lounge klingelte das Telefon. Carmen antwortete vom Küchenanschluß aus.

»C. W., für dich!« rief sie nach draußen und deckte das Mundstück mit der Hand ab.

Er ging in die Küche und erkannte an ihren Blicken sofort, wer der Anrufer war. Sie reichte ihm den Hörer, verließ wortlos die Küche und zog leise die Tür hinter sich zu.

Als er wieder zum Vorschein kam, nestelte Carmen nachdenklich an den Chrysanthemen herum, die in einer Kristallvase auf dem Tischchen im Flur standen. Er ging auf sie zu und dachte an seinen Teampartner Mike Graham, der ein Jahr vor seiner Anstellung bei der UNACO auf tragische Weise Frau und Kind verloren hatte. Was wäre, so fragte sich Whitlock, wenn Carmens Leben aufgrund seiner Tätigkeit in Gefahr geriete? Würde er sich ebenso verhalten wie Graham? Für Whitlock war die Frage viel zu hypothetisch, um sich jetzt ernsthaft damit auseinandersetzen zu wollen. Er versuchte, Carmen zu trösten, und nahm sie in den Arm, doch sie wehrte sich und ging zu den anderen hinaus auf den Balkon.

Soviel stand fest: Whitlock würde das Problem noch länger mit sich herumschleppen müssen.

»Wechselt die Flasche aus!« knurrte Mike Graham, als der Radioreporter den zweiten Verlustpunkt des Schlagmanns meldete. Er beugte sich, die Unterarme auf die Knie gestützt, nach vorn, fixierte das Kofferradio, das vor seinen Füßen stand, und wartete auf den nächsten Versuch des Werfers.

»Dritter Fehler. Draußen!« brüllte der Reporter und übertönte das verächtliche Gebrüll der Zuschauer.

»Warum, zum Teufel, hat man dich nicht an die Angels verkauft, als das Angebot stand?« zischte Graham wütend.

Die New York Yankees, deren treuer Anhänger er nun schon seit dreißig Jahren war, hatten in der laufenden Spielzeit bislang nur mäßige Leistungen gezeigt. Jetzt, da nur noch zwei Runden auszutragen waren, lagen sie gegen die Detroit Tigers mit 4:1 im Rückstand, und zum dritten Mal in Folge sahen sie einer Niederlage entgegen.

Als der Reporter die diesjährige Schlagausbeute der Yankees zu analysieren anfing, betrachtete Graham die friedliche Landschaft ringsum. So weit das Auge blicken konnte, erstreckte sich vor ihm der Lake Champlain, der inmitten der dichten, grünen Wälder des südlichen Vermonts lag. Angesichts der Schönheit dieser Umgebung schien New York unendlich weit weg zu sein. Die Stadt, in der er bis vor zwei Jahren gelebt hatte, lag 230 Meilen entfernt. Jetzt kehrte er nur noch dahin zurück, wenn er von Berufs wegen gerufen wurde oder vorhatte, an einem der mörderischen Marathons teilzunehmen. Er bewohnte ein Holzhaus am Seeufer, und nur das Kofferradio und ein Fernsehapparat leisteten ihm Gesellschaft. Die nächste Ortschaft war Burlington. Die fünf Meilen dorthin legte er an jedem Montagmorgen in seinem verbeulten weißen Pick-up, Baujahr '78, zurück, um Vorräte einzukaufen, die eine Woche lang ausreichten. Die Dorfbewohner akzeptierten seine zurückgezogene Lebensart. Er war ihnen gegenüber immer freundlich, blieb aber auf Distanz und erwähnte nie etwas von der Tragödie, die ihn hinaus in die Einsamkeit getrieben hatte.

Er war siebenunddreißig Jahre alt und trug sein kastanienbraunes, stets zerzaustes Haar schulterlang. In seinem jugendlichen und ansehnlichen Gesicht lag ein zynischer Ausdruck, der von den durchdringenden, blaßblauen Augen herrührte. Den muskulösen Körper hielt er in Form, indem er jeden Morgen eine Stunde lang lief und anschließend ein hartes Konditionstraining absolvierte, und zwar in einem Schuppen neben dem Haus, den er kurz nach seinem Umzug in eine Miniturnhalle umgebaut hatte.

Sport hatte in seinem Leben immer einen besonderen Stellenwert eingenommen. Dank eines Football-Stipendiums war ihm der Zugang zur UCLA ermöglicht worden, und nachdem er das Studium der Politikwissenschaften abgeschlossen hatte, ging für ihn ein Traum in Erfüllung, als er bei den New York

Giants, der Mannschaft, die er von Kindheit an favorisierte, als Quarterback unter Vertrag genommen wurde. Einen Monat später war er nach Vietnam eingezogen worden, wo eine Schulterverletzung seiner vielversprechenden Karriere ein jähes Ende bereitete. Anschließend hatte er in Thailand an der militärischen Ausbildung der Meo teilgenommen und war dann nach seiner Rückkehr in die Staaten der Eliteeinheit einer Anti-Terror-Organisation mit Namen »Delta« beigetreten.

Elf Jahre später war er dank seines Engagements und Könnens zum Führer der Schwadron B befördert worden, die aus sechzehn Männern bestand. Er leitete gerade einen Einsatz in Libyen, als seine Frau und sein fünfjähriger Sohn in New York von arabischen Terroristen entführt wurden. Trotz einer bundesweiten Fahndung des FBI blieben die beiden spurlos verschwunden. Daraufhin war er sofort beurlaubt worden, um sich einer psychiatrischen Behandlung zu unterziehen, aber er weigerte sich, mit den Ärzten zusammenzuarbeiten, und wurde einen Monat nach seiner Rückkehr in den Dienst auf eigenen Wunsch aus den Delta-Reihen entlassen. Auf den Vorschlag des Delta-Kommandierenden hin bewarb er sich um einen Posten bei der UNACO, die ihn nach gründlicher Prüfung sechs Wochen später einstellte.

Der Schwimmer tauchte ins Wasser. Ein Fisch hatte angebissen. Er holte die Schnur ein und verfolgte mit wachsendem Unmut den Bericht des Baseball-Kommentators im Radio. Der Spielstand war unverändert, und die Yankees waren zum neunten und letzten Mal mit ihrem Schlagmann an der Reihe. Graham zog den

Fisch mühelos an Land: ein fünfpfündiger Hecht, kaum der Rede wert. Plötzlich meldete sich der Pieper an seinem Gürtel, und nachdem er den Rufton abgestellt hatte, zog er den Haken aus dem Maul des Hechts, der vor seinen Füßen am Boden zappelte, und stieß ihn mit dem Stiefelrand zurück ins Wasser. Das Spiel endete unter grölendem Applaus und Buh-Rufen. Er widerstand dem Drang, das Radio dem Fisch hinterherzuwerfen, und lief zur Hütte zurück, um zu telefonieren.

Nach dem ersten Läuten meldete sich am anderen Ende der Leitung eine freundliche Frauenstimme in geschäftsmäßigen Ton. »Llewelyn und Lee. Guten Tag!«

»Mike Graham, Kennummer 1913204.«

»Ich verbinde Sie, Mr. Graham«, kam die spontane Antwort.

»Mike?« dröhnte wenig später eine tiefe Stimme aus dem Hörer.

»Ja, Sir?«

»Alarmstufe Rot. Um nicht einen Flieger von uns zu Ihnen hochschicken zu müssen, habe ich eine Cessna von Nash gechartert. Er erwartet Sie am Rollfeld von Burlington. Sergei holt Sie vom J. F. Kennedy-Flughafen ab.«

»Bin schon unterwegs, Sir.«

»Und, Mike – packen Sie ein paar warme Sachen ein! Die werden Sie brauchen.«

Graham legte den Hörer auf und eilte zurück ans Ufer, um das Angelzeug einzusammeln, bevor er zur Hütte zurückkehrte und den Koffer packte.

Sergei Kolchinsky war ein ausgesprochener Kettenraucher. Anfang Fünfzig, schütteres, schwarzes Haar, mit den für Männer seines Alters typischen breiten Hüften und traurigen Gesichtszügen, die den Eindruck erweckten, als trüge er die Last der Welt auf seinen Schultern. Seltsam war, daß er dem Rauchen keinen echten Genuß abgewinnen konnte. Es war nur eine kostspielige Gewohnheit, der er sich nicht mehr entziehen konnte. Doch hinter den melancholischen Augen lag ein äußerst wacher Verstand mit großen taktischen Fähigkeiten.

Nach einer erfolgreichen Karriere beim KGB, dem er unter anderem sechzehn Jahre lang als Militärattaché in verschiedenen westlichen Ländern gedient hatte, wurde er zum stellvertretenden Direktor der UNACO ernannt, als sein Vorgänger, der Spionage bezichtigt, zurück nach Rußland geschickt worden war. Kolchinsky arbeitete nun schon seit drei Jahren für die UNACO, und obwohl er immer noch unter gelegentlichen Anfällen von Heimweh litt, ließ er es nicht zu, daß ihn diese Gefühle in der Arbeit beeinträchtigten. Seine Einstellung ihr gegenüber war durch und durch professionell.

»Ist das Taxi frei? *Towarischtsch?*«

Kolchinsky, der hinterm Steuer saß, fuhr mit dem Kopf herum und blickte durch die offene Scheibe der Beifahrertür. Als er Graham erkannte, stieg er lächelnd aus dem weißen BMW 728 und drückte die Zigarettenkippe unter dem Schuh aus. »Hallo, Michael! Ich habe Sie erst in zwanzig Minuten erwartet.«

Kolchinsky war die einzige Person, die Graham »Michael« nannte. Nicht, daß ihn das ärgerte. Immerhin war dies sein Name.

»Ich habe Nash gebeten, Tempo zu machen. Der Boß klang ziemlich aufgeregt, als ich ihn an der Strippe hatte.«

»Dazu hat er auch allen Grund«, antwortete Kolchinsky und öffnete den Kofferraum, damit Graham seine zwei Gepäckstücke darin verstauen konnte.

»Wann ist Einsatzbesprechung?«

»Sobald wir die Zentrale erreichen«, sagte Kolchinsky, als er den Sicherheitsgurt anlegte. »Sabrina und C. W. müßten schon da sein.«

»Wissen Sie, worum's geht?«

Kolchinsky ließ den Motor an, warf einen Blick in den Rückspiegel und fuhr vom Bordstein weg. »Natürlich! Aber strengen Sie sich gar nicht erst an, von mir werden Sie nichts erfahren.«

»Keine Sorge, ich bin schon still.«

»Machen Sie Musik! Die Kassetten liegen im Handschuhfach.«

Graham fand drei Bänder und musterte eins nach dem anderen. »Haben Sie nichts anderes als Mozart?«

»Beim Fahren gibt's kaum was Besseres«, antwortete Kolchinsky und steckte sich wieder eine Zigarette an.

Widerwillig schob Graham eine Kassette in den Apparat, fächelte sich den Rauch aus dem Gesicht und schaute hinaus auf die Skyline von New York.

Offiziell gab es die UNACO gar nicht. Ihr Name fehlte auf allen Hinweisschildern im Foyer des UN-Gebäudes, und keiner ihrer dreißig Telefonanschlüsse war im New Yorker Telefonbuch aufgelistet. Wenn jemand eine der Nummern anrief, meldete sich eine Telefonistin im Namen der Firma »Llewelyn und Lee«. Konnte sich der Anrufer per Kennummer oder Codewort identifizieren, wurde er an den entsprechenden Anschluß weitervermittelt. Wer sich nicht ausweisen konnte, hatte keine Möglichkeit, Schaden anzurichten. Natürlich waren auch »Llewelyn und Lee« in keinem Telefonbuch eingetragen.

Die Telefonistin herrschte über ein kleines Büro im zweiundzwanzigsten Stock des UN-Hochhauses, dessen Tür keinerlei Aufschrift trug, ständig geschlossen und nur von befugten Personen zu betreten war. Das einzige Mobiliar des Büros bestand aus Schreibtisch und Drehstuhl sowie einer dunkelroten Couch und zwei dazu passenden Sesseln.

Drei Wände des Raums waren mit Rauhfaser tapeziert, cremefarbig gestrichen und mit einer Reihe von gerahmten Zeichnungen des Dag-Hammarskjöld-Platzes geschmückt, die vom Generalsekretär persönlich in Auftrag gegeben worden waren. In die vierte, mit Teakholz verkleidete Wand waren zwei Schiebetüren eingebaut, die mit bloßem Auge kaum auszumachen waren und nur mittels eines kleinen Ultraschallsenders aktiviert werden konnten. Die Tür zur Rechten führte in die Kommandozentrale der UNACO, rund um die Uhr von Spezialisten besetzt, deren Aufgabe es war, das Weltgeschehen zu überwachen.

Große elektronische Tafeln und Landkarten verzeichneten in buntflackernden Lichtern die bekannten Brennpunkte, Computer-Ausdrucke sorgten für die Aktualisierung entsprechender Informationen, und die Terminals lieferten auf Knopfdruck umfangreiches Material über sämtliche bekannten Kriminellen, die zu Tausenden in der zentralen Datenbank gespeichert waren. In diesem Raum steckte das Gehirn des hochentwickelten und über die ganze Welt ausgreifenden Systems der UNACO. Die Tür zur Linken konnte nur von einer einzigen Person geöffnet oder geschlossen werden. Sie führte ins Privatbüro des Direktors.

Malcolm Philpott war seit Gründung der UNACO deren Leiter. Davor hatte er sieben Jahre lang als Chef einer Sonderabteilung von Scotland Yard vorgestanden. Er war Mitte Fünfzig, hatte ein hageres Gesicht und gewellte rote Haare, die sichtlich dünner wurden.

Für die UNACO arbeiteten 209 Angestellte. Dreißig davon waren erstklassige Agenten, rekrutiert aus Polizei- und Geheimdienststellen rund um die Welt. Zehn Teams, bestehend aus je drei Agenten, konnten, unbehindert durch Gesetze oder Protokollvorschriften, alle internationalen Grenzen passieren. Konkurrenz gab es zwischen ihnen nicht. Jedes Team zeichnete sich durch seinen eigenen, individuellen Stil aus.

Das war natürlich auch der Fall bei Strike Force 3. Von allen Agenten kannte Philpott Whitlock am längsten. Er hatte ihn persönlich für den MI 5 angeworben, und zwar direkt von der Universität Oxford weg. Philpott war bis zu seiner Versetzung in die Planungsabteilung als Kontaktmann eng mit seinem Zögling verbunden gewesen. Zu seinem Nachfolger hatte Whitlock nie ein ähnliches Vertrauensverhältnis zu entwickeln vermocht, und so nutzte er die erstbeste Gelegenheit, um wieder mit Philpott zusammenarbeiten zu können. Whitlock war ein Musterbeispiel an Geduld. Durch nichts ließ er sich aus der Ruhe bringen, und das war gut so in Anbetracht der ständig schwelenden Spannungen zwischen Sabrina und Graham. Als Sabrinas Dossier, zusammengestellt vom Chef des FBI, auf seinem Schreibtisch landete, war Philpott zunächst skeptisch gewesen, was ihre Fähigkeiten anging, aber nach dem ersten Treffen mit ihr hatte er seine Meinung gründlich revidiert. Sie war freundlich, intelligent und ohne jene Eitelkeit, wie sie so oft bei schönen Frauen anzutreffen ist. Dann hatte sie ihm ein Beispiel ihrer Schießkunst geliefert. Sie war ohne Frage der beste Schütze, den er kannte. Daß er sie an jenem Tag in den Reihen der UNACO willkommen geheißen hatte, hatte er kein einziges Mal bereut. Graham dagegen wäre ihm fast durchs Netz gegangen. Der Kommandant von Delta hatte nicht mit Philpott, sondern mit dem Generalsekretär Kontakt aufgenommen, um Graham für einen Posten bei der UNACO vorzuschlagen. Dessen psychiatrische Akte jedoch hatte den Ausschlag für eine negative Entscheidung des Generalsekretärs gegeben. Danach war Graham auf den Rat des Delta-Kommandanten persönlich mit Philpott in Verbindung getreten. Der hatte sich verärgert über den Alleingang des Generalsekretärs gezeigt, dessen Entscheidung nach mehreren Treffen mit Graham rückgängig gemacht und ihn auf Probe ins Team geholt unter dem Vorbehalt, daß sich Graham einer regelmäßigen Neueinschätzung zu unterziehen habe. Zwar hatte Graham tiefe seelische Narben aus der Tragödie um seine Familie davongetragen, sich aber dennoch als glänzender Agent bewiesen, und Philpott war nicht gewillt, ihn fallenzulassen.

Philpott drückte einen Knopf auf dem Schaltpult

seines Schreibtischs. »Sarah, schicken Sie mir die Leute rein!« Obwohl er schon als Junge seine schottische Heimat verlassen hatte, waren seiner Sprache immer noch Spuren seines keltischen Ursprungs anzuhören.

Er richtete die Fernsteuerung auf die Tür und ließ sie aufgleiten. Als alle im Raum versammelt waren, machte er die Tür wieder zu und wies auf die zwei schwarzen Ledersofas vor der Wand. Kolchinsky nahm als erster Platz und steckte sich gleich eine Zigarette an.

»Wenn Sie Tee oder Kaffee wünschen, bedienen Sie sich«, sagte Philpott und winkte flüchtig in Richtung des Büfetts, das rechts vom Schreibtisch stand.

»Mit Milch, ohne Zucker«, sagte Graham zu Sabrina und nahm neben Kolchinsky auf der Couch Platz.

Sabrina verschränkte die Arme und warf ihm einen wütenden Blick zu. »Ich bin nicht dein Dienstmädchen.«

Whitlock sah den Ärger in Philpotts Augen und trat mit versöhnlichem Lächeln nach vorn. »Onkel Tom wird euch bedienen. Meine Vorfahren hatten viel Übung darin, und mir steht die Rolle auch ganz gut zu Gesicht.«

»Laß gut sein, C. W.! Ich mach's selber«, murmelte sie.

»Sabrina!«

Sie drehte sich zu Philpott um, der energisch mit dem Finger auf die Couch hinter ihr wies. Wortlos nahm sie Platz und schüttelte den Kopf, als Whitlock fragte, ob sie Kaffee wünsche.

Whitlock füllte zwei Tassen und kehrte mit einer auf seinen Platz zurück, nachdem er Graham bedient hatte.

Philpott öffnete die Akte, die vor ihm auf dem Schreibtisch lag. »Wie ich Ihnen schon am Telefon sagte, handelt es sich um eine äußerst dringliche Sache. Viel Zeit bleibt uns nicht, und was uns an Informationen zur Verfügung steht, ist auch nicht viel: In Linz ist gestern ein Landstreicher gefunden worden. Gesicht und Hände des Mannes sind so verbrannt, als hätten sie im Feuer gelegen. Bei der Untersuchung im Krankenhaus ist festgestellt worden, daß er die Haare und fast alle Zähne verloren hat und einige innere Organe sowie das zentrale Nervensystem irreparable Schäden aufweisen. Die Ärzte sind in ihrer Diagnose einhelliger Meinung: Strahlenverseuchung. Eine sofort absorbierte Dosis von fünf Grays wirkt nach spätestens einer Woche tödlich. Die Autopsie der Leiche hat ergeben, daß der Mann einer dreifachen Strahlungsmenge ausgesetzt war.«

»Was sind Grays?« fragte Graham.

»Ein Gray ist die von der SI festgelegte Maßeinheit für absorbierte Strahlung«, antwortete Whitlock, ohne den Kollegen anzusehen.

Philpott nickte und fuhr fort: »Bevor er starb, hat der Mann den Beamten ein paar Hinweise geben können. Bei Wissembourg an der deutsch-französischen Grenze ist er auf einen Güterzug aufgesprungen und hat in einem Waggon sechs Bierfässer gefunden. Als er eins davon zu öffnen versuchte, ist ihm ein feines Pulver entgegengeschlagen. Daraufhin hat er die Fässer mit einer Plane zugedeckt und den Zug bei Straßburg verlassen. Drei Tage später wurde er in Linz aufgefunden.«

»Haben die Ärzte die radioaktive Substanz identifizieren können?« wollte Whitlock wissen.

»Plutonium IV.«

»Wird zur Herstellung von Kernwaffen verwendet«, fügte Whitlock mit düsterer Miene hinzu.

»Die Fässer können also inzwischen überall in Europa sein«, bemerkte Sabrina.

Philpott stopfte Tabak in seine Briar-Pfeife und steckte sie sorgfältig an, bevor er Sabrina ansah. »Ich muß Sie korrigieren. Die Fässer könnten mittlerweile überall auf der Welt sein. Trotzdem müssen sie gefunden werden, und zwar schnell.«

Kolchinsky stand auf und schritt die Länge des Zimmers ab, bevor er aufblickte. »Das angebrochene Faß kommt einer Zeitbombe gleich. Sie haben gehört, was passiert ist, als der Vagabund mit einigen Staubflocken in Berührung kam. Stellen Sie sich die Folgen vor, wenn der gesamte Inhalt in die Atmosphäre entweicht! Tschernobyl ist uns allen noch lebhaft in Erinnerung. Es ist unbedingt notwendig, daß wir eine weitere Katastrophe dieser Art verhindern.«

Philpott verlieh durch sein Schweigen Kolchinskys Worten zusätzlichen Nachdruck. Dann sagte er: »Mike, Sabrina, Sie werden sich auf die Spur dieser Fässer machen. Und begraben Sie um Himmels willen endlich Ihr Kriegsbeil.«

Beide nickten verschämt.

»Und wer stellt fest, woher die Fracht stammt?« fragte Graham nach längerer Pause.

»Ihre Aufgabe besteht einzig und allein darin, das Plutonium zu finden.« Philpott stocherte mit dem Mundstück der Pfeife in Richtung auf Whitlock. »Vielleicht kann C. W. etwas zur anderen Frage in Erfahrung bringen. Wir haben bereits ein paar Daten durch den Computer geschickt, und es scheint, als würde das Plutonium aus einer Wiederaufbereitungsanlage bei Mainz stammen. Sie ist das einzige Werk in Westeuropa, das sich auf die Produktion von Plutonium IV spezialisiert hat. Ich habe mich darum gekümmert, daß Sie in Ihrer gewohnten Tarnung als freischaffender Reporter reisen können. Versuchen Sie, irgendwas auszugraben. Alle vorläufigen Nachforschungen haben bislang nichts zum Vorschein gebracht. Es gibt weder Frachtpapiere noch Hinweise auf einen Diebstahl. Wir haben es offenbar mit einer professionellen Kommandosache zu tun.«

Kolchinsky nahm drei Briefumschläge aus Manilapapier von Philpotts Schreibtisch und verteilte sie. Sie enthielten die Standardunterlagen für eine UNACO-Operation: ein Resümee des Einsatzbefehls (das nach Kenntnisnahme sofort zu vernichten war), Flugtickets, Landkarten des Bestimmungsortes, Bestätigungen von Hotelreservierungen, Kontaktadressen (falls erforderlich) und eine Geldsumme in entsprechender Währung. Mit Geld wurde nie geknausert, doch nach jedem Einsatz mußte der Agent oder die Agentin bei Kolchinsky eine tabellarische Kostenaufstellung abliefern samt aller Quittungen, um nachrechnen zu können. Kolchinskys Pedanterie in dieser Angelegenheit ließ die Agenten witzeln, daß es besser sei, sein Leben zu verlieren als eine Quittung.

Graham hielt seinen Umschlag in die Höhe. »C. W. fliegt also nach Mainz. Und wohin geht's mit uns?«

Philpott blies den Rauch unter die Decke und antwortete: »Nach Straßburg.«

4

Straßburg, die Hauptstadt der französischen Provinz Elsaß, liegt unweit von der Grenze zu Deutschland auf einer Insel, die von zwei Armen des Flusses Ill gebildet wird. Sie ist eine malerische Stadt mit kopfsteingepflasterten Fußgängerwegen und Fachwerkhäusern. Das Stadtbild wird beherrscht vom über hundert Meter hohen Turm des Münsters, eines gotischen Bauwerks, gemauert aus dem roten Sandstein der Vogesen. Das Münster läßt sich auch noch von den entferntesten Gipfeln im Elsaß erkennen und wird von den Einheimischen als stolzes Symbol ihrer Herkunft betrachtet.

Als Sabrina draußen vor dem Hotel am Place de la Gare stand und zum Turm hinaufblickte, der sich hell vom trüben, dunklen Himmel abzeichnete, dachte sie zurück an den Abflug vom J. F. Kennedy-Airport. Unterwegs nach Paris war die Maschine immer wieder von heftigen Turbulenzen geschüttelt worden, so daß sie und ihr Kollege kaum Schlaf hatten finden können. Vor der Landung waren die Passagiere daran erinnert worden, die Uhren um sechs Stunden auf mitteleuropäische Zeit vorzustellen, was zur Folge hatte, daß sich zur Müdigkeit auch noch Konfusion einstellte. Eine Piper Chieftain, die zum Bestand der UNACO gehörte, hatte auf dem Flughafen von Orly bereitgestanden, um sie nach Straßburg zu fliegen. Obwohl entsetzlich müde, hatten Sabrina und Graham jeden Gedanken an Schlaf verdrängt, und nachdem sie ihre Zimmer im Hotel Vendôme bezogen hatten (das wegen seiner Nähe zum Bahnhof ausgewählt worden war), nahmen beide, jeder für sich, ein ausgiebiges, erfrischendes Duschbad. Anschließend waren sie zu einem späten Frühstück im Speisesaal zusammengekommen.

Grahams Erscheinen brachte Sabrina wieder auf den Boden der Tatsachen zurück, und gemeinsam schlenderten sie zum nahe gelegenen Bahnhof, wo sie sich am Informationsschalter nach dem Büro des Stationsvorstehers erkundigte. Der Elsässer Dialekt, der dem Mittelhochdeutschen noch sehr ähnlich scheint, war ihr natürlich nicht vertraut. Also redete sie den Beamten auf deutsch an, was sie so gut beherrschte, daß dieser wissen wollte, aus welcher Ecke in Deutschland sie käme. Aus Berlin, gab sie zur Antwort, denn diese Stadt hatte sie in den vergangenen Jahren gründlich kennengelernt.

Das Büro des Stationsvorstehers war in einem Gebäudeteil untergebracht, der einen guten Ausblick bot auf das rege Bahnhofsgeschehen. Sabrina klopfte an die Tür.

»Herein!« meldete sich eine Stimme von drinnen.

Sie öffnete die Tür. Das Büro war geräumig und mit Teppich ausgelegt. Rechter Hand standen der Schreibtisch aus Teakholz und drei mit Kunstleder überzogene Sessel. Die Regale, die hinter dem Schreibtisch das Fenster umrahmten, waren vollgestopft mit Akten, Kursbüchern und Fahrplänen.

»Entschuldigen Sie, Herr Brummer?« fragte sie den Mann mit silbrigem Haar, der beim Fenster stand.

Er wandte den beiden das Gesicht zu. »Ja. Kann ich Ihnen helfen?«

Graham hob die Hand, bevor Sabrina antworten konnte, und fragte: »Sprechen Sie Englisch?«

Brummer nickte. »Natürlich«, erwiderte er auf englisch. »Was gibt's?«

»Ich bin Mike Graham, und das ist Sabrina Carver.«

»Ach ja, man hat mir berichtet, daß Sie kommen werden. Die Unterlagen, die Sie zu sehen wünschen, liegen da vorn.« Er deutete mit der Hand auf den Schreibtisch, wo fünf dicke Akten lagen. »Darin finden Sie alle Angaben über Frachtgüter, die während der vergangenen zehn Tage in Straßburg auf- und abgeladen worden sind.«

Graham musterte den Aktenberg mit sichtlichem Unmut. »Sie scheinen einen reichlich rührigen Betrieb zu leiten.«

»In der Tat, Mr. Graham. Wegen seiner zentralen Lage ist Straßburg einer der wichtigsten Verkehrsknotenpunkte europäischer Eisenbahnen. Der Umschlagplatz für Frachtgüter wächst ständig, was zur Folge hat, daß über die Hälfte der arbeitenden Stadtbevölkerung vom Transportgeschäft abhängig ist. Wie Sie sich denken können, lastet eine große Verantwortung auf uns.«

Sabrina schlug die oberste Akte auf und blätterte durch die Frachtpapiere. »Sind die alle auf französisch?«

»Ja. Und zwar wegen der Inspektoren, die zweimal im Jahr zur Prüfung aus Paris kommen. Von denen spricht keiner Deutsch oder Elsässisch.«

»Was für ein Glück. Wie sind die ankommenden beziehungsweise abgeschickten Frachten geordnet? Getrennt oder zusammen?«

»Getrennt, aber zum Zweck der Übersichtlichkeit jeweils im Tagesrhythmus. Außerdem ist auf den Papieren immer der endgültige Bestimmungsort eingetragen. Wegen der Versicherung, Sie verstehen.«

»Besten Dank für Ihre Hilfe!« sagte Sabrina mit flüchtigem Lächeln.

»Zögern Sie nicht zu fragen, wenn Sie etwas brauchen!«

»Kaffee«, erwiderte Graham spontan.

»Den lasse ich Ihnen sofort servieren.«

»Und etwas Ruhe, damit wir ungestört arbeiten können«, fügte Graham hinzu.

»Sie können mich jederzeit übers Telefon erreichen. Anschluß Nummer sieben.«

Sabrina wartete, bis Brummer den Raum verlassen hatte. Dann wählte sie einen Kuli aus der Schreibtischablage und beschrieb ein Stück Papier, das sie an Graham weiterreichte.

»Was soll das heißen?« fragte er argwöhnisch.

»*Tonnelets à bière et tonneaux à bière.* Das ist französisch und bedeutet: Bierfäßchen und Bierfässer. Du bist wohl nicht besonders firm in der Sprache, oder?«

Die sorgfältige Prüfung der Frachtpapiere erwies sich als mühsam und zeitraubend, besonders für Graham, der nicht alles verstand, was in den Unterlagen zu lesen war. Er prägte sich die von Sabrina übersetzten Vokabeln ein, in der vagen Hoffnung, auf einen entsprechenden Eintrag zu stoßen.

Dank stündlicher Kaffeepausen gelang es ihnen,

ihre Müdigkeit in Schach zu halten, und als ihnen kurz nach zwölf auf Brummers Veranlassung hin ein Mittagessen serviert wurde, waren sie überglücklich, essen und ausruhen zu können. Die Mahlzeit bestand aus einer *garbure*, einer kräftigen Gemüsesuppe, gefolgt von einem Kalbfleischbraten *à la forestière* und einem *pot-au-chocolat* zum Dessert. Fast hätte sie der verführerisch cremige Schokoladenpudding schwach gemacht, aber dann besann sich Sabrina auf ihre Disziplin und überließ ihre Portion dem Kollegen. Obwohl es schwerfiel, machten sie sich nach dem Essen wieder an die Aktenarbeit.

Es war zwanzig nach drei, als Sabrina schließlich den letzten ihrer drei Aktenordner zuklappte. Sie stand auf, reckte sich, trat ans Fenster und schaute hinaus auf das geschäftige Treiben. »Bist du bald fertig?«

Graham packte die verbliebenen Frachtpapiere zwischen Daumen und Zeigefinger, um die Menge zu schätzen, und antwortete: »An die fünfzig sind noch fällig.«

»Gib sie mir, das geht schneller. Du kannst schon mal unten unsere Sachen aus dem Schließfach holen.«

Ihre Waffen waren, wie verabredet, in der Nacht zuvor von einem UNACO-Agenten in einem Schließfach deponiert worden. Der Schlüssel hatte schon bei ihrer Ankunft im Hotel für sie bereitgelegen.

»Wozu die Eile?« fragte er mit kritischem Blick. »Du hast was gefunden, stimmt's?«

Sie zuckte mit den Schultern. »Vielleicht. Gib mir die Akte.«

»Eigentlich haben wir den Auftrag, zusammenzuarbeiten.«

Sie rieb sich die müden Augen. »Laß mich nur machen. Es ist wichtig, alle Papiere durchzugehen, egal was dabei rauskommt. Wenn ich dir gesagt hätte, daß mir schon auf den ersten Seiten etwas aufgefallen ist, wärst du wahrscheinlich über dem Rest eingeschlafen. Hast du mir nicht noch beim Frühstück einen Vortrag gehalten über die Risiken mangelnder Konzentration?«

»Dein Zutrauen zu mir rührt mich«, sagte er gereizt.

»Das beruht wohl auf Gegenseitigkeit, Mike«, antwortete sie, ohne seinem Blick auszuweichen.

Er schluckte seinen Ärger hinunter und verließ das Büro. Die Bahnhofshalle war voller Menschen, und er mußte um Selbstbeherrschung ringen, als ihn die Fahrgäste hin und her zu stoßen begannen. Denn sobald ein Zug ausgerufen wurde, stürmten sie wie wild auf die Bahnsteige. Endlich fand er doch noch die Schließfächer, die von einer Gruppe von Studenten belagert wurden. Ringsum waren deren Rucksäcke und Beutel über den Boden verstreut. Er zog einen Umschlag aus der Anoraktasche, schlitzte ihn mit dem Finger auf und ließ den Schlüssel in die Hand fallen. Dann schloß er das entsprechende Fach auf und entnahm ihm eine hellblaue Sporttasche. Als er sich umdrehte, versperrte ihm ein hübscher Teenager mit verbeulten Jeans und schlabbrigem, geblümtem T-Shirt den Weg. Sie bot ihm einen halbaufgerauchten Joint an. Verärgert schnippte er ihr den Stummel aus der Hand und wühlte sich in Richtung Halle durch. In diesem Augenblick sah er einen Polizisten näher kommen. Instinktiv faßte Graham seine Tasche fester. Im ersten Moment glaubte er, daß der Gendarm den Zwischenfall beobachtet hatte. Wenn der Beamte ihn aufforderte, die Tasche zu öffnen, würde Graham eine Menge zu erklären haben. Der Gendarm blieb vor den am Boden liegenden Gepäckstücken stehen, trat mit dem Fuß gegen einen Proviantbeutel und forderte die Studenten auf, ihre Sachen ordentlich vor der Wand aufzureihen. Während sie seiner Anordnung Folge leisteten, musterte der Polizist einen nach dem anderen, und von einigen ließ er sich sogar Paß und Fahrkarte zeigen. Graham bemerkte, wie das Mädchen mit verängstigtem Gesicht vor der Wand kauerte und scheue Blicke über die Schulter warf. Er ging auf sie zu und zerrte sie in die Höhe.

»Sprichst du Englisch?« fragte er barsch.

Sie nickte.

»Setz die hier auf!« sagte er und drückte ihr eine Sonnenbrille in die Hand.

Sie schaute sich nach dem Gendarmen um. »Sie werden doch nicht . . .«

»Setz sie auf!« unterbrach er sie nervös. »Und jetzt sag mir, wo dein Gepäck liegt!«

»Der orangefarbene Beutel da vorn.«

Graham warf das Gepäckstück über die Schulter und sah, daß ihn der Gendarm beobachtete. »Der gehört meiner Tochter. Gibt's irgendwelche Probleme?«

Ob ihn der Polizist verstand oder nicht, blieb unklar; um so erleichterter war Graham, als er sah, wie ihn der Beamte mit einer knappen Handbewegung abziehen ließ.

»Wer sind Sie?« fragte das Mädchen, als sie die Haupthalle erreicht hatten.

»Das tut nichts zur Sache. Wie alt bist du?«

Sie senkte den Kopf. »Achtzehn.«

»Studentin?«

»Von Princeton.«

»Du bist jung, hübsch und allem Anschein nach intelligent. Warum, zum Teufel, legst du's drauf an, dein Leben zu vermasseln? Eine Verurteilung reicht, und du wirst als Kriminelle geführt. Der Makel hängt dir dann zeitlebens an. Ist es das wert?«

»Sie sind wohl von der Drogenberatung«, sagte sie leise.

Er streckte die Hand aus. »Du bist jetzt in Sicherheit. Meine Sonnenbrille, bitte.«

Sie nahm die Brille von der Nase und gab sie ihm zurück. »Danke. Ich schulde Ihnen was.«

»Du schuldest dir selber was.« Er steckte die Sonnenbrille in die Hemdtasche und verschwand im Gewimmel der nachmittäglichen Pendler.

Sabrina schaute auf, als er zurückkehrte. »Du hast dir Zeit gelassen.«

Er verzog das Gesicht. »Der wahre Dschungel da unten«, antwortete er und zeigte auf die Akte in Sabrinas Schoß. »Was gefunden?«

»Nur diesen einen Eintrag.«

Graham setzte die Tasche auf dem Tisch ab, trat hinter den Stuhl, auf dem sie saß, und schaute über ihre Schulter auf den Akteneintrag, den sie mit dem Fingernagel unterstrichen hatte.

»Am Rand ist eine Neun markiert worden«, bemerkte er. »Vergiß nicht, daß der Landstreicher unter Schock stand, als er mit den Beamten gesprochen hat. Er scheint zwar nur sechs Fässer gesehen zu haben, aber es könnte doch durchaus sein, daß noch weitere irgendwo im Waggon verstaut waren.«

»Von wo stammt die Fracht?« fragte er.

»Aus München. Die Fässer sind hier vor fünf Tagen entladen worden. Der Empfänger wohnt am Ort.«

»Der Landstreicher ist ungefähr zur gleichen Zeit vom Zug gesprungen. Trotzdem ist nicht auszuschließen, daß wir auf der falschen Fährte sind.«

»Kann sein, aber es ist die einzige Spur, die wir haben.«

Er zog den Reißverschluß der Tasche auf, holte zwei Schulterhalfter der Marke Boyt heraus und ließ sie auf den Tisch fallen, bevor er wieder in die Tasche langte und zwei Pistolen hervorkramte, die mit grünem Tuch umwickelt waren. Beide Waffen waren vom Typ Beretta 92s, der offiziellen Handfeuerwaffe der Armee der Vereinigten Staaten. Die Beretta war auch Sabrinas bevorzugte Waffe, während Graham immer noch eine Vorliebe für den 45er Colt besaß, den er schon in Vietnam zur Verfügung gehabt hatte. Erst nach seinem Eintritt in die UNACO war er zur Beretta übergegangen, obwohl alle Agenten freie Auswahl hatten, was Schußwaffen betraf. Daß Graham nun der Beretta den Vorzug gab, hatte einen praktischen Grund: Ihr Magazin faßte fünfzehn Patronen, der Colt dagegen nur sieben. Acht zusätzliche Kugeln in brenzlicher Situation konnten über Leben und Tod entscheiden – und nicht nur, was die eigene Person anging.

Nachdem sie den Schulterhalfter angelegt und das Magazin in die Beretta geschoben hatte, schaute Sabrina in die Tasche, um festzustellen, ob der Strahlungsdetektor mitgeliefert worden war. Es war ein tragbarer Geiger-Müller-Zähler, eins der bekanntesten und zuverlässigsten Geräte auf dem Markt. Und weil es außerdem das billigste war, hatte sich Kolchinsky dafür entschieden. Sabrina schmunzelte. Kolchinsky wurde wegen seiner Knausrigkeit von den Agenten immer wieder gehänselt, doch wenn es ernst wurde, konnte man sich darauf verlassen, daß er nie ein Risiko zugunsten des Budgets einging. Er verlangte und bekam immer nur das Beste, und zwar zu Spottpreisen, weil er es verstand, die Verkäufer gegeneinander auszuspielen.

»Fertig?«

Sie nickte. »Hast du schon einen Plan?«

»Noch nicht. Schauen wir uns erst einmal in der Gegend um.«

Die Adresse auf dem Frachtpapier führte sie zu einem dreistöckigen Haus am Quai des Pêcheurs, dessen Front sich im stillen Wasser der Ill widerspiegelte. Die weißen Mauern standen in auffälligem Kontrast zu den schwarz gemalten Rolläden, die vor einigen Fenstern heruntergelassen worden waren. Schwere Vorhänge hingen hinter den drei Gaubenfenstern, die aus dem rostigen Wellblechdach hervorsprangen. Insgesamt sah das Gebäude alles andere als einladend aus.

»Da drin wird bestimmt einiges versteckt sein«, meinte Graham und kletterte aus dem geliehenen Renault GTX.

»Vielleicht sollten wir der Umstände halber lieber unseren Kontaktmann informieren«, schlug Sabrina zögernd vor.

Er sah sie über das Autodach hinweg an und kniff fragend die Augenbrauen zusammen. »Von welchen Umständen sprichst du?«

»Ohne offiziellen Durchsuchungsbefehl können wir doch nicht einfach ins Haus gehen und uns rumführen lassen.«

»Du kennst die Vorschriften, Sabrina: Kontakte sind nur dann in Anspruch zu nehmen, wenn es unbedingt erforderlich ist. Das hier schaffen wir schon allein.«

»Wie? Du willst doch wohl nicht einfach da reinplatzen und den wilden Mann markieren? Du weißt, wie sauer Kolchinsky über die Rechnung war, als du dich letztens so aufgeführt hast.«

»Um dich zu beruhigen: Mir schwebt diesmal ein viel subtileres Vorgehen vor.«

»Nicht möglich. Laß hören!«

Eine Minute später steuerte Sabrina den Renault in eine enge Seitengasse neben dem Haus und rollte in einen gepflasterten Hof, der nach allen Seiten hin von schmutzigweißen Mauern eingeschlossen wurde. Die Farbe bröckelte in häßlichen Fetzen vom grauen Unterputz. Sie stieg aus und schlug mit dem Türklopfer gegen die schwarze Holztür. Eine Klappe wurde geöffnet, hinter der ein jugendliches Gesicht zum Vorschein kam. Sabrina trug ihr Anliegen auf französisch vor und deutete zurück auf den abgestellten Renault. Während sie sprach, rückte der junge Mann näher ans Gitter heran, um mehr von ihr sehen zu können, und er war sichtlich beeindruckt von ihrer Figur und den hautengen Jeans, die in braunen Lederstiefeln steckten. Er schien sein Glück kaum fassen zu können und öffnete die Tür, um sie einzulassen. Kaum hatte sie den langen, spärlich beleuchteten Flur betreten, als sie eine Fotokopie der Frachtpapiere aus der Tasche zog und ihm in die Hand drückte. Das geile Grinsen verschwand aus seinem Gesicht. Er blinzelte sie an und war offenbar wütend, so leicht übertölpelt worden zu sein. Er warf einen Blick an ihr vorbei, sah sie dann mit vagem Lächeln wieder an und zweifelte mit lauter Stimme an der Echtheit der Originalpapiere. Der unbeholfene Versuch, ihre Aufmerksamkeit abzulenken, reichte ihr zur Warnung. Sie wartete noch eine Weile und schnellte dann herum, um der Gestalt zu begegnen, die sich in ihrem Rücken genähert hatte. Als der Mann die Finger um ihren Kragen klammerte, ballte sie die Hände zu einer Faust zusammen, sprengte mit einer heftigen Aufwärtsbewegung der Arme seinen Zugriff und hieb ihm mit der Faust auf den Nasenrücken. Er schrie vor Schmerz auf, sackte auf die Knie und befingerte die gebrochene, blutende Nase.

Der Junge tastete mit der Hand verstohlen durch den Türspalt. Doch als er die Finger um den Griff des Messer legte, das in einer Scheide an der Wand hing, tauchte Graham hinter ihm auf und preßte ihm den Lauf der Beretta in den Rücken. Der Junge erstarrte vor Schreck und ließ die Hand sinken. Graham stieß ihn vom Eingang weg, langte durch den Türspalt und zog das Messer aus der Scheide. Er streckte dem Jungen den Griff entgegen und munterte ihn auf zuzupacken. Sabrina schritt ein, nahm Graham das Messer ab und steckte es in den Stiefelschaft.

»Sind vorm Haus irgendwelche Meßwerte festzustellen?« fragte sie und zog den Geiger-Müller-Zähler aus der Tasche, die er mitgebracht hatte.

Er schüttelte den Kopf. »Alles sauber.«

Sie schaltete das Gerät ein und fuhr mit dem Sensor über das Türblatt und den Boden ringsum. Die Nadel rührte sich nicht. Als sie sich dem Jungen näherte, wich er zaghaft zurück. Sabrina prüfte zuerst den Jungen, dann den wimmernden Mann am Boden. In beiden Fällen blieb die Messung ohne Ergebnis.

»Verstehst du Englisch?« wollte Graham wissen.

Der Junge preßte sich mit dem Rücken an die Wand, seine Augen waren vor Angst weit aufgerissen.

»Parlez-vous anglais?« übersetzte Sabrina.

Der Junge schüttelte den Kopf. Als sie ihn nach den Bierfässern fragte, zeigte er auf eine Holztreppe am Ende des Flurs.

»Was machen wir mit dem da?« fragte Graham mit Blick auf den verletzten Mann.

»Der wird's wohl nicht allzu eilig haben.«

Die Holztreppe führte hinunter in einen engen Korridor, der von einer einzigen Glühbirne an einem brüchigen Kabel beleuchtet wurde. Am Ende des Korridors befand sich eine Tür, die mit einem schweren Vorhängeschloß gesichert war. Sabrina ging darauf zu; auch jetzt zeigte der Zähler keinerlei Reaktion. Sie forderte den Jungen auf, die Tür zu öffnen, doch der schüttelte bloß den Kopf. Die Gesten der beiden hatten für Graham ausgereicht, um zu verstehen, worum es ging. Rüde stieß er den Jungen durch den Gang in Richtung Tür. Als der Junge herumwirbelte, sah er die Mündung von Grahams Beretta auf sich gerichtet. Verstört löste er den Schlüsselbund vom Gürtel und tastete mit zitternden Fingern nach dem Schloß. Erst beim dritten Versuch gelang es ihm, den Schlüssel ins Loch zu stecken. Dann ließ er das Schloß zu Boden fallen, stieß die schwere Tür auf und langte nach innen zum Lichtschalter. Sabrina folgte ihm in den Kellerraum. Der Geiger-Müller-Zähler gab immer noch keine Messung an. Hunderte von Bierkisten lagerten aufgestapelt vor drei weiß getünchten Wänden. Vor der vierten und längsten Wand stand ein Holzregal, gefüllt mit Flaschen heimischer und importierter Weine. Der Junge führte die beiden durch einen gemauerten Bogengang in einen zweiten Raum, vollgestopft mit Pappkartons, von denen einige aufgerissen waren und ihren Inhalt preisgaben: Whisky. Er zeigte auf die neun Fässer, die mitten im Raum standen.

Sabrina hielt die Zählersonde über die Fässer. Das Meßgerät gab kein Zeichen von sich. Sie schaltete es aus, ging neben den Fässern in die Hocke und musterte die Aufschriften. »Viermal Helles, fünf Fässer Dunkelbier. Aus München. Schmuggelware.«

»Mich laust der Affe. Wir sind in einem verdammten Schiebernest gelandet«, knurrte Graham.

»Es war also doch eine falsche Fährte.«

»Sieht so aus. Ich kann nur hoffen, daß C. W. mehr Erfolg hat.«

Whitlock hatte tatsächlich mehr Erfolg und war nun dabei, seine Recherchen zu verifizieren.

Er war drei Stunden nach Graham und Sabrina von New York losgeflogen. Die Turbulenzen über dem Atlantik hatten inzwischen abgenommen, so daß er während des Fluges fast durchgehend schlafen konnte. Am Frankfurter Rhein-Main-Flughafen besorgte er sich die Schlüssel eines Golf Cabrio vom Schalter der Mietfirma Hertz und fuhr über die A 66 nach Mainz, wo er im Europahotel an der Kaiserstraße Quartier bezog.

Auch für ihn war eine Tasche hinterlegt worden, in der ein Geiger-Müller-Zähler steckte, und seine favorisierte Handfeuerwaffe, eine Browning Mk2.

Er holte sich die Tasche aus einem Schließfach am Hauptbahnhof, nachdem er in dreistündiger, gründlicher Arbeit die Papiere der Frachten studiert hatte, die während der letzten zehn Tage per Eisenbahn verschickt worden waren.

Und er wurde fündig. Sechs metallene Bierfäßchen waren in einen Güterzug verfrachtet worden, der, in die Schweiz unterwegs, genau an jenem Tag Straßburg erreicht hatte, an dem der Landstreicher nach eigenen Angaben dort gewesen war. Zwar war damit noch nicht bewiesen, daß es sich um dieselben Fässer handelte, die der Landstreicher entdeckt hatte, aber alle Zeichen sprachen dafür, und ein schierer Zufall erschien sehr unwahrscheinlich. Es gab nur eine Möglichkeit, Gewißheit zu finden: Er mußte den Absender aufsuchen und ein paar Strahlungsmessungen vornehmen.

Es wurde bereits dunkel, als Whitlock die Heuss-Brücke über den Rhein passierte und den Golf Cabrio in die Rampenstraße lenkte. Mit angestrengtem Blick, der durch die getönten Brillengläser zusätzlich getrübt wurde, versuchte er, die zum Teil undeutlichen und verblaßten Nummern an den Lagerhäusern auszumachen, die das Flußufer säumten. Schließlich entdeckte er auf der rechten Seite ein Gebäude, dessen Adresse mit der auf den Frachtpapieren angegebenen übereinstimmte. Vor dem Haus hielt er den Wagen an, hob die Tasche vom Rücksitz und stieg aus. Fünf Autos parkten vor einem hell erleuchteten italienischen Restaurant auf der anderen Straßenseite. Das Lokal wirkte von außen recht einladend, aber aus der Küche wehte ein übler Geruch herbei. Whitlock ging auf das Lagerhaus zu. Ein Vorhängeschloß versperrte die ungestrichene Doppeltür. Der Schriftzug darüber war verwittert, aber noch lesbar. Er buchstabierte den Namen »Strauss«, schaute sich um, zog dann eine Nagelfeile aus der Tasche und machte sich am Schloß zu schaffen, das wenig später aufgebrochen war. Er löste die Kette, die die beiden Türen sicherte, und öffnete einen Flügel weit genug, um nach innen schlüpfen zu können. Nachdem er mehrere Lichtschalter eingeschaltet hatte, strahlte endlich in einem entlegenen Winkel des Lagers eine Glühbirne auf. Von den alten Eisenstützen über ihm hingen rostige Haken herab. Die Fensterscheiben waren eingeschlagen und die feuchten Wände mit obszönen Zeichnungen beschmiert. Der Betonboden zeigte Risse, aus denen vereinzelt Unkraut wucherte. Die ganze Halle roch nach Verfall und Verwahrlosung.

Whitlock öffnete den Reißverschluß der Tasche, kramte den Zähler heraus und schaltete ihn ein. Die Nadel reagierte sofort und schlug, als er sich durch die Halle bewegte, mal heftig, mal weniger heftig aus.

Er schaltete das Gerät aus und gab sich zufrieden

mit dem Ergebnis, daß die Fässer zu irgendeiner Zeit hier an diesem Ort gewesen sein mußten.

»Was wünschen Sie?« klang es auf deutsch vom Eingang her.

Whitlock fuhr mit dem Kopf herum. Der Mann, der in der Tür stand, schien Ende Zwanzig zu sein. Sein blondes Haar war fettig, und um den dicken Bauch hing lose eine dreckverschmierte Schürze. Whitlock erinnerte sich an das italienische Restaurant und trat einen Schritt näher, um besser sehen zu können. Das Gesicht des Mannes zeugte von großer Schwäche, und Whitlock, der viel von Physiognomien verstand, irrte sich in seinen Deutungen nur selten.

»Sprechen Sie Englisch?« fragte er.

»Ein bißchen. Das bleibt nicht aus, wir haben viele Engländer hier zu Besuch.«

Whitlock mutmaßte, daß mit dem Wort »hier« Deutschland gemeint war und nicht etwa das Restaurant, denn dahin würde sich wohl kaum ein Tourist verirren. Andererseits ...

»Ich nehme an, Sie arbeiten im Restaurant gegenüber.«

Der Mann nickte.

»Seit wann?«

»Fast zwei Jahre.«

Whitlock griff in die Tasche und brachte ein Bündel Banknoten zum Vorschein, die er bedächtig mit den Fingern durchblätterte. Auf Schmiergelder sprangen die Schwächlichen immer am ehesten an. Er konnte Bestechung nicht ausstehen, denn sie verursachte Kosten, die vor Kolchinsky nur schwer zu rechtfertigen waren.

»Ich brauche Informationen und bin bereit, dafür was springen zu lassen.«

»Wer sind Sie? Ein britischer Bulle?«

»Wenn Sie mir ein paar Scheinchen geben, verrat' ich's Ihnen. Wenn nicht, überlassen Sie mir das Fragen.«

»Was wollen Sie wissen?« fragte der Mann und wischte die Handflächen an der Schürze ab. Sein Blick war starr auf die Banknoten gerichtet, die Whitlock in der Hand hielt.

»Haben Sie während der vergangenen sechs Monate irgendwelche Leute hier im Lager gesehen?«

Der Mann fuhr mit der Zunge über die trockenen Lippen und nickte. »Manchmal kommen die ins Restaurant zum Essen. Insgesamt sind's drei. Einer davon ist nur ein einziges Mal gekommen, aber ich bin sicher, daß er der Boß ist. Die anderen beiden hatten ...« er schaute zur Decke hoch, um nach Worten zu suchen, »... wie sagt man, Angst. Ja, sie hatten Angst vor ihm. Meine Frau findet, er sieht gut aus.« Er zuckte mit den Achseln, um anzudeuten, daß er ihre Meinung für unwichtig hielt.

»Beschreiben Sie, wie er aussieht!«

»Ein großer Kerl mit schwarzen Haaren. Und er hat verschiedenfarbene Augen. Eins braun, das andere grün. Das ist mir aufgefallen, als er die Rechnung bezahlt hat. Er spricht gut Deutsch, scheint aber Ausländer zu sein.«

»Haben Sie seinen Akzent identifizieren können?«

»Nein.«

»Und die anderen beiden?«

»Einer ist klein und hat rotes Haar. Der andere ist ein

Ami ... Amerikaner. Blond, so wie ich. Er trägt einen Schnauzbart.«

»Sind zufällig irgendwelche Namen gefallen?«

Der Mann schüttelte den Kopf. »Nicht, daß ich wüßte. Sie sitzen immer in der Ecke und scheinen allein bleiben zu wollen.«

»Wird hier im Lager gearbeitet?«

»Manchmal sehe ich einen Lieferwagen vorfahren. Das ist alles.«

»Steht ein Name darauf geschrieben?«

»Ist mir nicht aufgefallen.«

Whitlock zählte vom Notenbündel ein paar Scheine ab, die ihm der Mann sogleich aus der Hand schnappte und in die Hosentasche steckte.

»Was ist das?« fragte der Dicke und sah zu, wie Whitlock das Meßgerät in der Tasche verstaute.

Whitlock zog den Reißverschluß zu und richtete sich auf.

»Wenn Sie mir ein paar Scheinchen geben, verrat' ich's Ihnen.«

»Wie witzig, und clever sind Sie wohl auch.«

»Nicht wahr?«

Whitlock wartete, bis der Mann die Halle verlassen hatte. Dann folgte er ihm nach draußen und hängte das Schloß wieder in die Kette.

»Wollen Sie nicht in mein Restaurant rüberkommen? Wir haben ganz gute Lasagne.«

»Es gibt ein englisches Sprichwort: ›When in Rome, do as the Romans do.‹ Wir sind in Deutschland.«

»Mögen Sie keine Lasagne?«

Whitlock warf einen Blick auf das Lokal. »Wie Sie schon sagten, clever bin ich auch.«

Er kehrte zum Mietwagen zurück und nahm die Frachtpapiere vom Beifahrersitz. In die untere linke Ecke war mit schwarzem Kugelschreiber der Bestimmungsort für die Fracht eingetragen worden.

Lausanne.

Gleich nachdem er ins Hotel zurückgekehrt war, rief Whitlock seine beiden Kollegen an. Aber als Sabrina bei der Auskunft nachfragte, wurde ihr mitgeteilt, daß der einzige Nachmittagszug nach Lausanne schon abgefahren war. Vorläufig blieb den beiden nicht viel zu tun. Graham gab fernmündlich einen Bericht an das Hauptquartier der UNACO durch. Von dort ließ man wissen, daß eine private Fluggesellschaft eine Cessna gegen sechs Uhr früh bereitstellen würde, um sie nach Genf zum nächstgelegenen Flughafen zu fliegen.

Graham und Sabrina gingen an diesem Abend früh zu Bett.

5

Die Cessna landete um sieben Uhr dreißig auf dem Cointrin Airport bei Genf. Graham mietete das schnellste Auto, das Hertz anzubieten hatte — einen BMW 735i —, um die rund sechzig Kilometer nach Lausanne zurückzulegen. Sabrina, der sich fast der Magen umstülpte, hätte am liebsten selber das Steuer übernommen, aber dann erinnerte Graham sie in wenig taktvoller Weise an ihren beinahe tödlichen Unfall bei Le Mans. Sie biß die Zähne zusammen, denn für eine längere Diskussion war jetzt weder Zeit noch Ort.

Eine halbe Stunde später erreichten sie den Bahnhof von Lausanne. Der Stationsvorsteher war auf ihren Besuch schon vorbereitet. Er setzte sich ans Telefon, zeigte sich nach ein paar internen Anrufen sichtlich erleichtert und verkündete, daß er den Beamten ausfindig gemacht habe, der am Tag zuvor für die Aufsicht bei der Entladung des bewußten Güterzuges verantwortlich gewesen war. Graham schlug den Vorschlag aus, den Beamten ins Büro kommen zu lassen. Er glaubte an den psychologischen Effekt des »Heimvorteils«, das den Zeugen Sicherheit verlieh und ihrer Erinnerung besser nachhelfen konnte. An fremden Orten neigten Zeugen eher dazu, wichtige Dinge zu übersehen. Bei Delta hatte Graham diese Erfahrung zur Genüge gemacht.

Der Dienstmann stand auf dem Bahnsteig und hatte die Hände tief in den Taschen seines Overalls vergraben.

»Sprechen Sie Englisch?« fragte Graham.

Der Mann nickte zögernd.

»Wir möchten Ihnen ein paar Fragen stellen«, erklärte Sabrina.

»Was springt dabei raus für mich?«

»Die Wahrscheinlichkeit, daß Sie Ihren Job behalten können«, antwortete Graham gereizt.

»Tja, wenn's nicht weniger ist«, meinte der Dienstmann mit nervösem Kichern.

»Erkennen Sie diese Papiere?« fragte Sabrina und zeigte ihm die Kopie, die sie vom Stationsvorsteher bekommen hatte.

Der Mann deutete auf die Unterschrift im oberen linken Winkel. »Das bin ich. Dieter Teufel. Mein Name ist Omen. Das können vor allem die Damen bestätigen.«

»Das interessiert mich weniger«, knurrte Graham. »Sie haben also mit der Sendung zu tun gehabt, die gestern hier ankam?«

»Da steht doch mein Name, oder?«

»Mit Ihren Witzen können wir nichts anfangen.«

»Ich war zwar hier, aber ...«

»Aber was?« hakte Sabrina nach.

»Dafür könnte ich tatsächlich meinen Job verlieren«, entgegnete Teufel und starrte auf seine verstaubten Schuhe. »Ich hätte wissen müssen, daß was schiefgeht.«

»Wenn Sie jetzt nicht den Mund aufmachen, können Sie sicher sein, gefeuert zu werden.«

»Augenblick, Mike!« Sabrina musterte Teufel, der mit gesenktem Kopf vor ihr stand. »Hören Sie, uns geht es nichts an, wenn Sie irgendwelche Dienstvorschriften verletzt haben. Wir wollen bloß wissen, was mit der Fracht passiert ist.«

»Das weiß ich selber nicht genau«, antwortete Teufel und scharrte mit der Schuhspitze über den Boden.

»Ich verspreche Ihnen, daß die Sache unter uns bleibt«, beschwichtigte Sabrina lächelnd.

»Ungefähr vierzig Minuten bevor der Zug eingetroffen ist, kam ein Mann auf mich zu und fragte, ob ich an fünfhundert Franken interessiert wäre. Natürlich hab ich nicht nein gesagt.«

»Was für ein Mann? Haben Sie ihn vorher schon mal gesehen?« fragte Graham.

»Nein, noch nie. Er war kräftig gebaut, hatte schwarzes Haar und sprach ziemlich gut Deutsch. Irgendwoher wußte er, daß ich diesen Abschnitt hier zu beaufsichtigen habe. Dann nannte er mir die Seriennummer eines Waggons und sagte, daß ich mich davon fernhalten solle. Da wären Privatsachen drin, meinte er, und die wollte er ganz alleine ausladen. Ich weiß, daß das gegen die Vorschriften ist, hatte aber keine Lust zu streiten, nicht bei dem Geld.«

»Was ist dann passiert?« bohrte Sabrina weiter.

»Ein weißer Lieferwagen ist rückwärts vor den Waggon gefahren.«

»Hatte der Mann Komplizen dabei?« wollte Graham wissen.

»Da war nur ein Fahrer zu sehen, aber es hätte auch ein dritter im Wagen stecken können.«

»Beschreiben Sie den Fahrer!«

Teufel zuckte mit den Achseln. »Ich hab' nicht genau auf ihn geachtet. Aber soweit ich mich erinnere, hat er einen Schnauzbart gehabt. Und da war noch etwas Merkwürdiges: Nachdem der Wagen beladen war, fuhr er zu einem Nebengleis und setzte rückwärts vor einen zweiten Waggon. Da ist er mindestens eine Stunde lang stehen geblieben. Anschließend kehrte er an die alte Stelle zurück und fuhr wieder mit dem Heck an den Waggon heran. Beide Züge haben ungefähr gleichzeitig den Bahnhof verlassen.«

»Haben Sie, bevor die Männer abgefahren sind, in dem einen oder anderen Waggon nachgeschaut?«

»Nein, aber ich hab' mir die Papiere hinterher angesehen. Beide Waggons sind den Unterlagen nach vollständig leergemacht worden.«

»Wohin fuhren die Züge?« fragte Graham.

»Der aus Mainz ist nach Rom weitergefahren. Über den anderen weiß ich nicht Bescheid, aber ich kann nachsehen, wenn Sie wollen.«

»Tun Sie das!« forderte ihn Graham auf.

Teufel zog sich in seine Dienstbude zurück und tauchte eine Minute später wieder auf. »Der andere Zug fährt über Fribourg und Bern nach Zürich. Zur Zeit hängt er in Fribourg fest. Hat offenbar eine technische Panne. Ich hab' übrigens die Seriennummern der beiden Waggons aufgeschrieben. Vielleicht hilft Ihnen das weiter.«

»Ist die Fracht in Fribourg auf einen anderen Zug umgeladen worden?« fragte Sabrina, die von Teufel ein Stück Papier entgegennahm.

»Nein. Der Zug soll heute nachmittag Fribourg verlassen. Die Fracht wird immer noch an Bord sein.«

»Sie sind also, wenn ich richtig verstanden habe, nicht in die Nähe der Waggons gekommen«, vergewisserte sich Sabrina.

»Ich bin auf Abstand geblieben. Es ging mir schließlich um die Piepen.«

»Vielen Dank für Ihre Hilfe. Und machen Sie sich keine Sorgen. Von uns erfährt der Vorsteher kein Wort.«

»Danke«, murmelte Teufel, und mit grinsendem Blick auf Graham fügte er hinzu: »Sie können von Glück reden, eine so hübsche Assistentin zu haben.«

»Partnerin«, korrigierte Sabrina entschieden.

Teufel tippte mit der Hand an die Schirmmütze.

»Entschuldigen Sie, ich muß an die Arbeit.«

Sabrina sah ihn in seiner Bude verschwinden. »Manchmal lohnt's sich wirklich, krumme Sachen zu machen.«

»Und das soll heißen?« fragte Graham, als sie zur Bahnhofshalle zurückkehrten.

»Wenn er das Schmiergeld nicht angenommen und den Waggon inspiziert hätte, wäre er jetzt wahrscheinlich verstrahlt.«

»Stimmt«, pflichtete Graham bei und schmunzelte.

»Woran denkst du?«

»Assistentin. Das gefällt mir.«

»Wundert mich nicht«, entgegnete sie und zeigte auf das Bahnhofscafé. »Komm, ich geb' dir ein Frühstück aus.«

Er bestellte Schinken, Eier und Würstchen. Sie gab sich mit einem europäischen Frühstück zufrieden und verlangte statt der Croissants zwei Scheiben frisch gebackener *tresse*, einen Hefezopf.

»Was sagst du zu den jüngsten Entwicklungen?« fragte Graham, als sie an einem der letzten leeren Tische Platz genommen hatten.

Sie ließ sich Zeit mit der Antwort und rührte versonnen im Kaffee herum. »Sie werden den Schaden an dem einen Fäßchen festgestellt und zu reparieren versucht haben. Das wird auch der Grund dafür sein, warum sie den Wagen so dicht an den Waggon rangiert haben.«

»Klar. Schließlich muß jemand mit Schutzanzug am Werk gewesen sein, und der hätte ohne Deckung bestimmt für Aufsehen gesorgt«, bemerkte Graham mit vollem Mund.

»Sie scheinen zu ahnen, daß man ihnen auf die Schliche gekommen ist. Dafür spricht die Tatsache, daß sie im wahrsten Sinne des Wortes doppelgleisig fahren.«

»Nicht unbedingt. Wir haben es mit Profis zu tun. Daß sie nach einem solchen Mißgeschick ihre Spuren zu verwischen suchen, ist nur natürlich.« Er spießte den letzten Wursthappen mit der Gabel auf und tunkte ihn in das verlaufende Eigelb. »Was glaubst du, welcher Zug zur Ablenkung benutzt wird?«

»Der erste, der nach Rom unterwegs ist«, antwortete sie, ohne zu zögern.

»Dann bist du auf sie reingefallen«, bemerkte er kauend.

»Wirklich? Was macht dich so sicher?«

»Eingebung.«

»Eingebung? Natürlich, daß ich da nicht sofort draufgekommen bin«, erwiderte sie ironisch.

Graham schlug wütend mit der Faust auf den Tisch.

Zwei Gäste am Nebentisch zeigten sich pikiert, schauten aber weg, als er sie mit sturem Blick musterte. Er beugte sich vor und tippte mit dem Finger auf die Tischplatte. »Du warst noch eine verwöhnte kleine Göre und machtest gerade deinen Abschluß an der Sorbonne, als ich bereits sechs Jahre Erfahrung mit Kriminellen hatte, und wie's bei denen im Kopf tickt, weiß ich ziemlich genau.«

»Verwöhnte, kleine Göre. Darauf habe ich schon gewartet. Wie steht's um den Rest? Das bedauernswerte, reiche Mädchen, dessen einflußreicher Vater dafür gesorgt hat, daß es zum FBI kommt, und das jetzt mit einem reichen Geschäftsmann aus Miami verheiratet wäre, wenn sich Colonel Philpott nicht rechtzeitig eingeschaltet hätte, um der Ärmsten einen Job bei der UNACO aufzudrängen. Du solltest mal 'ne andere Platte auflegen, Mike. Die alte hängt mir schon zum Hals raus.«

»Die Wahrheit tut weh.«

»Und davon weißt du ja ein Lied zu singen«, antwortete Sabrina, bereute aber sofort, was sie gesagt hatte. »Tut mir leid, Mike. Das war mir so rausgerutscht.«

»Du wirst es so gemeint haben.« Er fuhr sich mit den Händen übers Gesicht. »Können wir jetzt auf unser eigentliches Thema zurückkommen?«

»Vielleicht hat es was Gutes.«

»Was?« Er schob seinen Teller zur Seite.

»Unsere Differenzen. Uns bleibt wohl nichts anderes übrig, als beide Züge zu kontrollieren.«

»Stimmt, aber dafür brauchten wir einen zweiten Geiger-Müller-Zähler, und um uns den nachschicken zu lassen, fehlt die Zeit.«

»Nimm du das Gerät. Wahrscheinlich werde ich mir auf die schnelle eins besorgen können.«

»Also gut, wir sollten jetzt nicht länger unsere Zeit verplempern.« Er stand auf und wandte sich zum Gehen.

»Tja, wie sagte der Boß? Alarmstufe Rot. Das sprichwörtliche Rennen gegen die Zeit.«

Das Schild hinter der Ausfahrt der A 643 fünf Meilen hinter Mainz warnte vor unbefugtem Zutritt zu der nuklearen Wiederaufbereitungsanlage, die einen Kilometer entfernt lag.

Whitlock bog in die Ausfahrt ein, fuhr an dem Schild vorbei, und als er die erste Anhöhe erreicht hatte, sah er das Fabrikgelände vor sich liegen, das von einem drei Meter hohen Zaun umgeben war, bewehrt mit Stacheldraht, der, wie Whitlock später herausfand, per Knopfdruck unter Strom gesetzt werden konnte. Über einer Anzahl von kubischen Gebäuden ragten drei häßliche Kühltürme empor, aus denen dicke, graue Rauchfahnen quollen, die sich mit den tiefhängenden, bedrohlichen Regenwolken vermischten. Als er vor dem Schlagbaum anhielt, dachte er darüber nach, wie sehr die Atmosphäre belastet wurde durch die schädlichen Emissionen, die raffgierige Chemiekonzerne tagtäglich in die Luft schleuderten, ohne Rücksicht zu nehmen auf die Sicherheit und das Wohlergehen zukünftiger Generationen. So wie der Vatikan mit seiner hausgemachten Korruption umging, so setzten sich auch die Chemieriesen mit ihrer Schuld an der allmählichen Zerstörung der Ozonschichten auseinander: Sie wurde unter den Teppich gekehrt und schlichtweg verleugnet. Schon immer hatte sich Whitlock darüber ereifern können, daß sowohl der Westen als auch der Osten Millionenbeträge in die Atomindustrie investierte, während unzählige Menschen in der dritten Welt gegen den Hunger kämpften. Am liebsten hätte er hier an Ort und Stelle all diese Fragen aufs Tapet gebracht, war aber entschlossen, seine persönlichen Gefühle zugunsten des Auftrags zurückzustellen.

Ein Werkschutzangestellter trat hinter dem Schlagbaum aus seiner Hütte und kam auf den Golf zu. Whitlock registrierte die gehalfterte Waffe am Gürtel des Mannes und musterte den Dobermann, der sich, an der Leine geführt, gehorsam neben dem Wachposten auf den Boden setzte. Whitlock kurbelte das Fenster herunter und mußte an seinen Schwager Eddie Krüger denken, der ihm die paar Brocken Deutsch beigebracht hatte, auf die er nun zurückgreifen konnte.

»Guten Morgen! Mein Name ist Whitlock. Ich bin von der *New York Times* und habe eine Verabredung mit . . .« Er stockte und schaute auf den Absender des Briefes, den man ihm mit in die Tasche gesteckt hatte, die im Schließfach deponiert worden war. »K. Schendel. Um neun Uhr.«

Der Wachmann nahm ein Klemmbrett zur Hand und fuhr mit dem Finger eine Namensliste entlang, fand die gesuchte Eintragung und bat Whitlock, einen Ausweis vorzulegen. Er gab sich mit dessen Paß zufrieden und kehrte in seine Hütte zurück, um zu telefonieren. Wenig später ging der Schlagbaum hoch. Whitlock winkte dem Posten freundlich zu und steuerte den Wagen in Richtung Besucherparkplatz.

Die Ausstattung des Empfangsraumes sollte allem Anschein nach Eindruck machen mit dem aus Amerika importierten cremefarbenen Teppich von Anton Plus, den dreireihigen Kristallglasleuchtern aus der Tschechoslowakei, den braunen Ledersesseln und den schweren Veloursvorhängen zu beiden Seiten der getönten Fensterscheibe, durch die der Parkplatz zu sehen war.

Whitlock ging auf den edel furnierten Rezeptionsschalter zu und erwiderte das Lächeln der Empfangsdame. »Ich habe eine Verabredung mit Herrn Schendel um neun Uhr.«

»Miß Schendel, Miß Karin Schendel«, meldete sich auf englisch eine Frauenstimme hinter ihm.

Als er sich umdrehte, war sein erster Gedanke, daß wohl auch sie, die Frau, die ihm gegenüberstand, nach einem Design zurechtgemacht war, das Eindruck machen sollte. Widersprüchlich und doch anziehend wirkte das Nadelstreifenkostüm aus Sakko und Kleid. Das dunkle, gelockte Haar war hochgesteckt und brachte die zarten Gesichtszüge und den schlanken Hals voll zur Geltung. Ihre Bewegungen waren anmutig und elegant, der Händedruck fest, aber alles andere als männlich.

»Ich muß mich entschuldigen«, sagte Whitlock, der sich nun wieder aufs Englische verlegte.

Ihr Englisch war tausendmal besser als sein holpriges Deutsch.

»Wofür?« fragte sie mit krauser Stirn.

»Daß ich Sie für einen Mann gehalten habe.«

»Das nehmen Männer meistens an. Kommen Sie mit in mein Büro. Ich wollte gerade Kaffee bestellen.«

Ihr Büro lag am Ende des Korridors, der zum Empfangsraum führte, war sehr geräumig und schien von ihr selber eingerichtet worden zu sein. Die pastellfarbenen Wände stellten einen geschmackvollen Hintergrund dar für eine Reihe gerahmter Grafiken von Sara Moon. In einer Kristallvase standen frisch geschnittene Blumen, und die kleine Schreibtischleuchte war mit einem rosafarbenen Schirm versehen. Miß Schendel bot Whitlock in einem weißen Ledersessel vor dem Schreibtisch Platz an, setzte sich auf ihren Drehstuhl und langte zum Telefon.

»Tee oder Kaffee?«

»Was Sie nehmen.«

»Warum sind Männer bloß immer so ausweichend? Die Wahl dürfte doch nicht schwerfallen. Tee oder Kaffee?«

»Kaffee«, antwortete er und beugte sich, als sie die Bestellung durchgab, nach vorn, um einen näheren Blick auf das Foto zu werfen, das auf dem Schreibtisch stand und einen sommersprossigen Jungen darstellte. »Sieht niedlich aus.«

»Mein Sohn Rudi«, erklärte sie und legte den Hörer auf. »Er und sein Vater sind vor vier Jahren an der Costa Brava ertrunken.«

»Das tut mir leid«, antwortete Whitlock. »Wie lange waren Sie verheiratet?«

»Wir sind unverheiratet geblieben, Freunde seit frühester Jugend. Ich war gerade fünfzehn, als mir Erich über den Weg lief. Heute wären wir schon seit neunzehn Jahren zusammen.«

»Ich muß ehrlich sagen, Sie sehen keinen Tag älter aus als fünfundzwanzig.«

Sie lachte. »Ich bin sicher, daß wir gut miteinander auskommen werden, Mr. Whitlock.«

»Nennen Sie mich C. W., bitte!«

»Wofür stehen diese Initialen?«

»Für nichts, es sind bloß Buchstaben.«

Er hatte seinen Eltern nie verzeihen können, daß sie ihn Clarence Wilkins genannt hatten.

Als der Kaffee gebracht wurde, schenkte Karin ein und überließ es Whitlock, Milch und Zucker zu dosieren.

»Was für einen Artikel gedenken Sie zu schreiben?« fragte sie.

»Ich hoffe, etwas über die Gedanken und Einsichten der Leute erfahren zu können, die hier arbeiten. Es ist schon so viel über die technische Seite der Atomindustrie geschrieben worden, daß von den Personen, die ein solches Unternehmen erst möglich machen, überhaupt keine Kenntnis mehr genommen wird.«

»Mit anderen Worten: Sie wollen also die menschliche Seite beleuchten.«

Whitlock nickte. »Die Erfahrung von Tschernobyl ist uns noch lebhaft in Erinnerung, und deshalb halte ich es für angebracht, der Öffentlichkeit zu zeigen, daß die Beschäftigten der Nuklearanlagen einfache, durchschnittliche Menschen sind. Sie haben Familien und Hypotheken wie die meisten von uns und fürchten wie jedermann die Möglichkeit einer radioaktiven Verseuchung.«

»Sie fürchten sich noch viel mehr, zumal sie doppelt betroffen sind. Bei einer Stillegung würden sie ihren Arbeitsplatz verlieren, und wenn es zum Unfall käme, wären sie am ehesten verstrahlt.« Sie legte eine Pause ein, um am Kaffee zu nippen. »Warum sind Sie ausgerechnet nach Mainz gekommen?«

»Während der vergangenen Jahre gab's in den Staaten eine Flut von Berichten über die Atomindustrie. Die Leser wünschen auch Berichte aus anderen Ländern, und da Mainz im Zentrum Europas liegt, kommt dem hiesigen Unternehmen eine besonders kritische Rolle zu. Ein Unfall hier hätte Auswirkungen auf den gesamten Kontinent.«

»Journalisten mögen's gern melodramatisch«, erwiderte sie. »Wie lange wollen Sie sich hier aufhalten?«

»Zwei, drei Tage«, antwortete er.

»Gut, dann werde ich Ihnen persönlich zeigen können, wie strikt unsere Sicherheitsmaßnahmen gehandhabt werden. Leider bin ich für den Rest des Tages sehr eingespannt, weil wir eine Gruppe von japanischen Geschäftsleuten im Hause haben. Aber statt meiner wird sich mein Assistent um Sie kümmern. Er zeigt Ihnen den Betrieb, und dann können Sie entscheiden, wem Sie anschließend Ihre Fragen zu stellen wünschen.«

»Einverstanden.«

»Vorab werde ich eine *Dosemeter*-Plakette für Sie besorgen«, sagte sie und griff zum Telefonhörer.

»Eine was?« fragte Whitlock und stellte sich unwissend.

»Ein Abzeichen, das jeder Angestellte trägt und das mit einem maskierten, lichtempfindlichen Filmstreifen versehen ist. Wenn der Film anschließend entwickelt wird, zeigt die Dunkelfärbung an, wieviel an Strahlung absorbiert wurde.« Sie legte den Hörer wieder auf und sah Whitlock mit einem entschuldigenden Lächeln an. »Ich muß mich jetzt leider beeilen, verspreche Ihnen aber, daß ich morgen den ganzen Tag Zeit für Sie haben werde.«

»Die Pflicht ruft«, antwortete er schmunzelnd.

Sie kritzelte eine Notiz auf ein Stück Papier und schob ihm den Zettel über den Schreibtisch zu. *Bitten Sie mich, heute abend mit Ihnen auszugehen.*

Er blickte verwundert auf und stellte fest, daß der selbstsichere Ausdruck aus ihrem Gesicht verschwunden war. Sie schien Angst zu haben.

»Übrigens«, sagte er. »Haben Sie heute abend schon was vor?«

»Nein«, antwortete sie und ließ ihre Stimme ein wenig zögerlich klingen.

»Ich dachte, wir könnten vielleicht gemeinsam essen gehen.« Whitlock faltete den Zettel und steckte ihn in die Reverstasche.

»Nicht schlecht. Haben Sie schon ein bestimmtes Restaurant im Sinn?«

»Die Wahl überlasse ich Ihnen.«

»Der Rheingrill im Hilton ist die beste Adresse am Ort.«

»Acht Uhr?«

»Ich freue mich schon. Aber jetzt müssen Sie mich wirklich entschuldigen. Ich will noch ein paar Dinge durchgehen, bevor die Gäste ankommen. Mein Assistent wird bald bei Ihnen sein.«

Als sie das Büro verlassen hatte, lehnte sich Whitlock verwirrt im Sessel zurück.

Was, zum Teufel, ging hier vor?

Für die Fahrt von Lausanne nach Fribourg hatte Sabrina vierzig Minuten gebraucht und eine weitere Viertelstunde, um den entlegenen Güterbahnhof zu finden, wo nach Angaben des Lausanner Dienstmannes die Güterwaggons zu finden waren. Sie parkte das gemietete Audi-Coupé vor einem Maschendrahtzaun und nahm die Tasche vom Rücksitz, in der der Geiger-Müller-Zähler steckte, den sie mit Hilfe einiger Anrufe in Lausanne hatte aufstöbern können. Ein eisiger Wind schnitt ihr ins Gesicht, als sie die Wagentür öffnete. Sie zog den Reißverschluß des Anoraks bis unters Kinn und setzte die Kapuze auf.

Das Tor war von innen mit einem Vorhängeschloß versperrt. Sie streifte die Taschengurte über die Schulter, kletterte mühelos über den Zaun und sprang auf halbem Wege nach unten zu Boden. Hinter einer Reihe von Waggons suchte sie Deckung und sah sich um. Zur Rechten lag eine Baracke, links stand auf einem der zwei parallel verlaufenden Gleise ein verrosteter Güterwagen, dessen Räder im hoch wuchernden Gestrüpp kaum mehr zu sehen waren. Die ganze Anlage wirkte verlassen und leer. Sabrina zog die Beretta aus dem Halfter, steckte sie in die Anoraktasche und schlich dann auf die Waggonreihe zu, um die Seriennummern mit derjenigen zu vergleichen, die Teufel für sie aufgeschrieben hatte. Der vierte Wagen von vorn trug die gesuchte Zahl, deren Ziffern mit Schablone und weißer Farbe aufgetragen waren. Sie holte das Meßgerät aus der Tasche, konnte aber vor der verschlossenen Tür keinen Ausschlag feststellen. Dann fuhr sie mit dem Finger durch den engen Spalt zwischen Tür und Rahmen, um Drähte ausfindig zu machen, für den Fall, daß eine Minenfalle installiert worden war. Ihre Sorge erwies sich als unbegründet. Aber als sie die Tür zur Seite schob, nahm sie im äußersten Blickwinkel eine Bewegung wahr, und noch ehe es ihr gelang, die Beretta zu ziehen, traf sie ein Schlag auf der Schulter, der ihr den Geiger-Müller-Zähler aus der Hand schleuderte. Das Gerät prallte krachend gegen den verrosteten Wagen hinter ihr. Das Gehäuse zersprang, und die empfindliche Verstärkerröhre war ein für allemal kaputt.

Die Augen eines rötlichen Katers funkelten ihr entgegen, sein Schwanz wippte nervös hin und her. Sabrina wartete, bis sich das Tier verzogen hatte, sammelte dann die Reste des Meßgerätes ein und ließ sie verärgert in die Tasche fallen. Als sie sich dem offenen Waggon zuwandte, hellte sich ihre Miene wieder auf. Die Ladefläche war leer — bis auf sechs metallene Bierfäßchen. Sie kletterte in den Wagen, um den Fund von nahem zu betrachten, hielt aber trotzdem einen Abstand ein, der ihr sicher genug erschien. Alle sechs Spundlöcher waren versiegelt, und es sah nicht so aus, als seien sie jemals beschädigt worden. Selbst ein Meister seines Fachs hätte bei einer etwaigen Reparatur Spuren hinterlassen. Die Fässer schienen tatsächlich Attrappen zu sein.

Die Kugel traf in das Faß, das ihr am nächsten stand. Sabrina warf sich zu Boden und rollte, die Beretta fest im Griff, hinter die zur Hälfte geöffnete Tür in Deckung. Der Heckenschütze hatte sie in der Falle, aber ihre unmittelbare Sorge galt einer anderen möglichen Gefahr. Mit klopfendem Herzen drehte sie langsam den Kopf und warf einen Blick über die Schulter. Die Kugel hatte ein klaffendes Loch in das Faß gerissen, doch von dem tödlichen Gift, dessen Austritt sie befürchtete, war nichts zu erkennen. Erleichtert seufzte sie auf. Mike hatte wohl doch recht behalten:

Die Fässer waren zur Täuschung verschickt worden. Dem Schußwinkel nach zu urteilen, schien der Schütze in der Baracke zu stecken. Eine Flucht durch die Waggontür war ausgeschlossen, denn die hatte der Gegner mit Sicherheit im Visier. In der Ecke des Wagens entdeckte sie einen Spalt, den ein hervorstehendes Wandbrett geschaffen hatte. Damit war auch das Rätsel gelöst, wie der Kater in den Waggon hatte gelangen können. Sie kroch auf die Öffnung zu und blickte immer wieder zur Tür, auf der Hut davor, ins Schußfeld zu geraten. Das feuchte Holz war durch und durch faul, und das lose Wandbrett ließ sich wie aufgeweichte Pappe abreißen. Das Brett daneben war noch fest, gab aber in der Vernagelung nach, als sie mit dem Absatz dagegentrat. Nach dem dritten Tritt löste sich das Brett von der Wand, und das so entstandene Loch war groß genug, um den Rumpf hindurchstecken zu können. Sie blickte nach draußen, konnte aber nicht mehr erkennen als den Maschendrahtzaun, der dreißig Meter vor ihr stand. Vor Angst schwitzend, zwängte sie sich durchs Loch, tauchte unter den Waggon und kroch zwischen den Schienen über die Schwellen. Auf diese Weise hielt sie sich zwar gut versteckt, konnte aber selber nichts sehen, weder die Baracke noch den Heckenschützen.

Sie hatte schon fast die Höhe des Puffers erreicht, als eine Ratte an ihrem Gesicht vorbeihuschte, und obwohl sie den Kopf zur Seite warf, peitschte der nasse Schwanz über ihre Wange, bevor das Tier in einem Spalt unter der verrosteten Schiene verschwand. Sie biß die Zähne zusammen, um nicht laut aufzuschreien, und spürte, wie sich die Haut auf dem

Rücken zusammenzog. Wo steckte bloß der verfluchte Kater, wenn man ihn brauchte? Sie war stolz darauf, resolut und nicht zimperlich zu sein, aber die Angst vor Ratten, die von einem Vorfall in ihrer Kindheit herrührte, hatte sie nie überwinden können. Mit drei Jahren war sie einmal versehentlich in einem leerstehenden Keller eingeschlossen worden. Alles was sie, die verängstigt in einer finsteren Ecke hockte, hatte hören können, waren die Geräusche der Ratten, die vor ihr auf dem Betonboden herumwieselten. Als man sie knappe zwei Stunden später entdeckt hatte, zeigte sich, daß der Saum ihres Kleides angeknabbert worden war.

Sie fing zu wimmern an, als sich ein brennender Schmerz auf ihrer Wange breitmachte, und nahm die Hand vom Gesicht, mit der sie unwillkürlich die Haut gerieben hatte, da, wo der Rattenschwanz zu spüren gewesen war. Sie kroch weiter und ließ den Blick zwischen den Schienen hin- und herpendeln, denn wo eine Ratte war, hielten sich für gewöhnlich noch weitere Ratten auf. Inzwischen hatte sie den Puffer erreicht und wälzte sich über die Schiene zur Seite, denn sie war nun sicher, nicht mehr in der Feuerlinie des Schützen zu sein. Die Baracke lag über zwanzig Meter entfernt, aber außer den Waggons war weit und breit keine Deckungsmöglichkeit in Sicht.

Sie holte tief Luft, sprang auf und rannte im Zickzack über die freie Fläche. Die erste Kugel schlug hinter ihr in den Boden und ließ Erdkrumen aufspritzen. Fast unmittelbar darauf folgte das zweite Geschoß, das dicht vor ihr auftraf. Die letzten Meter nahm sie mit einem weiten Satz, der sie an den Rand der krachenden

Wellblechtür schleuderte. Sabrina rang um Luft; die Schulter schmerzte vom Aufprall. Die dicht aufeinanderfolgenden Schüsse, die aus verschiedenen Winkeln abgefeuert worden waren, ließen auf einen zweiten Schützen schließen. Wo der eine Gegner steckte, glaubte sie zu ahnen, obwohl er inzwischen die Stellung gewechselt haben mochte. Der zweite dagegen konnte sich da oder dort aufhalten. Sie wußte, daß der Versuch, durch die geöffnete Tür zu stürmen, einem Selbstmord gleichkam. Deshalb schlich sie vorsichtig an den Rand der Baracke, tief geduckt, um vor den zersplitterten Fensterscheiben nicht entdeckt werden zu können. In die Rückseite der Baracke waren zwei Türen eingelassen. Die eine stand einen Spaltbreit offen, denn der Rahmen war so verzogen, daß das Blatt nicht mehr schließen konnte. Den Rücken an die Wand gepreßt, rückte Sabrina zu dieser Tür vor, die sie nun mit dem verrosteten Stück eines Regenrohres aufzuhebeln versuchte. Ein Kugelhagel spritzte vorm Eingang vom Boden auf und bestätigte ihre ärgsten Befürchtungen: Die Gegner lagen mit halbautomatischen Waffen auf der Lauer. Ihr Blick nach innen war beschränkt, aber was sie sah, ließ hoffen. Zum ersten Mal an diesem Nachmittag schien ihr ein wenig Glück zuzufallen. Zwei Schritt von der Tür entfernt stand eine alte, gelbliche Lore.

Mit einem Hechtsprung warf sie sich durch die Tür und fand Deckung hinter der Lore, bevor das Feuer auf sie eröffnet wurde. Ein wütender Fluch auf deutsch dröhnte durch den Schuppen, dann war es still. Der eine Schütze schien sich irgendwo auf dem erhöhten Laufsteg an der gegenüberliegenden Wand verschanzt zu haben. Der andere kauerte hinter einer verrosteten Werkbank in der Nähe des Haupttors. Dicht daneben waren zwei schwarze Cross-Maschinen abgestellt. Ihr erster Gedanke war es, die Motorräder außer Betrieb zu setzen. Allerdings zweifelte sie daran, gezielt schießen zu können, ohne die Deckung preiszugeben. Jetzt waren Schritte auf dem Laufsteg zu hören, und sie blickte nach oben ins Halbdunkel, um den Bewegungen des Gegners zu folgen, sah aber nichts, so finster war es. Für ihn jedoch würde sie vor der offenen Tür zumindest in Umrissen zu erkennen sein. Er schien einen Angriff starten zu wollen. Nervös an der Unterlippe nagend, suchte sie mit Blick nach oben die Dunkelheit ab, in der verzweifelten Hoffnung, den Schatten des Angreifers ausmachen zu können. Mehr brauchte sie nicht zur Gegenwehr. Neben der Werkbank bellten plötzlich Schüsse auf, die hinter ihr die Wand durchsiebten. Sie sah den Deutschen im letzten Augenblick. Er kniete auf dem Steg und hielt das automatische Gewehr im Anschlag, dessen Lauf direkt auf sie gerichtet war. Zum genauen Zielen blieb ihr keine Zeit. Aber von den vier Schüssen, die sie in schneller Folge abfeuerte, traf einer in den Unterarm des Gegners. Er schrie laut auf und ließ das Gewehr fallen, das krachend auf dem Steinboden aufschlug.

Sabrina rechnete damit, von dem zweiten Angreifer unter Dauerbeschuß genommen zu werden, was dem Verwundeten die Möglichkeit zum Rückzug eröffnet hätte. Aber statt dessen richtete der Schütze an der Werkbank das Gewehr auf seinen Komplizen und drückte ab. Dann ließ er eine Geschoßgarbe auf die Lore einhageln und schob gleichzeitig eins der Motorräder durch die Tür nach draußen. Immer noch wild um sich feuernd, startete er den Motor und raste los. Als Sabrina den Ausgang erreichte, war er längst auf und davon. Vorsichtig stieg sie über verrostete Metallstufen hinauf auf den Laufsteg, ging neben dem Deutschen in die Hocke und preßte ihm den Lauf der Beretta in den Nacken. Von einem Pulsschlag war nichts mehr zu spüren. Sie steckte die Pistole in die Anoraktasche, rollte den Toten auf den Rücken und zog ihm die schwarze Maske vom Kopf. Er schien Ende Dreißig zu sein, hatte schüttere braune Haare und ein vom Wetter zerfurchtes Gesicht. Alles, was Sabrina beim Durchstöbern seiner Taschen zum Vorschein brachte, war ein Ersatzmagazin für das Schnellfeuergewehr. Sie wischte das Teil am Anorak ab, zog dem Toten die Lederhandschuhe aus und preßte dessen Finger auf beide Seiten des blanken Magazins. Falls er registriert war, würde ihn die UNACO anhand der Abdrücke identifizieren können. Nachdem sie das Magazin behutsam in die Anoraktasche gesteckt und den Reißverschluß zugezogen hatte, stieg sie die Treppe hinunter und hob das zu Boden gefallene Gewehr auf. Das Magazin warf sie zwischen ein paar Holzkisten, die in einer Ecke des Schuppens herumlagen. Die Waffe selber versteckte sie unter dem Schutthaufen in der verbeulten Lore.

Plötzlich spürte sie, daß sie beobachtet wurde, wirbelte herum und hielt die Beretta auf Armeslänge im Anschlag, ließ die Waffe aber gleich wieder sinken. Die beiden Jungen waren nicht älter als sechs. Mit weit aufgerissenen Augen starrten sie verängstigt auf die Pistole.

»Drehst du einen Film?« fragte der eine auf französisch. Seine Stimme klang verstört.

Sabrina steckte die Waffe weg. Ihre Hände zitterten, so sehr entsetzte sie der Gedanke, beinahe zu früh gefeuert zu haben. Sie ging zur Tür und führte die beiden Jungen weg von der Baracke.

»Ja, wir drehen einen Film«, antwortete sie auf französisch, hockte sich vor den Jungen nieder und legte ihnen die Hände auf die Schultern. »Wie heißt ihr?«

»Marcel.«

»Jean-Paul. Und du?«

»Sabrina.«

»Bist du ein richtiger Filmstar?« wollte Marcel wissen.

Sie nickte und legte einen Finger auf die Lippen. »Aber ihr dürft nichts verraten. Wir drehen im geheimen.«

»Wo sind die Kameras?« fragte Jean-Paul und sah sich um.

»Die werden später gebracht. Im Augenblick proben wir nur.«

Marcel fragte: »Kommst du ins Fernsehen?«

»Nächstes Jahr«, antwortete sie lächelnd.

»Hab' ich doch gesagt. Hier wird ein Film gedreht«, meinte Jean-Paul und puffte den anderen Jungen.

»Hast du nicht gesagt«, entgegnete Marcel und revanchierte sich für den Puff.

»Ich hab' hier letztens einen Mann gesehen, und der hat gesagt, daß er auch im Film mitspielt.« Jean-Paul wehrte sich jetzt mit beiden Händen. »Du warst krank und bist gar nicht hiergewesen.«

Sabrina sah den Kleinen verwundert an. »Was für ein Mann?«

»Er hat gesagt, ich soll nur ja nichts weitersagen, aber du kannst es ruhig wissen. Du gehörst ja auch zum Film und bist viel freundlicher als der Mann.«

»Hat er gesagt, wer er ist?«

Jean-Paul schüttelte den Kopf. »Aber ich wette, der spielt den Bösen.«

»Ich glaube, ich weiß, wen du meinst«, riet Sabrina auf gut Glück. »Ein großer Mann mit schwarzen Haaren.«

»Stimmt. Ist er der Böse?«

Sabrina nickte. »Was hat er denn hier gemacht?«

»Er hat mit einem anderen Mann ein paar Fässer dahinten in den Waggon geladen und gesagt, das gehört mit zum Film.«

»Seit wann stehen die Waggons hier?« fragte Sabrina und versuchte, Marcel ins Gespräch miteinzubinden.

Der zuckte mit den Schultern und sah Jean-Paul an. »Seit wir hier spielen.«

»Und wie lange spielt ihr schon hier?«

Wieder zuckte er mit den Schultern. »Och, schon ganz lange.«

»Bist du morgen wieder hier?« wollte Jean-Paul wissen.

»Das weiß ich noch nicht«, flunkerte sie. »Und wie steht's mit euch?«

»Wir kommen jeden Tag«, antwortete Jean-Paul, der den Freund plötzlich knuffte und auf den Zaun zulief.

Marcel brüllte auf und rannte hinterher.

Sabrina wartete, bis die Kinder verschwunden waren, und kehrte dann in die Baracke zurück. Der Tote war zu schwer, um ihn die Treppe hinunterzuschleifen, und so faßte sie den Entschluß, ihn vom Laufsteg nach unten zu werfen. Sie schlang die Arme um den leblosen Körper und wuchtete ihn über den Rand. Als er auf dem harten Boden aufschlug, drohte ihr der Mageninhalt hochzukommen, aber bald hatte sie sich wieder gefaßt, eilte die Treppe hinunter und suchte im Schuppen nach einem geeigneten Versteck für die Leiche. Ihr Blick fiel auf eine Reihe verrosteter Tonnen, doch die kamen, wie sie schnell entschied, nicht in Frage, denn falls es ihr gelänge, den Toten in eine davon hineinzuzwängen — was sie bezweifelte —, war zu befürchten, daß die Tonnenwand unter dem Druck nachgeben würde. In der Ecke dahinter lag eine zerlumpte braune Plane. Aber auch die bot sich nicht als Versteck an. Dort würde man am ehesten nachsehen, und außerdem war ihr unwohl bei dem Gedanken, die Plane lüften und darunter wer weiß was entdecken zu müssen. Das Bild der Ratte war ihr noch allzu frisch in Erinnerung, und unwillkürlich rieb sie mit dem Handrücken über die Wange. Die Werkbank? Sie bückte sich und riß die beiden Türen auf, halb gefaßt darauf, im Inneren ein Rattennest vorzufinden. Viel Spinngewebe gab's zu sehen, aber nicht das, was sie befürchtete. Die Trennwand, die den Stauraum zweiteilte, ließ sich mit wenigen Handgriffen entfernen. Dann zerrte Sabrina die Leiche zur Werkbank und stopfte sie kopfüber in das Fach. Nur der linke Arm paßte nicht mehr mit hinein. So sehr sie sich auch anstrengte, es war nicht zu verhindern, daß der Arm immer wieder schlaff zu Boden fiel.

Mit Mühe gelang es ihr schließlich, die eine Türhälfte zu schließen und zu verriegeln. Dann preßte sie den Arm mit aller Wucht nach innen und zwängte auch den anderen Flügel zu. Mit einem Stück Draht, das sie durch die Löcher führte, in denen einst die Griffe gesteckt hatten, sicherte sie die Türen. Dann warf sie Gerümpel davor, kramte das Schnellfeuergewehr aus der Lore und schob es in ein Rohr über dem Laufsteg. Jetzt mußte nur noch das Motorrad verschwinden, das zu groß war, um im Schuppen versteckt werden zu können. Also rollte sie es nach draußen und versteckte es neben den Fässern im leeren Güterwaggon. Es war nur eine Frage der Zeit, wann es entdeckt werden würde, aber mehr konnte sie im Augenblick nicht tun. Sie ging neben dem durchlöcherten Faß in die Knie und schaute durch das gezackte Einschußloch. Das Faß war leer. Anschließend verglich sie sein Gewicht mit dem der übrigen fünf Fässer. Auch die schienen leer zu sein. Dann stieg sie aus dem Wagen, schob die Tür hinter sich zu, nahm die Sporttasche zur Hand und eilte auf den Zaun zu.

Philpott sollte einen telefonischen Bericht erhalten, sobald sie ins Hotel zurückgekehrt sein würde.

Der Güterzug nach Rom war im Bahnhof von Montreux kurzfristig aufgehalten worden, weil sieben Kilometer entfernt eine kleine Lawine die Strecke blockiert hatte. Mit fünfzig Minuten Verspatung erreichte der Zug Martigny, den nächsten Zwischenstopp fünfzig Kilometer südlich von Montreux.

Graham, der schon zehn Minuten vor der fahrplanmäßigen Ankunftszeit des Zuges in Martigny eingetroffen war, hatte nun eine volle Stunde totzuschlagen. Er beschloß, sich im Bahnhofsrestaurant die Zeit zu vertreiben, und trank gerade die dritte Tasse Kaffee, als die Ankunft des Zuges über Lautsprecher angekündigt wurde.

Er griff nach seinen zwei schwarzen Sporttaschen und ging hinaus auf den Bahnsteig, um den Zug einrollen zu sehen. Die gebremsten Räder rutschten kreischend über die Gleise, und schließlich kam der Zug in einer Wolke zischenden Dampfes zum Stehen. Sechs Personenwagen zählte er und acht Güterwaggons.

Er ging auf den Aufsichtsbeamten zu und tippte ihm auf den Arm. »Wie lange bleibt der Zug im Bahnhof?«

»Zwanzig Minuten«, antwortete der Beamte und eilte dann davon, um einem Fahrgast zu helfen, der Probleme mit seinem Gepäck hatte.

Graham schaute den Zug entlang und sah einen Mann auf den Stufen des hinteren Personenwagens stehen.

Auf den ersten Blick schien der Mann knapp über vierzig zu sein. Das pechschwarze Haar war streng nach hinten gekämmt, was dem an sich schon finsteren Gesicht eine um so brutalere Note verlieh. Der muskulösen Statur nach entsprach er dem, was man sich gemeinhin unter einem Bodybuilder vorstellt. Er sprang auf den Bahnsteig und schlenderte, ohne sich um das Treiben ringsum zu kümmern, an der Reihe der Güterwaggons entlang. Vor dem letzten blieb er stehen, schloß das klobige Vorhängeschloß auf und schob die Tür zur Seite. Der Mann, der aus dem Waggon nach draußen stieg, maß an die zwei Meter und war damit fast einen Kopf größer als der andere. Häßliche Narben entstellten das Gesicht, und vom kahlgeschorenen Kopf baumelte — grotesk anzusehen — ein blondgefärbter Pferdeschwanz. Der Schwarzhaarige schob die Tür wieder zu, versäumte es aber abzuschließen.

Graham wartete, bis die beiden im Restaurant verschwunden waren, und ging dann mit schnellen Schritten auf den letzten Waggon zu. Er sah sich nach allen Seiten hin um und stellte befriedigt fest, daß niemand sein verdächtiges Verhalten beargwöhnte. Dann öffnete er die Tür einen Spaltbreit und blinzelte hinein. Direkt vor der Tür lag ein Schlafsack aus Nylon zusammengerollt auf dem Boden. Offenbar diente er als Sitz- oder Kopfkissen. Im Innern herrschte ein übler Gestank von Urin und Schweiß, der Graham zu würgen reizte, als er nun die Tür weiter aufschob, um gründlicher nachzusehen. An der gegenüberliegenden Wand stand eine große Holzkiste von circa vier mal zwei Meter. In schwarz schablonierten Buchstaben stand darauf zu lesen: WERNER TRANSPORT, ERHARDSTRASSE, MÜNCHEN. Graham stellte die Tasche ab und schaltete den Geiger-Müller-Zähler ein, ohne ihn herauszuholen. Sofort gab das Gerät ein monotones Knistern von sich. Der Waggon war verseucht.

Schritte näherten sich von der Seite.

»Cosa desidera?« Der bleichgesichtige Mann schien Mitte Fünfzig zu sein. Er trug einen dichten grauen Schnauzbart und dicke Brillengläser, die auf der wulstigen Nase kaum Halt fanden. Die blaue Uniformjacke war an den Ärmeln und Aufschlägen mit einer roten Borte versehen.

»Was haben Sie gesagt?« fragte Graham auf englisch und zog scheinbar beiläufig den Reißverschluß der Tragetasche zu.

»Ich fragte, was Sie wollen? Sie stecken Ihre Nase in private Angelegenheiten«, erwiderte der Mann in einem holprigen Englisch.

»Wirklich? Ich dachte, Züge wären für die Öffentlichkeit bestimmt.«

Der Mann hatte anscheinend Mühe, einen klaren Gedanken zu fassen, und suchte nach englischen Vokabeln. »Im allgemeinen ja, aber der Wagen ist Privatbesitz.«

»Aha, jetzt verstehe ich.« Graham zeigte auf die große Kiste. »Wem gehört die?«

»Die Fragen stelle ich! Was treiben Sie hier?«

»Ich seh' mich bloß um.«

»Sie sehen sich um? Sind Sie ein Fahrgast?«

Graham nickte. »Und wer sind Sie?«

»Ich bin der Schaffner. Zeigen Sie mir bitte Ihre Fahrkarte!«

»Gern, wenn ich wieder in meinem Abteil bin.«

Graham nahm die Taschen zur Hand und steuerte auf das Restaurant zu, wo er ein paar Franken in Kleingeld wechseln ließ und dann von einem der Münzfernsprecher aus anrief. Dabei plazierte er sich so, daß er die beiden Männer im Auge behalten konnte, deren Beschreibung er an Philpott weitergab. Als er den Hörer wieder auflegte, hatte er neue Instruktionen erhalten.

Fahren Sie unbedingt im Zug mit!

Die beiden Männer verließen das Restaurant, als die Abfahrt des Zuges per Lautsprecher angekündigt wurde. Der Schwarzhaarige schloß seinen Komplizen im Güterwaggon ein und sah den Schaffner aufgeregt herbeieilen.

»Entschuldigen Sie, mein Herr. Sie haben mich gebeten, Bescheid zu sagen, wenn jemand hier um den Waggon rumschnüffelt, während Sie im Restaurant sind«, sagte der Schaffner auf italienisch und klang sehr erregt.

»Ja, und?« war die schnoddrige Antwort.

»Es war jemand da. Ein Amerikaner.«

»Na bitte. Was hat er gemacht?«

Der Schaffner nahm die Schirmmütze vom Kopf und kratzte nachdenklich durchs krause Haar. »Er hatte irgendwas in seiner Tasche, das ganz komisch knisterte. Leider konnte ich nicht sehen, was es war.«

»Und wo steckt der Kerl jetzt?«

»Im Zug. Möchten Sie, daß ich ihn beobachte?«

»Nicht so voreilig, junger Mann. Was Sie zu tun haben, werde ich Ihnen schon noch mitteilen.«

»Ja, mein Herr«, antwortete der Schaffner kleinlaut.

»Machen Sie meinen Freund im Zug aufmerksam auf den Amerikaner. Sagen Sie ihm, daß ich mit Ihnen gesprochen habe.«

»Jawohl.«

Der Mann zwackte zwei Scheine von einem Bündel Banknoten ab und stopfte sie dem Schaffner in die Uniformtasche.

»Danke sehr, mein Herr«, sagte der Schaffner und trippelte mit hastigen Schritten davon.

Als der Zug langsam aus dem Bahnhof rollte, blieb der Mann am Bahnsteig zurück.

Der Köder — die unverschlossene Waggontür — war

angenommen worden. Die Pläne mußten entsprechend geändert werden. Doch zunächst galt es, eine unerledigte Angelegenheit im Bahnhof von Lausanne zu Ende zu führen.

Die Aussicht auf ein Dinner bei Kerzenlicht mit einer englischen Krankenschwester auf Reisen brachte Dieter Teufel ganz aus dem Häuschen. Immer wieder warf er einen Blick auf die Armbanduhr. In weniger als zwanzig Minuten würde Feierabend für ihn sein, und er hatte sich schon entschieden, welche Garderobe er zu diesem besonderen Anlaß tragen wollte: einen blauen Leinenanzug von Roser Marce und ein cremefarbenes Dior-Hemd. Von seinem dürftigen Gehalt allein hätte er sich natürlich nie solche Markenkleidung leisten können, doch dank des Geldes, das ihm zugesteckt worden war, damit er den Amerikaner und seine hübsche Assistentin beziehungsweise Partnerin von ihrer Spur abbrachte, konnte er zum ersten Mal in seinem Leben über alle Stränge schlagen. Er brauchte bloß seinen Anweisungen Folge zu leisten. Worum es eigentlich ging, war ihm schleierhaft, aber wer mochte bei einem so verlockenden Angebot nicht beide Augen zudrücken? Und außerdem hatte ihm der schwarzhaarige Mann noch mehr Geld in Aussicht gestellt . . .

Teufel sah den Personenzug aus Interlaken einrollen. Dessen Fahrgäste gehörten zu der Sorte, die er am wenigsten leiden konnte: junge Leute mit teurer Skiausrüstung und überheblichen Allüren. Teufel schob sich an einer Gruppe von Leuten vorbei, die die Reisenden zurückerwarteten, und drehte sich erbost nach einem jungen Mädchen um, das ihm versehentlich mit dem Ellbogen in die Seite gestoßen hatte. Es grinste ihm verlegen zu, blickte aber dann wieder in freudiger Erwartung dem Zug entgegen.

Die Lok war nur noch wenige Meter entfernt, als er eine Hand im Rücken spürte, die ihm einen heftigen Stoß versetzte. Er stolperte nach vorn und stürzte auf die Gleise. Sein Schrei riß ab, als er unter den kreischenden Rädern verschwand.

Karin Schendel betrat pünktlich um acht das Hilton-Foyer. Whitlock, der von einem bequemen Sessel aus während der vergangenen zehn Minuten den Eingang im Auge behalten hatte, stand auf und schüttelte ihre ausgestreckte Hand.

»Danke, daß Sie gekommen sind«, sagte sie lächelnd. »Ich fürchtete schon, Sie hätten mich nach meiner Vorstellung von heute morgen als überspanntes Huhn abgeschrieben.«

»Wohl kaum, obwohl ich zugeben muß, daß Sie mich ziemlich verblüfft haben. Kompliment, Sie sehen phantastisch aus.«

Sie trug ein türkisfarbenes Seidenkostüm, und das frischgewaschene Haar fiel üppig über ihre schmalen Schultern.

»Danke«, antwortete sie leise und spielte mit den Perlen ihrer Kette.

»Nun, sollen wir uns gleich zu Tisch begeben, oder möchten Sie vorher was trinken?«

»Gehen wir ins Restaurant, da sind wir ungestörter.«

Der Oberkellner grüßte sie mit strahlender Miene. »Ah, guten Abend, Frau Schendel.«

»Guten Abend, Franz. Mister Whitlock hat einen Tisch bestellt«, sagte sie, von Deutsch auf Englisch überwechselnd.

»Meinetwegen brauchen Sie nicht Englisch zu sprechen. Mein Deutsch bedarf zwar einer gründlichen Aufbesserung, reicht aber gerade eben aus.«

»Sie sprechen ganz vorzüglich, Mr. Whitlock. Davon konnte ich mich vorhin überzeugen«, meinte Franz.

»Soll wohl so sein. Auf dem Weg hierher habe ich fleißig geübt«, entgegnete Whitlock schmunzelnd.

Karin lachte. »Verborgene Talente?«

»Es gibt Talente, die man besser nicht ausgraben sollte«, antwortete Whitlock, als sie Franz an einen für zwei Personen gedeckten Tisch in einer Ecke des Restaurants folgten.

»Kommen Sie öfters hierher?« fragte Whitlock, nachdem sie ihre Bestellung aufgegeben hatten.

»Wenn die Begleitung zahlt. Ich gehe nur selten zum Essen aus, hänge statt dessen am liebsten in Jeans und Sweater zu Hause herum und geb mich mit Spaghetti zufrieden. Eine vornehme Dame wird wohl nie aus mir.«

»Wo haben Sie Englisch gelernt?«

»In England. Nach meinem Abschluß an der Mainzer Universität habe ich drei Jahre als Laborassistentin gearbeitet, zuerst in Dounreay und dann in Calder Hall. Mit der Öffentlichkeitsarbeit beschäftige ich mich erst, seitdem ich nach Deutschland zurückgekehrt bin.«

»Und wie lange arbeiten Sie schon in diesem Bereich?«

»Seit fünf Jahren. Die letzten zwei davon als Leiterin der PR-Abteilung hier in Mainz. Außerdem stelle ich das nicht-technische Personal für unsere Firma ein: Werkschutz, Kraftfahrer, Putzkolonnen und so weiter.«

Der Weinkellner präsentierte eine Flasche Weißwein. Whitlock nickte.

Karin sah zu, wie der Kellner die Flasche vor der Anrichte öffnete. »Seit wann schreiben Sie für die *New York Times?*«

»Seit ungefähr vier Jahren.«

»Dann kennen Sie wahrscheinlich einen Freund von mir. John Marsh.«

Er schüttelte den Kopf. »Leider nein. Sie müssen bedenken, ich bin nur freier Mitarbeiter. Mit den fest Angestellten habe ich nur wenig Kontakt.«

»Natürlich, daß Sie freier Mitarbeiter sind, stand ja in Ihrem Anschreiben. Sie sind also das, was man im Journalismus einen ›Stringer‹ nennt.«

»Genau«, antwortete Whitlock und erwiderte ihr Lächeln.

Der Weinkellner kam mit der geöffneten Flasche zurück an den Tisch, ließ Whitlock kosten, füllte, als dieser sich zufrieden zeigte, beide Gläser und stellte die Flasche in einem Eiskübel ab.

»Sie sind in Wirklichkeit gar kein Journalist, stimmt's?« fragte sie mit leiser Stimme.

Whitlock fühlte sich in die Enge getrieben, und obwohl ihm mulmig wurde, war er sicher, ihren prüfenden Fragen ausweichen zu können. Er mußte nur ruhig bleiben und sie ins Bockshorn jagen. »Sie sind eine wirklich sonderbare Person. Heute morgen schieben sie mir auf geheimnisvolle Weise einen Zettel zu und bitten mich, Sie zum Essen einzuladen, und jetzt zweifeln Sie an meinem Beruf, obwohl meine Referenzen von Ihrem Chef gründlich überprüft worden sind. Ich kenne mich bald selber nicht mehr aus. Womöglich schaffen Sie es noch, mir ganz und gar den Kopf zu verdrehen. Sie arbeiten nicht zufällig für den KGB?«

Sie ignorierte seinen ironischen Unterton und sagte: »Wenn Sie für die *Times* arbeiten würden, wäre Ihnen John bestimmt schon mal über den Weg gelaufen. Er schreibt täglich eine Kolumne fürs Feuilleton und macht viel Aufhebens von sich. Er kennt jeden, und jeder kennt ihn.« Sie registrierte Whitlocks kritischen Blick und fuhr fort: »Als mir Ihr Besuch angekündigt wurde, habe ich im Zeitungsverlag ein paar Informationen über Sie einholen wollen — John hat nie von Ihnen gehört.«

Sie legte eine Pause ein, als der Kellner das Essen servierte. Dann nahm sie den Faden wieder auf und sagte: »Vielleicht glauben Sie, daß ich mir alles nur aus den Fingern sauge. Wenn's Ihnen recht ist, hole ich John für Sie ans Telefon. Er sitzt im Augenblick sicherlich an seinem Artikel für die nächste Ausgabe. Sie können selber mit ihm sprechen.«

Whitlock starrte auf seinen Teller, der Appetit war ihm gründlich vergangen.

»Und außerdem, wenn Sie wirklich Journalist wären, hätten Sie gewußt, was ein ›Stringer‹ ist. Der Ausdruck scheint Ihnen unbekannt zu sein. Ein ›Stringer‹ ist nicht einfach bloß ein freier Mitarbeiter, sondern ein Sonderkorrespondent, der sich auf

Nachrichten einer bestimmten Region spezialisiert hat.«

»Wie kommt's, daß Sie sich so gut im journalistischen Fach auskennen?«

»Ich bin mit John oft ausgegangen, als er in Berlin stationiert war. Er war Auslandskorrespondent für seine Zeitung und hatte es sich zum Hobby gemacht, vermeintlichen Spionen nachzujagen. In der Hoffnung, einen großen Coup zu landen, wechselte er ständig die Grenze zwischen Ost und West.«

»Und? War er erfolgreich?«

Sie hielt die Hand vor den Mund und war sichtlich bemüht, nicht lachen zu müssen, zumal sie gerade einen Bissen in den Mund gesteckt hatte. »Entschuldigung«, sagte sie schließlich. »Er hat eine Story verfaßt und mit Bildmaterial dokumentiert. Darin ging es um einen amerikanischer General, der auf der Hamburger Kennedy-Brücke einer schönen KGB-Agentin angeblich geheime Dokumente übergeben haben soll. Die Agentin entpuppte sich später als Strichmädchen von der Reeperbahn, und die sogenannten Dokumente waren nichts weiter als ein paar Hundertmarkscheine, die für geleistete Dienste ausgehändigt wurden. John ist anschließend nach New York zurückbeordert worden. Seitdem schreibt er fürs Feuilleton, wo er weniger Schaden anrichten kann.«

Whitlock lächelte höflich, obwohl ihm gar nicht danach zumute war. Karin hatte ihn ertappt und seine Tarnung Stück für Stück auseinandergerupft. So etwas war ihm während seiner Zeit bei der UNACO noch nie passiert. Er fühlte sich gedemütigt, übertölpelt, schachmatt gesetzt von einer Frau, die so gerissen wie hübsch zu sein schien. Er sah ihr beim Essen zu und dachte daran, was zu tun wäre, wenn sie ihn öffentlich bloßstellen würde. Unauffällig strich er mit der Hand über die gehalfterte Browning Mk2 ...

»Worüber ich mich am meisten wundere, ist die Tatsache, daß Sie vom Herausgeber der *New York Times* gedeckt werden.«

Er hätte ihr mit einem Wort antworten können: Philpott. Der schien, wie Whitlock argwöhnte, einen ganzen Personalstab zu unterhalten, dessen einzige Aufgabe es war, Leute aufzuspüren, die irgendeinen Fleck auf ihrer weißen Weste hatten und für die UNACO nützlich sein konnten. Solche Typen ließen sich dann leicht zur Mitarbeit bewegen. Das war zwar bloß eine Vermutung, aber Whitlock und auch andere Agenten waren immer wieder verblüfft, wie schnell es Philpott fertigbrachte, eine perfekte Tarngeschichte zu erfinden.

Nun, so perfekt schienen sie offenbar doch nicht zu sein ...

»Ist mit Ihrem Sauerbraten was nicht in Ordnung, mein Herr?« fragte Franz besorgt. »Sie haben Ihr Essen kaum angerührt.«

»Im Gegenteil. Mein Kompliment an den Küchenchef. Ich glaube, mein Magen ist leicht verstimmt.« Er warf Karin einen Blick zu. »Übersäuert womöglich.«

»Soll ich Ihnen ein Mittel besorgen?« fragte Franz.

»Danke, nicht nötig. Aber wenn Sie schon mal bei mir abräumen könnten ...«

»Wünschen Sie noch etwas anderes, mein Herr?« fragte Franz und nahm den Teller vom Tisch.

»Kaffee und Cognac«, sagte Karin.

»Zweimal?«

Whitlock nickte.

Der Kellner war wieder verschwunden, als Karin die Ellbogen auf den Tisch stützte, die Hände unterm Kinn faltete und sagte: »Ich kann mir denken, wie Sie sich im Augenblick fühlen, aber ich mußte mich vergewissern, daß Sie kein Journalist sind, der bloß auf eine Story aus ist.«

»Ich hoffe, Sie sind zufrieden.«

»Ich bin zufrieden, daß Sie kein Journalist sind. Ich weiß zwar nicht, wofür Sie arbeiten, bin aber sicher, daß es sich um eine ziemlich einflußreiche Organisation handelt, wenn es ihr möglich ist, den Herausgeber der *New York Times* in der Hand zu haben.«

Nachdem der Kaffee und Cognac serviert worden waren, griff sie in ihre Handtasche, brachte ein gefaltetes Stück Papier zum Vorschein und streckte es ihm entgegen.

»Was ist das?« fragte Whitlock und nahm den Zettel an.

»Schauen Sie nach!«

Er faltete den Zettel auseinander, auf dem minutiös und maßstabgerecht die Zeichnung eines kleinen Mikrophons abgebildet war, das die Größe eines Zuckerwürfels hatte.

»Eine Wanze. Was soll ich damit anfangen?«

»Das Ding klebt unter meinem Schreibtisch. Vor ein paar Monaten bin ich durch Zufall dahintergekommen. Deshalb habe ich Ihnen heute morgen die Nachricht zugeschoben. Ich muß unbedingt mit Ihnen reden, ohne daß andere mithören.« Sie rieb sich das Gesicht, und als sie die Hände fallen ließ, waren Tränen in ihren Augen zu sehen. »Sie sind meine letzte Hoffnung, C. W.«

Er reichte sein Reverstüchlein über den Tisch und musterte ihr Gesicht, während sie die Tränen abtupfte. Der zuversichtliche und selbstsichere Ausdruck war verschwunden. Jetzt wirkte sie beinahe wie ein beunruhigtes, verschüchtertes Kind. Entweder war sie mit den Nerven herunter oder eine hervorragende Schauspielerin. Whitlock beschloß, beide Möglichkeiten offenzuhalten.

»Tut mir leid«, sagte sie und nestelte am Taschentuch herum. »Ich weiß nicht mehr, was ich tun soll.«

»Wollen Sie darüber reden?«

Sie legte das Tuch beiseite, nahm die Kaffeetasse in ihre Hände und begegnete seinem Blick. »Wissen Sie, was in einschlägigen Kreisen unter dem Kürzel MUF zu verstehen ist?«

Er wurde neugierig und beugte sich vor. *»Materials unaccounted for,* also Material, das in den Rechnungsbüchern nicht auftaucht.«

»Für mich ist das Diebstahl. Alles andere wäre Schönfärberei.«

»Was wollen Sie mir damit sagen?«

»Aus unserem Betrieb ist radioaktives Material verschwunden, ohne im Inventar eine Lücke zu hinterlassen.«

»Warum erzählen Sie das ausgerechnet mir? Wie kommen Sie darauf, mir vertrauen zu können?«

»Ich brauche Hilfe von außen. Sie sind meine einzige Chance. Mit Kollegen kann ich darüber nicht reden, weil zu befürchten ist, daß einige von ihnen in der Sache mit drinstecken. Außerdem ist bereits ein Anschlag auf mein Leben verübt worden.«

»Weiß man, daß Sie Verdacht geschöpft haben?«

Der Kellner kam mit einer Kaffeekanne an den Tisch und schenkte nach.

Karin gab Milch in ihre Tasse und rührte um. »Ich habe alles, was mir zu diesem Thema aufgefallen ist, in ein Tagebuch geschrieben. Eines Nachts ist es aus meiner Schreibtischschublade gestohlen worden. Zwei Tage später hat jemand an den Bremsen meines Autos herumgepfuscht.«

»Haben Sie die Sache gemeldet?«

»Natürlich, aber die Firmenleitung ist der Überzeugung, daß Umweltschützer hinter dem Anschlag stecken, was ich jedoch nicht glaube. Wieso sollten die es ausgerechnet auf mich, eine einfache PR-Angestellte, abgesehen haben? Nein, der Anschlag wurde von Leuten unserer Firma durchgeführt.« Sie nahm einen Schluck aus der Tasse. »Außerdem ist in meine Wohnung eingebrochen worden, während ich im Büro war. Geklaut wurde nichts, aber von den Möbeln stand keins mehr an seinem Platz. Ich vermute, daß man mir auf diese Weise klarmachen will, daß ich jederzeit auszuschalten bin. Ich habe Angst, C. W., schreckliche Angst.«

Whitlock war irritiert von ihrem merkwürdigen Verhalten. Er kam sich vor wie ein Boxer, der halb k. o. in den Seilen hängt und seinen Augen nicht traut, weil der Gegner in der anderen Ecke das Handtuch wirft. So etwas hatte es im Boxring wohl noch nie gegeben. Spielte sie ihm immer noch was vor? Gehörte sie womöglich mit zu der Bande, die das Plutonium gestohlen hatte? Sollte sie einen Köder auslegen, um ihn in die Falle zu locken? Oder war sie tatsächlich so verzweifelt, wie sie sich gab? Bat sie ihn wirklich um Hilfe? Hatte sie ehrlich Angst um ihr Leben? All diese Fragen verwirrten und verunsicherten ihn zugleich. Aber trotzdem ahnte er, daß sie für ihn der Schlüssel zur Lösung dieser ganzen Geschichte war. Um den Diebstahl aufdecken zu können, mußte er sich an sie halten, egal, auf welcher Seite sie stand.

»Sie glauben mir nicht, oder?«

»Was wollen Sie hören?« antwortete er ausweichend.

»Die Wahrheit.«

Er wischte sich den Mund mit der Serviette ab und sagte: »Was Sie da sagen, halte ich nicht für ausgeschlossen.«

»Wie vorsichtig. Ich konstatiere: Sie besuchen unsere Wiederaufbereitungsanlage, geben sich als Journalist aus, sind aber tatsächlich in geheimer Mission für eine sehr bedeutende Organisation unterwegs, vielleicht sogar für irgendeine Regierung. Ich kann mir nicht denken, daß Sie bloß gekommen sind, um unsere Belegschaft zu interviewen. Wir beide wissen, warum Sie hier sind, und ich dachte, daß wir uns gegenseitig helfen könnten.« Sie beugte sich vor und legte eine Hand auf seinen Arm. »Wenn das Plutonium in die falschen Finger gerät, könnten die Folgen katastrophale Ausmaße annehmen. Unter anderem würden die Kernkraftgegner Oberwasser gewinnen.« Verlegen lächelnd zog sie ihre Hand zurück. »Ich glaube an die Zukunft der Atomindustrie, doch die ist schwerstens gefährdet, wenn sie von skrupellosen Verbrechern mißbraucht wird.«

»Können Sie mir eine Liste der Angestellten geben, die möglicherweise in den Diebstahl verwickelt sind?«

»Dafür werde ich morgen als erstes sorgen.«

»Und merken Sie sich: Ich habe die Absicht, eine Geschichte zu schreiben. Aus dem Grund bin ich hergekommen.«

»Natürlich. Ihre Tarnung muß intakt bleiben.«

»Wie gesagt, ich bin freischaffender Journalist. Wenn ich wieder nach New York zurückgekehrt bin, wird mein Artikel zwei Tage später in der *Times* zu lesen sein. Vielleicht kann Ihnen Ihr Freund eine Kopie zuschicken.« Whitlock verlangte die Rechnung.

Als Franz an den Tisch kam, fischte Karin die Rechnung vom Silberteller und hob abwehrend die Hand, als Whitlock zum Protest anheben wollte. »Das ist das mindeste, was ich für Sie tun kann. Außerdem zahlt die Firma.«

Als sie ins Foyer hinaustraten, hakte sich Karin bei Whitlock unter. Schweigend fuhren sie mit dem Lift hinab in die Tiefgarage.

Der Temperatursturz war sofort spürbar, als sich die Fahrstuhltür öffnete. Um sich gegen den kalten Nachtwind zu schützen, zog sie ihren Schal enger um die Schultern.

»Wo steht Ihr Wagen?«

»Dahinten in der Ecke. Ein anderer Parkplatz war nicht frei«, antwortete sie. »Heute abend ist viel los. Vielleicht findet eine Konferenz statt.«

Sie achteten nicht auf den schwarzen Mercedes, der hinter ihnen lautlos aus einer Parklücke herausrollte. Der Fuß des Fahrers schwebte über dem Gaspedal. Langsam nahm der Wagen Fahrt auf, und als er nur noch zwanzig Meter hinter ihnen war, wurde das Pedal bis zum Anschlag durchgetreten. Whitlock stieß Karin zur Seite und sprang auf die Kühlerhaube eines BMW, als der Mercedes vorbeischoß und ihn nur um Zentimeter verfehlte. Am Ende der Reihe geparkter Fahrzeuge riß der Fahrer das Steuer herum. Der Wagen brach hinten aus und kratzte mit der Stoßstange an der Wand entlang, daß helle Funken aufsprühten. Dann raste er mit heruntergeschaltetem Gang die Rampe hinauf, durchbrach den Schlagbaum und verschwand auf der Straße.

Whitlock eilte auf Karin zu, die zusammengekauert vor einer Betonsäule hockte und das Gesicht in die Hände vergraben hatte. Er hockte sich neben sie und legte ihr die Hand auf die Schulter. Schluchzend schlang sie die Arme um seinen Hals und preßte ihr Gesicht an seine Wange. Als er Schritte hinter sich hörte, langte er blitzschnell zur Browning. Doch dann sah er die Uniform und ließ die Hand wieder sinken.

»Ist alles in Ordnung mit Ihnen?« fragte der Parkhauspförtner besorgt.

»Ja, danke.«

Der Mann ging los, um seinen Vorgesetzten zu informieren, der seinerseits die Polizei alarmieren würde.

»Wie geht's Ihnen?« fragte Whitlock und half ihr auf die Füße.

»So lala«, antwortete sie benommen. »Und Ihnen?«

»Ich werd's überleben.« Whitlock grinste. »Ist Ihnen der Wagen früher schon mal aufgefallen?«

»Noch nie. Haben Sie den Fahrer erkennen können?«

»Nein, es ging alles zu schnell«, log er.

Nicht, daß er viel gesehen hätte: ein südländisches Gesicht, von einem Filzhut teilweise verdeckt. Damit ließ sich kaum etwas anfangen, aber trotzdem war Whitlock entschlossen, die Information für sich zu behalten.

»Und die Wagennummer?«

»Mit Isolierband überklebt«, antwortete er. »Wir sollten jetzt besser von hier verschwinden. Was wir am wenigsten brauchen können, ist die Einmischung der Polizei.«

»Darf ich Sie zu einem Kaffee in meine Wohnung einladen?« sagte sie und nahm die Autoschlüssel aus der Handtasche.

»Besten Dank, aber ich möchte jetzt zurück ins Hotel und ein heißes Bad nehmen. Die Schulter tut weh, ich muß sie mir wohl geprellt haben. Außerdem wollten Sie doch noch eine Liste für mich aufstellen. Keine Sorge, heute nacht können Sie vor einem weiteren Anschlag sicher sein.«

Sie gab ihm einen flüchtigen Kuß auf die Wange. »Den haben Sie verdient.«

»Ach was. Fahren Sie jetzt. Ich sehe Sie dann morgen.«

Als er auf seinen Wagen zuging, formulierte er bereits an einem Bericht für Philpott. Besonders wichtig war ihm, daß Karin Schendel gründlich durchleuchtet wurde. Als er die Tiefgarage verließ, rollte der Mercedes aus einer dunklen Einfahrt gegenüber und folgte dem Golf in sicherem Abstand.

6

Largo Antik war ein kleines, unscheinbares Antiquitätengeschäft an der Ecke Beethoven- und Dreikönigsstraße in Zürich. Geführt wurde es von zwei bebrillten Männern, die kaum mehr Haare auf den Köpfen hatten und auf die Vierzig zugingen. Mit Largo, von dem der Laden gegründet und mit Geschäftssinn und Fachkenntnis zu einer wahren Goldgrube ausgebaut worden war, hatte weder der eine noch der andere etwas zu tun. Die beiden Männer arbeiteten für die UNACO. Das Geschäft diente als Tarnung ihres europäischen Hauptquartiers und war 1980 mit Mitteln der Vereinten Nationen aufgekauft worden. Alle Gewinne, die der Laden erwirtschaftete, gingen auf ein schweizerisches Nummernkonto, dessen Vermögen ausschließlich der UNICEF zugute kam.

Eine Glocke bimmelte über der Tür, als Philpott, gefolgt von Sabrina und Kolchinsky, den Laden betrat. Der Verkäufer hinter der Theke grüßte mit einem knappen Kopfnicken und schielte in eine Ecke, die vom Eingang aus nicht einzusehen war. Philpott verstand den Hinweis und schaute sich so lange zwischen den Antiquitäten um, bis der eine Kunde den Laden verlassen hatte. Anschließend führte der Verkäufer die drei Besucher durch den Gang hinter der

Theke, zog einen Ultraschallsender aus der Tasche und richtete ihn auf ein leeres Bücherregal an der gegenüberliegenden Wand. Als er die Fernbedienung aktivierte, schwenkte das Regal zur Seite und öffnete den Blick auf einen geheimen Durchgang. Sabrina hatte seit eh und je eine Schwäche für schwenkbare Bücherregale, die sie stets an Boris-Karloff-Filme erinnerten. Solche Türen waren für sie tausendmal interessanter als Philpotts schlichte Wandpaneele in der New Yorker Zentrale. Kaum hatten die drei Besucher den Korridor betreten, als der Verkäufer hinter ihnen die Tür zuklappen ließ und in den Laden zurückkehrte.

Sie passierten ein halbes Dutzend unmarkierter Türen, hinter denen jeweils ein schalldichter Raum lag, in dem speziell ausgebildetes UNACO-Personal ein überaus leistungsstarkes Computersystem bediente im zähen Ringen darum, den alarmierenden Zuwachs internationalen Verbrechens aufzuhalten. Philpott führte die beiden vor eine hellblaue Tür am Ende des Korridors und drückte auf einen Klingelknopf. Eine unter der Decke installierte Kamera lichtete sie der Reihe nach ab, bevor die Tür geöffnet wurde. Sie hatten Zutritt zum Büro von Jacques Rust, dem Chef der europäischen UNACO-Zentrale.

Rust schloß die Tür per Fernbedienung und setzte dann seinen automatischen Rollstuhl in Gang, um die drei zu begrüßen. Er war Franzose, zweiundvierzig Jahre alt, hatte ein feingeschnittenes Gesicht und lebhafte blaue Augen. Vierzehn Jahre lang war er im Dienst der französischen *Service de Documentation Extérieure et de Contre-Espionage* gewesen, bevor er kurz nach der Gründung der UNACO einer von Philpotts ersten Agenten wurde. Damals war ihm Whitlock als Partner zur Seite gestellt worden. Als Philpott dann die offizielle Genehmigung bekommen hatte, seinen Agentenstamm von zwanzig auf dreißig Personen zu erhöhen, wurde Sabrina eingestellt, die zusammen mit Rust und Whitlock das ursprüngliche Team von Strike Force 3 bildete.

Knapp ein Jahr später waren Rust und Sabrina während einer Routinekontrolle auf den Docks von Marseille von einer Drogenschieberbande unter Beschuß genommen worden. Ein Querschläger hatte Rusts Wirbelsäule verletzt. Seitdem war er an den Rollstuhl gefesselt. Daraufhin wurde ihm ein Posten in der New Yorker Kommandozentrale freigemacht, aber als der Leiter für europäische Operationen bei einem Autounfall ums Leben kam (daß es sich um einen Unfall und nicht, wie ursprünglich angenommen, um einen Mordanschlag gehandelt hatte, war erst später nachgewiesen worden), überraschte Philpott die meisten seiner Mitarbeiter damit, daß er Rust und nicht etwa Kolchinsky zum Nachfolger bestimmte. Mit der Zeit zeigte sich, daß diese Wahl nicht besser hätte getroffen werden können. Die Verbindung zwischen Zürich und New York wurde intensiv wie nie zuvor.

»Colonel, ich habe Sie erst für morgen erwartet«, sagte Rust und schüttelte den beiden Männern die Hand. »Warum haben Sie mir nicht mitgeteilt, daß Sie früher kommen? Ich wollte Ihnen einen Wagen zum Flughafen schicken.«

Philpott nahm in einem Sessel Platz und stellte seinen Stock an der Wand ab. Nach seinem Abschluß an der Militärakademie von Sandhurst und der Auszeichnung mit dem begehrten Ehrenschwert war er in den Krieg nach Korea geschickt worden, wo er eine schwere Beinverletzung davongetragen hatte, als er einen verwundeten Kameraden zu retten versuchte. Seitdem hinkte er auffällig auf dem linken Bein. »Wir haben den Morgenflug der Swissair genommen. Sabrina war am Flughafen, um uns abzuholen.«

Sabrina küßte Rust auf beide Wangen und strich ihm zärtlich mit der Hand übers Haar. »Schneide dein Haar nicht so kurz. Wie oft muß ich dir das noch sagen? So, wie es jetzt ist, sieht man deutlich, daß der Haaransatz immer weiter zurückgeht.«

»Charmant wie immer«, entgegnete Rust trocken.

»Bevor ich's vergesse, ich habe dir was mitgebracht«, sagte sie und reichte ihm das Magazin des automatischen Gewehrs, versiegelt in einem Plastikbeutel. »Da sind ein paar Fingerabdrücke drauf. Deinen Leuten dürfte es kaum schwerfallen, den dazugehörigen Namen ausfindig zu machen.«

Rust telefonierte über eine interne Leitung und gab den Auftrag, das Magazin abholen zu lassen. Als er den Hörer wieder auflegte, fragte er: »Wünscht jemand Kaffee, bevor wir mit der Arbeit beginnen?«

Alle drei lehnten dankend ab.

»Seit ich gestern Ihr Telex erhalten habe, ist einiges passiert. In der Nähe von Sion hat eine Lawine die Gleise verschüttet, und in den ersten Meldungen heißt es, daß mit einer Räumung nicht vor morgen früh zu rechnen ist. Mit anderen Worten: Der Zug sitzt über Nacht fest.«

»Wie komme ich bloß darauf, daß mehr dahintersteckt als bloßer Zufall?« fragte Philpott und klopfte die Pfeife im Aschenbecher aus.

Rust grinste. »Der Schnee liegt zu dieser Jahreszeit ziemlich lose auf den Hängen. Oft reicht schon ein kleiner Schneeball, um die Lawine ins Rollen zu bringen. Ich dachte, daß uns ein kleiner Zeitaufschub hilft, um unsere Strategie zu klären. Aber wie ich dem Telex entnehme, ist das Plutonium bereits aufgespürt worden.«

»Aller Wahrscheinlichkeit nach.« Kolchinsky meldete sich nun erstmalig zu Wort. »Graham hat zwar Strahlung gemessen, aber daß die Fässer in diesem bewußten Waggon gesteckt haben, wußten wir schon vorher. Jetzt steht dort bloß eine große Kiste der Spedition Werner. Ob darin die Fässer sind, wissen wir nicht. Wenn wir ohne ausreichende Beweise in Aktion treten und Stefan Werner hoppnehmen, könnte er, falls wir uns irren, dafür sorgen, daß auf den Titelseiten aller europäischen Zeitungen der Name UNACO auftaucht.«

Auf dem Schreibtisch blinkte ein Licht auf, und nachdem er einen Blick auf den Überwachungsmonitor geworfen hatte, öffnete Rust die Tür. Einem Techniker in weißem Kittel händigte er den Plastikbeutel aus und bat darum, nach der Identifizierung der Fingerabdrücke sofort informiert zu werden.

»Ich glaube nicht, daß er das tut«, warf Sabrina ein, als der Techniker abgezogen war.

»Von wem sprechen Sie?« fragte Philpott, der das Feuerzeug über den Pfeifenkopf hielt.

»Von Stefan. Er ist kein nachtragender Typ. Wenn er erfährt, daß die internationale Sicherheit bedroht ist, wird er, falls wir die Kiste aufbrechen, bestimmt zu beschwichtigen sein.«

»Stefan?« fragte Rust und verzog die Augenbrauen »Kennst du den Mann etwa?«

»Wir sind ein paarmal miteinander ausgegangen, als ich an der Sorbonne studiert habe.«

»Davon weiß ich ja noch gar nichts«, mokierte sich Philpott.

»Er ist eine Partybekanntschaft, mehr nicht.«

»Und wie eng war diese Bekanntschaft?«

»Wir sind nie miteinander ins Bett gestiegen, wenn es das ist, was Sie meinen, Sir«, antwortete sie brüskiert. »Wir waren Freunde, das ist alles. Ich habe ihn seit fünf Jahren nicht gesehen.«

»Wie schätzen Sie ihn als Person ein?« wollte Kolchinsky wissen.

»Ehrgeizig«, gab sie Auskunft. »Sehr ehrgeizig. Seine Arbeit stand für ihn immer im Mittelpunkt.«

Das Telefon läutete, und Rust riß den Hörer von der Gabel. Dann deutete er mit dem Daumen nach oben, legte wieder auf und rollte in seinem Stuhl um den Schreibtisch herum, um einen Geheimcode in den Computer einzugeben, der an eine zentrale Datenbank im Haus angeschlossen war.

»Da haben wir's«, frohlockte er, als der gesuchte Eintrag auf dem Bildschirm erschien. »Die Abdrücke stammen von einem Mann namens Kurt Rauff.«

»Gibt's irgendwelche Informationen über ihn?« fragte Philpott.

»In England hat man einen hübschen Ausdruck für Typen seiner Sorte: Er ist ein internationaler *milk thief*.«

»Mit anderen Worten: ein kleiner Fisch«, entgegnete

Philpott, dessen Stimme verunsichert klang. »Was hat er denn so alles auf dem Kerbholz?«

»Dies und das. Er ist einige Male verurteilt worden. Wegen kleinerer Delikte: Taschendiebstahl, Scheckbetrug, Unterschlagung.«

»Das paßt wohl kaum zu einem schießwütigen Meuchler«, bemerkte Sabrina.

»Nicht so voreilig, *chérie*«, meinte Rust und streckte den Zeigefinger aus. »Es scheint, als habe er sich in den vergangenen vier Jahren unter die wirklich schweren Jungs gemischt. Er steckte nämlich im Waffenschiebergewerbe und war tätig für Leute wie Dauphin, Giselle und Umbretti.«

»Reichlich dreist von denen, einen Typ wie Rauff für sich arbeiten zu lassen«, sagte Philpott und kaute nachdenklich auf dem Mundstück herum. »Wissen wir schon mehr über die beiden Männer, die Mike im Zug gesehen hat?«

»Da kämen mehrere in Frage. Die meisten stehen auch auf der Liste, die Ihre Leute von der UN zusammengestellt haben. Einige meiner Männer sind unterwegs und hören sich um.«

»Dürfte ich mal das Telex sehen?« fragte Sabrina.

Rust wies auf den Zettel, der auf dem Schreibtisch lag.

Nachdem sie gelesen hatte, wandte sie sich an Philpott und sagte: »Sie haben gar nicht erwähnt, daß der schwarzhaarige Mann verschiedenfarbene Augen hat.«

»Was?« erwiderte Philpott verwundert.

»Hat C. W. Ihnen nicht die komplette Beschreibung durchgegeben, Sir?«

»Ich selber habe nicht mit ihm gesprochen. Er rief nachts an und sprach mit dem Mann vom Dienst. Von verschiedenfarbenen Augen ist mir nichts gesagt worden.«

»Jacques, du könntest...« Rusts finstere Miene brachte Sabrina ins Stocken.

»Ein braunes und ein grünes Auge, *n'est-ce pas?*«

Sie nickte.

Rust stierte auf den Bildschirm. »Sein Name ist Joachim Hendrique.«

»Balaschikha«, flüsterte Kolchinsky, bleich im Gesicht.

»Balaschikha? Das Trainingslager des KGB zur Ausbildung von Terroristen für die dritte Welt?« fragte Philpott mit Blick auf Kolchinsky.

Kolchinsky nickte. »Unter der Leitung von Direktorat S, der gefürchtetsten Abteilung innerhalb des KGB.«

»Von Balaschikha ist hier nichts zu lesen«, erklärte Rust, der seine Daten über den Bildschirm hatte laufen lassen.

»Das wundert mich nicht. Die wahre Identität der Absolventen von Balaschikha ist nur den Spitzen von Direktorat S bekannt. Die gesamte Abteilung ist perfekt abgeschirmt.«

»Und wie kommt's dann, daß Sie über den Mann Bescheid wissen?« fragte Philpott.

»Hendrique soll einer der Besten gewesen sein, die jemals auf dieser Schule ihren Abschluß gemacht haben. Solche Informationen sickern in der Regel durch und gelangen an andere Mitglieder des KGB. Dahinter steckt geplanter Zufall, wenn Sie verstehen, was ich meine.«

»Steht sein Name auch auf der Liste?« fragte Philpott.

Rust schüttelte den Kopf. »Von ihm existieren nur ein paar verwackelte Fotos, aufgenommen von einem CIA-Beamten in Nicaragua. Die Gesichtszüge darauf sind so undeutlich, daß sie vom Computer nicht eingelesen werden können. Mit dem Indikit-Programm lassen sich nur Gesichter vergleichen, die in der Datenbank gespeichert sind.«

»Als ich seine Augen erwähnte, wußtest du also sofort, wer er ist«, sagte Sabrina und beugte sich mit gespieltem Interesse nach vorn.

»Er hat mal versucht, mich umzubringen«, antwortete Rust. »Damals war ich noch beim SDECE. Wir erhielten den Hinweis auf eine Ladung Kokain, die an Bord eines südamerikanischen Frachters in Nizza eintreffen sollte. Während der Löscharbeiten gelang es uns, die Bande festzunehmen, der kaum Zeit zur Gegenwehr blieb. Trotzdem gingen uns zwei der Ganoven durch die Lappen. Einen davon konnte ich in einer Lagerhalle stellen, doch er schaffte es, auszuweichen und mich von hinten anzufallen. Er schlug mir die Waffe aus der Hand, stieß mich vor eine Wand und drückte mir den Lauf seiner Pistole vor den Bauch. Er trug eine Maske, und deshalb sind mir nur die Augen aufgefallen. Eins war braun, das andere grün. Er drückte ab, aber das Magazin war leer. Die meisten Verbrecher wären in diesem Moment in Panik geraten, aber er lachte bloß und hämmerte mir den Knauf über den Schädel. Als ich wieder aufwachte, kauerten meine Kollegen besorgt um mich herum. Er war entkommen. Solange ich lebe, werde ich diese Augen nicht vergessen.«

»Aber wenn Sie sein Gesicht nie gesehen haben ...« versuchte Kolchinsky einzuwenden.

»Verschiedenfarbene Augen sind selten genug«, unterbrach ihn Rust. »Und außerdem wirkt seine Statur ziemlich auffallend. Er ist durchtrainiert wie ein Bodybuilder. Kein Zweifel, das ist der Mann, den wir suchen, Sergei, dafür setze ich meine Karriere aufs Spiel.«

»Was spuckt der Computer über ihn aus?« wollte Philpott wissen und zeigte auf den Monitor.

Rust überflog den Bildschirmtext und übersetzte die wichtigsten Details vom Französischen ins Englische. »1947 wurde er im Tschad geboren und von Missionaren großgezogen. Mit fünfzehn nahm er Reißaus, ging zur See und machte sich einen Namen als Boxer mit brillanter Technik, aber einem Hang zu sadistischen Ausfällen. Wieder aufgetaucht ist er dann 1969 in Amsterdam, wo er für etliche Krawalle sorgte und Schlägereien zwischen einigen Hippies und der Polizei anzettelte. Gefaßt wurde er nie. Zwischenzeitlich wurde es still um ihn, aber dann, im Jahre 1975, erhielt der CIA Auskunft darüber, daß er marxistische MPLA-Soldaten in Angola ausbildete. Anschließend wechselte er nach Nicaragua über, wo er in den Reihen der Sandinisten kämpfte, bis Somoza 1980 gestürzt wurde. Seitdem ist er im illegalen Waffengeschäft tätig. Angeblich umfaßt sein Wirkungsfeld ganz Europa. Außerdem scheint er mit Drogen zu handeln. Es heißt, daß er in Amsterdam auf einem Hausboot wohnt, und zwar irgendwo im Jordaan-Bezirk. Seine bevorzugten Waffen sind ein Gewehr der Marke Franchi Spas und eine Desert Eagle, Kaliber .357. Letztere trägt er offenbar ständig bei sich. Er tritt nie selbst in Erscheinung. Seine Aufträge bestehen meist darin, daß er eine Mannschaft zusammentrommelt und für den planmäßigen Ablauf einer Operation sorgt.«

»Das muß man ihm lassen: In puncto Waffen scheint er recht wählerisch zu sein«, bemerkte Sabrina.

»Ist irgendwas über seine Komplizen bekannt?« fragte Kolchinsky.

Rust öffnete die Akte auf seinem Schreibtisch und fuhr mit dem Finger die Liste entlang. Den Namen, der ihm dabei ins Auge fiel, gab er in den Computer ein. »Akkid Milchan, siebenunddreißig Jahre alt. Einsfünfundneunzig groß. Ägypter. Stumm. 1979 wurde sein Gesicht infolge einer Explosion auf einem liberianischen Tanker schwer verletzt. Auch er wohnt in Amsterdam und arbeitet seit 1982 hin und wieder für Hendrique.«

»Jetzt wissen wir wenigstens, mit wem wir es zu tun haben. Jacques, Sie sagten, dieser Rauff sei in Verbindung mit Dauphin, Giselle und Umbretti gewesen. Versuchen Sie herauszufinden, ob einer der drei während der vergangenen Monate mit Hendrique in Kontakt gestanden hat. Ich möchte auch, daß dieser Werner überprüft wird, aber bitte äußerst diskret.«

Als Rust nach dem Telefonhörer langte, um die entsprechenden Orders durchzugeben, trat Philpott vor die Europakarte, die an der Wand hing. »Sabrina?«

Sie stand von ihrem Sessel auf, steckte die Hände in die Taschen ihrer weiten Hose und ging auf Philpott zu.

»Der Zug hängt vor Sion fest«, erklärte er und wies mit der Pfeifenspitze auf die Stelle, an der der Name der Stadt verzeichnet war.

»Und das bis zum Morgen«, fügte sie hinzu.

»Genau«, antwortete Philpott und widmete ihr einen Blick, mit dem ein berühmter Tragödienheld eine unbekümmerte Soubrette bedacht haben könnte, die gerade das Stichwort gegeben hat. »Ich weiß, es war ein langer Tag, möchte Sie aber trotzdem bitten, noch heute abend nach Sion zu fahren. Wir haben ein

Schlafwagenabteil bestellt. Sie werden also unterwegs ein wenig ausruhen können. Es ist wichtig, daß Mike über die neuesten Entwicklungen informiert wird.«

»Sie glauben, daß Stefan seine Finger im Spiel hat, nicht wahr?«

»Nicht unbedingt. Allerdings glaube ich, daß die Fässer in seiner Kiste stecken.«

»Was macht Sie so sicher, Sir?«

»Mein Instinkt.«

Sie lächelte. »Genau das hätte Mike auch geantwortet.«

Rust kam auf seinem Rollstuhl hinter dem Schreibtisch hervor und rollte in die Mitte des Raumes. »Hat jemand Hunger? Ich kenne ein kleines Restaurant ganz in der Nähe, das eine ausgezeichnete *choucroute garnie* serviert.«

»Nichts lieber als das«, antwortete Philpott und wandte sich an Sabrina. »Essen Sie noch mit uns, bevor Sie fahren!«

»Danke, Sir, aber ich werde wohl unterwegs einen Happen zu mir nehmen.«

»*Friture de perchettes* in zerlassener Butter? Ich weiß doch, was dir schmeckt, *chérie*«, sagte Rust und schnalzte mit der Zunge.

»Ein anderes Mal, Jacques. Ich will so schnell wie möglich nach Sion.«

Rust zog sein Jackett an, rollte voran durch den Korridor und führte die anderen durch eine Seitentür hinaus auf die Straße. Der Antiquitätenladen hatte geschlossen. Sabrina zog den Reißverschluß ihres Anoraks hoch bis unters Kinn, als sie in die kalte Abendluft hinaustrat, und kramte in der Tasche nach den Schlüsseln ihres Audi-Coupés.

»Dann will ich dich wenigstens zum Wagen begleiten«, meinte Rust.

Philpott lächelte ihr freundlich zu und verschwand dann, auf der Suche nach dem Restaurant, mit Kolchinsky um die Ecke.

»Soll ich schieben?«

»Gerade so wie in alten Zeiten, als du mir Rückendeckung gegeben hast«, antwortete Rust grinsend.

»Aber es hat nicht viel genützt«, meinte sie bitter.

Er drehte ihr das Gesicht zu und antwortete: »Wann wirst du endlich einsehen, daß es nicht deine Schuld war? Wenn du den Kopf gehoben hättest, um mir den Weg freizuschießen, würdest du jetzt nicht meinen Rollstuhl schieben können. Du weißt genau, daß ich dir für das, was damals passiert ist, nie die Schuld gegeben habe. Das sind halt die Risiken unseres Berufes. Verflixt. Warum muß dieses Thema immer wieder zur Sprache kommen, wenn wir uns sehen?«

Sabrina antwortete nicht.

»Wie geht's Mike?« fragte er, um das Schweigen zu brechen.

»Ganz gut.«

»Bestell ihm schöne Grüße von mir«, bat er, als sie den Audi erreicht hatten.

»Das werde ich tun.« Sie schloß die Fahrertür auf, umarmte Rust und setzte sich hinters Steuer.

Er wartete, bis sich der Wagen in den Verkehr eingefädelt hatte, und rollte dann zum Restaurant. Philpott und Kolchinsky saßen bereits an einem Tisch neben dem mit Spaliergittern umrahmten Eingang der Cocktailbar.

»Meinetwegen hätten Sie nicht unbedingt hier Platz zu nehmen brauchen«, sagte Rust und winkte dem

Barkeeper zu, der sofort wußte, was sein Stammgast zu trinken wünschte.

»Wir wollten Ihnen ersparen, um all die Tische und Stühle herumzurollen«, antwortete Kolchinsky.

»Das ist mein ganz persönlicher Parcours«, erwiderte Rust und streckte die Arme aus.

»Wie lange dauert's wohl, bis Sie über Werner und die anderen Bescheid wissen?«

»Kommt darauf an. Vielleicht ist er ja ein unbeschriebenes Blatt. Sie verdächtigen ihn wohl?«

»Ich bin sicher, daß seine Firma irgendwie in die Sache verwickelt ist, und wenn er tatsächlich selber mit drinsteckt, wird's für uns, wie ich befürchte, äußerst schwer, den Beweis dafür anzutreten.«

»Herr Stefan Werner.«

Alle merkten auf, als der neue Gast begrüßt wurde. Werner war Ende Vierzig und von kleiner, untersetzter Gestalt, hatte braune Haare, die an den Geheimratsecken stark ausdünnten, und einen sorgfältig gestutzten, rostbraunen Schnauzbart, der um die Mundwinkel herum nach unten gezogen war. Er strahlte ein gewisses Charisma aus, das ihn schon seit geraumer Zeit zu einem der begehrtesten Junggesellen in seiner Umgebung machte. Als er nun den Ballraum betrat und sich umsah, nahm er im stillen Bestand auf vom Reichtum seiner Gastgeber. Den melierten Marmorfußboden, die neodorischen Säulen und die prachtvolle Eichenholzdecke ließ er unbeachtet. Sein Interesse galt allein der Gemäldesammlung an der holzvertäfelten Wand. Häuser konnten nach und nach abgezahlt werden; den Preis eines Gemäldes mußte man jedoch sofort begleichen. Weil dem so war, ließ sich seiner Meinung nach gut unterscheiden zwischen den Aufschneidern und der eigentlichen Creme des europäischen Geldadels.

Die Gastgeberin löste sich aus einer Gruppe von Freunden und eilte mit ausgestreckten Armen auf ihn zu. Die Umarmung der beiden wirkte reichlich gekünstelt. Sie war eine Enkelin eines preußischen Grafen und hatte einst zusammen mit ihrem Mann ein herrliches Schloß besessen, das bei Aßmannshausen hoch über dem Rhein thronte. Aber um ihren jetzigen Wohnsitz am Stadtrand von Berlin erwerben zu können, hatten sie sich von diesem Schloß getrennt. Sie glaubten, durch diesen Wohnungswechsel in der sozialen Hierarchie weiter aufgestiegen zu sein. Werner war gegenteiliger Meinung, behielt diese Meinung jedoch für sich.

»Ich bin so froh, Stefan, daß du dich für heute abend hast freimachen können. Du weißt, wie gern du gesehen wirst, besonders von den Damen.«

»Du schmeichelst mir, Marisa«, antwortete Werner mit affektiertem Lächeln. »Zu deinen Partys komme ich immer mit Vergnügen. Es tut mir nur leid, daß ich noch einen Termin hatte, sonst wäre ich eher gekommen.«

Er beherrschte durchaus die Kunst der taktvollen Lüge.

»Hauptsache, du bist hier. Du warst im Theater, stimmt's?«

»In der Philharmonie, um genau zu sein. Händels *Messias* wurde aufgeführt — von den Berliner Philharmonikern zusammen mit den Schöneberger Sängerknaben. Das letzte Mal konnte ich leider nicht hin.«

»Es hat dir offenbar sehr gefallen«, bemerkte sie und führte ihn quer durch den Saal.

»Gefallen ist untertrieben, ich war hingerissen«, antwortete er und nahm sich ein Glas Champagner vom Tablett eines vorbeigehenden Kellners.

Als er eine Gruppe von Gästen passierte, schnappte er ein paar Worte auf, die offenbar auf ihn gemünzt waren. Daß sie, wie er hören konnte, sein Vermögen auf 150 Millionen schätzten, schockierte ihn ein wenig. Hätten sie die Summe mit drei multipliziert, wären sie der Wahrheit näher gewesen. Er besaß nicht nur die Werner Lines, jene Reederei, für die über 140 Frachtschiffe in Kommission die Weltmeere durchkreuzten, sondern spielte auch seit vier Jahren eine führende Rolle in der Transportindustrie. In diesem Sektor hatte er sich einen bedeutenden Marktanteil sichern können, denn es war ihm gelungen, kleine, angeschlagene Firmen nach und nach aufzukaufen und sie mit Hilfe eines erfahrenen Vorstands, über den er den Vorsitz führte, zu einem Konzern zusammenzuschmieden. Da diese Transportgesellschaft Hand in Hand mit der Reederei zusammenarbeitete, waren er und sein Unternehmen in der Lage, kombinierte Preisangebote zu machen, denen kein Kunde zu widerstehen vermochte. So warf er mit der Zeit zahlreiche Konkurrenzfirmen aus dem Rennen, von denen etliche seinem ständig wachsenden Imperium einverleibt wurden.

»Stefan, fast hätte ich vergessen, dir zu sagen, daß dich jemand zu sehen wünscht.«

Wahrscheinlich, so dachte er in seiner Arroganz, wieder eine dieser ledigen Freundinnen, die immer dann mit auf die Einladungsliste geraten, wenn abzusehen ist, daß ich aufkreuze. Er wußte, daß Marisa nur sein Bestes wollte, doch ihm war noch keine Frau vorgestellt worden, deren Interesse an ihm nicht vor allem seinen Finanzen galt. Seine gesellschaftliche Position war besonders exponiert, und er fürchtete, durch die indiskreten Seitensprünge einer Frau, die der Erfolg des Mannes langweilt, in Verruf zu kommen. Er wußte von vielen prominenten Industriellen, die vom Sockel gestürzt wurden, weil deren Frauen ungeniert potenzstrotzende Gigolos aushielten und mit ihren Amouren der Sensationspresse ständig neuen Stoff lieferten. Nein, Werner war entschlossen, Junggeselle zu bleiben.

»Er ist vor einer Stunde angekommen und drängt darauf, dich zu sehen. Er meinte, wenn ich dir das Stichwort ›Brasilien, 1967‹ gebe, wüßtest du schon Bescheid.«

»Wo ist er, Marisa?« fragte er und nahm sie beim Arm.

»Ich habe ihn in die Bücherei geschickt. Ist er Russe?« sagte sie und betonte das letzte Wort.

»Ja, ein alter Freund von mir.«

»Der ist bestimmt vom KGB«, witzelte sie und kicherte.

Die Gesichtszüge schienen ihm zu entgleisen, aber dann faßte er sich und lächelte wieder. »Du schaust dir zu viele Spätfilme an. Nein, er ist in derselben Branche wie ich.«

»Verheiratet?« fragt sie und zwinkerte schalkhaft mit den Augen.

»Nein, aber ich glaube kaum, daß du unter deinen Gästen jemanden findest, der den Luxus des Westens gegen eine russische Datscha eintauschen würde.«

»Vielleicht könnten wir ihn bewegen, die Fronten zu wechseln.«

»Das bezweifle ich sehr.«

»Ich schicke dir jemanden vom Personal. Der wird dir den Weg zeigen.«

Der Butler führte Werner an eine große, mit Intarsien verzierte Holztür und öffnete sie. »Kann ich Ihnen etwas bringen, mein Herr?«

»Nein, danke.«

Der Butler verbeugte sich und machte die Tür hinter ihm zu.

Die Begrüßung war herzlich. Benin nahm Werner in den Arm. »Sie sehen gut aus, mein Freund.«

»So geht's mir auch«, antwortete Werner lächelnd.

»Scotch?«

»Bitte.« Benin schob die Samtvorhänge zur Seite und blickte hinaus in den hell erleuchteten Garten. »Können wir uns hier offen unterhalten?«

Werner füllte zwei Gläser und bot Benin eins davon an. »Keine Sorge. Gibt's Neuigkeiten über den Mann, den Hendrique gesehen hat? Oder über denjenigen, der in Mainz aufgetaucht ist?«

»Noch nicht. Aber ich habe eine Mannschaft eingesetzt. Die ist rund um die Uhr in Aktion und wird wohl bald mit Informationen aufwarten können.« Benin ging an den Schreibtisch und schaute versonnen auf das eingerahmte Familienfoto. Schließlich wandte er sich wieder an Werner und sagte: »Ich bin gekommen, um Sie zu bitten, die Operation zu leiten, und zwar vom Zug aus.«

»Und Hendrique?« fragte Werner.

»Der nimmt Ihre Befehle entgegen.«

»Sie wissen genau, wie eigensinnig er ist...«

»Er tut, was Sie ihm sagen!« zischte Benin, ließ aber sofort wieder einen freundlicheren Tonfall anklingen. »Ich habe seinen Eigensinn in der Vergangenheit immer toleriert, aber wenn er jetzt nicht pariert, passiert was, und das weiß er. Ich bin sicher, daß er diesmal auf Sie hört.«

»Es wäre das erste Mal«, entgegnete Werner sichtlich verblüfft. »Wie haben Sie's geschafft, ihn kleinzukriegen?«

»Ich habe ein Dossier zusammengestellt. Darin sind all seine Drogen- und Waffengeschäfte während der letzten Jahre aufgezeichnet. Wenn er diesmal nicht spurt, werde ich dafür sorgen, daß das Dossier an eine bestimmte Adresse geht.«

»An die Behörden?«

»Wohl kaum. Vom Gesetz hat sich Hendrique noch nie einschüchtern lassen. Sie erinnern sich doch bestimmt an die Razzia, die vor wenigen Jahren auf einem Frachter aus Venezuela durchgeführt wurde, als eine Bande, die sich als Hafenpolizei ausgab, Rauschgift im Wert von über einer Million Dollar absahnen konnte.«

»Und dahinter steckte Hendrique?«

»So ist es. Er dachte, der Stoff wäre von einem kleinen Gangster geordert worden, der sich auf dem Amsterdamer Markt breitzumachen versuchte. Aber in dem Punkt hatte sich Hendrique gründlich geirrt. Die Fracht war für die Mafia bestimmt.«

Werner zeigte sich beeindruckt und stieß einen Pfiff aus.

»Die Mafia ist der Bande immer noch auf den Fersen.« Benin legte eine Pause ein, als Werner sich eine Zigarette ansteckte. Dann fuhr er fort: »Bevor ich Berlin verließ, hatte ich Hendrique am Telefon. Der Zug wird morgen gegen neun Uhr von Sion abfahren und wenig später in Brig ankommen, der letzten Station vorm Simplon-Tunnel. Dort steigen Sie zu. Hendrique erwartet Sie.«

»Ich lasse einen Hubschrauber der Firma auftanken und startklar machen.«

»Da ist noch etwas«, sagte Benin, hob einen Aktenkoffer vom Boden auf und reichte ihn Werner.

Werner wußte, was der Koffer enthielt, hatte das Ding aber noch nie zuvor gesehen. Er schluckte nervös und öffnete das Schloß. Zögernd, fast widerwillig, klappte er den Deckel auf und starrte auf eine silberne Dose, die die Ausmaße eines Taschenrechners besaß und in Schaumstoff eingebettet war.

»Im Deckel steckt eine Art Mini-Computer.«

Werner betrachtete das Gerät genauer. Über einer Reihe von winzigen Tasten, gekennzeichnet mit den Ziffern eins bis neun, war eine kleine LCD-Anzeige in den Dosendeckel eingebaut. »Wie lautet der Code?«

»Eins-neun-sechs-sieben«, antwortete Benin.

»Das hätte ich mir denken können«, entgegnete Werner und langte nach den Tasten.

»Nicht anrühren!«

Werners Hand zuckte wie elektrisiert zurück.

Benin schmunzelte beruhigend. »Der Deckel läßt sich nur ein einziges Mal öffnen.«

Werner spürte einen Schweißtropfen unterm Haaransatz und wischte ihn weg, bevor er über die Stirn rinnen konnte.

»Das Ding ist nur im extremen Notfall anzuwenden.«

»Verstanden«, antwortete Werner, klappte den Aktenkoffer zu und schloß ab, nachdem er sich die Zahlenkombination gemerkt hatte.

Benin streckte die Hand aus. »Viel Glück, mein Freund.«

Mit festem Händedruck verabschiedete sich Werner.

Benin verließ das Zimmer. Werner stellte den Koffer neben dem Sessel ab und schenkte sich aus der kristallenen Karaffe auf der Anrichte einen zweiten Scotch ein.

Graham warf das Taschenbuch auf den Sitz gegenüber und machte sich auf den Weg in den Speisewagen, der völlig leer war, abgesehen von einem gelangweilten Kellner, der über den Gast alles andere als erfreut zu sein schien.

»Kaffee«, bestellte Graham und nahm Platz.

Der Kellner sah ihn gelangweilt an und verschwand hinter einer Schwingtür.

Der Zug hatte den Bahnhof von Sion gerade verlassen, als die Lawine herunterkam, und weil mit weiteren Schneebrettern gerechnet werden mußte, war der Zug in den Bahnhof zurückgerufen worden, wo die Passagiere die Nacht verbringen sollten. Das Bahnhofsrestaurant blieb ausnahmsweise bis Mitternacht geöffnet, danach stand der Speisewagen zur Verfügung. Für alle Snacks und Getränke kam die Eisenbahngesellschaft auf.

Graham warf einen Blick auf die Armbanduhr. Es war kurz vor eins. Der Kellner stellte eine Tasse vor ihm auf den Tisch und stellte sich dabei so ungeschickt an, daß der dampfende Kaffee überschwappte und auf den Unterteller kleckerte.

»Sind Gottes Pläne so beschaffen, daß uns unsere Sterblichkeit stets vor Augen bleibt?«

Von der fremden Stimme überrascht, drehte Graham sich um.

Hendrique, der in Vetroz, der vorletzten Station, wieder in den Zug eingestiegen war, stand hinter Graham am Fenster und stierte hinaus. »Tut mir leid, wenn ich Sie erschreckt habe. Ich vermute doch richtig: Sie sprechen Englisch, nicht wahr?«

»Ja.«

»Darf ich mich zu Ihnen setzen?« fragte Hendrique und zeigte auf die freien Stühle an Grahams Tisch.

»Nehmen Sie Platz.«

Hendrique schnippte mit den Fingern, um den Kellner aufzuwecken. »*Cameriere! Un cappuccino, per favore.*«

Der Kellner kletterte von seinem Barhocker und verschwand hinter der Schwingtür.

»Sie sind Italiener?«

Hendrique zog einen Stuhl vom Tisch zurück und setzte sich. »Nein, aber Italienisch ist eine der Sprachen, die ich während der vergangenen Jahre gelernt habe.«

»Ich bin beeindruckt«, entgegnete Graham mit unverhohlenem Spott. »Wie viele beherrschen Sie?«

»Eine Handvoll«, antwortete Hendrique schulterzuckend. »Ich bin oft im Ausland und mische mich gern unters Volk. Aber das klappt nur dann, wenn ich die jeweilige Sprache spreche. Wie steht's mit Ihnen? Interessieren Sie sich für Sprachen?«

»Nur für eine, und die ist Amerikanisch.«

Hendrique wartete, bis der Kellner den Kaffee serviert und sich wieder verzogen hatte. Dann sagte er: »Sie scheinen mir ein Typ zu sein, der Herausforderungen zu schätzen weiß.«

Graham war sichtlich verdutzt. »Kommt drauf an.«

»Ich habe ein kleines Brettspiel entworfen, das in einer Situation, wie wir sie grade erleben, die Zeit zu vertreiben hilft. Ziel des Spiels ist es, den Gegner zur Aufgabe zu zwingen. Die Besonderheit liegt darin, daß nicht um Geld, sondern um Schmerzen gespielt wird. Zimperliche Leute finden nur wenig Gefallen daran, aber ich verstehe das Spiel als eine Art Prüfung für Charakter und Standfestigkeit. Sind Sie interessiert?«

»Wie Sie schon sagten: Ich bin ein Typ, der Herausforderungen zu schätzen weiß.«

»Ausgezeichnet.« Hendrique stand auf. »Das Spiel ist in meinem Abteil. Ich geh' es schnell holen.«

Graham hatte seinen Kaffee noch nicht ausgetrunken, als Hendrique mit einem braunen Aktenkoffer zurückkehrte. Er legte ihn auf den Tisch und öffnete den Deckel. Nachdem er den Inhalt herausgeholt hatte, klappte er den Deckel wieder zu und stellte den Koffer neben seinem Stuhl auf dem Boden ab.

Das vermeintliche Spiel bestand aus einem fünf Zentimeter dicken Holzbrett, dessen Flächenmaße vierzig mal zwanzig Zentimeter betrugen. Es war der Länge nach in zwei Hälften unterteilt. Durch die Mitte verlief eine Lichtleiste mit einer Skala von eins bis zehn. Rechts und links davon waren jeweils drei Kontrolleuchten eingelassen, die in Längsrichtung und im gleichen Abstand zueinander standen. Außerdem war auf beiden Seiten eine Metalltaste, die wenige Millimeter über einem Kontakt schwebte. Zwei metallene Handschellen waren über ein Kabel, das durch den Rand des Bretts führte, mit diesen Tasten verbunden.

Hendrique nahm eine Papierserviette zur Hand und schraubte die Glühbirne aus der Lampe, die über dem Tisch hing, rollte eine Kabelschnur auseinander und klemmte die Phasen in der Lampenfassung an. Zum Schluß steckte er den Stecker, der am anderen Ende des Kabels befestigt war, in die Seite des Spielbretts.

»Die Regeln sind denkbar einfach: Wir legen die Handschellen um und pressen mit der anderen Hand die Taste herunter. Sobald die Taste den Kontakt berührt, ist der Stromkreis geschlossen, und das Spiel beginnt.« Hendrique deutete auf Lichtleiste und Skala. »Hieran erkennen wir die jeweilige Stromstärke. Nummer eins leuchtet automatisch auf, wenn der Kreislauf geschlossen wurde. Dann steigt die Spannung allmählich. Nummer eins bis fünf leuchten grün, sechs bis acht sind gelb, und der Rest ist rot. Ich denke, die Farben erklären sich von selbst. Gewinner ist, wer die Taste am längsten gedrückt hält. Wir spielen drei Runden, daher die drei Kontrolleuchten auf beiden Spielhälften. Sobald jemand die Hand von der Taste nimmt, flammt ein Licht auf seiner Seite auf. Das wär's.«

»Wie lange dauert der Übergang von einer Zahl zur nächsten?«

»Fünf bis sechs Sekunden. Sie sehen, das Spiel ist leider viel zu schnell vorbei.«

»Trotzdem. Raffiniert ausgeklügelt.«

»Und viel reizvoller als Monopoly.«

Hendrique nahm die Decke vom Tisch und befestigte das Brett mit Hilfe von vier stabilen Saugpfropfen. Beide Männer legten nun die Handschellen an, schlossen ab und legten die kleinen Schlüssel auf das Brett. Hendrique nickte, und gemeinsam drückten sie die Metalltasten herunter. Sofort spürte Graham ein Kribbeln in der Hand, das über den Arm bis in die Brust ausstrahlte. Hendrique starrte seinem Gegenüber in die Augen, doch Graham war auf die Meßleiste fixiert. Als sie von Grün nach Gelb überwechselte, nahm die Spannung so sprunghaft zu, daß er unwillkürlich die Hand von der Taste wegzog. Der elektrische Schock, der plötzlich durch die andere Hand fuhr, war so heftig und unerwartet, daß Graham das an die Handschelle angeschlossene Kabel fast aus dem Brett gerissen hätte.

»Entschuldigung«, bemerkte Hendrique mit gehässigem Unterton. »Ich vergaß, darauf aufmerksam zu machen: Wenn Sie ein Spiel abbrechen, wird Ihnen eine Strafe aufgebrummt, und zwar in Form eines elektrischen Schlages. In der Handschelle ist nämlich eine Elektrode untergebracht.«

»Im nachhinein ist man meist schlauer, aber dann ist es zu spät«, antwortete Graham gereizt.

»Und noch etwas: Die Strafstöße intensivieren sich jedesmal ums Dreifache. Wenn Sie ein schwaches Herz haben, sollten wir jetzt besser aufhören. Ein Schock, der neunmal stärker ist, als der, den Sie gerade gespürt haben, kann tödlich wirken. Ich weiß, wovon ich rede.«

»Machen wir weiter.«

»Da ich Ihnen zu Anfang nicht die Regeln genau erklärt habe, fangen wir am besten wieder von vorn an und ...«

»Sie brauchen mich nicht zu verhätscheln«, unterbrach ihn Graham. »Es steht eins zu null für Sie.«

»Wie Sie wünschen«, entgegnete Hendrique und legte die Hand zurück auf die Taste.

Diesmal schaute Graham dem Gegner direkt in die Augen. Die Lichtleiste sprang von Grün auf Gelb. Grahams Lider zogen sich unmerklich zusammen, doch sein Blick war fest und voller Entschlossenheit. Hendrique zeigte Verunsicherung, wich Grahams Blick aus, wandte den Kopf zur Seite und löste aus Unachtsamkeit den Druck von der Taste. Der Schock ließ seinen Arm verkrampfen, und er packte die Handschelle, als wollte er sie vom Handgelenk reißen. Er schloß die Augen, bis das Hämmern in seinem Kopf nachließ, und wischte mit dem Handrücken den Schweiß von der Stirn.

»Eins zu eins«, sagte Graham und war sichtlich zufrieden.

Hendrique holte ein paarmal tief Luft, sagte aber nichts. Seit er das Spiel vor drei Jahren gebaut hatte, war er noch nie unterlegen gewesen. Er rückte mit dem Stuhl vor und legte die Hand auf die Taste. In seinen Fingern kribbelte es noch immer von den Nachwirkungen des Schocks.

Die letzte Runde hatte die Gradzahl acht erreicht. Graham war überzeugt davon, auch bis zur Zehn hin aushalten zu können. Hendrique hatte recht: Hier wurde innere Standfestigkeit geprüft.

Beide hielten die Taste niedergedrückt. Hendrique

hatte aus seinem Fehler gelernt, wich Grahams Blick von Anfang an aus und konzentrierte sich statt dessen auf die Anzeige. Auch Graham behielt die Lichtleiste im Auge. Als die Fünf zur gelben Sechs übersprang, entwich ihm ein leises Winseln, das nicht so sehr vom Schmerz, sondern vielmehr durch Irritation und Wut hervorgerufen wurde. Hätte Hendrique ihn von Anfang an darauf aufmerksam gemacht, daß sich die Spannung beim Farbwechsel sprunghaft erhöhte, wäre das Spiel womöglich schon vorüber gewesen. Sieben. Acht. Er biß die Zähne aufeinander, die Schmerzgrenze schien längst überschritten zu sein. Neun: Das rote Licht glühte auf. Seine Hand fing zu zittern an, Wasser trat ihm in die Augen. Plötzlich fühlte er sich mit Hendrique eng verbunden — im wahrsten Sinne des Wortes —, doch dieser merkwürdige Eindruck verblaßte gleich wieder. Die Zehn war erreicht. Graham krümmte sich unter Qualen und brachte den letzten Rest an Willenskraft auf, um die Hand nicht zurückzuziehen. Als ihm fast schwarz vor Augen war, warf er einen Blick auf seinen Gegner. Hendrique hatte den Kopf in den Nacken geworfen und den Mund wie zu einem stummen Schrei aufgerissen. Jetzt wußte Graham, daß er gewonnen hatte. Hendrique stand kurz vor der Niederlage. Im sicheren Triumph entspannte sich Graham und löste die Hand von der Taste.

An mehr erinnerte er sich nicht.

Nachdem er das Bewußtsein wiedererlangt hatte, blieb Graham noch eine Zeitlang im menschenleeren Speisewagen sitzen. Mit zitternden Fingern massierte er sich die Schläfen und versuchte, die hämmernden

Kopfschmerzen zu lindern. Als er schließlich aufstand, drohten die Beine unter ihm wegzusacken, und er mußte sich von Tisch zu Tisch hangeln, um zur Tür zu gelangen. Taumelnd erreichte er den nächsten Wagen und stolperte den Gang entlang bis zu seinem Abteil, wo er sich kraftlos aufs Polster fallen ließ.

Gleich darauf wurde die Verbindungstür zum Nachbarabteil geöffnet. Sabrina kam herein, die Beretta fest in der Hand. Noch einmal spähte sie in den Gang hinaus, zog dann die Tür hinter sich zu und schloß ab.

»Hast du getrunken?« war ihre erste Frage, als sie seinen jämmerlichen Zustand bemerkte.

Von ihrer Stimme aufgeschreckt, ruckte sein Kopf in die Höhe. Der Schmerz, den er sich dadurch einhandelte, ließ ihn laut aufwimmern. »Was machst du denn hier?«

»Bin ich nicht deine Partnerin?«

»Gib mir eine vernünftige Antwort«, knurrte er mit schmerzverzerrter Miene.

»Der Boß hat mich hergeschickt«, antwortete sie schulterzuckend und ging vor ihm in die Hocke. »Was ist passiert?«

»Mein Kopf«, stammelte er.

Sie verzog sich ins Nebenabteil und kehrte mit einem Glas Wasser und zwei Schmerztabletten zurück.

»Ich dachte, du würdest diese Dinger nie anrühren«, sagte er und gaffte auf ihre geöffnete Hand.

»Die hab' ich extra für dich eingepackt, denn du vergißt ja stets das Nötigste.«

Er nahm die Tabletten und schluckte sie mit Wasser. Dann lehnte er sich zurück und schloß die Augen.

Sie nahm auf dem Sitz gegenüber Platz, langte nach

dem Taschenbuch und fing zu lesen an. Wieder eine Story von James Hadley, dem Autor, der ihr überhaupt nicht zusagte. Krimis las sie kaum, die erinnerten sie zu sehr an ihre Arbeit.

»Das wird dir nicht gefallen.«

»Ich weiß«, antwortete sie und ließ das Buch fallen. »Wie kommst du an diese Kopfschmerzen?«

Er berichtete ihr von seiner Begegnung mit Hendrique.

Sie konnte seine Geschichte kaum glauben und schüttelte den Kopf. »Es ist nicht das erste Mal, daß du für Spinnereien dein Leben riskierst, und es wird wohl auch nicht das letzte Mal sein.«

»Das kapierst du eben nicht. Es kommt mir nicht auf die Herausforderung als solche an, sondern auf den psychologischen Aspekt, der dahintersteckt. In einer Auseinandersetzung zwischen zwei Personen, die an Kraft ebenbürtig sind, gewinnt immer diejenige, die den stärksten Willen hat. Nimm zum Beispiel zwei Boxer. Beide haben die gleiche Kraft und dasselbe Gewicht, aber nur der steht durch, bei dem die mentale Verfassung stimmt. Technik und Erfahrung zählen kaum, solange der Kämpfer nicht psychisch auf der Höhe ist, bevor er den Ring besteigt. Wer sich einschüchtern läßt, hat schon verloren.«

»Du hast selber verloren. Wohin führt also deine Theorie?«

»Ich habe ihn ein kleines Spiel gewinnen lassen, aber noch längst nicht gegen ihn verloren. Wart's ab!«

»Mit anderen Worten: Wenn ihr euch demnächst wieder gegenübersteht, weißt du, daß du ihn schlagen kannst. Er aber glaubt, daß du der Schwächere bist.«

»Endlich hast du's begriffen.«

»Aber was passiert, wenn ich diejenige bin, die gegen ihn antreten muß?«

Graham musterte sie mit starrem Blick. »Die Frage kannst du dir selber beantworten.«

Sie ließ sich seine Worte durch den Kopf gehen und stand auf. »Zeig mir mal deinen Arm.«

»Meinen Arm?«

»Ja, die Stelle, an der die Elektrode gesessen hat.«

»Da ist nichts«, brummte er. Aber dann krempelte er trotzdem den Ärmel auf, und wie sich herausstellte, war die Haut über der Sehnenscheide stark angesengt.

Während sie die Wunde verband, berichtete Sabrina von dem Treffen in Zürich, klärte ihn über den Hintergrund von Hendrique und Milchan auf und übermittelte Philpotts Instruktionen.

»Außerdem läßt Jacques dich schön grüßen«, fügte sie hinzu und klebte den Verband mit einem Pflasterstreifen fest.

Graham lehnte sich wieder mit geschlossenen Augen zurück und massierte die Schläfen. »Du hast viel für ihn übrig, stimmt's?«

»Ja, wir haben uns vom ersten Augenblick an besonders gut verstanden.«

»Hattet ihr ein ...« Graham unterbrach sich und öffnete die Augen. »Die Frage kannst du streichen.«

Graham offenbarte durch seine Verlegenheit eine Seite, die Sabrina noch nie zuvor an ihm entdeckt hatte. Sie vermutete, daß er sich aufgrund der Kopfschmerzen zu einem gefühlsmäßigen Ausrutscher hatte hinreißen lassen, und wurde neugierig.

»Ob wir ein Verhältnis hatten? Das war doch die Frage, oder?«

»Geht mich nichts an.«

»Warum nicht? Immerhin bist du mein Partner«, erwiderte Sabrina heftig und laut.

»Brüll nicht so!« jammerte er.

»Tut mir leid«, entschuldigte sie sich lächelnd. »Nein, wir hatten nichts miteinander. Er war der Bruder, den ich selber nie gehabt habe, ein Vertrauter, den ich jederzeit um Rat fragen konnte.«

»Warst du noch nie richtig verknallt?«

»Doch, zum Beispiel in Rutger Hauer ...«, antwortete sie kichernd. »Aber das hielt nicht lange vor. Nachdem ich die Sorbonne verließ, hatte ich noch ein paar Liebschaften, eher beiläufig. Mein Job nimmt einfach zuviel Zeit in Anspruch.«

»Willst du irgendwann mal heiraten?«

»Nicht unbedingt, aber vielleicht ändert sich ja noch meine Meinung, wenn mir der Richtige über den Weg läuft.«

»Tja, darauf kommt's an.«

Sabrina wußte, was in seinem Kopf vorging, obwohl er mit ihr noch nie über seine Frau und seinen Sohn gesprochen hatte.

»Carrie war für dich die Richtige, stimmt's?« sagte sie nach längerer Pause. »Wo hast du sie eigentlich kennengelernt?«

»Im *Elaine's*.«

»In der Bar auf der Second Avenue?«

»Ja. Ich war da mit ein paar Kollegen von Delta. Man hatte uns beurlaubt, nachdem Operation ›Eagle Claw‹ auf so katastrophale Weise gescheitert war. Du weißt, ich spreche von dem tölpelhaften Versuch, die amerikanischen Geiseln aus unserer Botschaft in Teheran zu befreien, damals, 1980. Carrie war mit ein paar Freundinnen aus der Firma in der Bar. Zu der Zeit arbeitete sie noch bei Cleef und Arpels, so hieß der Betrieb. Wir konnten die Frauen überreden, sich zu uns an den Tisch zu setzen, und wie's der Zufall wollte, nahm Carrie neben mir Platz. Nun, wir kamen so ins Gespräch und verabredeten uns für den nächsten Abend, um gemeinsam essen zu gehen. Fünf Monate später sind wir dann getraut worden.« Graham lächelte traurig. »Sie wirkte ziemlich schüchtern. Als Kind war sie nämlich von den Spielkameraden ständig gehänselt worden, weil sie stotterte. Mit der Zeit konnte sie den Sprachfehler beheben. Trotzdem brach er immer wieder durch, wenn sie aufgeregt und nervös war.«

»Und wann ist euer Sohn zur Welt gekommen?«

»Ein Jahr nach unserer Hochzeit, fast auf den Tag genau. Sie wollte immer, daß Mikey die Universität besucht und Arzt oder Anwalt wird. Ich dagegen hätt's am liebsten gesehen, wenn er ein guter Football-Spieler geworden wäre. Als er drei war, habe ich ihn das erste Mal zu einem Spiel der Giants mitgenommen. Er war sofort Feuer und Flamme und wollte später jeden Spielzug erklärt haben. Darin ließ er nicht locker, besonders dann, wenn wir vorm Fernseher saßen. Ich hab' mir immer vorgestellt, daß ich eines Tages meinen Nebenmann im Stadion anstoßen und zu ihm sagen würde: ›Das ist mein Junge, der da unten spielt.‹ Ich wäre der stolzeste Vater der Football-Geschichte gewesen.«

»Hat er dir ähnlich gesehen?«

»Überhaupt nicht, er war das Abziehbild seiner Mutter.« Graham zog seine Brieftasche heraus, öffnete sie und reichte seiner Partnerin ein Bild. »Das ist das letzte Foto, das ich von den beiden gemacht habe. Der Film steckte noch in der Kamera, als ... sie entführt wurden. Eigentlich wollte ich ihn gar nicht zur Entwicklung bringen, bin aber jetzt froh, daß ich es doch getan habe. Eine Vergrößerung davon steht bei mir auf dem Nachttisch.«

Sie betrachtete das Foto und verstand sofort, was ihn an Carrie so fasziniert hatte. Die Frau auf dem Foto kauerte neben ihrem Sohn und wirkte ungemein zierlich. Ihre Figur war schlank und die Haut milchig weiß. Die großen, dunklen Augen wären von Autoren der fünfziger Jahre beschrieben worden mit dem Satz: »In diesen Augen könnte sich ein Mann ertränken.« Der kleine Mikey an ihrer Seite trug ein Sweatshirt der Giants und hatte einen Football unter den Arm geklemmt. Seine blonden Haare waren fast schulterlang, und sein Gesicht sah schelmisch und verschlagen aus.

»Er macht den Eindruck, ein ziemlicher Lümmel gewesen zu sein«, meinte Sabrina und gab das Bild zurück.

»Ja, er war so frech wie die meisten Jungs in seinem Alter«, antwortete Graham und steckte die Brieftasche wieder ein. »Auch heute noch liege ich nachts oft wach und versuche mir einzureden, daß meine Entscheidung in Libyen richtig war. Ich habe meine Familie geopfert, um sieben Terroristen das Handwerk zu legen, die Bombenanschläge auf amerikanische Hauptstädte geplant hatten. Mein Angriffsbefehl war sicherlich notwendig, um vielen unschuldigen Menschen das Leben zu retten, aber trotzdem bleiben die Vorwürfe. Vielleicht habe ich moralisch richtig gehandelt, aber persönlich war meine Entscheidung wohl verkehrt.«

»Wie du eben schon sagtest, läßt sich die innere Stärke nur von einem selber einschätzen, und entsprechend gilt, daß du mit deinem Dilemma selber ins reine kommen mußt.«

»Danke.«

»Wofür?«

»Daß du mich nicht zu bemuttern versuchst. Die Psychologen sollten sich ein Beispiel an dir nehmen.« Er warf einen Blick auf die Armbanduhr. »Es wird Zeit, schlafen zu gehen.«

Sie stand auf und mußte gähnen. »Wie geht's deinem Kopf?«

»Er brummt«, antwortete Graham und klappte die Sitzbank zu einer Liege um.

»Wir sehen uns morgen«, sagte sie und schob die Verbindungstür auf.

»Sabrina?«

Sie blieb auf dem Gang stehen und steckte den Kopf zurück ins Abteil.

»Der Mann, der Carrie und Mikey entführt hat, ist in Balaschikha ausgebildet worden.«

»Das war nicht zufällig ...«

»Nein, Hendrique war's nicht.« Der gewohnt zynische Ausdruck kehrte in Grahams Blick zurück. »Du hast mich gefragt, was wohl wäre, wenn du am Ende gegen ihn antreten müßtest. Mach dir darüber keine Sorgen. Er gehört mir.«

Ihr lief ein kalter Schauer über den Rücken, als sie die Tür hinter sich zuschob.

7

Der Mann, der am Morgen darauf mit Hendrique frühstückte, hieß Eddie Kyle. Er war untersetzt, an die Vierzig, stammte aus London und hatte eine bleiche Haut und kurzgeschorene rote Haare. Seine von Scotland Yard geführte Akte war mit den Jahren zu einem beträchtlichen Format angewachsen. Zur Zeit stand er wegen etlicher Vergehen auf der Fahndungsliste, unter anderem wegen Mordes an einem Gangster aus dem Ostteil der Stadt. Den Mord hatte Hendrique in Auftrag gegeben, für den Kyle bereits seit fünf Jahren tätig war. Er besaß außerdem einen Pilotenschein – sowohl für Hubschrauber als auch für Sportflugzeuge – und flog ausschließlich für Hendrique. Regelmäßig schmuggelte er Drogen und Waffen nach Amsterdam und aus der Stadt hinaus.

»Es ist alles bestens vorbereitet«, sagte Kyle.

»Prima.« Hendrique blickte auf, als Sabrina den Speisewagen betrat. »Ist das die Frau, die Rauff abgeknallt hat?«

Kyle sah sich unauffällig um, sein Blick blieb nur für einen kurzen Moment an ihr haften. »Tatsächlich, das ist sie.«

»Bist du sicher? Du hast gesagt, ihr Gesicht sei von ihrem Anorak zum Teil verdeckt gewesen.«

Kyle grinste. »Das Gesicht hab' ich zwar nicht so genau gesehen, dafür aber die Figur, und die vergißt man nicht so schnell. Ja, sie ist es. Eigentlich schade um sie.«

»Du wirst doch wohl nicht sentimental auf deine alten Tage?« meinte Hendrique spöttisch.

Kyle starrte auf Sabrinas Spiegelbild im Fenster. »Was mir im Sinn schwebt, hat nichts mit Sentimentalität zu tun.«

»Sie hat Rauff umgelegt, und wenn du nicht so unverschämt viel Glück gehabt hättest, wär's auch dir an den Kragen gegangen. Sie ist ein Profi und keins deiner bekloppten Hühner aus Amsterdam. Denk in Zukunft daran, vielleicht bleibst du dann am Leben«, erwiderte Hendrique, und die Wut in seiner Stimme vertrieb die Gier aus Kyles Blick.

Karin Schendel schaute Whitlock lächelnd entgegen, als er an die offenstehende Tür klopfte.

»Guten Morgen«, grüßte sie freundlich und deutete beschwörend auf den Schreibtisch, um ihn an das versteckte Mikrophon zu erinnern.

»Morgen.«

Whitlock winkte sie zur Seite, er wollte sich das Ding einmal aus der Nähe ansehen. Sie rückte den Stuhl zurück, machte aber keine Anstalten aufzustehen. Um es nicht verdächtig still werden zu lassen, plapperte sie drauflos, während er in die Knie ging und den Kopf unter den Schreibtisch beugte. Die Wanze entsprach genau ihrer Zeichnung und war für runde hundert Dollar auf dem Schwarzmarkt zu haben. Klein, aber leistungsstark. Sein Blick huschte über ihre dünnen schwarzen Strümpfe. Was für Beine! dachte er, noch schöner als die von Carmen. Der Gedanke an seine Frau setzte seiner Schwärmerei ein Ende. Karin lächelte ihm zu, als er mit dem Kopf wieder auftauchte. Fast hätte er sich entschuldigt, doch rechtzeitig fiel ihm das Mikrophon ein. Dann ging er um den Schreibtisch herum und nahm Platz.

»Kaffee?« fragte sie.

»Nein, danke. Ich habe im Hotel gut gefrühstückt. Mir wär's lieb, wenn wir gleich zur Sache kämen.«

»Wie Sie wünschen«, antwortete sie und legte ein paar Blätter zu einem Stoß zusammen.

Als sie das Büro verlassen hatten, erkundigte sie sich nach seiner Schulter.

»Viel besser«, erwiderte er und verrenkte zur Demonstration den Arm. »Vergangene Nacht habe ich noch ein heißes Bad genommen. Die Sache müßte jetzt wieder in Ordnung sein.«

»Ich habe mir sehr viel Sorgen um Sie gemacht.«

Die Aufrichtigkeit in ihrer Stimme verblüffte ihn.

Im Fahrstuhl steckte sie ihm ein zusammengefaltetes Stück Papier zu. Darauf standen in leserlicher Druckschrift vier Namen untereinander.

»Das sind meine Verdächtigen. Dr. Leitzig steht nicht von ungefähr an erster Stelle. Ich habe Sie bei ihm angemeldet.«

»Welche Position hat er inne?«

»Er ist Leiter der technischen Abteilung. Unter anderem beaufsichtigt er alle Abläufe der Wiederaufbereitung.«

»Nimmt er regelmäßig Inventar auf?«

»Ja, und zwar monatlich in Zusammenarbeit mit dem Geschäftsführer und den wissenschaftlichen Mitarbeitern. Die Kontrolle ist sehr streng.«

»Hat er auch selber mit der Buchführung zu tun?«

Die Fahrstuhltür öffnete sich, und sie traten hinaus auf einen mit Teppich ausgelegten Flur.

»Nein, das macht der Computer. Wie ich schon gestern sagte: Es handelt sich hier nicht nur um einen Buchungsfehler, sondern um Diebstahl. Das Plutonium wurde beiseite geschafft, und zwar am Computer vorbei.«

Er hielt ihren Arm zurück, als sie auf halbem Flur an das Milchglasfenster einer Tür klopfen wollte. »Sie haben krasse Anschuldigungen erhoben, konnten mir aber bisher keinen einzigen Beweis vorlegen.«

»Daß mir die Beweise fehlen, habe ich Ihnen doch gesagt ...«

»Wie kommen Sie also zu Ihren Verdächtigungen?«

»Sie trauen mir wohl nicht, oder?« sagte Karin beleidigt. »Sie glauben mir kein Wort.«

»Im Augenblick weiß ich wirklich nicht, was ich glauben soll. Sie müssen mir konkretere Hinweise geben, sonst kann ich nichts unternehmen. Verstehen Sie?«

Ihre Augen funkelten. »Ein Anruf beim Geschäftsführer, und Sie fliegen auf!«

»Und was nutzt uns das?« fragte er gelassen.

Seufzend stimmte sie zu. »Entschuldigen Sie, C. W., ich bin es einfach nicht gewohnt, den Menschen um mich herum zu trauen. Sobald Sie Leitzig gesprochen haben, werde ich Ihnen alles sagen, was ich weiß. Einverstanden?«

Nach kurzem Zögern willigte Whitlock ein. Er hätte vor dem Treffen mit Leitzig lieber mehr in der Hand gehabt.

Karin klopfte an und öffnete die Tür, ohne auf Antwort zu warten. Eine Sekretärin in mittleren Jahren schaute von ihrer Schreibmaschine auf und lächelte. Die beiden Frauen sprachen auf deutsch miteinander und mußten zwischendurch immer wieder laut auflachen.

Schließlich wandte sich Karin an Whitlock und sagte: »Tut mir leid, wir müssen wieder deutsch sprechen. Frau Kolbe versteht kein Englisch.«

»Und Leitzig?«

»Der schon. Aber ihn zum Englischsprechen zu bewegen, wird nicht leicht sein. Er ist manchmal ziemlich störrisch. Bis später.«

Als Karin das Zimmer verlassen hatte, warf Whitlock der Sekretärin einen freundlichen Blick zu, nahm dann eins der Magazine zur Hand, die auf einem Beistelltisch lagen, und blätterte es durch, ohne groß Gefallen zu finden an diesem auf deutsch verfaßten Handbuch für Programmierer.

Die Tür zwischen Vorzimmer und Büro ging auf. Der Mann, der zum Vorschein kam, war Ende Fünfzig. Er hatte kurze graue Haare und trug eine in Metall gefaßte Brille.

Whitlock stand auf und schüttelte die ausgestreckte Hand, hielt sich aber mit der Anrede zurück, um abzuwarten, welche Sprache Leitzig wählen würde.

»Ich bin Dr. Hans Leitzig.«

Whitlock war erleichtert: Der Mann sprach Englisch.

»Ich bin auf dem Weg hinunter in die Wiederaufbereitung. Vielleicht würden Sie gerne mitkommen, um den Betrieb kennenzulernen.«

»O ja, vielen Dank«, antwortete Whitlock.

»In welchem Hotel wohnen Sie?«

»Im Europa.«

»Gut gewählt«, meinte Leitzig und wechselte ein paar Worte mit der Sekretärin.

Whitlock musterte ihn von der Seite und kam zu dem Schluß, daß Leitzig durchaus der Fahrer des Mercedes in der Hotelgarage hätte gewesen sein können. Aber nicht unbedingt. Als mögliche Attentäter würden wahrscheinlich noch viele andere in Frage kommen.

»Karin hat mir erklärt, daß Sie sich nicht so sehr für die technische Seite unseres Unternehmens interessieren, sondern vielmehr eine Story über das Personal verfassen möchten. Ich halte das für eine gute Idee, zumal die Medien seit Tschernobyl nicht viel Positives über unsere Arbeit zu berichten wußten.«

»Genau das denke ich auch«, antwortete Whitlock und hoffte, sich nicht übertrieben einzuschmeicheln.

Leitzig führte ihn in die Umkleideräume, wo sie weiße Kittel überzogen. Whitlock mußte daran erinnert werden, die Dosemeter-Plakette anzustecken.

»Hat Karin Ihnen gestern schon Teile der Wiederaufarbeitungsanlage gezeigt?«

»Sie war verhindert. Ihr Assistent hat mich ein wenig rumgeführt.«

»Haben Sie irgendwelche Vorkenntnisse über die technischen Abläufe in solchen Anlagen?« fragte Leitzig, als sie den Umkleideraum verließen.

»Ich bedauere. Daran mangelt's sehr«, log Whitlock.

»Macht nichts, das haben Sie schnell verstanden. Kommen Sie, ich zeige Ihnen, wo alles anfängt.«

Leitzig führte ihn durch eine Reihe von Gängen, bis sie einen Komplex erreichten, der als »Lagerbecken« ausgewiesen war. Ein mit schwarzen Lettern bedrucktes Schild machte darauf aufmerksam, daß nur befugten Personen der Zutritt gestattet sei. Leitzig steckte seine Magnetkarte in den dafür vorgesehenen Schlitz einer Stahltür, die sich gleich darauf zur Seite schob und den Blick freigab auf einen höhlenförmigen Raum, der von grüngelbem Licht durchflutet wurde und an die hundert Meter lang war. Über dem glatten Wasserspiegel wölbte sich die Decke bis auf zwanzig Meter hinauf. Leitzig erklärte, daß das Becken neun Meter tief sei. An beiden Seiten der Halle führte je ein Laufsteg entlang, vier kleinere Stege ragten nach innen über das Wasser. Sie waren allesamt mit Geländern gesichert.

Leitzig deutete auf eine Reihe von Stahlbehältern, die im Wasser lagerten, und beschrieb, wie sie zur Anlage transportiert worden waren: verpackt in 100 Tonnen schweren Röhren mit fünfunddreißig Zentimeter dicken Wänden.

»Wie lange werden diese Behälter hier gelagert?«

»Neunzig Tage. Im Kernkraftwerk hatten sie auch schon neunzig Tage gelegen, bevor sie zu uns gebracht wurden.«

»Das Wasser soll den Inhalt wohl abkühlen«, sagte Whitlock und schaute vom Laufsteg hinunter auf die Wasseroberfläche in fünfzehn Metern Tiefe.

»Korrekt. Und es schirmt auch ab. Wir wären längst verseucht, wenn das Wasser die Strahlung nicht absorbieren würde.«

»Eine ernüchternde Vorstellung«, murmelte Whitlock und folgte Leitzig auf dem Weg nach draußen.

Anschließend gingen sie ins Hauptgebäude, wo ein Teil des Prozesses zur Wiederaufbereitung abgewickelt wurde. Dort traten sie vor eine Glaswand, die, wie Whitlock vermutete, das Besucherpublikum vor gefährlichen Gamma-Strahlen schützen sollte. Doch Leitzig erklärte, daß diese Glaswand nur den Lärm von außen abzuhalten habe, der die Operateure von ihrer äußerst anspruchsvollen Arbeit ablenken könnte. Alle Arbeitsgänge wurden mit fernbedienten Werkzeugen abgewickelt und per Monitor überwacht.

»Wenn die Lagerfrist abgelaufen ist, werden die Container vom Hauptbecken aus durch mehrere kleinere Becken in einen Raum geschleust, wo die Entmantelung stattfindet. Dieser Raum hat zwei Meter dicke Betonwände. Die Brennelemente lassen sich dort über eine Kamera oder durch spezielle Sichtluken in Augenschein nehmen. Jede dieser Sichtluken ist mit einer Lösung aus Zinkbromid gefüllt, die zwar durchsichtig ist, aber undurchlässig für die kurzwellige Gamma-Strahlung. Der Container wird zuerst auf eine Maschine gespannt, die die verstrahlte Hülle abschält und auf ein Förderband wirft, das in ein geschütztes Betonsilo führt. Die freigelegten Brennstäbe werden nun zur Weiterverarbeitung in ein Magazin verladen, das bis zu achtunddreißig Stäbe auf einmal faßt, und in Salpetersäure gelöst. Dann wird der Säure ein organisches Lösungsmittel beigemischt, um Uran und Plutonium von den Abfallprodukten zu trennen. Die Abfälle enthalten radioaktives Material — Metalle oder chemische Verunreinigungen — und werden vor ihrer Endlagerung in 50 Grad warmen Tanks durch ein Spezialverfahren reduziert, das heißt in ihrer Strahlung herabgesetzt. Die Säurelösung gelangt nun in eine weitere Abteilung, wo sie unter Beigabe eines zusätzlichen Lösungsmittels noch einmal von Reststoffen geklärt wird. Anschließend kommt sie mit einer wasserhaltigen Lösung in Verbindung, die bewirkt, daß sich das Uran vom Plutonium absetzt. Das Plutonium verbindet sich mit dem Wasser, das Uran mit dem Lösungsmittel. Dabei entstehen Plutoniumnitrat auf der einen und ein uranhaltiges Nitrat auf der anderen Seite. Diese Produkte lassen sich wieder im Reaktor einsetzen.«

Es waren zwei Stunden vergangen, als sie in Leitzigs Büro zurückkehrten. Leitzig bestellte bei seiner Sekretärin Kaffee, schloß die Tür und setzte sich hinter den Schreibtisch.

»Wie ist das Verhältnis von Uran und Plutonium nach der Wiederaufbereitung?« fragte Whitlock.

»Bei einer normal verlaufenden Trennung lassen sich neunundneunzig Prozent Uran und null Komma fünf Prozent Plutonium zurückgewinnen. Das halbe Prozent geht mit dem Abfall verloren. Diese Rate schwankt zwar, aber nie mehr als um null Komma eins oder zwei Prozent.«

»Und diese Zahlen gehen alle in den Computer ein?«

»Natürlich, aber ich verstehe nicht, worauf diese Frage hinauslaufen soll.«

Whitlock schmunzelte. »Entschuldigen Sie. Ich habe mich bloß wieder von journalistischer Neugier hinreißen lassen. Können wir jetzt auf Ihre Person zu sprechen kommen?«

»Fragen Sie nur«, antwortete Leitzig und faltete die Hände auf dem Schreibtisch zusammen.

»Plaudern Sie ein bißchen aus Ihrer Biographie.«

»Ich fürchte, da ist nichts Ungewöhnliches zu berichten. Mein Geburtsort ist eine Kleinstadt namens Tettnang nahe dem Bodensee. Sie zählt bloß an die fünfzehntausend Einwohner und liegt im Herzen des Spargellandes. Ich weiß noch, wie glücklich ich war, als ich einen Studienplatz an der Hamburger Universität fand, da ich mich endlich verschont sah von den Spargelgerichten meiner Mutter.« Kichernd langte er nach einer Zigarette und steckte sie an. »Nach meinem Abschluß habe ich eine Anstellung in England angenommen. Zunächst in Calder Hall, dann in Sellafield. Anfang der siebziger Jahre bin ich dann zurückgekehrt, um im Max-Planck-Institut für Chemie eine neue Aufgabe zu übernehmen. Dort habe ich mehrere Jahre zugebracht, bis es mich wieder zurück in die Industrie trieb. Den Wechsel habe ich nie bereut.«

»Wie lange sind Sie jetzt Chef-Techniker in diesem Unternehmen?«

»Zweieinhalb Jahre.«

»Und wie verbringen Sie Ihre Freizeit?«

»Ich angele viel. Es gibt kaum etwas Erholsameres, als im Range Rover hinaus zum Angeln zu fahren.«

»Verheiratet?«

»Nein«, entgegnete Leitzig gereizt und hob dann beschwichtigend die Hände. »Ich bin Witwer.«

»Tut mir leid.«

»Der Tod meiner Frau war der eigentliche Grund dafür, daß ich in die Industrie zurückgekehrt bin. Hier kann ich mich voll in die Arbeit stürzen, und das hilft mir, den Verlust zu verwinden. Zu Anfang fiel es mir entsetzlich schwer, abends nach Hause zu gehen. Stille und Einsamkeit waren für mich kaum zu ertragen.«

»Warum sind Sie nicht umgezogen?«

Leitzig zeigte sich verblüfft über die Frage. »Nein, das könnte ich nicht. Es gibt viele wertvolle Erinnerungen, die mich an die Wohnung binden.«

»Ich verstehe«, antwortete Whitlock. »Haben Sie Kinder?«

»Nein, wir haben bewußt darauf verzichtet, was ich heute leider bedauern muß.«

Whitlock dachte an die eigene Situation. Was wäre, wenn Carmen etwas zustieße? Würde er auch so verzweifelt und einsam dastehen wie Leitzig?

Die Sekretärin brachte den Kaffee und schaffte auf dem Schreibtisch Platz, um servieren zu können. Leitzig schenkte zwei Tassen ein und bot Whitlock Milch und Zucker an.

Auf dem Schreibtisch blinkte eine blaue Lampe auf. Leitzig stand auf und sagte: »Sie müssen mich entschuldigen, ich werde unten in der Produktion gebraucht.«

»Nichts Ernstes, wie ich hoffe.«

»Wohl kaum. Man will mich bestimmt in irgendeiner Sache um Rat fragen.« Er zeigte auf das rote Licht der Kontrolltafel. »Im Alarmfall, wenn irgendwo ein kritischer Umstand eintritt, leuchtet diese Lampe auf. Gleichzeitig wird eine Sirene in Gang gesetzt. Zum Glück habe ich sie noch nie gehört. Trinken Sie ihren Kaffee in Ruhe aus. Wenn noch Zeit bleibt, können wir unsere Unterhaltung später fortsetzen.«

»Ja, gern.«

»Schön. Ich werde veranlassen, daß Karin Sie dann

abholt. Wer sich in unseren Labyrinthen nicht auskennt, kann leicht verlorengehen.«

Karin kam wenige Minuten später an. Schweigend führte sie Whitlock zum Fahrstuhl.

»Ich habe mir Ihre Worte durch den Kopf gehen lassen«, sagte sie, nachdem sich die Lifttür geschlossen hatte. »Wir müssen unbedingt zusammenarbeiten. Wenn wir die Sache wirklich aufklären wollen, bleibt uns nichts anderes übrig.«

Der Fahrstuhl hielt an, und eine Sekretärin trat mit freundlichem Lächeln ein. Auf dem Weg nach unten wurde kein Wort mehr gewechselt, und als sich die Tür wieder öffnete, forderte Karin den Gast mit einer Handbewegung auf, ihr zu folgen.

»Wohin gehen wir?«

»In die Computer-Abteilung«, antwortete sie und hob den Aktenordner, den sie in der Hand hielt. »Ich habe hier die Fotokopien aller Inventarlisten der vergangenen zwei Jahre. Obwohl ich die Angaben sorgfältig durchgegangen bin, ist mir kein einziger Fehler aufgefallen. Vielleicht stoßen Sie auf ein Detail, das ich übersehen habe.«

Sie stieß den Flügel einer Schwingtür auf, und Whitlock betrat einen Raum, der ihn stark an die Computer-Zentrale der UNACO erinnerte. Überall ratterten Telexmaschinen und Drucker. Karin steuerte auf eine Rechnerkonsole zu und nahm davor Platz. Fast automatisch schirmte sie die Tastatur vor Whitlocks Blicken ab, als sie ihr persönliches Paßwort eintippte. Unmittelbar darauf erschien auf dem Bildschirm ein Eingangsmenü aus acht Programmen. Sie gab einen Befehl ein, der in ein Unterverzeichnis führte, das nur unter erneuter Angabe des Paßwortes zu verlassen war. Nachdem sie den geforderten Code eingegeben hatte, zeigte sich eine Liste von Zahlen auf dem Monitor. Karin drückte auf die Print-Taste, worauf der angeschlossene Drucker eine siebzehn Seiten umfassende Zahlenkolumne ausspuckte. Die zusammengefalteten Bögen steckte sie in den Aktenordner und sagte: »Sie können sich das in meinem Büro ansehen. Allerdings glaube ich kaum, daß Ihnen etwas auffällt. Wie gesagt, ich bin jeden Posten selber durchgegangen.«

Er nahm Karin beim Arm und führte sie in eine Ecke, um vom Personal nicht gehört zu werden. »Sie haben mir immer noch keine konkreten Verdachtsmomente genannt.«

»Ich habe oft Überstunden zu machen. Dabei ist mir ein paarmal aufgefallen, daß Leitzig Besuch bekam von einem Muskelprotz mit pechschwarzem Haar. Er hatte immer einen weißen Overall an, so wie ihn die Firmenfahrer tragen. Dabei arbeitet er gar nicht für uns.«

»Wie können Sie da so sicher sein?«

»Ich stelle die Fahrer selber ein. Wie dem auch sei, ich bin ihm eines Abends gefolgt.«

»Und?«

»Er fuhr zu einem Lager in der Rampenstraße am Rheinufer. Ich weiß nicht, was er in dem Gebäude gesucht hat, aber als er wieder rauskam, waren zwei Männer in seiner Begleitung, die ich vorher noch nie gesehen habe. Sie fuhren in einem Citroën weg. Ich habe sogar versucht, ins Lager reinzukommen, aber es war nicht möglich.« Hilflos zuckte sie mit den Schultern. »Mir ist klar, daß sich mit den Informationen nur wenig anfangen läßt, aber ...«

»Für den Anfang reicht's. Kommen Sie, wir sollten jetzt die Zahlen prüfen.«

Keiner von beiden bemerkte Leitzig, der hinter dem runden Fenster der Schwingtür stand und den Blick auf sie gerichtet hatte. Kaum hatten Karin und Whitlock den Raum verlassen, als er durch eine andere Tür eintrat und auf den nächsten Computer zueilte, sein Paßwort eingab und eine Option des Unterverzeichnisses wählte. Die gesuchte Datei lautete: MITARBEITER-TRANSAKTION. Er tippte Karins Geheimcode ein. Auf dem Bildschirm war nun zu lesen, zu welchen Zwecken sie den Computer an diesem Tag in Anspruch genommen hatte. Siebzehn Seiten Inventarstatistik. Mehr nicht. Leitzig drückte die Enter-Taste, bis das Eingangsmenü auf dem Monitor aufleuchtete

Whitlock war ihm vom ersten Augenblick an verdächtig vorgekommen. Der Amerikaner schien viel mehr über die Atomindustrie zu wissen als er zugab. Das hatten seine gezielten Fragen während der Führung allzu deutlich gemacht. Als wirklicher Journalist, der einen Artikel über die Mitarbeiter des Betriebs verfassen wollte, hätte er sich wohl kaum für die Bestandsbuchführung der letzten zwei Jahre interessiert. Aber warum fand er Unterstützung bei Karin Schendel? Was wußte sie? Daß Whitlock ausgerechnet so kurz nach der jüngsten Plutonium-Sendung auftauchte, war besonders verdächtig. An einen simplen Zufall konnte Leitzig nicht glauben.

Er wußte, was zu tun war, um die eigenen Spuren zu verwischen: Whitlock mußte verschwinden.

Während der Nacht war in der Schweiz ein wenig Schnee gefallen. Werner wäre fast der Länge nach hingeschlagen, als er vorm Bahnhof von Brig aus dem Taxi stieg. Er steckte dem Chauffeur einen Geldschein zu, überquerte vorsichtig die Straße, blieb vor dem Eingang stehen, um den Schneematsch von den Schuhen zu stampfen, und steuerte durch die Halle in Richtung der Bahnsteige. Einige Leute drehten sich nach ihm um, denn sie glaubten, sein Gesicht schon mal gesehen zu haben. Tatsächlich kannten sie ihn vom Fernsehen her, wo er schon oft als Gast von Talkshows seine Meinung zum besten gegeben hatte. Aber darauf kam nun niemand. Keiner wußte ihn beim Namen zu nennen, was womöglich auch daran lag, daß er seine Melone tief in die Stirn gezogen hatte.

Ein paar Minuten später rollte der Zug ein — mit fünfzehnstündiger Verspätung. Werner stieg zu und suchte das für ihn reservierte Abteil. Hendrique erwartete ihn schon.

»Guten Morgen«, sagte Werner, betrat sein Abteil und warf die Melone auf einen der Sitze. Dann knöpfte er den Mantel auf und legte ihn sorgfältig auf die Gepäckablage.

Hendrique stand in der Tür, die Hände tief in die Taschen gesteckt. »Sparen wir uns die Höflichkeiten. Statt dessen sollten wir lieber gleich zu Anfang ein paar Sachen klären. Ich bin nicht besonders scharf darauf, Befehle von jemandem entgegenzunehmen, der sein Leben hinterm Schreibtisch verbringt. Leider bleibt mir keine andere Wahl, da mich der Alte in der Zange hat. Soviel zur Begrüßung. Ich kann Ihnen aber versichern, daß meine Männer und ich alles unternehmen, damit die Fracht ihr Ziel erreicht. Wir haben den Job angenommen und führen ihn aus.«

»Ich bin auch nicht besonders scharf darauf, mit einem Dealer zusammenzuarbeiten, aber die Umstände lassen mir ebenfalls keine Wahl. Ich schlage vor, wir stellen unsere persönlichen Animositäten hintan und versuchen, miteinander klarzukommen. Immerhin stehen wir auf derselben Seite.« Werner steckte sich eine Zigarette an, trat hinaus auf den Gang und schob die Abteiltür zu. »Ich brauch' einen Kaffee. Kommen Sie mit?«

Hendrique ging voran. Vorm Eingang zum Speisewagen blieb er stehen, spähte durch die Tür und machte Werner auf Sabrina aufmerksam, die an einem der Tische saß. »Das ist die Frau, die Rauff umgelegt hat.«

Werner mochte seien Augen kaum trauen. »Unmöglich!«

»Kennen Sie die Frau?«

Werner nickte. »Vor ein paar Jahren war sie eine der begehrtesten Debütantinnen von ganz Paris. Sind Sie sicher, daß sie es war?«

»Kyle geht jede Wette darauf ein.«

Als der Zug anrollte, wandte sich Sabrina vom Fenster ab und bemerkte Werner, der auf sie zukam. »Stefan?«

Werner umarmte sie und küßte sie auf beide Wangen. »Ich kann's kaum glauben. Nach all den Jahren treffen wir uns wieder. Wie klein die Welt doch ist.« Ihm fiel auf, daß ihr Blick auf Hendrique gerichtet war. »Darf ich vorstellen? Das ist Joe Hemmings, mein Sicherheitsberater. Sabrina ...« Er stockte und lächelte verlegen. »Verzeih mir, ich kann Namen einfach nicht behalten.«

»Cassidy«, sagte sie, ohne Hendriques bohrendem Blick auszuweichen. »Sabrina Cassidy.«

»Hallo«, grüßte Hendrique frostig und wandte sich an Werner. »Sie haben sich bestimmt viel zu erzählen. Dabei will ich nicht stören. Ich bin im Abteil, wenn Sie mich brauchen.«

»Das scheint ja ein selten lustiger Vogel zu sein«, meinte sie, als Hendrique verschwunden war.

»Er nimmt nur seine Arbeit ziemlich ernst. Darf ich mich zu dir setzen?«

»Natürlich.«

Werner bestellte beim Kellner eine Tasse Kaffee und nahm an ihrem Tisch Platz. »Ich kann's immer noch nicht glauben. Wir haben uns vier oder fünf Jahre nicht mehr gesehen.«

»Fünf Jahre«, bestätigte sie nach kurzer Überlegung.

»Als ich das letzte Mal von dir gehört habe, warst du gerade dabei, dir auf der Rennbahn einen Namen zu machen.«

»In der Klasse für Tourenwagen. Aber damit mußte ich schlagartig aufhören, als ich mich in Le Mans mit meinem Porsche überschlagen habe. Anschließend durfte ich vier Monate im amerikanischen Krankenhaus von Paris zubringen. Im Rückblick war der Unfall das Beste, was mir passieren konnte.«

»Inwiefern?«

»Während der Genesung hatte ich viel Zeit, über mich nachzudenken. Dabei ist mir aufgefallen, wie unnütz ich mein Leben verbracht habe.«

»Und womit beschäftigst du dich heutzutage?«

fragte Werner und zahlte beim Kellner für seinen Kaffee.

»Ich arbeite als Übersetzerin in New York.«

»Bist du verheiratet?«

Sie winkte mit der Hand ab. »Mich scheint niemand zu wollen.«

»Erzähl mir nichts.«

»Und du? Gibt's inzwischen eine Frau Werner?«

»Kann sein, allerdings habe ich sie noch nicht getroffen.« Er nippte am Kaffee und schaute ihr über den Tassenrand ins Gesicht. »Was treibt dich in die Schweiz?«

»Ich mache Urlaub«, antwortete sie und blickte aus dem Fenster, als es draußen plötzlich dunkel wurde.

»Wir sind im Simplon-Tunnel. Der ist zehn Kilometer lang. In der Schweiz fährt man rein und in Italien wieder raus.«

»Bei deinen Finanzen hätte ich angenommen, daß du per Flieger reist und nicht mit der ordinären, kleinen Eisenbahn, die eine Ewigkeit braucht, um ans Ziel zu gelangen ...«

Werner warf einen Blick über die Schulter und beugte sich vor. »Normalerweise ja. Daß ich eine Ausnahme mache, hat einen besonderen Grund. Meine Firma hat ein umwälzend neues Material für den Bau von Frachtwaggons entwickelt und patentieren lassen, das nicht nur langlebiger ist, sondern auch im Endeffekt viel billiger. Mehr kann ich dir nicht verraten. In Rom werden weitere Tests unternommen, und daß das Material dorthin transportiert wird, soll keiner wissen. Eigentlich wollten wir es hinfliegen lassen, aber dann ist bekannt geworden, daß ein Mitarbeiter unserer Fluggesellschaft bereits bestochen worden ist, um unserem Erzkonkurrenten vor dem Start einen Blick auf die Fracht zu ermöglichen. Deshalb haben wir uns für die unauffälligste Art des Transports entschieden, für die ordinäre, kleine Eisenbahn, wie du sagst. Joe Hemmings ist schon seit Lausanne im Zug. Außerdem habe ich einen Wachposten im Frachtwaggon plaziert, falls irgendwas passiert. Damit rechne ich zwar nicht, aber sicher ist sicher.«

»Und wenn doch was passiert?«

»Dann werden wir unternehmen, was nötig ist. Industriespionage ist ein schmutziges Geschäft.«

»Du bleibst also bis Rom im Zug?«

»Das habe ich vor. Und was sind deine Pläne?«

»Ich fahre gleichfalls nach Rom. Na, dann haben wir ja genügend Zeit, Erinnerungen auszutauschen.«

»Darauf freue ich mich schon. Essen wir heute abend zusammen?« fragte er.

»Warum nicht? Acht Uhr?«

»Ich werde einen Tisch reservieren lassen, falls das im Zug überhaupt möglich ist.« Er rückte den Stuhl zurück und stand auf. »Du mußt mich jetzt entschuldigen, Teuerste, ich habe noch ein paar Akten durchzulesen.«

»Immer im Dienst . . .«

»Bis heute abend dann.«

Werner kehrte zu seinem Abteil zurück und klopfte an die Verbindungstür. Hendrique machte auf. »Einen hübschen Plausch gehalten?«

»Sparen Sie sich Ihre Witze!« knurrte Werner. Er zog eine Landkarte aus der Manteltasche und setzte sich. »Sie hat mir die Geschichte über den Frachtcontainer nicht abgekauft.«

»Überrascht? Sie ist ein Profi und keiner von diesen Stümpern, wie sie die Konkurrenz geschickt hat.«

»Hat Kyle ...?«

»Alles erledigt«, unterbrach ihn Hendrique. »Sie brauchen nur noch das Kommando zu geben.«

Werner faltete die Karte auseinander und fuhr mit dem Finger die Eisenbahnroute entlang. »Der nächste Stopp ist Domodossola, dann kommt Vergiate, fünfzig Kilometer nordwestlich von Mailand. Sie rufen bereits von Domodossola aus an. Wir dürfen keine Zeit verlieren.«

»Wunderbar. Dann bleibt nur noch einer, und den knöpf' ich mir persönlich vor.«

»Ich will nicht, daß im Zug geschossen wird.«

»Wer hat denn was von Schießen gesagt?« Hendrique hob die Hände wie zur Abwehr. »Haben Sie die Nummer?«

Werner zog den Reißverschluß der Reisetasche auf und brachte eine Zeitung zum Vorschein. »Die steht oben auf der ersten Seite.«

Hendrique nahm die Zeitung entgegen und verschwand wieder in seinem Abteil.

Der Schaffner klopfte an die Tür, als der Zug in den Bahnhof von Domodossola, der ersten Haltestelle hinter dem Simplon-Tunnel, einrollte.

Hendrique öffnete. »Was ist?«

»Ich habe mit dem Lokführer gesprochen. Er will fünf Minuten warten, aber nicht länger.«

Hendrique packte ihn beim Kragen und stieß ihn unsanft vor die Trennwand. »Meine Anweisungen werden befolgt, ohne Wenn und Aber. Dafür bezahle ich schließlich. Sie sorgen dafür, daß der Zug auf mich wartet, egal wie lange ich brauche.«

»Der Lokführer ...«

»Was kümmert mich der Lokführer? Der Zug wartet auf mich mich. Verstanden?«

Der Schaffner nickte nervös und hastete durch den Gang davon.

Feiner Schnee rieselte auf den Bahnsteig. Hendrique klappte den Kragen des Parka hoch, stieg aus dem Zug und steuerte auf die Telefonzelle draußen vor der Bahnhofskneipe zu. Er wählte die Nummer, die mit rotem Stift auf die Zeitung gekritzelt worden war, und steckte vier Hundertlirestücke in den Schlitz.

Der Anschluß kam zustande.

»Ich möchte mit Oberkommissar Frosser sprechen«, sagte Hendrique auf deutsch.

»Herr Frosser ist beschäftigt ...«

»Sagen Sie ihm, es geht um den Mord an Rauff. Und beeilen Sie sich, ich rufe aus dem Ausland an.«

»Augenblick, mein Herr.«

»Hallo, hier Frosser«, meldete sich Sekunden später eine zweite Stimme.

»Die Frau, die Sie im Zusammenhang mit dem Mord an Rauff suchen, sitzt im Zug nach Rom, der in etwa einer Stunde in Vergiate ankommt. Ihr Name ist Sabrina Cassidy.« Hendrique ließ den Hörer auf die Gabel fallen, warf die Zeitung in einen Abfallkorb und kehrte in den Zug zurück.

Bruno Frosser gaffte mit verblüffter Miene auf den Hörer, nachdem die Verbindung unterbrochen worden war, und legte schließlich auf.

»Was ist los?«

Frosser lehnte sich zurück, faltete die Hände hinterm Kopf zusammen und musterte seinen Assistenten, Inspektor Sepp Clausen, der auf die Dreißig zuging und Frosser an den Anfang seiner eigenen Polizeikarriere erinnerte. Clausen war ehrgeizig und entschlossen. Aber im Unterschied zu seinem Assistenten hatte Frosser damals sehr viel weniger Haare auf dem Kopf. Er war jetzt dreiundvierzig und fast kahlköpfig, abgesehen von dem dünnen Lockenkranz, der sich im Nacken kräuselte. Daß sein verbliebenes Haar braun, der dicke Schnauzbart allerdings schon grau war, kümmerte ihn nur wenig, genausowenig wie das permanente Gehänsel der Kollegen, die ihm immer wieder den prallen Bauch tätschelten und fragten, wann er denn endlich niederkommen würde. Worum er sich ausschließlich kümmerte, waren sein Job und die Aussicht auf Beförderung.

»Wo, zum Teufel, liegt Vergiate?« fragte Frosser, dessen Stimme ewig belegt zu sein schien.

Clausen hatte keine Ahnung und langte wortlos nach dem Atlas in seiner Schreibtischschublade.

»Vergiate, Vergiate«, murmelte er und ging den Index durch. Der Eintrag fehlte. Also griff er zum Telefonhörer.

»Es wäre schön, wenn ich noch heute eine Antwort bekäme.«

Clausen überhörte den Spott seines Chefs, denn er

hatte gelernt, daß Frossers Humor auf Kommentare dieser Art beschränkt blieb.

Frosser strich sich über den Schnauzbart und dachte über den Fall nach, der wohl zu den wunderlichsten Fällen zählte, denen er seit seiner Beförderung begegnet war; und immerhin leitete er nun schon seit fünf Jahren das Fribourger Mordkommissariat. Zuerst hatte sich ein anonymer, aber anscheinend englischsprachiger Anrufer gemeldet und ihn in gebrochenem Deutsch auf die Leiche in der Eisenbahnbaracke aufmerksam gemacht. Dann, eine Stunde nachdem Radio und Fernsehen von dem Mord berichtet hatten, waren zwei Jungen aufgekreuzt, die die Leiche gesehen haben wollten und die Beschreibung einer Frau ablieferten, die, wie die Jungen glaubten, Katrina hieß. Der Name Sabrina kam dieser Angabe schon ziemlich nahe. Aber für Frosser blieben immer noch zu viele Fragen unbeantwortet. Wer zum Beispiel war wohl dieser schwarzhaarige Mann, der, wie die Jungen bezeugen konnten, einen Tag vor dem Mord Bierfässer in einen leeren Waggon geladen hatte? Fässer, die nun nicht mehr aufzufinden waren. Und was hatten die Einschußdellen in der Lore zu bedeuten? Wer war der zweite anonyme Anrufer, der soeben behauptet hatte, daß die gesuchte Frau auf dem Weg nach Rom sei? Falls sie tatsächlich die Mörderin war — wie paßten die beiden Männer in das Puzzle?

»Vergiate liegt in Italien«, erklärte Clausen und deckte mit der Hand das Mundstück ab. »Ungefähr zwanzig Kilometer von Varese entfernt.«

»Das ist in der Nähe von Mailand, stimmt's?«

»Mehr oder weniger«, antwortete Clausen.

»Sorgen Sie für einen Hubschrauber. Ich werde sofort nach Vergiate fliegen.«

»Ich weiß nicht, ob das so schnell klappt.«

»Wenn nicht, wird Ihre nächste Beförderung wohl auch nicht so schnell klappen.«

Frosser wählte die Privatnummer des leitenden Kommissars vom Mailänder Morddezernat, den er seit zwölf Jahren persönlich kannte, und bat ihn, ein paar Beamte am Bahnhof von Vergiate in den Zug steigen zu lassen.

»Willst du mehr Kaffee?« fragte Sabrina und deutete auf Grahams leere Tasse.

»Ja, warum nicht? Es gibt für uns in diesem verdammten Zug sowieso nicht viel zu tun.«

Sie winkte den Kellner herbei. *»Possiamo avere altro di caffè, per favore?«*

Der Kellner schenkte in beide Tassen nach und brachte ein volles Kännchen Milch an den Tisch. Das Essen war überraschend gut gewesen, nicht gerade reichlich, aber sehr schmackhaft. Sabrina fühlte sich an einen kulinarischen Geheimtip im New Yorker Greenwich Village erinnert: Das Restaurant war von außen und der Einrichtung nach häßlich und abstoßend, hatte aber Speisen anzubieten, die dem Vergleich zu den Delikatessen führender Lokale durchaus standhielten. Es war eine der wenigen Adressen, die Sabrina aufsuchen konnte, wenn sie ihren Yuppie-Bekannten aus dem Weg gehen wollte.

»Vergiate«, sagte Graham, als der Zug in den Bahnhof einrollte.

»Was?« fragte sie, von seiner Stimme aus ihren Gedanken gerissen.

»Wir sind in Vergiate.«

»Was die wohl hier wollen?« bemerkte sie und zeigte aus dem Fenster.

»Wer?« Graham drehte den Kopf in die von Sabrina angegebene Richtung.

»*La polizia*. Da, auf dem Bahnsteig.«

»Vielleicht fährt ein Mörder im Zug mit. Das würde die Reise ein bißchen auflockern.«

»Ich wüßte da ein paar, am Tisch Anwesende natürlich ausgeschlossen.«

»Natürlich«, erwiderte Graham und mimte auf entrüstet.

Der Zug hielt an, und das Ende des Speisewagens kam genau vor vier Polizeibeamten zum Stehen. Sabrina registrierte den angewiderten Ausdruck auf Grahams Gesicht und schaute zum Fenster hinaus. Sie wußte, daß er nichts mit der Polizei zu tun haben wollte, hatte ihn aber bisher noch nie nach seinen Gründen gefragt. Das holte sie jetzt nach, obwohl ihr klar war, daß sie ihn womöglich auf die Palme bringen würde.

»Ich mag keine Leute, denen ich nicht trauen kann«, antwortete er. »Heutzutage lassen sich viele Bullen allzuleicht bestechen, besonders bei uns zu Hause. Und was mich am meisten fuchst, ist die Tatsache, daß die käuflichen Typen Kriminelle decken, statt die Steuerzahler zu schützen, die für ihre Löhne berappen.«

»Du sprichst von einer kleinen Minderheit.«

»Wirklich?« entgegnete er brüsk. »Bevor da nicht gründlich saubergemacht wird, sind für mich alle Bullen nichts weiter als verkappte Ganoven.«

Zwei Beamte hatten den Speisewagen betreten. Graham sah sie geradewegs auf Sabrina zusteuern, die den beiden den Rücken zugedreht hatte.

»Sabrina Cassidy?« fragte derjenige, den die Abzeichen seiner Uniform als Hauptwachtmeister auswiesen. Er hielt die Fotokopie eines Phantombildes in der Hand und musterte Sabrinas Gesicht.

»Ja«, antwortete sie zögernd.

»Ich habe einen Haftbefehl gegen Sie«, sagte der Beamte und sprach jedes Wort sehr deutlich aus, wobei sein italienischer Akzent nicht zu überhören war. »Würden Sie bitte mit uns kommen?«

»Und wo haben Sie diesen idiotischen Haftbefehl?« fuhr Graham dazwischen.

»Mike, ich bitte dich!« Sabrina sah den Uniformierten an. »Was liegt denn gegen mich vor?«

»Eine Mordanklage.« Der Beamte zog den Haftbefehl aus der Uniformjacke und faltete ihn auseinander. »Es geht um den Mord in Fribourg, begangen an einem gewissen Kurt Rauff. Sie werden zurück in die Schweiz gebracht, wo Ihnen der Prozeß gemacht wird.« Und mit Blick auf Graham fragte er: »Reisen Sie zusammen mit Miß Cassidy?«

Graham kannte die Regel, die nun Anwendung fand; sie stand fein säuberlich abgedruckt im UNACO-Handbuch: *Der Erfolg einer Mission bleibt auch dann vorrangiges Ziel, wenn im Verlauf dieser Mission eins der Team-Mitglieder in eine Zwangslage geraten sollte.*

»Nein«, antwortete er kopfschüttelnd. »Wir haben uns gestern im Zug kennengelernt. Ihr Abteil liegt gleich neben meinem.«

»Ich hätte trotzdem gern Ihren Paß gesehen«, beharrte der Polizist.

Er begleitete Sabrina zu ihrem Abteil und schickte den anderen Beamten los, um Grahams Paß zu holen.

Graham kramte in seiner Tasche herum und fischte den Paß unter den Kleidern hervor.

Der junge Polizist schnappte ihm den Ausweis aus der Hand, blätterte ihn auf und verglich das Lichtbild mit dem Original. Dann las er den eingetragenen Namen und sagte: »Mikele Gram.«

»Michael, verflucht«, knurrte Graham.

Der Polizist winkte ihn zur Seite und durchstöberte den Inhalt der beiden Taschen. Er wirkte ein wenig enttäuscht darüber, daß er nichts Gefährlicheres fand als einen Rasierapparat. Der Geiger-Müller-Zähler steckte im Wandschrank und der Schlüssel dazu in Grahams Hosentasche. Der Beamte warf zwar einen Blick auf den Schrank, kümmerte sich aber nicht weiter darum. Als Graham das Abteil wieder verließ, hoffte er inständig, daß die Ausbeulung von der gehalfterten Beretta unter seiner Jacke nicht auffiel. Wenn man ihn filzen würde . . .

Sabrina waren bereits Handschellen angelegt worden, als Graham die Tür zu ihrem Abteil öffnete. Der Hauptwachtmeister hielt eine Plastiktüte in der Hand, in der ihre Beretta steckte. Jetzt nahm er von dem jungen Beamten den Paß entgegen, blätterte flüchtig durch die Seiten und steckte ihn in die Tasche.

»Was tun Sie da?« wollte Graham wissen.

»Sie können sich innerhalb von Italien frei bewegen. Allerdings entscheiden wir, wann Sie wieder die Grenze passieren dürfen.«

»Und ich dachte, der Faschismus hier wäre mit Mussolini gestorben«, zischte Graham. »Ich hoffe, Miß Cassidy hat die Möglichkeit zu telefonieren. Das ist nämlich, soviel ich weiß, in demokratischen Rechtssystemen so üblich.«

»Natürlich darf sie das«, antwortete der Beamte gereizt.

»Kann ich noch was für dich tun?« fragte Graham seine Partnerin.

»Vielleicht könntest du mir eine Metallsäge besorgen«, antwortete sie schmunzelnd. »Keine Sorge, ich komme schon klar. Sobald ich den Anruf erledigt habe, wird man mich bestimmt bald auf freien Fuß setzen.«

Graham nahm den Trenchcoat aus dem Gepäcknetz, legte ihn ihr über die Schulter und versteckte die gefesselten Hände unterm Aufschlag.

»Danke«, sagte sie leise.

»Wo werden Sie in Rom wohnen?« fragte der Polizist. Achselzuckend antwortete Graham: »Ich weiß noch nicht. Außerdem komme ich ohne Paß wohl nirgends unter.«

»Melden Sie sich bei der Polizei, sobald Sie in Rom sind. Bis dahin werden wir wissen, ob die schweizerischen Kollegen eine Aussage von Ihnen brauchen oder nicht. Dann bekommen Sie Ihren Paß zurück.«

Der junge Beamte nahm Sabrinas Taschen zur Hand und verschwand im Gang. Der Hauptwachtmeister nahm die Verhaftete beim Arm und führte sie aus dem

Abteil, worauf sich Graham auf einen der Sitze fallen ließ und sein Gesicht massierte.

Als Sabrina aus dem Zug stieg, warf sie einen Blick über die Schulter und entdeckte Hendrique, der mit zufriedenem Gesicht aus einem der Speisewagenfenster zu ihr herausblickte.

Noch nie hatte Sabrina eine Polizeistation von innen gesehen. In Kinofilmen bestanden Verhörzellen meist aus vier weiß getünchten Wänden, einem Tisch und zwei Holzstühlen in der Mitte sowie einer einzelnen, nackten Birne, die von der Decke baumelte. Doch der Raum, in dem sie nun von der Fribourger Polizei verhört wurde, entsprach diesem Klischee ganz und gar nicht. Die Wände waren cremefarben gestrichen, passend zum beigen Teppich, auf dem ein Tisch und zwei gepolsterte Stühle standen. Unter der Decke brannte eine Leuchtstoffröhre, und die Heizung hinter ihr schien voll aufgedreht zu sein.

Während des Fluges im Hubschrauber von Vergiate nach Fribourg hatte sich Sabrina geweigert, auf Frossers Fragen zu antworten. Auch in der Polizeistation war nichts aus ihr herauszubekommen, denn Philpott hatte ihr am Telefon empfohlen, Stillschweigen zu bewahren, um sich nicht zu Aussagen hinreißen zu lassen, die gegen sie verwendet werden könnten. Frosser verbrachte dreißig frustrierende Minuten mit ihr im Verhörzimmer, und auf das Sperrfeuer seiner Fragen antwortete sie nur einmal mit einem leisen »Ja«, als er sich zu Anfang bei ihr erkundigte, ob sie Deutsch verstünde. Es stellte sich heraus, daß er kein Wort Englisch sprach. Im Grunde tat er ihr leid. Er war allem Anschein nach ein guter und pflichtbewußter Polizist, hatte sich jetzt aber in eine Sache verbissen, die ein paar Nummern zu groß für ihn war. Er hatte genügend Beweise gegen sie in der Hand — zum Beispiel die Beretta, doch es gelang ihm einfach nicht, das Motiv für den Mord aus ihr herauszubringen. Dieser Fall war auch für Philpott neu: Noch nie hatte ein UNACO-Mitglied in Europa unter Mordanklage gestanden.

Vor zwei Jahren war ein Agent in Marokko verhaftet worden, weil er auf ziemlich plumpe Art und Weise einen chinesischen Doppelagenten getötet hatte, und weil die Verhandlungen über seine Freilassung gescheitert waren, hatte Strike Force 3, damals noch mit Rust, den Auftrag erhalten, den Kollegen in einer Nacht-und-Nebel-Aktion aus dem Gefängnis zu holen, und zwar ohne Aufsehen zu verursachen, wie Philpott ausdrücklich gefordert hatte. Bei dieser Aktion war kein einziger Marokkaner zu Schaden gekommen. Sabrina ahnte jedoch, daß ihr Fall anders gelagert war und eine Mischung aus Takt und Diplomatie erfordern würde, zumal die UNACO nicht bloßgestellt werden durfte. Daran konnte niemand interessiert sein, daß ihr vor den Augen der Öffentlichkeit ein Mordprozeß gemacht wurde. Denn wenn ein Journalist von der offiziellen Existenz der UNACO Wind bekäme . . .

Das Verhör war kurz unterbrochen worden. Jetzt kam Frosser ins Zimmer zurück. Seine Krawatte hing lose um den Kragen, und die Weste war aufgeknöpft. Er warf ein Dossier auf den Tisch und setzte sich.

»Eine Kugel aus Rauffs Leiche stammt, wie eindeutig identifiziert werden konnte, aus Ihrer Waffe. Ihnen ist klar, was das bedeutet. Sie tun sich keinen Gefallen damit, wenn Sie länger schweigen.«

Sabrina starrte gelangweilt auf die gegenüberliegende Wand.

Er öffnete den Aktendeckel und tippte mit dem Finger auf ihren Paß. »Unser Labor hat herausgefunden, daß der Ausweis gefälscht ist, und zwar von einem Experten. Wir müssen also in unseren Nachforschungen eine neue Richtung einschlagen, denn ein Mord aus Leidenschaft scheidet wohl aus.«

Sabrina war erleichtert, das zu hören. Der Verdacht, sich freiwillig mit einem Typen wie Rauff in einer verlassenen Baracke getroffen zu haben, war ihr schon unangenehm genug gewesen. Frossers Folgerungen daraus und seine Andeutungen hätten sie einige Male fast zu einem Wutausbruch provoziert.

»Die anderen Geschosse stammen aus einem Schnellfeuergewehr, das wir in dem Schuppen gefunden haben. Die Waffe ist gründlich abgewischt worden.«

Sie wollte etwas sagen, hielt sich aber im letzten Moment zurück. Hendrique hatte offenbar an alles gedacht und sogar das eine Gewehr gegen ein andres ausgetauscht.

»Was wollten Sie sagen?«

Sabrina starrte immer noch an die Wand.

»Ich habe Sie wohl bislang unterschätzt. Auf den ersten Blick dachte ich: schöne Frau, die sich aus Liebeskummer zu einem Verbrechen hat hinreißen lassen. Eine dieser ewigen Dreiecksgeschichten war für mich auch noch in Betracht gekommen, damit hätten sich die anonymen Anrufe erklären lassen. Doch davon kann jetzt keine Rede mehr sein. Halten wir fest: Da sind Sie, eine Amerikanerin mit gefälschtem Paß, und da war Rauff, ein Krimineller, der in Verbindung stand zu sehr einflußreichen Ganoven und Geschäftemachern. Ich muß blind gewesen sein. Es war kein Mord aus Leidenschaft, sondern ein gezielter Anschlag.«

Diese Version konnte Sabrina leichter verkraften als den Verdacht, Rauff in einem Anfall von Eifersucht erschossen zu haben. Ihr war klar, daß Frosser immer noch im dunkeln tappte.

»Ein gezielter Anschlag, ja oder nein?«

Sie trank den letzten Schluck Kaffee aus der Tasse, verschränkte die Arme vor der Brust und richtete ihren gleichgültigen Blick zurück auf die Wand.

Es klopfte an der Tür, und Clausen, Frossers Assistent, trat ins Zimmer. »Wir haben alles vorbereitet.«

Frosser stand auf. »Bitte kommen Sie mit mir, Frau Cassidy.«

Die beiden Männer nahmen Sabrina in die Mitte und führten sie durch den Korridor. Als Clausen nach wenigen Schritten eine schlichte braune Tür öffnete, wußte sie, was ihr nun bevorstand: eine Gegenüberstellung. Acht Frauen standen schweigend vor einem schwarzen Vorhang.

Clausen ließ die Gruppe der Reihe nach Aufstellung nehmen, während Frosser den angrenzenden Raum aufsuchte und auf einem Holzstuhl Platz nahm. Die Arbeit an diesem Fall war ihm sichtlich aufs Gemüt geschlagen.

»Fertig«, rief Clausen und ging ebenfalls nach nebenan.

Frosser stand auf und warf einen Blick durch den Einwegspiegel. Ein kräftiges Scheinwerferlicht bestrahlte die neun Frauen vor dem schwarzen Vorhang im Hintergrund.

»Bringen Sie den ersten Jungen«, sagte Frosser.

Clausen öffnete eine Seitentür, durch die eine Polizistin eins der Kinder führte.

Frosser lächelte ihm entgegen. »Marcel, stimmt's?«

Der Junge nickte nervös.

»Du brauchst keine Angst zu haben, man kann dich von der anderen Seite nicht sehen.« Frosser winkte ihn ans Fenster. »Ich möchte, daß du diese Frauen da gründlich ansiehst und mir sagst, mit welcher du vor der Baracke gesprochen hast. Laß dir ruhig Zeit.«

Marcel streckte den Finger aus. »Die da. Die nette Frau.«

»Welche Nummer?«

»Drei.«

»Bist du ganz sicher?«

»Ja.«

»Danke«, sagte Frosser und strich dem Jungen übers Haar.

Clausen führte Marcel nach draußen und holte Jean-Paul.

Auch er deutete sofort auf Sabrina.

Anschließend betrat ein dritter Zeuge das Zimmer, ein junger Mann mit zerzausten blonden Locken und einem kreuzförmigen Ohrring.

Clausen stellte ihn seinem Chef vor: »Das ist Herr Dahn.«

»Soviel ich weiß, haben Sie schon mit Inspektor Clausen über das Phantombild in der Zeitung gesprochen.«

Dahn nickte. »Ich bin sicher, daß es die Frau ist, mit der sich Dieter unterhalten hat, bevor er umgekommen ist.«

»Dieter Teufel. Sie haben mit ihm im Bahnhof von Lausanne zusammen gearbeitet, stimmt das?«

»Wir hatten unterschiedliche Dienstzeiten, aber an dem Morgen, als er mit ihr sprach, war ich auch da.«

»Schauen Sie durch das Fenster hier. Erkennen Sie die Frau wieder?«

»Ja, das ist sie«, sagte Dahn, ohne zu zögern. »Nummer drei.«

»Sind Sie absolut sicher?«

»Würden Sie so eine Frau vergessen? Da war noch ein Mann in ihrer Begleitung, aber an den kann ich mich nicht mehr erinnern.«

»Wissen Sie noch, worüber sie mit Herrn Teufel gesprochen hat?« fragte Frosser.

»Dieter sagte, daß sie eine Auskunft über den Fahrplan haben wollte, aber wie ich ihn kenne, hat er sie bestimmt anzumachen versucht.«

»Haben Sie die Frau später noch einmal gesehen?«

»Nein.«

»Danke, daß Sie sich für uns Zeit genommen haben«, sagte Frosser und öffnete die Tür.

Dahn wandte sich nur zögernd vom Fenster ab und verließ den Raum.

Frosser gab Clausen den Auftrag, die Frauen zu entlassen, und führte Sabrina zuruck ins Verhörzimmer.

»Der Fall spitzt sich zu«, erklärte er, nachdem sie sich gesetzt hatte. »Zwei Zeugen haben Sie zur Tatzeit vor der Baracke gesehen und bei der Gegenüberstellung wiedererkannt. Sagt Ihnen der Name Dieter Teufel etwas?«

Wäre er ein weniger erfahrener Polizist gewesen, hätte er wohl übersehen, daß ihr Blick einen Moment lang aufflackerte, als sie unwillkürlich auf den Namen reagierte. Für Frosser kam dies einem Eingeständnis gleich.

»Er ist an dem Tag, als man Sie mit ihm hat reden sehen, unter die Räder eines Zugs geraten. An einen schlichten Unfall kann ich nun nicht mehr glauben. Halten Sie es für möglich, daß er gestoßen wurde?« Er ließ die Frage im Raum stehen und ging zur Heizung, um sie tieferzustellen. »Die Beweise reichen, um Sie zu verurteilen, aber leider bleiben noch zu viele Fragen offen. Ich werde veranlassen, daß meine Kollegen in Lausanne den Fall von Dieter Teufel wiederaufnehmen. Wenn ich Ihnen eine zweite Mordanklage anhängen kann, werden Sie für den Rest Ihres Lebens einsitzen. Das verspreche ich Ihnen.«

Zum ersten Mal seit ihrer Verhaftung machte sich bei Sabrina Nervosität breit. Da noch völlig ungewiß war, wie Philpott entscheiden würde, mußte sie damit rechnen, tatsächlich vor Gericht gestellt und verurteilt zu werden — zumindest wegen Körperverletzung an Rauff. Immerhin war die Beretta in ihrem Besitz gefunden worden. Ihr die tödlichen Schüsse aus dem Schnellfeuergewehr zuzuschreiben, dürfte der Anklage äußerst schwerfallen. Wenn es aber Frosser gelänge, sie auch mit dem Mord an Dieter Teufel in Verbindung zu bringen (wofür es keinerlei Beweise gab), könnte das Gericht womöglich beeinflußt werden und die Indizien des ersten Falles gegen sie auslegen. Aus der Anklage des versuchten Mordes drohte ein Mordfall zu werden. Bei einer Verurteilung würde sie in einem Hochsicherheitsgefängnis landen und auch von der UNACO kaum zu befreien sein.

Hoffentlich, so flehte Sabrina, hatte Philpott noch ein paar Asse im Ärmel stecken.

»Colonel Philpott, der Herr Polizeipräsident hat jetzt Zeit für Sie«, sagte die hübsche blonde Sekretärin, nachdem ihr eine entsprechende Meldung über die Wechselsprechanlage auf ihrem Schreibtisch mitgeteilt worden war.

Philpott stemmte den Stock in den weichen, blaßblauen Teppich und stand auf.

Als er das Büro betrat, sah er einen Mann vor einer Kaminattrappe stehen, der sich am künstlichen Feuer die Hände wärmte. Er mochte die Sechzig knapp überschritten haben. Das dichte, weiße Haar war aus der Stirn zurückgekämmt, und in seinem Gesicht hatten die vielen aufreibenden Dienstjahre deutliche Spuren hinterlassen. Reinhardt Kuhlmann, der Chef der schweizerischen Polizei, eilte auf Philpott zu und bot ihm einen Arm zur Stütze an.

»Lassen Sie nur!« lehnte Philpott irritiert ab. »Mein Bein ist bloß ein bißchen steif.«

»Als wir uns das letzte Mal gesehen haben, war Ihnen davon nichts anzumerken.«

»Damals fand unser Treffen auch mitten im Sommer in Miami statt. Steif und lästig wird das Bein nur bei Kälte.« Philpott ließ sich auf einem der zwei Sessel nieder.

»Kaffee?« fragte Kuhlmann.

»Nicht, wenn Sie noch irgendwo Ihren Hennessey-Cognac versteckt haben«, antwortete Philpott und streckte die Handflächen dem Heizgrill entgegen.

»Sie haben ein gutes Gedächtnis. Immerhin waren Sie achtzehn Monate nicht mehr hier«, bemerkte Kuhlmann grinsend.

»An manche Dinge erinnert man sich gern. Ihr Cognac gehört dazu.«

»Sie klingen wie der Sprecher eines Werbespots«, sagte Kuhlmann und füllte ein gutes Quantum Cognac in ein Schwenkglas.

»Gönnen Sie sich keins?« fragte Philpott und nahm das Glas entgegen.

»Kein Alkohol. Strikte Anweisung vom Arzt.«

»Haben Sie Beschwerden?« Der Colonel zog die Stirn kraus.

»Magengeschwüre«, antwortete Kuhlmann und winkte mit der Hand ab.

»Sie arbeiten zuviel.«

»Und das muß ich mir ausgerechnet von Ihnen sagen lassen.« Kuhlmann nahm in dem anderen Sessel Platz.

»Warum gehen Sie nicht in Pension? Sie haben eine wundervolle Frau und zwei Söhne, die selber schon Familienväter sind. Ich bin sicher, daß sich alle freuen würden, wenn Sie öfter zu Hause wären.«

»Ihnen, Malcolm, fiele es doch wohl auch nicht so leicht, einfach in den Ruhestand abzutreten. Wie geht's Marlene?«

Philpott starrte ins Cognac-Glas. »Wir sind vor zwei Jahren geschieden worden.«

»Tut mir leid, alter Freund. Sie war eine gute Frau.«

»Das kann man so sagen. Nach meiner verpfuschten Ehe mit Carole war sie das reinste Tonikum. Und diesmal hat's bei der Scheidung auch keine häßlichen Szenen vor Gericht gegeben. Wir sind immer noch gute Freunde.«

»Darauf kommt's an.« Kuhlmann lehnte sich zurück und schlug die Beine übereinander. »Ich habe bereits ein paar Erkundigungen über Ihre Agentin eingeholt. Es wird nicht leicht sein, Malcolm.«

Philpott stellte das Glas auf dem kleinen Tisch neben sich ab. »Und was heißt das?«

»Die Anklage kann nicht einfach fallengelassen werden. Der mit dem Fall beauftragte Beamte ist einer der besten Kommissare im Land, und außerdem hat die lokale Presse ein brennendes Interesse entwickelt, weil Ihre Agentin wie ein Filmstar aussieht. Sie macht sich sehr gut auf den Titelseiten.«

»Glauben Sie nur ja nicht, daß ich eine meiner besten Kräfte opfere, um den hiesigen Schmierenblättern einen Gefallen zu tun.«

»Sie hat einen Mann umgebracht.«

»Sie hat ihn angeschossen, getötet wurde er von seinem eigenen Komplizen.«

»Trotzdem hat sie einen Schuß auf ihn abgegeben. Wir sind hier in der Schweiz und nicht im Wilden Westen.«

»Sie wurde von einer Schnellfeuerwaffe bedroht. Was hätte sie tun sollen? Freundlich darum bitten, das Gewehr abzulegen? Ich glaube, wir kommen wieder auf den alten Streit zurück: Sie sind von Anfang an gegen die UNACO eingestellt gewesen.«

»In der Tat, ich habe etwas gegen fremde Revolverhelden in meinem Land«, erwiderte Kuhlmann gereizt.

»Das kann ich ja verstehen, zumal die ansässigen Banker keine Pistolen brauchen, um ihr dreckiges Geld zu waschen.«

Kuhlmann hob die Hände. »So kommen wir nicht weiter. Sie müssen sich in meine Lage versetzen, Malcolm. Ich kann nicht einfach dazwischenfunken und die Frau aus dem Gefängnis holen. Angenommen, ich könnte Frosser dazu bewegen, die Ermittlungen einzustellen — wie ließe sich das vor der Öffentlichkeit rechtfertigen? Gegen Ihre Agentin liegen schwerwiegende Beweise vor. Die Presse würde über unser ganzes Rechtssystem herfallen. Meine Hände sind gebunden.«

Philpott schaute auf die Armbanduhr. »Es ist jetzt drei Uhr. Hoffentlich haben Sie bis sechs Ihre Hände frei bekommen.«

Kuhlmann stand auf, die Wut in seinen Augen war unübersehbar. »Soll das eine Drohung sein?«

»Wenn Sie sich bedroht fühlen, wird's wohl eine sein. Sie sind der Polizeichef. Nutzen Sie Ihre Vollmachten.«

»Ich wiederhole mich: Wir sind hier in der Schweiz. Frosser hält Ihre Agentin wegen versuchten Mordes unter Verschluß. Die Sache ist rechtlich einwandfrei. Ich kann ihn nicht ohne triftigen Grund zurückpfeifen, oder wollen Sie, daß ich ihm gegenüber das Geheimnis der UNACO lüfte?«

Philpott nippte am Glas, ließ den Tropfen genußvoll über die Zunge rollen und legte dann schluckend den Kopf in den Nacken.

»Ich sehe, Sie sind entschlossen, mich zum Eingreifen zu zwingen. Wie Sie wissen, bin ich nur dem Generalsekretär gegenüber zur Rechenschaft verpflichtet, und wenn wir uns nicht bis um sechs Uhr geeinigt haben, werde ich mich persönlich bei ihm melden mit der Bitte, in meinem Sinne zu intervenieren. Er wird wahrscheinlich nicht einmal Ihren Botschafter bei den Vereinten Nationen zu Rate ziehen, sondern sich gleich mit Ihrem Präsidenten in Verbindung setzen, den er dann in aller Ruhe daran erinnert, daß die Schweiz zu den Unterzeichnern des UNACO-Abkommens gehört. Übrigens: Sobald der zur Zeit laufende Auftrag erfolgreich abgeschlossen ist, wird ein detaillierter Bericht an die Staatsoberhäupter all jener Länder geschickt, die unsere Agenten im Verlauf ihrer Ermittlungen betreten haben. Auch Ihr Präsident erhält einen solchen Bericht, den ich — nebenbei bemerkt — persönlich abfasse. Darin würde die schweizerische Polizei bestimmt sehr schlecht abschneiden, wenn es dazu käme, daß meine Agentin in einem Ihrer Gefängnisse schmachten muß, weil sie sich, bedroht von einem berüchtigten Verbrecher, zur Wehr gesetzt hat. Es hängt ganz von Ihnen ab, wie ich meinen Bericht formulieren werde.«

Kuhlmann ging ans Fenster und schaute über die Bahnhofstraße hinweg auf die Limmat, die mitten durch die Stadt floß. Seine Stimme klang bitter, als er wieder zu reden anfing: »Einschüchterung, Erpressung, Drohungen und, nicht zu vergessen, Ihre offenkundige Bereitschaft, bestehendes Recht nach eigenem Gustus zu verbiegen. Ich muß sagen, Sie haben sich den Kriminellen, die von der UNACO verfolgt werden, sehr gut angepaßt.«

»Aber nicht aus freien Stücken, Reinhardt. Gegen manche Verbrecher läßt sich nämlich nur dann ankommen, wenn man bereit ist, mit ihren eigenen Mitteln zurückzuschlagen. Es tut mir leid, daß ich heute eine ähnliche Taktik anwenden muß, aber meine Agenten, besonders die der Strike Force, bedeuten mehr für mich als bloße Angestellte. Wir sind eine Art Familie. Sabrina verkörpert für mich so etwas wie eine Wunschtochter, und ich werde Himmel und Hölle in Bewegung setzen, um sie freizubekommen.«

»Würden Sie sogar unsere Freundschaft dafür aufs Spiel setzen?«

Philpott stand auf und langte nach dem Stock. »Ich werde Sie um sechs Uhr anrufen.«

»Sie haben meine Frage nicht beantwortet«, hakte Kuhlmann nach.

»Wirklich nicht?« erwiderte Philpott und zog leise die Tür hinter sich zu.

8

Als der Zug im Bahnhof von Mailand anhielt, mußte sich Graham durch einen zweiten Blick vergewissern, daß er richtig gesehen hatte. Der Priester, der mit einer Bibel in der einen und einem ramponierten Beutel in der anderen Hand auf dem Bahnsteig stand, war niemand anders als Kolchinsky. Er wartete geduldig, bis alle, die aussteigen wollten, den Zug verlassen hatten, stieg dann selber ein und steuerte geradewegs auf das für Sabrina reservierte Abteil zu. Doch es schien von innen verschlossen zu sein; die Vorhänge waren zugezogen. Besetzt. Er öffnete die Tür des Nebenabteils und trat ein, erleichtert darüber, dem Gedränge im engen Gang entkommen zu sein.

»Ist hier noch ein Platz frei?«

»Kommen Sie rein, Pater«, antwortete Graham und musterte grinsend Kolchinskys Aufzug. »Haben Sie etwa Ihre Tiara vergessen?«

Kolchinsky warf einen Blick über die Schulter und schloß die Abteiltür. »Lassen Sie die Albernheiten! Ich habe gehofft, das Abteil nebenan belegen zu können. Leider ist es schon belegt.«

»Von mir. Frei gehalten extra für Sie«, antwortete Graham und warf Kolchinsky den Schlüssel zu. »Wenn wir hier einen Film drehen würden, wären

Sie, wie ich finde, ziemlich fehlbesetzt. Ein KGB-Priester?«

»Ex-KGB«, korrigierte Kolchinsky.

»Und was machen Sie, wenn jemand Ihren Segen erbittet? Sie wissen doch, daß Italiener sehr religiös sind.«

»Dann komme ich der Bitte nach. Während meiner Zeit beim KGB war ich oft in dieser Montur unterwegs und bin deshalb auch heute noch auf alle Eventualitäten vorbereitet.«

»Sie stecken voller Überraschungen«, meinte Graham und beugte sich vor. Seine Miene wurde ernst. »Was wird wegen Sabrina unternommen?«

Kolchinsky gab Auskunft über die jüngsten Entwicklungen und erwähnte auch Philpotts Ultimatum an Kuhlmann.

»Und wenn Kuhlmann sich weigert?«

»Im Ernstfall würde der Generalsekretär Druck auf die Regierung ausüben. Aber dazu wird es wohl nicht kommen. Kuhlmann ist nicht auf den Kopf gefallen und weiß seine Zwangslage richtig einzuschätzen. Er muß Sabrina rauspauken und gleichzeitig verhindern, daß sich die internationale Presse darüber ereifert.«

Plötzlich entdeckte Graham, als er zufällig durchs Fenster blickte, ein vertrautes Gesicht. »Was will der denn hier?«

»Wen meinen Sie?« fragte Kolchinsky.

»Den Polizisten, der Sabrina festgenommen hat.«

»Geben Sie mir Ihre Pistole«, sagte Kolchinsky und streckte die Hand aus.

»Wie bitte?«

»Wahrscheinlich ist er Ihretwegen hier. Es wäre doch dumm, wenn er Pistole und Halfter bei Ihnen finden würde. Also geben Sie schon her.«

Graham gehorchte. Kolchinsky steckte die Waffe samt Halfter in den schwarzen Lederbeutel.

»Tun Sie, was er von Ihnen verlangt, auch dann, wenn er Sie zum Verhör mit auf die Wache nehmen will. Wir werden Sie schnell genug wieder rausholen. Ich bleibe derweil hier und behalte die beiden Typen im Auge.«

»Sie wissen nicht mal, wie die aussehen«, protestierte Graham.

»Ich weiß, wie Werner aussieht«, entgegnete Kolchinsky und öffnete die Bibel, die auf seinem Schoß lag. »Von jetzt an kennen wir uns nicht.«

Als der Polizist an die Tür klopfte, blickte Kolchinsky auf und winkte ihn herein.

Der Beamte tippte mit dem Finger an die Schirmmütze. »Tut mir leid, wenn ich störe, Pater. Lesen Sie ruhig weiter. Ich bin hier, um diesen Herrn dort zu sprechen.«

»Was ist denn jetzt schon wieder?« knurrte Graham.

»Würden Sie bitte mal aufstehen?«

Graham stand auf und wurde gründlich gefilzt. Dann fesselte ihm der Polizist die Arme mit Handschellen auf dem Rücken zusammen. Ein zweiter Polizist in Uniform betrat das Abteil und nahm Grahams Taschen aus dem Gepäcknetz.

»Was hab' ich denn verbrochen?«

»Sie stehen unter dem Verdacht der Beihilfe zum Mord und müssen sich vor einem schweizerischen Gericht verantworten.«

Kolchinsky klappte die Bibel zu und merkte auf. »Mord?«

»Machen Sie sich keine Sorgen, Pater, wir kümmern uns um ihn.«

Graham wurde aus dem Abteil geführt. Beim Verlassen des Zuges forderte der Beamte zwei seiner Männer auf, Platz zu schaffen unter der gaffenden Menge, die sich, als der Streifenwagen vorgefahren war, auf dem Bahnsteig versammelt hatte. Doch bevor der Verhaftete abgeführt werden konnte, bildete sich in der Menge eine Gasse, durch die ein weißer Alfa Romeo herbeigerollt kam. Der Fahrer stieg aus und ging auf den Streifenwagen zu. Der Polizist an der Seite von Graham nahm Haltung an. Der fremde Mann zog den Beamten zur Seite, wechselte einige Worte mit ihm und ließ sich einen Schlüssel aushändigen.

Dann wandte sich der Mann an Graham und sagte: »Mr. Graham, ich bin Commissario De Sica von der Mailänder Kriminalpolizei. Es tut mir leid, Sie sind einer Verwechslung zum Opfer gefallen.« Er schloß die Handschellen auf und gab Graham den Paß zurück. »Ich möchte mich in aller Form entschuldigen für das, was passiert ist. Wenn Sie eine Beschwerde einreichen wollen, wenden Sie sich an mich. Meinen Namen kennen Sie ja jetzt.«

Die Menge lief auseinander, als die beiden Autos verschwunden waren. Nur wenige blieben zurück, tuschelten untereinander und musterten Graham mit neugierigen Blicken, der nun zum Zug zurückkehrte und einstieg.

»Ich versteh die Welt nicht mehr«, sagte er beim Betreten des Abteils.

Kolchinsky kramte die Beretta und den Halfter aus der Tasche und gab sie dem Kollegen zurück. »Ich vermute, Kuhlmann hat klein beigegeben.«

Als der Zug anrollte, schauten beide zum Fenster hinaus und konnten deshalb Werner nicht sehen, der im Gang die Tür passierte. Als dieser sein Abteil im nächsten Waggon erreichte, fand er die Tür verschlossen und die Vorhänge vorgezogen. Wütend klopfte Werner an die Scheibe. Der Vorhang wurde ein Stück zur Seite geschoben, und kurz darauf öffnete sich die Tür. Hendrique saß da und putzte mit einem Lappen die Einzelteile seiner automatischen Desert Eagle. Kyle war aufgestanden und wirkte reichlich verunsichert.

»Muß ich, um mein eigenes Abteil zu betreten, vorher um Erlaubnis bitten?« zischte Werner.

»Eddie, laß uns allein. Wir sprechen uns später«, sagte Hendrique, ohne aufzublicken.

Nachdem sich Kyle hastig verzogen hatte, schloß Werner die Tür wieder ab und nahm gegenüber von Hendrique Platz. »Seit wann ist mein Abteil Treffpunkt für Sie und Ihren Handlanger?«

»Keine Panik«, antwortete Hendrique, der nun die Magazinfeder zur Hand nahm und sorgfältig, fast liebevoll zu putzen anfing. »Eddie ist bloß hergekommen, um zu fragen, ob ich gesehen habe, was sich auf dem Bahnsteig abgespielt hat.«

»Und? Haben Sie's gesehen?«

»Nein.«

»Ach ja, Sie hatten wohl, wie ich sehe, alle Hände voll zu tun.«

»In der Tat, ich war beschäftigt. Ich habe mit Benin telefoniert«, antwortete Hendrique.

»Was hat der General zu sagen?«

»Seine Schnüffler konnten rausfinden, wer Ihre beiden Freunde sind. Der starke Junge ist ein ehemaliges Delta-Mitglied und heißt Mike Graham. Und ihr wirklicher Name ist Carver, nicht Cassidy.«

Werner schnippte mit den Fingern. »Natürlich, Sabrina Carver. Ihr Vater war früher Botschafter. George Carver.«

»Und der Kerl in Mainz heißt Whitlock. Die drei arbeiten als Team, und zwar für die UNACO.«

»Den Verein habe ich immer nur für eine Legende gehalten.«

»Das will man der Welt so glauben machen. Sie strengen sich mächtig an, nirgends aufzufallen.«

»Und wieso weiß Benin Bescheid?«

Hendrique grinste überheblich. »Was das Direktorat wissen will, bekommt es auch heraus.«

»Wie soll's jetzt weitergehen?«

»Nach Plan. Das Mädchen sind wir schon los. Für Whitlock wird in Mainz gesorgt. Also bleibt uns nur noch dieser Graham, und für den hab' ich mir schon was ausgedacht.«

Werner sah zu, wie Hendrique seine Desert Eagle Stück für Stück wieder zusammenbaute. »Wenn wir ihn umbringen, haben wir die Polizei auf dem Hals.«

»Wer sagt denn was von umbringen? Wir stellen ihm bloß ein Bein, so wie dem Mädchen.«

»Sie haben gehört, was am Bahnsteig vorgefallen ist. Das war keine Verwechslung. Der Befehl, diesen Kerl wieder laufenzulassen, muß von ganz oben gekommen sein. Die Polizei wird von jetzt an einen großen Bogen um ihn machen.«

»Solange er sauber bleibt. Warum, glauben Sie, war es wohl so einfach, diese Carver anzuschmieren? Die hat sich die Finger verbrannt, und die UNACO kann sie nicht rausboxen, weil sie fürchten muß, selber dabei aufzufliegen. Die gleiche Masche zieht vielleicht nicht mehr. Deshalb werden wir diesmal ein unschuldiges Opfer aufs Korn nehmen. Einen Italiener. Das wird in diesem Land mit Sicherheit für einigen Wirbel sorgen. Die Polizei kommt gar nicht dran vorbei, den Ami als Mörder anzuklagen.«

»Und was sollte die UNACO davon abhalten, uns weitere Agenten hinterherzuhetzen?«

»Von mir aus. Aber im Augenblick müssen wir erst mal mit Graham fertig werden. Mein Trainer in Balaschikha hat immer gesagt: ›Um ein Rennen zu gewinnen, brauchst du nur einen Schritt in Führung zu sein.‹ Wenn's uns gelingt, diesen Graham abzuschütteln, sind wir mehrere Schritte in Führung. Dann nämlich müssen erst einmal neue Agenten eingewiesen und hergebracht werden. In der Zwischenzeit sind wir längst über alle Berge.«

»Und wenn Ihr Plan scheitert?«

»Dann werden Sie wohl oder übel Ihre Trumpfkarte ziehen müssen«, antwortete Hendrique und warf einen vielsagenden Blick auf Werners Aktenkoffer, der über ihm im Gepäcknetz lag und mit einer Handschelle an einer metallenen Rohrleitung festgemacht war.

Werner schluckte nervös.

»Haben Sie Skrupel?« fragte Hendrique spöttisch.

»Ich gehe bis zum Letzten, damit die Operation erfolgreich ausgeht«, antwortete Werner gereizt.

»Wie rührend. Aber glauben Sie nicht, daß es sinnlos ist, für seine Prinzipien den Tod in Kauf zu nehmen?«

»Wofür würden Sie denn den Tod riskieren? Für Geld?«

Hendrique schob das Magazin in die Pistole. »Geld ist ein Anreiz zu leben. Je mehr auf dem Spiel steht, desto höher der Anreiz. Was hat ein Toter schon vom Geld — oder von seinen Prinzipien, wenn Sie so wollen?«

»Mein Unternehmen ist mehr als vierhundert Millionen Dollar wert. Glauben Sie, daß ich darum noch was gebe? Was mich motiviert, sind Zweck und Richtung, und die finde ich im Marxismus.«

Hendrique stand auf und steckte die Waffe in das Schulterhalfter. »Jetzt verstehe ich auch, warum Sie Benins Hätschelkind sind.«

»Wie wollen Sie Graham drankriegen?«

»Ich werde zwei Fliegen mit einer Klappe schlagen. Über die Einzelheiten unterrichte ich Sie später. Fürs erste will ich, daß Sie sich unters Volk mischen. Gehen Sie in den Speisewagen, an die Bar oder sonstwohin. Hauptsache, Sie werden gesehen.«

»Warum?«

»Sie brauchen ein Alibi. Sie wollen doch nicht mit einem Mord in Verbindung gebracht werden, oder?«

Hendrique wartete, bis Werner das Abteil verlassen hatte, und ging dann selber los, den Schaffner zu suchen. Er fand ihn in einem engen, vollgestopften Abteil am Ende des Wagens. Den angebotenen Kaffee schlug er aus, als er die dickflüssige schwarze Brühe in der angeschlagenen Tasse des Schaffners sah. Der hörte sich Hendriques Plan an und wollte zunächst nichts davon wissen, aber dann änderte sich seine Haltung auf wundersame Weise, als Hendrique ein Bündel Banknoten aus der Tasche zog und fünf 50 000 Lire-Scheine abzählte. Der Schaffner steuerte sogar ein paar Verbesserungsvorschläge zum Plan bei, die, wie er meinte, einen reibungslosen Ablauf garantieren würden. Er kannte sich im Zug gut aus, was Hendrique sehr gelegen kam. Nachdem sie noch einmal den revidierten Plan durchgegangen waren, langte der Schaffner nach den Geldscheinen, stopfte sie in die Uniformjacke und verließ das Abteil. Hendrique warf ihm einen Blick hinterher, hob dann ein zerknittertes Magazin vom Boden auf und blätterte in den Seiten herum. Im Centrefold war ein Model abgebildet, daß ihn spontan an seine Frau erinnerte.

Er hatte sie 1973 kennengelernt, kurz nach seinem Abschluß in Balaschikha. Sie war eine der Tänzerinnen gewesen, die in einem schäbigen Nachtlokal von Casablanca allabendlich eine miserable Nummer aufs Parkett legten. Einen Monat später waren sie verheiratet. Den Mann, der wenige Minuten nach der Trauung aufkreuzte, hatte Hendrique zunächst für einen ihrer Bekannten gehalten, und so traf es ihn wie ein Schlag ins Gesicht, als er erfuhr, daß dieser Mann ihr Zuhälter war. Noch im Standesamt prügelte Hendrique den anderen zur Tür hinaus, und obwohl die Braut ihm unter Tränen versicherte, aus dem Gewerbe ausgeschieden zu sein, verließ er Casablanca am selben Tag. Seitdem hatte er sie nie mehr wiedergesehen.

Er zerrte die Seite heraus, zerriß sie in kleine Stücke und schleuderte das Magazin wütend an die Wand.

Als er schließlich glaubte, lange genug abgewartet zu haben, machte er sich auf den Weg in den nächsten Wagen. Der Schaffner kauerte auf den Knien und hantierte an einem der Lüftungsschächte herum. Er blickte zu Hendrique auf, nickte und setzte das Gitter zurück an seinen Platz. Hendrique nahm das »Außer-Betrieb«-Zeichen von der Toilettentür und schloß hinter sich ab.

Die Tür war kaum zu, als erste Rauchschwaden aus dem Gitter quollen, und wenig später hatte sich ein dichter Nebel über den Gang verteilt. Der Schaffner wartete noch ein paar Sekunden ab, stürmte dann durch den verqualmten Gang, hämmerte gegen die Abteiltüren und drängte die Passagiere, einen anderen Wagen aufzusuchen, bis der Schaden behoben sein würde. Er beruhigte sie mit dem Hinweis, daß keine Gefahr bestünde — es handele sich bloß um einen mechanischen Defekt in der Lüftung — und versprach, persönlich für Abhilfe zu sorgen, damit ein jeder so schnell wie möglich in sein Abteil zurückkehren könne. Binnen weniger Minuten war der Wagen evakuiert. Der Schaffner klopfte viermal an die Toilettentür. Hendrique öffnete und folgte dem Schaffner durch den schwellenden Rauch bis zu dem verschlossenen Abteil, das ursprünglich von Sabrina belegt gewesen war. Hendrique spähte ins Nebenabteil. Es war leer. Der Schaffner hielt einen Schlüsselbund dicht vors Gesicht, um die einzelnen Schlüssel unterscheiden zu können. Schließlich fand er den richtigen und öffnete die Tür. Als beide eingetreten waren, schloß er hinter sich ab.

»Wonach suchen Sie eigentlich, *Signore?*«

»Ich suche nichts«, antwortete Hendrique und steckte die Hand in die Jackentasche.

Der verwunderte Ausdruck wich aus dem Gesicht des Schaffners. Entsetzt starrte er auf das Messer in Hendriques Hand, dessen zwölf Zentimeter lange Klinge im Licht der Deckenbeleuchtung aufblitzte. Hendrique stieß das Messer in den weichen, runden Bauch des Schaffners, zog die Klinge nach oben und zerrte sie durch den Rippenkasten. Ein sadistisches Grinsen zuckte um seine Mundwinkel, als sich der Körper seines Opfers zum letzten Mal aufbäumte. Der Schaffner kippte vor den Wandschrank und sackte schlaff zu Boden. Hendrique zog ihm das Messer aus dem Leib und steckte die Lirescheine wieder ein, bevor er ins Nebenabteil eilte, um ein belastendes Indiz zu hinterlegen. Anschließend verschwand er wieder im dichten, wabernden Rauch.

Graham war nur wenige Schritte entfernt und hielt sich im nächsten Wagen auf. Seit er das Abteil verlassen hatte, beunruhigte ihn ein unbestimmter Argwohn, den er aber nicht näher benennen konnte. Nachdenklich blickte er in den Rauch hinter der Türscheibe, und plötzlich wußte er, was ihn so verunsichert hatte.

Er packte Kolchinsky beim Arm. »Ich hab' doch gesagt, daß da was nicht stimmt. Erst jetzt komme ich dahinter. Wenn der Schaden tatsächlich durch einen mechanischen Fehler in der Lüftung verursacht wird, müßte es doch angebrannt riechen.«

Kolchinsky schob die Tür ein wenig auf und schnupperte. »Davon ist nichts zu spüren.«

»Sag' ich doch.«

»Ein Ablenkungsmanöver?« fragte Kolchinsky.

»Und wer dahintersteckt, ist nicht schwer zu erraten. Sind Sie bewaffnet?«

»Nein. Meine Pistole steckt im Beutel«, antwortete Kolchinsky verlegen.

»Egal. Ich gehe vor.«

Graham schlüpfte hinaus in den rauchverhangenen Gang. Kolchinsky folgte auf Tuchfühlung.

»Womöglich hat er die Tür vermint«, meinte er, als sie das Abteil erreicht hatten.

»Nicht in so kurzer Zeit«, antwortete Graham.

Trotzdem stellte er sich zur Vorsicht mit dem Rücken an die Wand zwischen den beiden Abteilen, streckte den Arm aus und zog mit den Fingerspitzen die Tür einen Spaltbreit auf. Dann tastete er den Rahmen entlang und suchte im Schlitz nach verborgenen Drähten.

»Wo sind Sie?« rief er schließlich.

»Hinter Ihnen«, kam die Antwort.

»Alles in Ordnung.«

Graham schob die Tür auf und ging in die Knie, die Beretta schußbereit in der Hand. Kolchinsky tauchte aus dem Rauch auf und machte die Tür hinter sich zu. Dann beugte er sich vor und zeigte mit dem Finger auf einen Fleck im Teppich.

»Was ist das?« fragte Graham.

»Blut.« Kolchinsky nahm seine Tokarev aus dem Beutel.

Auf den Polstern fand Graham noch einen Flecken, und an der Wand unter der Gepäckablage entdeckte er eine Schmierspur. Erst jetzt fiel ihm auf, daß seine Tasche halbgeöffnet war. Er hob sie von der Ablage und suchte sie auf eventuell verborgene Drähte hin ab, bevor er den Reißverschluß aufzog, hineinschaute und ein blutverschmiertes Messer zum Vorschein brachte. Beide wandten sich spontan der Verbindungstür zu. Kolchinsky schob sie zur Seite, und Graham ließ die Beretta sinken, als er den Schaffner am Boden liegen sah. Vergeblich tastete Kolchinsky nach dem Puls des Toten und schüttelte den Kopf. Sie wußten, was zu tun war.

»Das Fenster«, schlug Graham vor.

»Er paßt wohl kaum durch, und außerdem ... glauben Sie nicht, daß irgend jemand im hinteren Teil des Zuges Verdacht schöpft, wenn er eine Leiche neben den Schienen landen sieht? Das Fenster kommt nicht in Frage.«

»Der Wandschrank?«

»Viel zu klein.«

»Es bleiben kaum Alternativen übrig, und wenn sich erst einmal der Rauch gelegt hat, wird Hendrique oder einer seiner Kumpane aufkreuzen, wahrscheinlich in Begleitung irgendeines Eisenbahners, der nach seinem Kollegen sucht. Ich habe keine Lust, erklären zu müssen, warum die Leiche hier liegt und wie die Mordwaffe in meine Tasche gelangt ist.«

»Es gibt da noch ein mögliches Versteck. Sie haben doch Verbandszeug in Ihrer Tasche, und in meinem Beutel steckt ein Taschenmesser. Wenn Sie mir beides bringen könnten ...«

»Verbandszeug?«

»Bitte, tun Sie, was ich sage, Michael.«

Graham kehrte mit einem aufgewickelten Verband und dem Taschenmesser zurück und kauerte sich neben Kolchinsky auf den Boden, der inzwischen dabei war, dem Toten die Uniformjacke aufzuknöpfen. »Was, zum Teufel, haben Sie vor? Der Mann ist tot.«

»Hoffentlich tropft kein Blut mehr nach. Wir wollen doch nicht, daß es da unten raussickert.« Kolchinsky zeigte auf ein Brett zwischen der Unterkante des Sitzes und dem Teppich. »Ich weiß zwar nicht, was dahinter steckt, aber eine andere Möglichkeit bleibt uns nicht. Versuchen Sie, das Brett mit dem Messer aufzustemmen.«

Das Brett bestand aus Sperrholz und war mit einem Dutzend Stiften vernagelt. Graham achtete darauf, die Stifte nicht zu verbiegen, und wurde langsam ungeduldig, weil ihm die Prozedur eine Ewigkeit zu dauern schien. In Wirklichkeit hatte er das Brett in weniger als zwei Minuten von seinem Rahmen gelöst und nur zwei Nägel verhunzt, die nicht mehr geradezubiegen waren. Er warf einen Blick unter den Sitz. Der Raum war leer. Er musterte den Toten. Würde er reinpassen? Graham stand auf, schob den Vorhang ein Stück zur Seite und spähte hinaus in den Gang. Der Rauch wurde dünner.

»Das muß genügen«, sagte Kolchinsky und verknotete den Verband. »Jetzt wollen wir mal sehen, ob der Platz reicht.«

Gemeinsam versuchten sie, den Körper in das Fach zu schieben, was schwieriger war als erwartet.

»Winkeln Sie ihm die Beine an. Dann müßte es klappen«, sagte Kolchinsky, der die Leiche mit dem Kopf voran durch die Öffnung hievte.

Graham gab sich redlich Mühe. Die Beine paßten zwar in den kleinen Raum, aber die Füße waren kaum mehr unterzubringen und fielen immer wieder zurück auf den Teppich, sosehr er auch nachzustopfen versuchte. Kolchinsky zwängte mit Gewalt das Brett vor die Öffnung und hämmerte mit dem Absatz die Nägel in den Rahmen.

»Der Druck der Beine wird das dünne Brett wieder losreißen.«

»Vorläufig wird's wohl halten, und Sie machen sich so schnell wie möglich auf die Socken.«

Graham mußte, so leid es ihm tat, mitansehen, wie Kolchinsky sein Hemd, auf dem die Tatwaffe gelegen hatte, benutzte, um die Blutspuren vom Teppich zu entfernen. Dann wickelte Kolchinsky das Messer darin ein und steckte das Bündel in den eigenen Beutel.

Als sie fertig waren, hatte sich der Rauch fast vollständig verflüchtigt. Graham verließ das Abteil und eilte über den Gang zum Lüftungsschacht. Es war ein leichtes, das Gitter zu entfernen und den Kanister aus dem Schacht zu ziehen. Nachdem er das Gitter wieder angebracht hatte, kehrte er ins Abteil zurück und warf Kolchinsky den Kanister zu.

»Das soll wohl der mechanische Defekt sein«, bemerkte Kolchinsky und inspizierte den Behälter.

»Beachten Sie, woher das Ding stammt.«

Kolchinsky mußte den Kanister zur Seite halten, um die Aufschrift lesen zu können: »Rosenstraat, Amsterdam«.

»Hendriques Heimat.«

Es klopfte an der Tür. Kolchinsky stopfte den Kanister in seinen Beutel, stand auf und öffnete die Tür. Ein junger Mann stellte sich vor als Mitglied der Zugbegleitung und warf einen prüfenden Blick ins Abteil. Dann wandte er sich der Tür zu und winkte Hendrique herbei.

»Entschuldigen Sie die Störung, aber ich bin gebeten worden, als Dolmetscher zu fungieren. Dieser Mann hier spricht kein Englisch, und wenn ich mich recht erinnere, haben Sie mir vergangene Nacht erklärt, daß Sie kein Italienisch verstehen. Was ist mit Ihnen, Pater? Sprechen Sie Englisch?«

»Englisch oder Italienisch, ich kenne mich in beiden Sprachen aus.«

»Der Schaffner wird vermißt, und mehrere Fahrgäste versichern, daß sie ihn in das Abteil nebenan haben gehen sehen, als der Rauch ausbrach. Von außen läßt sich die Tür nicht öffnen. Es ist möglich, daß er sich eingeschlossen hat, um dem Rauch zu entkommen. Jetzt wird befürchtet, daß ihm die Luft ausgegangen ist. Könnten wir mal durch Ihre Verbindungstür einen Blick nach nebenan werfen?«

»Worauf warten wir noch?« erwiderte Kolchinsky und gab sich alarmiert.

Er schloß die Tür auf, schob sie zur Seite und ging ins Nebenabteil, wo er sich wie zufällig auf die feuchte Teppichstelle stellte. Der Mann von der Zugbegleitung steckte den Kopf durch die Türöffnung, zuckte mit den Schultern und trat wieder zurück. Hendrique drängte sich an ihm vorbei und starrte auf die Stelle, wo die Leiche gelegen hatte. Mit unverhohlen wütenden Blicken musterte er Kolchinsky und Graham.

»Er muß sich wohl inzwischen erholt haben«, meinte Kolchinsky.

»Früher oder später wird er bestimmt wieder auftauchen«, fügte Graham hinzu und hielt Hendriques Blicken stand.

Hendrique ging wortlos zurück auf den Gang. Der

Eisenbahner entschuldigte sich für die Störung und schob die Tür zu.

Graham versperrte die Verbindungstür und wandte sich an Kolchinsky. »Egal, was der Boß davon hält ... wenn dieser Hendrique noch so ein Ding dreht, mach' ich ihn fertig.«

»Ich hoffe, Sie werden sich rechtzeitig bremsen können«, entgegnete Kolchinsky. »Unsere Aufgabe ist es, das Plutonium zu finden. Wenn Sie Hendrique umbringen, gerät unser Unternehmen in Gefahr.«

»Verflucht, ich laß mich doch nicht nötigen.«

»In zwei Monaten ist das neue Gutachten über Sie fällig. Wenn der Colonel erfährt, was ich Ihnen jetzt erzähle, wird er mir die Hölle heiß machen; aber ich verrat's Ihnen trotzdem: Philpott will sich beim Generalsekretär dafür einsetzen, daß dies Ihre letzte Prüfung ist. Wir sind alle der Meinung, daß Sie sich während der letzten zwölf Monate hervorragend ausgezeichnet haben. Machen Sie jetzt keine Dummheiten.«

Seufzend ließ sich Graham auf den Sitz fallen.

»Von uns will Sie niemand nötigen. Wenn Sie in Gefahr sind, haben Sie natürlich das Recht, sich zu verteidigen. Aber im Augenblick geht's um etwas anderes, und damit müssen Sie auch anders fertig werden.«

»So wie Sabrina?«

Kolchinsky ließ die Frage unbeantwortet.

An diesem Nachmittag wurde Sabrina offiziell unter Anklage gestellt, was sie kaum mehr überraschen konnte. Und obwohl sie wußte, daß Philpott für ihre Freilassung alles, was in seiner Macht stand, unternehmen würde, überkam sie ein Gefühl der Verlassenheit, als Frosser vor ihren Augen den Tatbericht formulierte. Seit ihrem schrecklichen Kindheitserlebnis im Rattenkeller hatte sie sich nicht mehr so allein gefühlt. Schmerzlich entbehrte sie den Zuspruch einer vertrauten Stimme.

Wäre C. W. bei ihr, würde er ihre Hand halten und sie mit seiner ruhigen Stimme trösten können. Trotz ihrer verzweifelten Lage mußte sie ein wenig schmunzeln bei der Vorstellung, wie wohl Grahams Beistand aussähe. Er würde eher glühende Kohlen anfassen, als ihre Hand halten, und seiner Stimme wäre alles andere als Mitgefühl anzumerken. Statt dessen würde er raten, daß sie ihr verdammtes Selbstmitleid einstellen solle. Sabrina wußte genau, wen der beiden Kollegen sie jetzt am liebsten bei sich hätte ...

Sie musterte den Mann, der neben ihr saß, jenen rotgesichtigen Anwalt mit dünnen, vom Wind zerwühlten Haaren, der ihr als Pflichtverteidiger zur Seite gestellt worden war. Eine halbe Stunde lang hatte er vergeblich versucht, ihr ein einziges Wort zu entlocken, doch sie war nicht auf ihn eingegangen und hatte es vorgezogen, die Wand anzustarren. Er schien davon überzeugt zu sein, ihr mit seiner Anwesenheit einen großen Gefallen zu tun. Allzugern hätte sie ihm den Kopf zurechtgesetzt, fand den Mann aber letztlich unter aller Kritik. Er war wohl nur ein beschränkter Rechtsverdreher. Wenn ihr Fall wirklich vor Gericht käme, würde die UNACO die besten Anwälte zu ihrer Verteidigung schicken; davon war sie überzeugt. Dann wäre sie auch bereit, eine Aussage zu machen.

Ein lautes Klopfen an der Tür unterbrach ihre Gedanken. Clausen steckte den Kopf ins Zimmer und bat, Frosser persönlich zu sprechen. Frosser warf ärgerlich den Füller auf den Tisch, stürmte an der Polizistin vorbei, die vor der Tür Wache stand, und verschwand im Korridor. Ein paar Minuten später polterte er mit einem Telex in der Hand zurück ins Zimmer. Er winkte den Anwalt zu sich und klärte ihn mit gedämpfter Stimme über den Inhalt des Fernschreibens auf. Der Anwalt wandte sich an Sabrina.

»Sie werden nach Zürich gebracht, wo man Sie noch einmal einem Verhör unterziehen will.«

Sabrina ahnte, daß Philpott hinter dieser Maßnahme steckte, denn wenn man sie im Zusammenhang mit dem Mord an Dieter Teufel hätte befragen wollen, wäre sie nach Lausanne gebracht worden und nicht nach Zürich. In Zürich war nichts passiert, was man ihr hätte in die Schuhe schieben können. Philpott schien einen bestimmten Plan zu verfolgen, und das machte ihr Mut.

Frosser registrierte ihr Lächeln und beugte sich so weit über den Schreibtisch, daß seine Nase nur noch wenige Zentimeter von ihrem Gesicht entfernt war. »Merken Sie sich eins: Ich bleibe Ihnen auf den Fersen.«

Er ging nach draußen.

Als er eine Viertelstunde später zurückkehrte, trug er einen Aktenordner in der einen und Sabrinas Trenchcoat in der anderen Hand. Er warf ihr den Mantel zu und sagte: »Der Hubschrauber ist da.«

Sie war kaum in den Trenchcoat geschlüpft, als Frosser ihr den rechten Ärmel hochstreifte und eine Handschelle um das schmale Handgelenk schnappen ließ.

Das Gegenstück legte er ums eigene linke Handgelenk und führte sie zur Tür. Der Anwalt klemmte seine Mappe unter den Arm und eilte hinterher.

Unvermittelt blieb Sabrina stehen und drehte den Kopf nach ihm um. »Und wohin wollen Sie, wenn ich fragen darf?«

»Die Garbo spricht«, meinte Frosser, sichtlich verblüfft.

»Ich hab' schon einen Aufpasser«, erklärte sie und zerrte an der Fessel. »Noch einen brauche ich nicht.«

»Aber Sie müssen mir doch ...«

»Ich muß gar nichts«, unterbrach sie ihn. »Sie sind gefeuert.«

Der verdatterte Anwalt erhoffte Unterstützung von Frosser.

Der Kommissar zuckte mit den Achseln und sagte: »Sie hat das Recht, auf ihren Beistand zu verzichten.«

Der Anwalt versuchte, auf sie einzureden, doch Sabrina kehrte ihm den Rücken zu und marschierte weiter — Frosser im Schlepp. Sie gingen durchs Treppenhaus hinunter auf den Parkplatz hinter der Polizeistation. Die Mitte war von allen Fahrzeugen geräumt worden, um den kleinen Hubschrauber landen zu lassen. Die Rotoren standen still, und der Pilot unterhielt sich mit einem Burschen, der die Autos zur Seite hatte fahren müssen. Sie blickten auf und sahen den beiden entgegen. Der junge Polizist war sichtlich beeindruckt von Sabrina und konnte seinen Blick kaum von ihr losreißen, aber Frosser scheuchte ihn zurück ins Gebäude.

Der Pilot, ein Kapitän der schweizerischen Luftpolizei, grinste Frosser zu. »Da hast du einen hübschen

Fang gemacht, Bruno«, sagte er kichernd und kletterte ins Cockpit.

Frosser stieg mit Sabrina in die Kabine, die vom Cockpit abgetrennt war, und klappte die Tür zu. Sie legten Gurte an, als der Pilot die Rotoren in Gang setzte. Er wartete, bis eine entsprechende Drehzahl erreicht war, und ließ die Maschine vom Boden abheben. In der Luft zog er den Steuerknüppel zurück und öffnete die Drossel, um die Auftriebskraft zu verstärken. Dann stellte er die Instrumente ein, während der Hubschrauber eine enge Kehre vollzog und in nordöstlicher Richtung über das Polizeigebäude hinwegflog.

In Zürich dämmerte es bereits, als der Helikopter zur verabredeten Zeit auf einem verlassenen Rollfeld niederging, das zehn Kilometer vom internationalen Flughafen von Zürich entfernt lag. Ein schwarzer Mercedes parkte neben einem ungenutzten Hangar. Der einzige Insasse wartete, bis die Rotoren zum Stillstand gekommen waren. Dann stieg er aus und ging über die von Gras überwucherte Piste auf den Hubschrauber zu. Frosser öffnete die Tür und sprang nach draußen, achtete aber darauf, den Arm weit genug auszustrecken, um Sabrina nicht mit sich zu reißen. Er wollte ihr beim Aussteigen helfen, aber sie schlug sein Angebot aus und hüpfte aus der Kabine. Der Fahrer zeigte Frosser seine Polizeimarke und führte die beiden zum Mercedes. Als die Rotoren wieder losknatterten, warf Frosser einen Blick über die Schulter und winkte dem Piloten zum Abschied zu. Der Fahrer öffnete die Tür und ließ Frosser und Sabrina einsteigen. Dann setzte er sich hinters Steuer und lenkte den Wagen vom Hangar weg auf ein holpriges Straßenstück, das vor der Schließung des Rollfeldes der Zubringer zur Autobahn gewesen war.

Trotz regen Verkehrs kamen sie schnell voran, und nach wenigen Minuten erreichten sie die Zollbrücke am äußersten Stadtrand. Als der Fahrer in die Museumsstraße einbog, fiel ihm auf, daß ein Streifenwagen folgte, der ihm mit Lichthupe ein Zeichen zu geben versuchte.

Zu Anfang war ihm nicht klar, wie er darauf reagieren sollte. Aber weil das nachfolgende Auto nicht aufhörte zu blinken, fuhr er schließlich an den Rand und hielt vor dem Schweizerischen Nationalmuseum an.

»Was ist los?« wollte Frosser wissen.

»Das weiß ich selber nicht«, antwortete der Fahrer und hielt seine Marke an die Scheibe, als sich zwei uniformierte Polizisten dem Wagen näherten.

Einer der beiden musterte die Marke und bedeutete dem Mann hinterm Steuer, das Fenster zu öffnen.

Der Fahrer fluchte leise, kam aber der Aufforderung nach und erklärte: »Wir bringen eine Gefangene in die Bahnhofstraße. Was wollen Sie von uns?«

»Würden Sie bitte aussteigen?«

»Was wollen Sie?« wiederholte der Fahrer.

»Wir möchten einen Blick in den Kofferraum werfen.«

Frosser beugte sich nach vorn zum offenen Fenster. »Warum wollen Sie sich den Kofferraum ansehen? Das ist ein Polizeiwagen ...«

»Ich weiß, aber wir haben unsere Befehle.«

»Dann machen Sie endlich!« forderte Frosser den Fahrer auf und lehnte sich zurück.

Kaum hatte der Fahrer den Wagen verlassen, als er von den beiden Beamten herumgewirbelt und vor die Hecktür gestoßen wurde.

»Zum Henker, was geht hier vor?« prustete er wütend und wollte sich umdrehen, wurde aber in Schach gehalten.

Der eine Polizist zwängte ihm die Arme auf den Rücken und legte Handschellen an.

Ein zweiter Streifenwagen hielt mit quietschenden Reifen vor dem Mercedes an, und zwei weitere Uniformierte sprangen heraus. Den Abzeichen nach war der eine ein Hauptmann.

»Oberkommissar Frosser? Ich bin Hauptmann D'Angelo.«

»Was ist los?« fragte Frosser bestürzt.

»Der Mann ist ein Komplize der Verhafteten.«

»Was reden Sie denn da?« brüllte der Fahrer. »Ich bin von der Züricher Kripo. Der Kommissar hat meinen Ausweis gesehen.«

»Den Sie der Leiche des wirklichen Beamten abgenommen haben«, entgegnete der Hauptmann.

»Da ist doch mein Foto drauf. Überzeugen Sie sich!«

Der Hauptmann ging nicht auf ihn ein. »Vor zwanzig Minuten ist gemeldet worden, daß die Leiche des echten Kripobeamten gefunden wurde. Zum Glück ist uns die Frau nicht durch die Lappen gegangen.«

»Kommissar«, sagte der Fahrer und zerrte an den Handschellen. »Ich weiß nicht, wer die Männer sind, aber sie stecken bestimmt mit der Gefangenen unter einer Decke.«

»Wir können unsere Glaubwürdigkeit unter Beweis stellen«, erwiderte der Hauptmann. »Sie haben doch heute nachmittag ein persönliches Fernschreiben erhalten. Habe ich recht?«

»Ja«, antwortete Frosser zögernd.

»Ich weiß, wer der Absender ist.« Der Hauptmann wandte sich an den Fahrer. »Wissen Sie das auch?«

»Nein, aber . . .«

»Es stammt vom Polizeichef und ist nur für Sie persönlich bestimmt gewesen. Stimmt das?«

Frosser nickte.

»Eigentlich hätte niemand von dem Gefangenentransport wissen können. Kuhlmann hat diese Information mit der Meldung durchgeben lassen. Er wünscht Sie über Funk zu sprechen.«

»Kommissar, das ist eine Falle!« rief der Fahrer.

»Das Telex ist aus dem Büro des Polizeichefs abgeschickt worden. Wie könnten wir das wissen, wenn er uns nicht selber Mitteilung davon gemacht hätte?«

»Ich glaube Ihnen«, erwiderte Frosser.

»Kommissar, Sie machen einen schrecklichen Fehler . . .«

»Sie stehen unter dringendem Verdacht und sind festgenommen«, unterbrach ihn der Hauptmann und öffnete für Frosser die Tür.

Der Fahrer wehrte sich heftig und brüllte, als er weggeführt wurde, auf Frosser ein.

»Ich bin Ihnen sehr dankbar«, meinte Frosser und folgte mit Sabrina dem Hauptmann zum Streifenwagen. »Es hätte gefährlich werden können.«

»Deshalb hat sich der Polizeichef persönlich eingeschaltet. Wir haben es mit einer ausgekochten Verbrecherbande zu tun.«

Frosser warf einen Seitenblick auf Sabrina. »Das glaube ich gerne.«

»Hier, bedienen Sie sich«, sagte der Hauptmann und deutete auf das Funkgerät.

Frosser stieg auf den Beifahrersitz und griff nach dem Hörer. Die drei Polizisten bauten sich vor der Wagentür auf, um ihn von den vorbeifahrenden Autos abzuschirmen. Bevor er reagieren konnte, hatte der Hauptmann eine Bolzenpistole gezogen und ihm in den Nacken geschossen. Frosser kippte vornüber, doch Sabrina packte ihn mit der freien Hand am Kragen und zerrte ihn zurück in die Sitzlehne.

»Dank meinen Befreiern«, sagte Sabrina lächelnd.

»Ist Ihnen aufgefallen, an welcher Stelle ich mich verraten habe?« fragte der Hauptmann und suchte in Frossers Taschen nach dem Schlüssel für die Handschellen.

»Sie sagten, der Fahrer habe die Polizeimarke der Leiche des echten Beamten abgenommen. Ein UNACO-Agent würde nie einen Polizisten töten, sondern höchstens betäuben. Sehr einfallsreich von Ihnen, Herr … Hauptmann.«

»Nennen Sie mich Alain«, sagte er, nahm ihr die Handschelle ab und fesselte Frossers Arme. »Kommen Sie, Monsieur Rust wartet. Wir nehmen den Mercedes und lassen uns von einem Streifenwagen eskortieren.«

»Was ist mit dem Kripomann?«

»Der schläft so friedlich wie unser Freund hier. Sobald wir das Lager erreicht haben, werden die beiden im Mercedes zur Bahnhofstraße kutschiert und in der Nähe der

Polizeistation zurückgelassen. Wenn sie aufwachen, finden sie sich schließlich doch an ihrem Ziel wieder.«

»Ein Coup mit Augenzwinkern. Dafür sorgt die UNACO.« Sabrina nahm neben Alain im Mercedes Platz. »Wo ist dieses Lager, von dem Sie sprechen?«

»Sind Sie noch nie dagewesen?« fragte er, als sie, dem Streifenwagen folgend, die Wilche-Brücke überquerten.

»Ich höre zum ersten Mal davon.«

»Es dürfte in der Tat den wenigsten bekannt sein. Monsieur Rust ist besonders stolz darauf.«

Alain steuerte den Wagen in den Limmat-Kai. Die Straße folgte dem Fluß und war bekannt für ihre Restaurants, Bars und Nightclubs. Niederdorf, das benachbarte Rotlichtviertel der Stadt, machte sich mit einigen Bordells hier breit. Die Atmosphäre erinnerte Sabrina an Greenwich Village: ein Paradies für Bohemiens. Sie passierten das barocke Rathaus und die gotische Wasserkirche mit ihren herrlich bemalten Bleiglasfenstern. Dann kreuzten sie die Ramistraße und fuhren den Uto-Kai am Ufer des Züricher Sees entlang.

Alle drei Wagen bogen schließlich von der Uferstraße in einen kleinen Seitenweg ein, der an halbverfallenen Gebäuden vorbeiführte und vor lauter Schutt und Trümmern fast unpassierbar war. Ein Schild an der Straßenmündung warnte: *Einsturzgefahr. Parken auf eigenes Risiko.* Ein Stück weiter stand ein zweites Schild mit einer noch bedrohlicheren Aufschrift: VORSICHT. LEBENSGEFAHR! Der vorausfahrende Streifenwagen näherte sich dem Straßenende, bremste ab und blieb vor einem verbeulten Wellblechtor stehen. Der Fahrer sprach in ein Funkgerät und wies sich mit einem Codewort aus, worauf das Tor per Fernsteuerung vom Lager aus geöffnet wurde. Die drei Autos rollten in den Hof. Sabrina hatte mit lebhafter Betriebsamkeit gerechnet. Statt dessen wirkte das Gebäude düster und verlassen. Die zwei ohnmächtigen Polizeibeamten wurden auf den Rücksitz des Mercedes gesetzt. Alain winkte Sabrina noch einmal zu und lenkte den Wagen auf die Straße zurück. Das Wellblechtor klappte scheppernd zu. Am äußersten Rand der Halle tauchte ein verrosteter Fahrstuhlkorb aus dem Boden auf. Philpott und Rust stiegen aus.

»Wie geht es dir, *chérie?*« fragte Rust besorgt.

»Danke, gut. Du hast mich allerdings schön lange zappeln lassen«, antwortete sie mit gekünstelt grimmiger Miene. »Wo bin ich hier eigentlich?«

»Im europäischen Testzentrum der UNACO«, erklärte Philpott.

»Wie das auf Long Island?«

»So ungefähr. Das hier ist nur ein bißchen kleiner.« Philpott tippte mit dem Stock auf den Betonboden und sagte: »Die Anlage liegt hier drunter.«

»Uns gehört die ganze Straße, obwohl nur dieses eine Gebäude genutzt wird«, fügte Rust hinzu.

»Du hast also diese Schilder aufstellen lassen?«

Rust nickte. »Die Mauern sind zwar alt und häßlich, aber allesamt stabil. Zu Anfang hatten wir Probleme mit den hier abgestellten Autos, aber seitdem es infolge herabfallender Steine ein paar Blechschäden gab, hat sich schnell herumgesprochen, daß das Parken hier riskant ist.«

»Das soll wohl heißen, Sie haben die Steine mutwillig geworfen«, bemerkte Sabrina.

»Niemand ist geschädigt worden, wenn man mal von den Versicherungen absieht. Wir müssen uns schließlich vor Entdeckung schützen. Aus dem Grund haben wir sogar die Straße mit Schutt beladen, damit der Eindruck entsteht, daß die Gebäude wirklich einsturzgefährdet sind.«

»Attrappen«, meinte Sabrina kopfschüttelnd

An der Wand neben dem Fahrstuhl blinkte plötzlich ein rotes Licht auf und warf einen pulsierenden Strahl durch die düstere Halle.

»Was soll das bedeuten?« fragte sie.

»Aufgepaßt!« antwortete Rust.

Im Betonboden rutschte ein kreisförmiger Ausschnitt ein Stück nach unten und teilte sich in der Mitte. Die zwei Hälften verschwanden zur Seite hin. Nach dreißig Sekunden war ein Loch entstanden, das an die fünfzehn Meter im Durchmesser maß.

Zuerst tauchten die Rotoren und dann der Rumpf eines Lynx-Hubschraubers auf, der auf einer Hebebühne stand, die von einer kraftvollen Hydraulik nach oben gepreßt wurde.

»Ich bin beeindruckt«, meinte Sabrina. »Und was soll das?«

»Damit fliegen Sie nach Italien, um Anschluß an Ihren Zug halten zu können«, antwortete Philpott. »Steigen Sie ein, wir sind schon hinter der Zeit.«

Der Pilot beugte sich herüber und stieß die Seitentür auf. Bevor Sabrina ins Cockpit stieg, drehte sie sich noch einmal nach Philpott um. »Vielen Dank, Sir.«

»Bedanken Sie sich dadurch, daß Sie den Auftrag erledigen.«

Sie nickte, nahm neben dem Piloten Platz und legte den Gurt an.

Der Pilot wartete, bis Philpott und Rust im Fahrstuhl verschwunden waren, bevor er die Rotoren startete.

Sabrina legte den Kopf in den Nacken und schaute durch das Fenster zum Dach hinauf. »Wann geht die Luke auf?«

»Sobald wir startklar sind. Die Öffnung funktioniert genauso wie die Bodenplatte.« Er zeigte auf die Tragetasche vor ihren Füßen. »Für Sie.«

Sabrina zog den Reißverschluß auf und schaute hinein. »Wer ist denn auf den Einfall gekommen?«

»Ich weiß nicht mal, was drinsteckt. Monsieur Rust hat mich gebeten, Ihnen die Tasche zu geben.«

»Hätt' ich mir denken können«, sagte sie und ließ den Piloten einen Blick auf den Inhalt werfen.

»Ist es das, wofür ich's halte?« fragte er und konnte sich ein Schmunzeln nicht verkneifen.

»Genau.«

Kichernd hielt er das Mikrophon vor den Mund. »Sierra-Lima-Uncle 127, wir sind startbereit.«

»Dachöffnung aktiviert«, kam die Antwort.

Nach einer kurzen Pause meldete sich eine zweite Stimme. »Emile, hier spricht Jacques Rust. Vergessen Sie das Paket nicht.«

»Ist bereits ausgeliefert, Monsieur Rust.« Der Pilot reichte Sabrina das Mikro.

»Wir werden uns noch sprechen, Jacques.«

»Darauf freue ich mich schon, *chérie. Au revoir.*«

»*Au revoir*«, antwortete sie lächelnd und gab dem Piloten das Mikro zurück.

Sie lehnte sich zurück, als der Hubschrauber abhob.

Frosser saß allein im Büro des Kommissariats an der Bahnhofstraße. Auf dem Tisch neben ihm stand seine zweite Tasse Kaffee. Seit einer Stunde war er wieder bei Bewußtsein, aber trotzdem dröhnte ihm immer noch der Kopf, was von dem Betäubungsmittel herrührte, und da, wo die Handschellen gesessen hatten, war die Haut wundgescheuert. Er hatte den Kripo-Fahrer nach Hause geschickt; dem jungen Mann war keine Schuld an der Blamage anzulasten. Damit mußte er, Frosser, ganz alleine fertig werden. Am meisten ärgerte ihn jedoch, daß ihm hier in Zürich die Hände gebunden waren, und demnach konnte er nicht aktiv teilnehmen an der Jagd nach der entflohenen Frau.

Es klopfte an der Tür. Wer da hinter der Milchglasscheibe auftauchte, war für ihn nicht zu erkennen.

»Herein«, rief er und streckte die Handflächen dem Heizlüfter entgegen, der vor seinen Füßen stand.

Als die Tür geöffnet wurde, sprang er vom Stuhl auf. Reinhardt Kuhlmann machte einen müden und abgespannten Eindruck. Die dunklen Säckchen unter den Augen hoben sich kraß ab von der bleichen Gesichtshaut, und seine Haare standen wirr vom Kopf ab. Er strich die Strähnen von der Stirn und knöpfte sich den Wollmantel auf.

»Darf ich Ihnen beim Ablegen helfen?« fragte Frosser.

»Ich laß den Mantel an, denn lange werde ich nicht bleiben«, antwortete Kuhlmann mit gequältem Lächeln. »Nehmen Sie ruhig wieder Platz.«

Frosser hockte sich nervös auf den Stuhlrand. Ihm war klar gewesen, daß sich Kuhlmann über die Flucht der Verhafteten äußern würde, hatte aber nicht mit dem persönlichen Erscheinen des Polizeichefs gerechnet. Die Sache schien wirklich sehr ernst zu sein.

»Ich habe gerade mit Hauptmann Moussay telefoniert«, erklärte Kuhlmann und musterte das Namensschild auf dem Schreibtisch. »Eine Handvoll Zeugen hat sich bereits gemeldet, die gesehen haben, wie zwei Streifenwagen einen schwarzen Mercedes über den Limmat-Kai eskortierten. Aber keiner weiß, wohin die Autos gefahren sind.«

»Nicht schlecht für den Anfang«, bemerkte Frosser optimistisch.

»Dabei wird's allerdings wahrscheinlich bleiben. Wir haben's mit Experten zu tun. Moussay ist zwar ein guter Polizist und wird noch eine Weile dranbleiben. Aber ich vermute, daß die Nachforschungen sehr bald im Sand verlaufen und in spätestens zwei Wochen eingestellt werden. Das ist mir übrigens ganz recht so.«

Frosser zeigte sich verblüfft. »Ich kann Ihnen nicht ganz folgen.«

»Ich will, daß der Fall zu den ungelösten Akten kommt. Und zwar nicht nur, was hier passiert ist, sondern auch die Sache in Fribourg.«

Frosser starrte wie entgeistert auf den Heizlüfter und dachte an Kuhlmanns Fernschreiben vom frühen Nachmittag. »Sie haben mich absichtlich in die Irre geführt.«

Kuhlmann ging ans Fenster und schaute durch die Schlitze der Lamellenjalousie auf die Lichter der Stadt, die sich wie eine große Postkarte vor ihm ausbreitete. »Mir blieb keine andere Wahl.«

»Sie wußten also, daß die Frau entführt werden sollte. Sie haben leichtfertig mein Leben in Gefahr gebracht«

»Für Sie bestand überhaupt kein Risiko. Ja, ich wußte

von der geplanten Entführung, hatte aber keine Ahnung, wie und wo sie stattfinden sollte.«

Enttäuscht schüttelte Frosser den Kopf. »Ich kann's nicht glauben. Sie haben mich wissentlich hinters Licht geführt.«

»Die Frau mußte befreit werden. Die Anklage fallenzulassen, wäre nicht möglich gewesen, ohne einen riesigen Presserummel heraufzubeschwören.«

»*Mußte* befreit werden?«

»Ja«, antwortete Kuhlmann. »Das gefällt mir genausowenig wie Ihnen, aber mit Tatsachen muß man sich nun mal abfinden.«

»Wer ist diese Frau?«

»Eine Geheimagentin. Mehr darf ich Ihnen nicht sagen. Sie war im Einsatz, als es zu der Schießerei mit Rauff kam.«

»Und wenn ich den Fall trotzdem weiter verfolge . . .?« Frosser gab sich kämpferisch.

»Ich weiß, daß Ihre Beförderung ansteht. Der entsprechende Beschluß steht schon seit vier Monaten fest, falls Sie glauben, daß ich Sie bloß beschwichtigen will. Setzen Sie Ihre Karriere nicht wegen eines toten, unbedeutenden Kriminellen aufs Spiel. Das lohnt nicht.«

»Wahrscheinlich haben Sie recht.« Frosser stand auf.

»Betrachten Sie den Fall als abgeschlossen.«

Kuhlmann verließ das Büro.

Frosser hob die Tasse. »Auf Gleichheit und Gerechtigkeit.«

Der Kaffee schmeckte bitter.

9

Graham trank den letzten Schluck Kaffee und lehnte sich zufrieden zurück. »Das muß man der italienischen Eisenbahn lassen: Das Essen ist nicht schlecht.«

»Vorzüglich«, bestätigte Kolchinsky, der noch an seiner Cassata löffelte.

Graham schaute an ihm vorbei und richtete seinen Blick auf den Tisch am Ende des Speisewagens. »Werner hat gerade seine Rechnung bezahlt. Sie werden wohl gleich ihren Platz räumen.«

»Solange der Zug fährt, brauchen wir sie nicht unbedingt auf Schritt und Tritt zu verfolgen. Verschwinden können sie ja nicht.« Kolchinsky warf einen Blick auf die Armbanduhr.

»Wann erreichen wir Piacenza?«

»Laut Kellner gegen acht Uhr dreißig.«

»In zehn Minuten also«, sagte Kolchinsky und ließ den Rest seines Eisdesserts im Munde zergehen.

Graham winkte den Kellner herbei. »Zahlen!«

»*Il conto, per favore*«, übersetzte Kolchinsky.

Der Kellner nickte und wandte sich ab.

Werner und Hendrique standen auf und schlenderten an der Tischreihe entlang.

»Entschuldigung, sind Sie nicht der Herr, der gestern mit Sabrina zu Abend gegessen hat?« fragte Werner mit Blick auf Graham.

»Sabrina?«

»Die junge Frau, die in Vergiate verhaftet wurde.«

»Ach ja, stimmt. Ich war nur kurz mit ihr zusammen und weiß nicht einmal ihren Namen. Ihnen scheint sie besser bekannt zu sein.«

»Wir waren befreundet, aber das ist schon lange her.«

»Warum setzen Sie sich nicht?« sagte Kolchinsky und deutete auf die zwei leeren Stühle zu beiden Seiten des Tisches.

»Besten Dank, Pater.« Werner nahm neben ihm Platz und stellte sich und Hendrique vor — letzteren unter dem Namen Joe Hemmings.

»Pater Kortov«, erwiderte Kolchinsky und schüttelte Werners Hand.

»Aus welchem Teil Rußlands kommen Sie?« fragte Werner.

»Ursprünglich aus Moskau, aber dann mußte ich die Stadt verlassen. Ich arbeite jetzt in Amerika.«

»Tja, in Rußland hält man wohl nicht viel von der Kirche.«

Graham nahm die Rechnung vom Kellner entgegen und überschlug, wieviel er zu bezahlen hatte. Kolchinsky beglich den Rest.

»Darf ich Sie zu einem Drink einladen?« fragte Werner und hielt den Kellner zurück.

»Was trinkt man in Italien nach einer guten Mahlzeit?« erkundigte sich Kolchinsky.

»Amaretto oder Sambuca.«

»Amaretto? Der schmeckt nach Mandeln, stimmt's?«

fragte Kolchinsky und mimte auf unwissend. »Für Liköre habe ich eigentlich nicht viel übrig.«

»Das will ich hoffen, Pater«, kicherte Werner. »Aber Sie haben recht. Es ist ein Mandellikör.«

»Warum nicht? Ich nehme einen«, sagte Kolchinsky.

Werner wandte sich an Graham. »Und Sie, Mister . . .«

»Green. Michael Green. Ich passe, vielen Dank.«

»Sind Sie sicher?«

»Ganz sicher.«

»*Due Amaretti, per favore*« bestellte Werner, und der Kellner eilte davon.

»Hat man den verschwundenen Schaffner schon gefunden?« Graham richtete die Frage an Hendrique.

Der schüttelte den Kopf.

»Ich bin sicher, es gibt eine ganz einfache Erklärung für sein Verschwinden«, bemerkte Werner, nachdem ihm das sekundenlange Schweigen offenbar allzu peinlich geworden war.

Der Kellner brachte die Getränke.

Werner zahlte und erhob sein Glas. »Auf die Zukunft!«

»Darauf trinke ich gerne«, erwiderte Kolchinsky und stieß mit dem Nebenmann an.

Werner nippte an seinem Glas und sagte dann: »Ich kann mir einfach nicht vorstellen, daß Sabrina in etwas so Plumpes wie Mord verstrickt sein soll. Sie war für mich immer die Verkörperung von Kultiviertheit und gutem Stil.«

»Mord ist keine Stilfrage«, behauptete Hendrique.

»Mag sein, aber ich kann sie mir beim besten Willen nicht als Mörderin vorstellen.«

»Vielleicht ist sie eine Spionin«, entgegnete Hendrique mit saurem Lächeln.

»Piacenza, Piacenza!« meldete der Lautsprecher. Werner kippte den Amaretto runter und stand auf. »Ich geh' ins Bett und lese noch ein paar Kapitel aus meinem Buch. Nett, Sie kennengelernt zu haben. Wir werden uns bestimmt noch mal über den Weg laufen.«

Kolchinsky drückte die ausgestreckte Hand. »Ganz bestimmt. Und vielen Dank für den Likör.«

»Keine Ursache«, erwiderte Werner und verbeugte sich höflich.

Hendrique rückte den Stuhl zurück und verließ hinter Werner den Speisewagen.

»Wir wissen, daß sie Bescheid wissen, und ich bin ziemlich sicher, sie wissen auch, daß wir Bescheid wissen. Wahrscheinlich werden sie ihre Pläne ändern. Wir müssen uns darauf gefaßt machen.« Kolchinsky trank sein Glas leer und stellte es auf die Mitte des Tischs.

»Stimmt«, pflichtete Graham ihm bei, obwohl er immer noch an Kolchinskys erstem Satz herumrätselte. Gähnend erhob er sich vom Stuhl. »Kommen Sie mit?«

»Klar«, antwortete Kolchinsky.

Sie erreichten das Abteil, als der Zug im hell erleuchteten Bahnhof von Piacenza zum Stehen kam. Hinter den Fenstern im Gang war der Bahnsteig zu sehen, und Graham musterte die Fahrgäste, die darauf warteten, den Zug zu besteigen.

»Da draußen steht eine Nonne«, rief Graham über die Schulter zurück.

»Kommen Sie rein und machen Sie die Tür zu«, drängte Kolchinsky. »Wenn die Frau mich sieht, wird sie bestimmt mit mir sprechen wollen. Kommen Sie her.«

Graham betrat das Abteil und schob die Tür zu. »Diese Warterei geht mir auf die Nerven. Die Zeit wird immer knapper, und diese Schweinehunde können uns reinlegen, wann sie wollen. Wer sagt uns eigentlich, daß sie nach Rom fahren? Sie brauchen nur den Güterwaggon abzukoppeln, und schon haben wir sie verloren.«

Es klopfte an der Tür.

Graham zog die Beretta aus dem Halfter und steckte sie in die Jackentasche. Dann blinzelte er durch den dünnen Schlitz zwischen den zugezogenen Vorhängen. »Die Nonne! Sie scheint uns vom Bahnsteig aus gesehen zu haben.«

»Das hat uns gerade noch gefehlt. Sie sollten besser die Tür aufmachen.«

»Wir könnten sie ignorieren«, schlug Graham vor.

»Nein, kommt nicht in Frage. Öffnen Sie die Tür. Ich spreche mit ihr.«

Schulterzuckend tat Graham, was ihm befohlen worden war. Die Nonne hob ihre Tasche vom Boden auf und kam ins Abteil, den Kopf tief gesenkt.

»Das Abteil ist schon belegt, Schwester. Ich bin sicher ...« Kolchinsky stockte, als die Nonne zu ihm aufblickte. »Sabrina?«

»Wir scheinen denselben Schneider zu haben«, antwortete sie und nahm das schwarze Brillengestell von der Nase. »Einen gewissen Monsieur Jacques Rust.«

Graham versperrte die Tür. »Was, zum Teufel, ist passiert? Warum hat man dich freigelassen? Und wie bist du überhaupt hierhergekommen?«

Sie hob wie zur Abwehr die Hände. »Laß mich erst

mal Platz nehmen, dann will ich all deine Fragen beantworten.«

»Wie wär's mit einem Kaffee?« fragte Kolchinsky.

Ihr Lächeln beantwortete die Frage.

»Zu essen bekommen Sie auch später noch was. Der Speisewagen hat bis zehn geöffnet«, bemerkte Kolchinsky auf dem Weg nach draußen.

Bald darauf kehrte er mit einer Tasse heißen Kaffee und einem Stück Walnußtorte mit Schlagsahne zurück. Den Kuchen ließ sie stehen. Also machte er sich selber darüber her, während sie berichtete, was vorgefallen war, angefangen von ihrer Verhaftung in Vergiate bis zur Flucht aus Zürich.

»Das ist für Sie, Sergei. Vom Boß persönlich«, sagte sie und holte einen versiegelten Briefumschlag aus der Reisetasche.

Kolchinsky riß den Umschlag auf, las den Brief und verbrannte ihn sofort. »Der Colonel will, daß wir das Plutonium so schnell wie möglich beschlagnahmen. Er meint, daß es zu gefährlich ist, wenn wir mit den Schurken länger Katz und Maus spielen, vor allem, solange Hendrique mit seinem Waffenarsenal frei herumläuft. Der Zug bietet kaum Ausweichmöglichkeiten, und wenn der Kerl nicht aufgehalten wird, könnten Unbeteiligte zu Schaden kommen.«

»Einen hat's schon erwischt. Den Schaffner.«

Kolchinsky nickte und klärte Sabrina in knappen Worten auf.

Sie warf einen Blick auf die Verbindungstür. »Bevor ich da reingehe, erfahre ich hoffentlich, unter welcher Sitzbank er liegt. Auf einer Leiche schlafe ich nämlich nur ungern.«

»Die hat bestimmt nichts dagegen«, entgegnete Graham sarkastisch.

Sie schenkte ihm ein verbissenes Grinsen und wandte sich dann Kolchinsky zu. »Haben Sie schon einen Plan?«

»Im Ansatz. Aber ob das, was ich vorhabe, durchführbar ist, wird sich erst herausstellen müssen.«

Graham und Sabrina hörten seinen Ausführungen schweigend zu. Anschließend erörterten sie jedes Detail, bis alle offenen Fragen geklärt waren.

Sabrina suchte den Speisewagen auf und dachte beim Essen daran, wie wohl C. W. mit seinen Ermittlungen in Mainz vorankam.

Das Telefon läutete.

Whitlock lag im Bett, wälzte sich schläfrig zur Seite und tastete im Dunklen nach dem Lichtschalter. Dabei stieß er — wie er am Aufprall auf dem Teppich erraten konnte — das Wasserglas um, daß er vor dem Schlafengehen auf die Nachtkonsole gestellt hatte. Schließlich fand er den Schalter, schirmte mit dem Unterarm das gleißende Licht von den Augen ab und langte nach dem Telefonhörer.

»Hallo?« stöhnte er gähnend.

Die Stimme am anderen Ende war nicht mehr als ein heiseres Flüstern.

»Hallo?« fragte Whitlock irritiert nach. »Sie müssen schon lauter sprechen.«

»C. W.?« Die Stimme war immer noch kaum zu verstehen.

»Ja. Wer spricht da?«

»Karin.«

»Es ist ...« Er blinzelte mit einem Auge auf den Wecker. »Himmel, es ist zwanzig vor drei. Was wollen Sie?«

»Er ist draußen.«

»Wer?« fragte Whitlock und richtete sich im Bett auf.

»Der Mann im schwarzen Mercedes, der uns in der Tiefgarage über den Haufen hat fahren wollen. Er steht vor der Tür. Bitte helfen Sie mir!«

Plötzlich war das Geräusch klirrenden Glases in der Leitung zu hören.

Sie schrie auf.

»Karin! Karin!« brüllte er in die Sprechmuschel. »Sind Sie noch dran?«

»Er ist ins Haus eingebrochen«, wimmerte sie. »Er will mich umbringen.«

»Sperren Sie sich in irgendeinem Zimmer ein, und verbarrikadieren Sie die Tür! Ich komme, so schnell ich kann.«

»C. W., bitte ...«

»Karin, gehen Sie weg vom Telefon! Tun Sie, was ich Ihnen sage!«

Whitlock unterbrach die Verbindung und rief die Polizei an, die sofort einen Streifenwagen bei Karins Haus vorbeizuschicken versprach. Hastig zog er sich an, steckte die Browning ein und eilte aus dem Zimmer. Vom Nachtportier am Empfangsschalter ließ er sich den Weg beschreiben und rannte nach draußen, wo sein Golf geparkt stand. Kaum war der Motor angesprungen, raste er mit durchdrehenden Reifen in die Kaiserstraße hinaus und steuerte nach Süden, dem Rhein entgegen. Das Heck brach zur Seite hin aus, als er in die Rheinallee abbog, die dem Ufer folgte. Auf der Heuss-Brücke überquerte er den Fluß, um in den Ostteil der Stadt zu gelangen, wo er die Orientierung verlor. Wutschnaubend kehrte er zur Brücke zurück und raste die Bötckestraße entlang, vorbei am kurfürstlichen Schloß zur Linken, auf das der Nachtportier ausdrücklich aufmerksam gemacht hatte. Fast wäre er an der Hindenburgstraße vorbeigefahren. Er schaffte zwar die Kurve im letzten Augenblick, prallte aber gegen den Bordstein und geriet ins Schleudern. Nachdem er den Wagen wieder unter Kontrolle gebracht hatte, fuhr er zu dem Streifenwagen auf, der mit eingeschaltetem Blaulicht vor der alten katholischen Kirche stand. Whitlock sprang auf die Straße und rannte die Einfahrt hinauf, wurde aber von einem uniformierten Polizisten vor der Haustür aufgehalten. Er warf einen Blick an dem Beamten vorbei, sah die Glasscherben auf dem Flurteppich liegen und erklärte nervös und stockend, aber in verständlichem Deutsch, weshalb er gekommen war. Der Polizist rief einen Kollegen zu Hilfe, der Whitlock schließlich Einlaß gewährte.

Karin saß im Wohnzimmer auf dem Rand der Couch. Sie trug einen Morgenmantel und hielt ein weißes Taschentuch in den Händen. Erst als sie aufblickte, entdeckte Whitlock den blauen Bluterguß unter ihrem linken Auge. Sie lief auf ihn zu, fiel ihm stürmisch um den Hals und fing zu weinen an. Ebenso impulsiv ließ sie wieder von ihm ab und lächelte verstört. Whitlock drückte ihr aufmunternd die Hand und führte sie zurück zur Couch, wo beide Platz nahmen. Ein Polizist, der im Sessel neben der Couch saß, nahm sein Gespräch mit Karin wieder auf, wandte sich aber kurze Zeit später Whitlock zu und stellte ihm ein paar Routinefragen. Als der Mann von der Spurensicherung ins Zimmer kam und erklärte, mit seiner Arbeit fertig zu sein, stand der Polizist auf und versprach Karin, daß für den Rest der Nacht ein Streifenwagen in regelmäßigen Abständen am Haus vorbeifahren würde. Sie begleitete ihn zur Tür und wartete, bis die Beamten abgezogen waren, bevor sie ins Wohnzimmer zurückkehrte. Whitlock reichte ihr die Kompresse, die auf dem Tisch lag. Widerwillig drückte sie den feuchten Umschlag auf die Schwellung am Auge.

»Kaffee?« fragte sie leise.

»Dafür kann ich sorgen. Sie lassen derweil schön die Kompresse an Ort und Stelle.«

Die kleine Küche bestand aus eingebauten Schränken, einem Tisch in der Mitte und zwei Sitzbänken — durchweg aus Kiefernholz. Karin setzte sich auf eine der Bänke und sah zu, wie Whitlock die Kaffeemaschine bediente. Er nahm zwei Becher von einem Hakenbord an der Wand, schenkte Kaffee ein und holte eine Packung Milch aus dem Kühlschrank.

»Danke, daß Sie so schnell gekommen sind und die Polizei gerufen haben«, sagte sie, nachdem er ihr gegenüber Platz genommen hatte.

»Es tut mir bloß leid, daß ich das nicht verhindern konnte«, antwortete er und deutete auf ihr Auge. »Legen Sie die Kompresse nicht ab.«

»Die ist so lästig«, entgegnete sie und verzog das Gesicht.

»Aber nützlich. Was ist heute nacht passiert?«

»Ein Geräusch vorm Haus hat mich aufgeweckt,

und als ich nach unten ging, sah ich den Mercedes in der Einfahrt parken. Ich bin sicher, es war derselbe, der uns im Hilton fast überrollt hätte. Dann sah ich einen Schatten vor der Tür. Ich hätte wohl selber sofort die Polizei anrufen sollen, war aber außer mir vor Panik. Sie sind die erste Person, die mir in den Sinn gekommen ist. Als wir zusammen telefonierten, ging die Scheibe zu Bruch . . .«

»Ja, das habe ich gehört«, antwortete er mit grimmiger Miene.

»Ich bin dann ins Badezimmer gelaufen. Aber er hat die Tür einfach eingetreten und ist über mich hergefallen. Als die Polizeisirene zu hören war, hat er die Flucht ergriffen. Zum Glück war ein Streifenwagen in der Gegend, der sofort hierhergeschickt werden konnte.«

»Wie sah der Mann aus?«

»Er war maskiert. Ich habe Angst, C. W., schreckliche Angst.«

»Wollen Sie, daß ich über Nacht hierbleibe?«

»Ja, bitte«, antwortete sie und drückte seine Hände.

Er trat einen Schritt zurück. »Als Aufpasser.«

»Sie sind verheiratet, nicht wahr?«

»Seit sechs Jahren.«

Sie lächelte traurig. »Warum sind die besten Männer immer schon verheiratet? Das ist nicht fair.«

»Alleinstehende Männer klagen ganz ähnlich, genau wie ich, bevor ich meine Frau traf.«

»Haben Sie Kinder?«

»Nein, wir haben uns anders entschieden. Vielleicht bereuen wir das noch einmal.«

»Ich bin froh, Rudi bekommen zu haben. Die Erinnerungen bleiben.« Sie musterte aufmerksam sein Gesicht, während Whitlock ins Leere stierte. »Ihre Frau kann sich glücklich schätzen.«

»Glücklich? Wieso?«

»Daß sie einen Mann hat, der so zu ihr hält. Es gibt nicht viele Ehemänner, die es ausschlagen würden, mit mir zu schlafen.«

Der arrogante Tonfall in ihrer Stimme verwunderte ihn, denn er schien, nach dem was vorgefallen war, kaum angebracht zu sein.

Sie registrierte seine kraus gezogene Stirn. »Ich weiß, daß ich gut aussehe. Ist das so schlimm? Kokett wollte ich nicht wirken, nur ehrlich sein.«

»Es ist schon in Ordnung, wenn man so von sich überzeugt ist«, entgegnete er.

»Möchten Sie noch etwas Kaffee?«

»Nein, danke.« Er stand auf. »Gehen Sie jetzt schlafen. Ich bleibe hier unten und passe auf.«

»Ich leiste Ihnen Gesellschaft«, meinte sie und stellte die Becher ins Spülbecken.

»Nein. Ich will, daß sie ins Bett gehen. Wenn er tatsächlich zurückkommt, stehen Sie mir nur im Weg. Keine Sorge, an mir kommt er nicht vorbei.«

Sie gab ihm einen flüchtigen Kuß auf die Wange. »Nochmals vielen Dank. Wenn Sie etwas brauchen ... ich bin oben, zweite Tür links.«

»Wir sehen uns morgen«, erwiderte er lächelnd.

»Fühlen Sie sich ganz wie zu Hause. Im Kühlschrank ist reichlich zu essen, und an Spirituosen bin ich gut sortiert. Ich zeige Ihnen im Wohnzimmer, wo die Flaschen stehen.«

»Kein Bedarf. Für mich bloß Kaffee. Und jetzt ab ins Bett.«

»Ja, ich bin wirklich müde«, sagte sie und reckte sich. »Die ganze Aufregung scheint sich jetzt erst so richtig bemerkbar zu machen.«

Er wartete, bis sie über die Treppe nach oben gegangen war. Dann inspizierte er Fenster und Türen. Sie waren alle verriegelt. Er kehrte in die Küche zurück und schenkte sich noch eine Tasse Kaffee ein. Sein Blick fiel auf das Röhrchen mit den Schlaftabletten, das auf der Anrichte lag. Die eine Tablette, die er heimlich in ihrem Kaffee aufgelöst hatte, würde sie bis zum Morgen durchschlafen lassen. Die leichten Kopfschmerzen, die sie beim Aufwachen spüren würde, ließen sich auf die Prellung am Auge zurückführen. Er hatte ihr die Tablette aus zwei Gründen gegeben: Erstens sollte sie trotz der Verletzung gut schlafen können, und zweitens wäre sie in Sicherheit, falls der Angreifer noch einmal zuschlagen würde. Er schaltete die Lichter in Küche und Wohnzimmer aus und nahm auf der Couch Platz. Als sich seine Augen an die Dunkelheit gewöhnt hatten, rückte er ans Erkerfenster und schob den Vorhang ein wenig zur Seite, um Straße und Auffahrt überblicken zu können. Dann setzte er sich wieder hin und wartete.

Jedesmal, wenn Scheinwerfer auftauchten, griff er zur Browning, entspannte sich aber wieder, sobald das jeweilige Auto die Einfahrt passiert hatte. Der Mercedes kehrte eine halbe Stunde später zurück, das heißt, erst jetzt sah Whitlock ihn vorbeirollen. Dreimal hintereinander tauchte der Wagen auf und bremste nach jeder Runde vor dem Haus ein wenig ab. Als er das vierte Mal aufkreuzte, hielt der Fahrer auf der gegenüberliegenden Straßenseite an und stieg aus. In seiner Hand schimmerte eine Mini-Uzi.

Whitlock eilte zur Eingangstür und preßte den Rücken neben der eingeschlagenen Scheibe an die Wand. Der Fahrer würde den Arm durch das Loch stecken müssen, um die Kette zu entriegeln. Obwohl er auf Gummisohlen herbeischlich, waren seine Schritte für Whitlock deutlich zu hören. Schließlich tauchten seine dunklen Umrisse vor der geriffelten Glasscheibe auf. Whitlock packte die Hand, die durch das Loch schlüpfte, und zerrte sie unter den Grat der Bruchstelle. Der Mann schrie vor Schmerzen auf, als die Glassplitter in den Handrücken schnitten. Blitzschnell löste Whitlock die Vorhängekette und riß so ruckartig die Tür auf, daß weitere Scherben aus dem Glasrahmen fielen. Er versetzte dem Mann einen Fausthieb gegen die Schläfe, der ihn in die Korbmöbel zurücktaumeln ließ, die draußen unter dem Vordach standen. Kaum hatte sich der Angreifer wieder erholt, da langte er nach einem umgekippten Sessel, schleuderte ihn mit voller Wucht auf Whitlock, setzte über den Zaun und rannte auf den Mercedes zu. Der linke Arm hing schlaff an der Seite herab.

Als Whitlock den Golf erreichte, raste der Mercedes schon davon. Whitlock startete den Motor und folgte dem schwarzen Wagen über die Bötckestraße hinunter zum Rhein. Viel zu schnell bog der Mercedes in die Rampenstraße ein, brach zur Seite hin aus und prallte in die Seite eines parkenden Volkswagens. Whitlock bremste ab und wartete. Eine Dampfwolke zischte aus dem eingequetschten Kühlerrost, als der Fahrer mit aufheulendem Motor zurücksetzte und beinahe einen

Lieferwagen rammte, der auf der anderen Straßenseite abgestellt war. Hastig wirbelte er das Steuer herum, als er an die Mündung einer engen Seitenstraße gelangte, in die einzubiegen er schaffte, ohne die Karosserie noch mehr zu lädieren. Zu spät erkannte er, daß der Weg direkt zum Kai führte.

Er trat auf die Bremse, doch die blockierenden Räder rutschten über den nassen Asphalt. Der Wagen schlitterte noch zwanzig Meter weiter und kippte über den Rand in den Fluß.

Als Whitlock den Motor abgestellt hatte und ans Ufer gerannt war, sah er das Auto mit dem Heck voran ins Wasser eintauchen. Nach einer Minute war der Mercedes unter der Oberfläche verschwunden, und vom Fahrer fehlte jede Spur. Whitlock stieg wieder in den Golf und fuhr zum Haus zurück. Nachdem er sich vergewissert hatte, daß Karin noch schlief, setzte er frischen Kaffee auf und ging mit gefülltem Becher ins Wohnzimmer. Auf der Couch sitzend, schloß er die Augen und dachte an Carmen.

Wenig später war er eingeschlafen.

Ein nachdrückliches Klopfen an der Abteiltür weckte Graham und Kolchinsky.

Kolchinsky kletterte von der Liege und spähte durch den Spalt im Vorhang. Dann schloß er die Tür auf und schob sie zur Seite.

Der Zugbegleiter schenkte ihm ein müdes Lächeln. »*Buon giorno. Correggio, quindici minuti.*«

»*Grazie*«, antwortete Kolchinsky und nahm ihm das Tablett aus der Hand.

Der Mann zog die Abteiltür zu und eilte, ein Liedchen pfeifend, den Gang entlang.

Graham rieb sich verschlafen die Augen. »Correggio?«

»In fünfzehn Minuten«, sagte Kolchinsky und reichte ihm eine Tasse Kaffee.

»Wie spät ist es?«

»Fünf vor vier.«

Graham richtete sich auf und sah zu, wie Kolchinsky über dem kleinen Waschbecken in der Ecke des Abteils die Stoppeln rasierte. Jeder seiner Handgriffe schien auf das rhythmische Schaukeln des Zuges abgestimmt.

»Gehört die zur KGB-Standardausstattung?« fragte Graham und deutete auf die lange weiße Unterhose.

Kolchinsky traf Grahams Blick im Spiegel und antwortete: »Nein, ist aber trotzdem sehr zu empfehlen, besonders bei diesem Wetter.«

Graham reckte sich und stand auf. Er trug einen Trainingsanzug und dicke Wollsocken. Nachdem er je dreißig Liegestütze zuerst mit der linken und dann mit der rechten Hand ausgeführt hatte, ging er fünfzigmal in die Kniebeuge. Mit zwanzig normalen Liegestützen schloß er sein Kurzprogramm ab, sprang auf die Beine und klopfte die Handflächen ab.

»Machen Sie das täglich?« fragte Kolchinsky, der sich mit einem Handtuch das Gesicht abtrocknete.

»Das war nur ein Teil meiner täglichen Pflichtübungen. Jetzt fehlt die Zeit, um das ganze Programm abzuspulen.«

Fünf Minuten später waren beide angezogen, und zwar warm genug, um gegen die Minustemperaturen gewappnet zu sein. Denn sie hatten vor, in Correggio den Zug zu verlassen.

»Sabrina will geweckt werden, bevor wir aussteigen. Ich finde, Sie sollten das erledigen.«

Graham zuckte mit den Schultern und öffnete die Verbindungstür. Sabrina lag zusammengerollt auf der Liege und hatte die Knie bis zur Brust angezogen. Der rechte Arm hing schlaff vom Rand herab. Die Decke war ihr bis zur Hüfte heruntergerutscht, und obwohl ihr diese Liegeposition unbequem sein mußte, wirkte das Gesicht entspannt und friedlich. Graham wollte sie wachrütteln, besann sich aber eines anderen und zog ihr die Decke vorsichtig über die Schultern. Er war drauf und dran, ihr auch noch den Arm unter die Decke zurückzustecken, fürchtete aber, sie dadurch aufwecken zu können.

Kolchinsky trat zur Seite, um Graham vorbeizulassen, und schob leise die Verbindungstür zu. »Oho, der harte Mister Graham zeigt sich zur Abwechslung mal von seiner zarten Seite.«

»Was?« knurrte Graham. »Warum sollte ich sie wecken? Sie steht für den nächsten Teil der Operation sowieso nicht auf dem Plan. Lassen wir sie schlafen. Sie hat zwei schwere Nächte bei der Polizei durchmachen müssen. Kommen Sie. Der Zug wird langsamer. Gleich sind wir in Correggio.«

Als sie das Ende des Gangs erreichten, war der Zug bereits in den schwach beleuchteten Bahnhof eingefahren. Auf dem Bahnhof stand bloß eine mittelalte Frau mit säuerlicher Miene, die ein zitterndes Kind bei der Hand hielt. Mehrere Fahrgäste verließen den Zug. Graham hob seine beiden Reisetaschen vom Boden auf und folgte Kolchinsky, vorbei an der unbesetzten Fahrkartenkontrolle, in die verlassene Bahnhofshalle.

»Ich will gleich in Zürich einen Hubschrauber anfordern, damit wir keine Zeit verlieren.«

Graham ließ sich auf einer Sitzbank nieder und schaute Kolchinsky hinterher, der auf eine Reihe von Telefonzellen an der gegenüberliegenden Wand zusteuerte. Eine Prostituierte betrat von der Straße aus die Halle und schlenderte auf Graham zu. Sie schien kaum achtzehn Jahre alt zu sein und hatte ein hübsches Gesicht, das allerdings mit allzuviel Make-up bekleistert war. Die eng anliegende schwarze Lederjacke und der Minirock betonten ihre schlanke Figur.

Sie plazierte einen Fuß auf die Sitzfläche der Bank und fragte mit schnurrender Stimme: »*Buon giorno, come si chiama?*«

Er schüttelte ihre Hand ab. »Kein Interesse. Geh weiter!«

Obwohl sie kein Englisch verstand, ließ sie sich durch den Klang seiner Stimme vergrätzen und schlenderte zurück zum Eingang.

»Wer war das? Eine Prostituierte?« fragte Kolchinsky, der inzwischen angerufen hatte.

»Ja, eine vom Babystrich«, antwortete Graham abfällig.

»Babystrich?« wiederholte Kolchinsky und zog die Stirn kraus.

»Eine Hure, die das geschäftsfähige Alter noch nicht erreicht hat«, präzisierte Graham und zeigte dann auf die Telefonzellen. »Sind Sie nach Zürich durchgekommen?«

Kolchinsky steckte sich eine Zigarette an und nickte.

»Wir haben Glück. Einer unserer Hubschrauber ist in Mailand. Er müßte in einer Stunde hier sein.«

»Wo kommt er runter?«

»Keine Ahnung. Der Pilot holt uns in einem Mietwagen ab.«

Graham warf der Prostituierten einen Blick zu. Sie stand immer noch beim Eingang. »Wenn ich so einen Vogel sehe, wird mir Sabrina gleich viel sympathischer.«

»Sie haben doch schon längst eine Schwäche für sie und wollen's bloß nicht zugeben. Was ich zum Beispiel soeben im Zug gesehen habe ...«

»Ich hab' sie zugedeckt«, unterbrach ihn Graham. »Es käm' doch ziemlich ungelegen, wenn sie sich ausgerechnet jetzt erkälten würde, oder? Sie sind auf dem falschen Dampfer, Sergei.«

»Wirklich?« entgegnete Kolchinsky. »Sie hält viel von Ihnen, das weiß ich.«

Graham starrte zu Boden. »Wir sind zu verschieden. Sie ist das typische Yuppie-Mädchen, ein Modepüppchen aus der Oberstadt, in den feinsten Restaurants zu Hause. Ihrem Paps verdankt sie alles: die Luxuswohnung, den Sportwagen und ihren Job ...«

»Nein«, fuhr Kolchinsky entschieden dazwischen. »Sie ist einzig und allein wegen ihrer Leistungen bei uns. Das wissen Sie genau. Und noch etwas: Als Sie die Stelle von Jacques eingenommen haben, waren alle Agenten neidisch auf Sie, weil jeder Sabrinas Partner sein wollte.«

Graham stand auf. »Dahinten steht ein Flipperautomat. Ich werde mir die Zeit ein wenig vertreiben.«

Er spielte immer noch an der Maschine, als vierzig

Minuten später der Hubschrauberpilot ankam. Kolchinsky führte ihn zu Graham.

»Sind Sie endlich fertig, *Tommy?*«

»Ihre Allgemeinbildung erstaunt mich«, erwiderte Graham, ohne vom Automaten aufzublicken. »Ich hätte nicht gedacht, daß man solche Filme in Rußland zu sehen bekommt.«

»Ich habe ihn im Odeon am Leicester Square gesehen und fand ihn scheußlich.«

»Das verwundert mich nun wieder gar nicht. Der Film ist schließlich für ein jüngeres Publikum gedreht worden.«

»Besten Dank. Eigentlich habe ich auch nur eine junge Sekretärin aus der russischen Botschaft begleitet. Sie wollte ihn unbedingt sehen.«

Graham beendete sein siebtes Freispiel. »Na schön, ich bin soweit ...«

Sie verließen den Bahnhof und bestiegen einen gemieteten Peugeot 305. Die Fahrt dauerte nicht lange; bald hatten sie den Landeplatz erreicht: ein kleines schneebedecktes Feld am Stadtrand. Graham schulterte die beiden Reisetaschen und ging auf den Lynx-Hubschrauber zu. Kolchinsky wechselte ein paar Worte mit dem Piloten, der hinterm Steuer sitzen blieb, und eilte dann Graham nach.

»Fertig?«

»Ja, aber warum kommt der Pilot nicht?«

»Weil er zurückbleibt. Ich fliege.«

»Im Ernst?« fragte Graham überrascht. »Seit wann fliegen Sie Hubschrauber?«

»Seit ich vor zwanzig Jahren den Schein dafür gemacht habe.«

Graham stieß einen anerkennenden Pfiff aus, ging um die Maschine herum und kletterte auf den Sitz neben Kolchinsky.

»Keine Sorge, bei mir sind Sie in Sicherheit.«

»Das bezweifle ich nicht«, antwortete Graham und legte den Gurt an. »Mir war bisher bloß unbekannt, daß Sie solche Dinger fliegen können. Ich schätze, das haben Sie beim KGB gelernt.«

»Im Gegenteil. Den Pilotenschein habe ich als Militärattaché in Stockholm gemacht, weil ich aus lauter Langeweile irgendwas unternehmen wollte.«

Der Pilot hatte die Peugeot-Scheinwerfer auf den Hubschrauber gerichtet und erwiderte Kolchinskys Winken. Dann wendete er den Wagen und fuhr in Richtung Autobahn davon.

»Wie lange brauchen wir, um den Zug einzuholen?« fragte Graham, als die Maschine abgehoben hatte.

»Sie sitzen auf der Landkarte.«

Graham zog die Karte unterm Gesäß hervor und faltete sie auf den Knien auseinander. Mit dem Finger fuhr er die gestrichelte Linie ab, die die Trasse der Eisenbahn markierte. »Wenn ich mich richtig erinnere, soll der Zug um Viertel vor fünf in Modena ankommen. Jetzt haben wir ...«, er schob den Ärmel zurück und warf einen Blick auf seine Golduhr, »... fünf Uhr siebzehn. Wann ist Abfahrt?«

»Fünfzehn Minuten später.«

»Dann müßte er jetzt in der Nähe von Castelfranco sein, rund dreißig Kilometer entfernt.«

»Wir liegen noch vor dem Zeitplan, der dem Piloten von Zürich durchgegeben worden ist. Das heißt, wir werden den Zug eingeholt haben, bevor er Anzola d'Emilia erreicht. Haben Sie den Ort schon gefunden?«

»Sie wußten also längst Bescheid. Warum haben Sie meine Frage nicht gleich beantwortet?«

»Um Sie zu testen«, antwortete Kolchinsky grinsend.

Graham faltete die Karte zusammen und ließ sie hinter den Sitz fallen. Dann nahm er die Uhr vom Handgelenk und fingerte daran herum. »Die hat mir Carrie zum fünfunddreißigsten Geburtstag geschenkt. Am Abend sind wir ins Theater gegangen. Sie hatte die Karten schon fünf Monate im voraus bestellt. Ihr zu Gefallen mußte ich sogar einen Tuxedo anziehen.«

»*Sie* im Smoking? Kaum vorstellbar.«

»War mir auch nicht recht, aber Carrie bestand darauf. Wir haben uns eine Show am Broadway angesehen und sind dann zu Christ Cella's, wo ich das beste T-Bone-Steak serviert bekam, das ich je gegessen habe. Anschließend gab's Irish-Coffee im Fat Tuesday's. Da sind wir bis um drei in der Früh geblieben. Und sie hat für alles bezahlt, mußte wohl eine Unmenge berappen, aber ich durfte meine Brieftasche nicht anrühren. Sie wollte mir unbedingt einen schönen Abend spendieren. Es war das letzte Mal, daß wir zusammen ausgegangen sind. Zehn Tage später wurde ich nach Libyen geschickt.«

»Vasilia ist leidenschaftlich gern ins Theater gegangen. Mindestens einmal im Monat haben wir eine Aufführung besucht. Jetzt bin ich schon seit sieben Jahren nicht mehr dagewesen, seit sie gestorben ist. Ohne sie macht's mir keinen Spaß.«

»Das kann ich gut verstehen«, antwortete Graham und band die Uhr wieder ums Handgelenk.

Kolchinsky warf einen Blick auf die Instrumente. »Wir müßten in ein paar Minuten den Zug eingeholt haben.«

Graham zog den Reißverschluß des Parka bis unters Kinn und streifte sich ein Paar Handschuhe über.

»Vergessen Sie die Maske nicht«, erinnerte ihn Kolchinsky.

»Keine Bange. Die steckt in der Tasche.«

»Michael, Sie werden hoffentlich . . .«

»Ich weiß, die Sache ist gefährlich, aber unerläßlich, wenn wir Erfolg haben wollen. Darüber waren wir uns letzte Nacht schon einig. Keine Sorge, ich mach' das schon. Der Chef hält mich doch für einen Draufgänger. Jetzt hab' ich endlich die Gelegenheit, meinem Ruf gerecht zu werden.«

»Den haben Sie ohnehin längst bestätigt.«

»Sie scheinen nervöser zu sein als ich. Mann, Sie brauchen den Vogel nur still zu halten. Ich bin's, der sich im Dunkeln auf einen fahrenden Zug abseilen muß.«

Kolchinsky reichte ihm einen kleinen Kopfhörer mit Mikrophon. Graham klemmte ihn auf die Ohren und stieg nach hinten in die Kabine, um sich die Maske übers Gesicht zu ziehen.

»Der Zug ist jetzt hundert Meter vor uns«, brummte Kolchinsky ins Mikro.

Graham öffnete die Luke, durch die ein eisiger Windschwall in die Kabine wehte. Nachdem er die Verankerung geprüft hatte, warf er das freie Ende der Strickleiter durch die Öffnung. Dann legte er die Hand in eine Halteschlaufe an der Wand und beugte sich nach vorn, um einen Blick auf den Zug zu werfen, dessen Umrisse im schwachen Licht des Hubschraubers in mehr als zwanzig Meter Tiefe gerade eben zu erkennen waren.

»Ich brauch' mehr Licht!« rief er.

»Sehen Sie in der schwarzen Kiste nach. Da müßte eine Halogenlampe drin sein.«

Graham klappte den Deckel auf und fand, wonach er suchte: eine Birne mit flachem Reflektor und verstellbarem Kopfgurt. Er setzte das Ding auf und rückte den Reflektor auf der Stirn zurecht.

»Ich bin soweit«, sagte er und trat vor die Luke.

Kolchinsky meldete sich nach kurzer Pause. »Höhe achtunddreißig Fuß. Es kann losgehen.«

Graham kehrte der Luke den Rücken zu, hielt das Ende der Strickleiter gepackt und stieg hinaus in die bitterkalte Nachtluft. Obwohl der Wind nicht allzu heftig wehte, pendelte die Leiter im Wirbel der Rotoren hin und her.

»Wie geht's da unten?« fragte Kolchinsky.

»Es zieht. Der Ventilator läßt sich wohl nicht so ohne weiteres ausschalten, oder?«

Graham hörte Kolchinsky ins Mikrophon kichern. Jeder Schritt war planvoll und einstudiert. Mit einem Fuß tastete er sich zur jeweils nächsten Sprosse und griff mit den Händen erst nach, wenn er festen Halt gefunden hatte. Die Bewegungen zeugten von Vorsicht, doch sein Blick war unerschrocken. Angst hielt er schon seit langem für einen der negativsten Züge des Menschen, denn zu ihr gesellten sich Zögerlichkeit, Dummheit und Unsicherheit, die, jede für sich genommen, das Leben bedrohten. Beispiele dafür waren ihm schon genügend unter die Augen gekommen, nicht zuletzt auf den Schlachtfeldern in Vietnam, wo er so viel über sich selbst erfahren hatte. Angst war für ihn nichts weiter als eine Chimäre, die nur durch den festen Glauben an die Fähigkeiten der eigenen Person überwunden werden konnte. Diese Lehre hatte er auch weitergegeben an die thailändischen Meo-Kadetten, die er nach seiner Verwundung auszubilden hatte. Kritiker hatten ihm immer wieder vorgeworfen, seine Mannschaft brutal zu drillen, ohne Rücksicht auf menschliche Gefühle zu nehmen. Besonders übel nahm man ihm, daß er beim Manöver scharfe Munition einsetzte. Seine Antwort darauf war simpel: Er glaubte, daß der Angst am besten zu begegnen sei, indem man sie ins Auge faßt und überzeugt ist, sie überwinden zu können. Die nach dem Krieg veröffentlichten Zahlen belegten, daß seine Truppen während ihres zweijährigen Einsatzes die geringsten Verluste hatten hinnehmen müssen, aber im Vergleich zu allen anderen Meo-Bataillonen mit den meisten Tapferkeitsmedaillen belohnt worden waren. Bedauerlich fand er nur die späte Bekanntgabe dieser Zahlen, denn viele seiner Kritiker, die er nicht hatte überzeugen können, waren als Opfer ihrer Angst inzwischen umgekommen.

Er hing nun auf halber Höhe, und die Leiter pendelte nach wie vor im weiten Ausschlag. Direkt unter sich konnte er ein paar Lichter ausmachen, die wahrscheinlich aus den Abteilfenstern stammten. Der vordere Teil des Zuges wurde von Nebelschwaden verhüllt, während der ferne Horizont langsam aufhellte. Carrie hatte immer gefunden, daß es nichts Schöneres gebe als den Sonnenaufgang über New York. Er war immer anderer Meinung gewesen. Schönheit war für ihn die Flugkurve eines perfekt geworfenen Baseballs oder der präzise Paß beim Football, der zum Touchdown führt. Graham verdrängte diese Gedanken nun und konzentrierte sich auf die nächste Sprosse der Strickleiter. Er hatte sich dem Zug mittlerweile bis auf knapp fünf Meter genähert, plante bereits den Sprung aufs Dach und überlegte, wie er an das klobige Vorhängeschloß herankommen konnte, das die Tür des Güterwagens absicherte.

»Michael, Achtung! Im Radar taucht ein Hindernis auf.«

Der starke Scheinwerfer des Hubschraubers leuchtete auf und bestrahlte den gesamten Zug. Die Lok raste auf eine Steinbrücke zu, die in knapp fünfzig Metern Entfernung die Gleise überspannte.

»Zieh mich hoch!« brüllte Graham ins Mikrophon.

»Ich laß dich runter«, antwortete Kolchinsky und senkte die Maschine.

»Zu gefährlich ...« Graham stockte, als er das Dach unter den baumelnden Füßen spürte.

Die Leiter pendelte vom Güterwagen weg. Als sie wieder zurückschwang, ließ Graham los und landete auf dem Dach.

Sofort zog Kolchinsky die Maschine nach oben, verzweifelt bemüht, der Brücke auszuweichen. Die rechte Landekufe kratzte über die Balustrade und ließ Steinsplitter und Mörtel auf die Schienen herabrieseln. Mit Mühe schaffte er es, den Hubschrauber wieder unter Kontrolle zu bringen. Aber eine der Maschinen gab nun ein mahlendes Geräusch von sich, und Sekunden später wischten schwarze Rußwolken am oberen Teil des Rumpfes vorbei, da, wo die Motoren saßen.

Graham war mit der Schulter aufgeprallt und hatte sich im letzten Augenblick am Grat des Daches festhalten können. Sonst wäre er zur Seite weggerollt und vor den Metallpfeiler geschleudert, der den Brückenbogen stützte. Bäuchlings lag er auf dem Dach und rang nach Luft. Vor Schmerz verzog er das Gesicht.

»Michael! Michael!«

Kolchinskys Gebrüll dröhnte ihm durch den Kopf.

»Michael!«

»Hören Sie auf zu schreien!« rief Graham.

»Alles in Ordnung?« fragte Kolchinsky besorgt.

»Ich lebe noch. Meine linke Schulter tut verflucht weh.«

»Blasen wir die Sache ab ...«

»Kommt gar nicht in Frage«, widersprach Graham.

»Mit einer kaputten Schulter haben Sie gegen Milchan keine Chance.«

»Und wenn ich ihn über den Haufen schießen muß. Ich steig' ein in den Waggon.«

»Was werden wir alle staunen, wenn Sie eines Tages mal tatsächlich einem Befehl folgen sollten.«

»Rechnen Sie nicht damit«, erwiderte Graham. »Was ist passiert? Ich hab's unter der Brücke krachen hören.«

»Ich bin drübergeratscht und mußte irgendwo notlanden. Einer der Motoren hat was abbekommen.«

»Und Sie?«

»Bin ein bißchen durchgeschüttelt worden. Wenn Ihre Schulter streikt, will ich ...«

Den Rest hörte Graham nicht mehr. Er zerrte den Kopfhörer unter der Maske hervor und warf ihn weg.

Um besser sehen zu können, schaltete er die Halogenleuchte ein. Nichts tat sich. Wenn auch sie kaputt wäre, würde er es erst im Morgengrauen wagen können, in den Waggon einzusteigen. Ein paarmal tippte er mit dem Finger an den Reflektor, schließlich flammte das Licht auf. Bei jeder Bewegung zog ein scharfer Schmerz durch den linken Arm. Er preßte ihn schützend an den Körper und wartete, bis das quälende Pochen ein wenig nachgelassen hatte. Dann rückte er an den Rand des Daches vor, griff nach der ersten Sprosse der Metalleiter und kletterte nach unten. Die Schmerzen waren fast unerträglich, doch er biß die Zähne aufeinander und erreichte das Vorhängeschloß, an das er einen magnetischen Zünder heftete, bevor er wieder nach oben stieg. Auf dem Dach angelangt, holte er aus der Gürteltasche eine Fernsteuerung, die kaum größer war als eine Streichholzschachtel, zog die Antenne heraus und stellte das Gerät auf die Frequenz des Zünders ein. Ein dumpfer Knall war zu hören, als das Vorhängeschloß in Stücke zerfetzt wurde. Er tastete nach der Beretta. Im selben Augenblick langten Milchans massige Hände nach der obersten Leitersprosse. Kurz darauf tauchte sein entsetzlich entstelltes Gesicht hinter dem Rand des Daches auf. Milchan packte Grahams Fuß und zerrte daran herum. Ein Schuß löste sich, bevor Graham richtig zielen konnte. Ein Schlag auf den Arm riß ihm die Waffe aus der Hand. Langsam rutschte sie über die Dachwölbung und blieb mit dem Knauf vor einer Lüftungshaube hängen. Graham wich einem wuchtigen Fausthieb aus und streckte die Hand nach der Beretta aus, als der Zug über ein unebenes Gleisstück rollte und ins

Schaukeln geriet. Die Waffe rutschte weiter. Seine Finger kratzten krampfhaft über das Dach, verfehlten sie aber um Zentimeter, und er mußte mitansehen, wie die Beretta über den Rand fiel. Er schnellte auf die Seite und wandte sich Milchan zu. Der Schmerz in der Schulter lähmte den linken Arm, was seine Wut zum Überkochen brachte. Er trat mit dem Fuß aus und traf Milchan ins Gesicht. Unbeeindruckt wischte dieser sich mit der Handfläche das Blut von den Lippen und grinste. Noch einmal trat Graham mit voller Wucht zu. Milchan bekam den Fuß zu packen und zerrte Graham zu sich hinab.

Er sah die Faust herbeifliegen, aber der linke Arm, den er zur Abwehr heben wollte, ließ ihn im Stich.

Dann wurde ihm schwarz vor Augen.

Ein scharfes Klopfen an der Tür riß Sabrina aus dem Schlaf.

»*Si?*« fragte sie, und ihre Hand glitt unters Kissen, wo die Beretta lag.

»*Buon giorno. Caffè?*« rief der Zugbegleiter durch die geschlossene Abteiltür.

»*No, grazie.*« Sie blickte aufs Handgelenk und erinnerte sich erst jetzt wieder daran, daß ihre Armbanduhr in Fribourg konfisziert worden war. »*Che ore sono?*«

Nach kurzer Pause kam die Antwort: »*Le otto e un quarto.*«

»Viertel nach acht? Himmel!« stöhnte sie. »*Grazie*«, rief sie nach draußen, rutschte von der Liege und öffnete die Verbindungstür.

Das Nachbarabteil war leer.

»Nett, daß ihr mich geweckt habt, Jungs«, murmelte sie verärgert, die Hände in die Hüften gestemmt.

Nach einer flüchtigen Wäsche zog sie ihr Nonnengewand an und steckte die Beretta in die Tasche. Anschließend ging sie gleich zum Speisewagen, blieb vor der Tür stehen und warf einen Blick durch die Scheibe. Das Glück schien ihr treu zu sein. Werner, Hendrique und Kyle saßen beim Frühstück, und den gefüllten Tellern nach zu urteilen, würden sie wohl noch eine Weile damit beschäftigt sein. Für Sabrina bot sich also eine günstige Gelegenheit, die Abteile der drei zu durchsuchen, vor allem das von Werner. Er war, auch wenn er der Drahtzieher sein mochte, das schwache Glied in der Kette, ein Geschäftsmann, dem wahrscheinlich die kriminelle Routine von Hendrique und Kyle fehlte. Sie wußte, wenn es irgendwelche Hinweise zu finden gäbe, dann am ehesten in seinem Abteil. Aber zunächst kehrte sie in ihr eigenes Abteil zurück, um die Schlüssel zu holen, die Kolchinsky dem toten Schaffner abgenommen hatte.

Ihre Ahnung erwies sich als richtig: Beide Abteiltüren waren verschlossen. Da ihr nur wenig Zeit zur Verfügung stand, beschloß sie, mit Werners Abteil anzufangen. Auf dem Gang war niemand zu sehen. Schnell öffnete sie das Schloß, schlüpfte hinein und zog die Tür hinter sich zu. Auf der Ablage waren zwei Gepäckstücke zu entdecken: ein kleiner beigefarbener Koffer und eine Aktentasche, die mit einem an der Wand verlaufenden Leitungsrohr verkettet war. Sie kletterte auf die Liege und zog das Köfferchen zu sich heran. Es hatte ein Zahlenschloß. Die richtige Kombination zu finden, würde ihr, wie sie wußte, auf die schnelle kaum gelingen, wohl auch dann nicht, wenn sie den ganzen Tag Zeit hätte. Aber sie war es gewohnt, das Naheliegende niemals außer acht zu lassen, und rüttelte an der Arretierung. Die Schlösser sprangen auf. Ihre Verwunderung schlug sofort in Argwohn um. Selbst der harmloseste Geschäftsmann würde, wenn er seinen Aktenkoffer ablegte, die Kombination verstellen. Sabrina witterte eine Falle. Sie zog eine Nagelfeile aus der Tasche und führte sie durch den Deckelschlitz, um irgendwelche Drähte, falls vorhanden, aufzuspüren. Aber da war nichts. Sie sah sich im Abteil um auf der Suche nach einem langen Gegenstand, mit dem sie den Deckel würde aufhebeln können. Weil nur eine Zeitung zu finden war, nahm sie die, rollte ein paar Blätter davon auf, trat dann zur Seite und hob mit weit ausgestrecktem Arm den Deckel ein wenig an. Die befürchtete Explosion blieb aus. Erleichtert atmete sie tief durch, legte die Zeitung aus der Hand und klappte den Deckel auf. Im Koffer waren nicht mehr als ein silbernes Kästchen und eine winzige Steuerungskonsole enthalten. In dem Augenblick, als sie das Kästchen herausnehmen wollte, hörte sie, wie ein Schlüssel von draußen ins Schloß der Abteiltür gesteckt wurde. Sie sprang von der Liege, zog die Beretta und zielte auf den Eingang.

Die Tür wurde zur Seite geschoben. Werner erstarrte beim Anblick der bewaffneten Nonne, lächelte aber dann, als er sie erkannte, und trat zögernd mit erhobenen Armen ins Abteil, gefolgt von Kyle, der jedoch die Arme unten ließ.

»Tür zu und absperren!« forderte Sabrina.

»Tun Sie, was sie sagt!« sagte Werner, ohne den Blick

von der Beretta abzuwenden, die auf seine Brust gerichtet war.

Kyle verschloß die Tür.

Mit einer knappen Kopfbewegung deutete sie auf die Verbindungstür. »Wenn Hendrique da durchzubrechen versucht, bist du der erste, der dran glauben muß.«

»Das hat er gar nicht vor, meine Liebe. Aber vielleicht interessiert dich, was er gerade da drüben treibt. Darf ich?« Werner zeigte mit einer der erhobenen Hände auf die Verbindungstür.

»Rühr dich nicht vom Fleck!«

»Wie's beliebt. Ich dachte nur, du würdest gerne deinen Partner sehen. Hendrique hat den Auftrag, Graham zu töten, falls ich innerhalb von zwei Minuten nichts von mir hören lasse.« Werner warf einen Blick auf die Uhr. »Eine Minute ist fast vorüber. Wenn du glaubst, daß ich bluffe, wird dich sein Tod ein Leben lang verfolgen.«

»Sie öffnen die Tür!« sagte sie zu Kyle, behielt aber Werner fest im Auge.

Kyle schob die Sperre zurück und klopfte viermal an die Tür, worauf sie von der anderen Seite entriegelt wurde. Kyle öffnete die Tür und gab den Blick frei auf Graham, der gefesselt und geknebelt auf dem Bett lag. Vor ihm stand Hendrique und richtete den Gewehrlauf der Franchi Spas auf seine Brust.

»Was habt ihr mit ihm gemacht?« fragte sie und ließ deutlich Nervosität erkennen.

»Er schläft tief und fest«, antwortete Werner. »Selbst die Handschellen haben ihn nicht gehindert herumzutoben. Also mußten wir ihm ein Mittelchen verabreichen. In spätestens dreißig Sekunden solltest du lieber deine Waffe abgelegt haben. Hendrique ist nämlich sehr pünktlich, besonders, wenn er jemanden umbringen darf.«

Hendrique forderte sie mit finsterem Blick heraus. Seine Lippen waren zu einem verächtlichen Grinsen verzogen.

Sabrinas Standfestigkeit geriet ins Schwanken. Die Waffe aus der Hand zu geben, käme einem Verstoß gegen jene UNACO-Regel gleich, die den Agenten untersagt, auf die Forderung von Kriminellen einzugehen. Graham hatte seine Familie geopfert, um terroristische Bombenanschläge zu vereiteln. Und Sabrina wußte, was er von ihr verlangen würde. Hendrique zu erschießen, ware ein leichtes, hätte aber zur Folge, daß er einen letzten Schuß auf Graham abfeuern würde. Werner hatte recht: Die von ihr verlangte Entscheidung würde sie den Rest ihres Lebens verfolgen.

»Zwanzig Sekunden.«

Sie stieß Werner zur Seite und richtete die Pistole auf Hendriques Kopf, der nun seinerseits die Franchi Spas auf Grahams Brust preßte.

Kyle trat vor, um Sabrina zu entwaffnen.

»Laß das!« knurrte Hendrique. »Wir regeln die Angelegenheit auf meine Weise.«

Kyle zog sich zurück.

Beim Anblick von Graham, dessen Kopf schlaff zur Seite hing, krampfte sie ihre Hand um den Knauf der Beretta.

»Zehn Sekunden.«

Ihr Finger berührte den Abzugshahn. Hendrique grinste selbstzufrieden.

»Vier, drei, zwei, eins.«

Sie ließ die Waffe aus der Hand fallen. Kyle hob sie auf und drückte ihr den Lauf in den Rücken.

Hendrique nahm den Gewehrlauf von der Brust und preßte ihn nun auf Grahams Bauch.

»Ich hab' mich ergeben. Was wollt ihr mehr?«

Hendrique grinste nur und drückte ab.

Klick.

»Man erfährt so viel über den Charakter einer Person, wenn sie sich auf einen Bluff einläßt. Obendrein wird das Spielchen erst richtig interessant.«

»Sie gefährden die ganze ...«, platzte es aus Werner heraus.

»Ach, seien Sie doch still!« fuhr Hendrique dazwischen. »Ich wußte, daß sie schlappmacht. Unter Agenten findet man häufig eine rührende Loyalität, besonders zwischen Partnern.«

»Soll ich sie fesseln?« fragte Kyle.

»Gib mir erst mal ihre Waffe!« antwortete Hendrique.

Sabrina hatte den günstigsten Zeitpunkt abgepaßt. Als Kyle die Beretta gerade seinem Komplizen überreichen wollte, trat sie ihm in die Magengrube und wirbelte herum, um sich Hendrique zu stellen, doch der hielt bereits seine automatische Desert Eagle auf sie gerichtet.

»Wer ist wohl schneller? Sie an der Waffe oder ich am Abzug?«

»Ist Ihr Ding überhaupt geladen?« entgegnete sie und hielt immer noch den gerafften Saum ihrer Nonnentracht.

»Sie lernen schnell. Aber glauben Sie wirklich, daß ich wieder bluffe?«

Sie ließ den Saum fallen. Mit schmerzverzerrtem Gesicht fesselte ihr Kyle die Hände auf den Rücken und stieß sie neben Graham aufs Bett.

»Woher wußtest du, daß ich in deinem Abteil bin?« wollte sie von Werner wissen.

Er öffnete die Jacke und zeigte auf ein kleines elektronisches Gerät, das an seinem Gürtel hing. »Damit empfange ich ein Signal, sobald der Koffer geöffnet wird.«

»Der Koffer war also absichtlich unverschlossen.«

»Als Köder sozusagen. Allerdings muß ich zugeben, daß ich überrascht war, dich anzutreffen. Ich dachte, daß ein anderer Agent für dich eingesprungen sei. Offenbar habe ich die Kontakte und Überzeugungskünste der UNACO unterschätzt.«

Sabrina konnte ihre Verwunderung nicht verhehlen.

»O ja, wir wissen, wofür du arbeitest«, fuhr Werner mit triumphierender Stimme fort. »Das herauszufinden, hat eine Weile gedauert, denn dein Verein tut ziemlich geheimnisvoll.«

»Warum machst du das eigentlich, Stefan? Du hast doch alles: Geld, Ansehen und ein sehr erfolgreiches Unternehmen. Und offenbar auch ein Herz für weniger glückliche Menschen. Du hast wohltätige Stiftungen eingerichtet, die Tausenden von hungernden Kindern helfen. Ich erinnere mich an eine Dokumentation, die NBC im letzten Jahr über dich gedreht hat. Die Kinder in Afrika blicken zu dir auf wie zu einem Vater, in den sie ihre Hoffnungen für die Zukunft setzen. Sie fühlen sich geehrt, dich zu kennen. War das alles nur Heuchelei, eine Art Täuschungsmanöver? Tja, wer würde wohl hinter dem bekannten Menschenfreund einen Waffenschieber vermuten?«

»Waffenschieber?« wiederholte Werner und kicherte. »Dafür hält mich also die UNACO.« Dann wurde sein Gesicht wieder ernst. »Die Stiftungen hatten zu Anfang tatsächlich den Zweck der Ablenkung. Aber inzwischen sind sie für mich sehr wichtig geworden. Ich habe das Gefühl, etwas Sinnvolles zu tun, solange ich mich hier im Westen aufhalte.«

»Sie reden zuviel!« zischte Hendrique.

Werner zuckte mit den Schultern. »Die Sache wird früher oder später sowieso aufgedeckt.«

Sabrina richtete den Blick von Hendrique auf Werner. »Arbeitet ihr für den KGB?«

»Korrekt.« Werner tätschelte den Aktenkoffer. »Ich hatte gehofft, darauf verzichten zu können, aber du läßt mir jetzt keine andere Wahl. Du hast reingeschaut, weißt aber nicht, was in dem Metallkästchen steckt. Ich will's dir zeigen.«

Er tippte vier Ziffern auf der kleinen Tastatur ein, die auf dem schmalen Bildschirm darüber angezeigt wurden. 1-9-6-7. Der Deckel sprang auf. Darin verbarg sich ein Radiosender mit Goldkettchen. Das Gerät war nicht größer als ein Feuerzeug. Er nahm es in die Hand, schob den Koffer zur Seite und beugte sich vor.

»Ich will nicht lange um den heißen Brei herumreden. In der Kiste sind, wie du wahrscheinlich längst weißt, sechs Metallfässer. Fünf davon enthalten Plutonium. Das sechste ist eine Bombe. Wie groß die Sprengkraft ist, weiß ich nicht. Davon hat mir niemand was gesagt. Alle Fässer sind gleich schwer, und von uns ahnt keiner, in welchem die Bombe steckt. Sie ist in Vakuum verpackt und völlig harmlos, solange das Siegel nicht aufgebrochen wird. Aber sobald auch nur ein bißchen Luft einströmt, reagiert der Zündmechanismus.« Er klappte am Sender einen kleinen Deckel zurück, unter dem ein roter Knopf zum Vorschein kam. »Auch hiermit läßt sich die Bombe zünden. Wenn ich diesen Knopf drücke . . .« Er warf die Hände in die Luft. »Die Atomexplosion wäre verheerend und käme der von Nagasaki gleich. Nur würde diesmal Europa betroffen sein. Die Verseuchung hätte katastrophale Folgen, und zwar nicht nur für die heutigen Generationen.«

Sie starrte ihn entsetzt an. »Und du hast die Stirn, davon zu sprechen, etwas Sinnvolles tun zu wollen?«

Werner schien durch ihre Worte tatsächlich verletzt zu sein. »Glaubst du etwa, daß es mir gefallen würde, den Knopf zu drücken? Glaubst du das wirklich? Nach all den Anstrengungen, das Zeug zu beschaffen, wäre am Ende nichts dabei rumgekommen. Wir wollen genauso wie du die Katastrophe verhindern. Wenn das nicht gelingt, bleibt keiner von uns am Leben.«

»Was verlangst du?«

»Daß wir unbehindert unser Ziel erreichen. Mehr nicht.«

»Und ich soll diese Forderung weiterleiten?«

»Von Forderung kann nicht die Rede sein. Wir bitten dich.«

»Wenn nicht, machst du deine Drohung wahr, obwohl es dir selber an den Kragen gehen würde?«

»Falls mir kein Ausweg bleibt, ja.« Er klappte den Deckel wieder zu, legte die Kette um den Hals und steckte den Sender unters Hemd. »Die Spritze.«

Hendrique holte sie aus dem Nachbarabteil und gab sie Werner, der Sabrinas Ärmel hochkrempelte und die Nadel behutsam in eine Vene der Armbeuge einführte. Dann nahm er ihr die Haube vom Kopf, so daß die langen blonden Haare auf die Schultern fielen.

»Engelgleich, so wunderschön«, flüsterte er und strich mit der Hand über ihre Wange.

Angewidert wandte sie sich von ihm ab.

»Adieu, meine Liebe.«

»Bis zum nächsten Mal«, antwortete sie mit belegter Stimme.

»Paß auf die beiden auf«, sagte Hendrique zu Kyle.

Sie schüttelte den Kopf und versuchte, der Schläfrigkeit zu widerstehen, aber die Lider wurden immer schwerer. Das Abteil verwandelte sich in ein Kaleidoskop aus verschwommenen Farben, und schließlich sackte sie neben Graham zusammen.

10

Whitlock versuchte, seine Stimmung auf den Begriff zu bringen, und fand, daß »Niedergeschlagenheit« am besten zutraf. Was hatte er während der drei Tage in Mainz erreicht? Gleich zu Anfang war er von einer hübschen Frau enttarnt worden, die rein zufällig mit einem der bekanntesten Klatschkolumnisten der *New York Times* ein Verhältnis gehabt hatte (was die UNACO im nachhinein bestätigen konnte). Fast wäre er von einem Mercedes überrollt worden, dessen Fahrer wahrscheinlich inzwischen ertrunken war. Und obwohl Whitlock wie Karin zu der Ansicht neigte, daß Leitzig in die Schieberei verwickelt war, fehlte ihm jeglicher Beweis, der den Verdacht hätte erhärten können. Bisher führte jede Spur in eine Sackgasse. Er mußte einen Durchbruch schaffen, und zwar schnell. Aber wie?

Der Tag fing schon schlecht an. Er verschlief und wachte erst gegen halb zehn auf. Als er den Golf aus der Einfahrt zurücksetzte, fing es zu regnen an. Wenig später schüttete es wie aus vollen Kübeln. Nach einem kurzen Zwischenstopp im Hotel, wo er die Kleider wechselte, machte er sich auf den Weg zur Firma, wobei er die Route wählte, die Karin ihm am Vortag empfohlen hatte. Auf der alten Straße nach Frankfurt war kaum Verkehr; die meisten Pendler benutzten die Autobahn.

Er fuhr so dicht wie möglich an das Pförtnerhäuschen heran und öffnete das Fenster gerade weit genug, um den Besucherausweis durchstecken zu können, den Karin ihm am ersten Tag organisiert hatte. Der Mann vom Werkschutz warf einen Regenmantel über, setzte seine Schirmmütze auf und lief tapfer in den strömenden Regen hinaus.

»Morgen. Whitlock mein Name. Von der *New York Times*.«

Der Pförtner sah auf der Liste nach, die mit einer Plastikfolie abgedeckt war. »Wir haben die Anweisung erhalten, Sie nicht mehr passieren zu lassen.«

»Wer hat das veranlaßt?« knurrte Whitlock verärgert.

»Dr. Leitzig.«

»Warum?«

»Keine Ahnung. Sie können ihn ja anrufen.«

»Ich will sofort mit ihm sprechen!«

»Ihre Besuchserlaubnis ist zurückgenommen worden. Mehr gibt's dazu nicht zu sagen. Sie befinden sich auf fremdem Grundstück.«

Whitlock warf den Ausweis aufs Armaturenbrett und schüttelte frustriert den Kopf. Leitzig führte ihn an der Nase herum. Den Entzug der Besuchserlaubnis würde er mit Sicherheit stichhaltig begründen können. Offenbar gefiel es ihm nicht, daß Whitlock weiter in der Firma herumschnüffelte.

Der Pförtner klopfte ans Fenster. »Ich sagte, Sie befinden sich auf fremdem Grundstück.«

Whitlock wußte, daß es keinen Sinn hatte, sich auf weitere Diskussionen einzulassen. Leitzig hielt wahrscheinlich auch den Pförtner an der Leine. Um seine Strategie neu zu überdenken, brauchte Whitlock Zeit, und gerade die fehlte ihm. Er wendete den Golf vor dem Schlagbaum und fuhr davon.

Der Pförtner nahm sein Sprechfunkgerät vom Gürtel und sprach in das Mikrophon: »Er ist unterwegs.«

Whitlock fuhr zurück auf der alten Straße zwischen Mainz und Frankfurt. Er nahm gern ein paar Schlaglöcher in Kauf, um nicht in einen Stau auf der Autobahn zu geraten. Er schaltete das Radio ein, drehte am Regler und fand schließlich einen Kanal, der Musik sendete. Die Schlager waren von der seichtesten Art, aber immerhin besser als landwirtschaftliche oder politische Kommentare auf deutsch. Rosie, seine fünfzehnjährige Nichte, hätte an der Musik bestimmt Gefallen gefunden. Er trauerte in der Beziehung immer noch den sechziger Jahren nach, als die Sänger noch klangvolle Stimmen hatten und die einzelnen Musiker nicht um die größte Lautstärke wetteifern mußten. Wenn es um dieses Thema ging, spulte Rosie immer denselben Spruch ab: »Es muß wohl sehr schwer sein, mit der Entwicklung Schritt zu halten, wenn man älter wird.« Es schien ihr Vergnügen zu machen, ihn als alten Knacker hinzustellen.

Whitlock wurde aus seinen Erinnerungen in die Gegenwart zurückgeholt, als ein blendendes Scheinwerferpaar im Rückspiegel auftauchte. Brummend beschwerte er sich über die Rücksichtslosigkeit einiger Autofahrer und gab dem nachfolgenden Fahrzeug ein Zeichen zum Überholen. Aber die Scheinwerfer blieben hartnäckig auf den Golf gerichtet, so daß er gezwungen war, den Rückspiegel zur Seite zu drehen.

Dann öffnete er das Fenster und winkte mit dem Arm, machte sogar Platz, indem er gefährlich nahe an den Rand steuerte, um dem aufdringlichen Fahrer hinter sich einen freien Blick nach vorn zu ermöglichen Die Scheinwerfer schwenkten nach links weg, und für einen kurzen Moment erkannte Whitlock die rote, mit Chromstreifen abgesetzte Motorhaube. Ein Range Rover. Er schloß seitlich auf, aber der Fahrer war nicht auszumachen.

»Zieh schon vorbei!« brüllte Whitlock und winkte mit dem Arm.

Plötzlich zog der Range Rover nach rechts und streifte die Tür des Golfs.

»Verrückter Idiot!« schrie Whitlock und versuchte mit heftigen Lenkmanövern ein Abrutschen von der Fahrbahn zu verhindern.

Die Straße wurde von einer zehn Meter breiten Grasböschung begrenzt, an die sich ein dichtes Wäldchen anschloß. Das Unterholz war durchaus geeignet, bei einem Aufprall den Tank zu zerreißen.

Der Range Rover krachte ein zweites Mal in die Seite des Golfs. Mit voller Wucht trat Whitlock auf die Bremse, obwohl er fürchten mußte, daß die Räder blockierten und der Wagen über den Straßenrand ausbrach. Andererseits wußte er, daß der Range Rover sehr viel stärker war und seinen Golf früher oder später den Hang hinunterstoßen würde. Die Hinterräder schleuderten zur Seite, weg von der Böschung, und der Wagen blieb mit abgewürgtem Motor quer zur Fahrbahn stehen. Der Range Rover hielt an, nutzte die Breite der Straße, um zu wenden, und beschleunigte in Richtung auf den Golf. Whitlock langte ins Handschuhfach und tastete nach der Browning. Als er die Finger um den Knauf legte, krachte der Range Rover gegen den Kotflügel, wobei der rechte Scheinwerfer explosionsartig zersplitterte. Der Golf wirbelte um hundertachtzig Grad herum. Von der Wucht des Aufpralls aus dem Sitz gerissen, schlug Whitlock mit dem Kopf aufs Steuerrad. Benommen richtete er sich wieder auf, befingerte die schmerzende Augenbraue und fühlte Blut aus einer Platzwunde rinnen.

Der Range Rover war umgekehrt, um einen zweiten Anlauf zu starten. Der nächste Rammstoß würde den Golf, der bewegungsunfähig am Straßenrand stand, unweigerlich die Böschung hinunterschleudern. Vergeblich bemühte sich Whitlock, den Motor in Gang zu bringen. Dann griff er zur Browning, die auf dem Beifahrersitz lag. Der Range Rover kam direkt auf den Golf zu und drohte gegen die Fahrertür zu prallen. Whitlock wartete, bis der Wagen auf zehn Meter herangekommen war, packte die Waffe mit beiden Händen und streckte die Arme durchs offene Fenster hinaus. Auf die Mitte der getönten Windschutzscheibe zielend, feuerte er zwei Schüsse ab. Beide Kugeln drangen dicht nebeneinander durchs Glas, das schlagartig zerplatzte in ein Netz unzähliger Haarrisse. Der Range Rover kam vom Kurs ab, verfehlte knapp das Heck des Golfes, raste die Straße entlang und verschwand hinter der nächsten Biegung.

Dann sah Whitlock weiter oben auf der Straße ein Motorrad stehen, eine 1000er Suzuki. Der Fahrer trug eine weiße Ledermontur. Er startete die Maschine und sauste am Golf vorbei.

Endlich gelang es Whitlock, den Motor zum Laufen

zu bringen, und als er den Gang einlegte, dämmerte ihm, daß vor nicht allzu langer Zeit von einem Range Rover die Rede gewesen war. Hatte Karin etwas davon erwähnt? War ihm vor kurzem ein solcher Wagen unter die Augen gekommen? Je länger er darüber nachdachte, desto sicherer war er, daß der entsprechende Hinweis nur als Randbemerkung gefallen war. Er hatte am Tag zuvor über ein Dutzend Firmenangestellte getroffen, konnte sich aber an keinen erinnern, mit dem er über Autos gesprochen hätte.

Plötzlich fiel es ihm ein. »Leitzig«, sagte er laut und schnippte mit den Fingern.

Leitzig hatte einen Range Rover, mit dem er gelegentlich zum Angeln hinausfuhr.

Infolge des Aufpralls hatten sich bei Whitlock heftige Kopfschmerzen eingestellt. Es dauerte eine Weile, bis er endlich eine öffentliche Telefonzelle fand. Sein Verdacht gegen Leitzig erhärtete sich, denn von der Telefonistin der Firma war zu erfahren, daß Leitzig erst zur Spätschicht erwartet werde. Seine Adresse stand im Telefonbuch. Whitlock riß die Seite heraus und eilte zu seinem zerbeulten Golf zurück. Den Schaden konnte er später melden und mit der Kreditkarte bei der Mietfirma für einen Ausgleich sorgen, der später mit der UNACO zu verrechnen wäre.

Kolchinsky würde bestimmt nicht begeistert sein ...

Leitzig wohnte in einem heruntergekommenen zweigeschossigen Haus in der Quintinstraße nahe dem alten Universitätsgelände auf der Ostseite des Rheins. Whitlock stellte den Golf an der Straßenmündung ab, steckte die Browning ein und lief durch den Regen zur Garage neben dem Haus. Durch ein kleines verschmiertes Fenster warf er einen Blick nach innen. Trotz des dünnen Fetzens, der als Vorhang diente, war der rote Range Rover zu erkennen, der an der Beifahrertür einen deutlichen Lackschaden aufwies. Whitlock konnte zwar die Windschutzscheibe nicht sehen, hatte aber auch so genügend Beweise, um Leitzig gegenüberzutreten.

Jetzt überlegte er, wie er ins Haus gelangen konnte. Er kletterte über einen wackligen, zwei Meter hohen Holzzaun hinter der Garage und stand danach in einem verwilderten Garten. Er ging in die Hocke und hielt mit gezogener Waffe Ausschau. Die Veranda zur Rechten grenzte wahrscheinlich an die Küche. Er schlich durch kniehohes Gras darauf zu und versank mit jedem Schritt im aufgeweichten Boden. Das Dior-Hemd war blutbefleckt, der flaschengrüne Anzug von Richard James durchnäßt und die teuren Cardin-Slipper waren ruiniert. Auch dafür würde die UNACO Ersatz leisten müssen, ob es Kolchinsky gefiel oder nicht. Er erreichte die Veranda und versuchte, die Tür zu öffnen. Sie war unverschlossen.

Ein Schäferhund versperrte den Weg, aber anstatt den Eindringling anzufallen, wackelte er bloß mit dem Schwanz und kehrte in seinen Korb zurück, um weiterzuschlafen. Whitlock wollte sein Glück nicht noch weiter herausfordern und verzichtete deshalb darauf, den Hund zu streicheln. Er betrat die Küche, machte die Tür hinter sich zu und zog die Schuhe aus.

Leitzig saß vor einem kleinen Heizofen im Wohnzimmer und hatte den Rücken der Tür zugekehrt.

Whitlock blieb stehen und sah sich verwundert im Zimmer um. Es glich einer Gedenkstätte für eine Frau. Dutzende von vergrößerten Fotografien, die diese Frau von jungen bis mittleren Jahren abbildeten, hingen gerahmt an den Wänden. Einige standen auch auf dem geschnitzten Kaminsims und dem lädierten Sideboard neben der Tür.

Die in Whitlock aufgestaute Wut verflog mit einemmal, und seine Stimme klang verlegen, als er ihn schließlich ansprach: »Dr. Leitzig?«

Leitzig sprang auf, wirbelte herum und musterte Whitlock mit giftigen Blicken. »Hinaus! Raus mit Ihnen!«

Verblüfft trat Whitlock einen Schritt zurück in den Flur. Die Hand, in der die Browning steckte, hing schlaff an der Seite herab.

Leitzig keuchte vor Erregung. »Das ist ihr Zimmer, und außer mir darf niemand hier rein. Niemand!«

»Dann reden wir eben woanders miteinander. In der Küche zum Beispiel.«

»Wer sind Sie? Was wollen Sie hier?« Seltsam, daß Leitzig den ungebetenen Gast nicht sofort wiederzuerkennen schien.

»Whitlock. Vor einer halben Stunde haben Sie mich umzubringen versucht. Sie erinnern sich doch?«

»Ich weiß nicht, wovon Sie reden. Verschwinden Sie, oder ich rufe die Polizei.«

»Tun Sie das, aber vergessen Sie auch nicht, auf Ihren Range Rover in der Garage hinzuweisen. Die Polizei könnte daran interessiert sein, den Lackschaden mit der Beule an meinem Wagen zu vergleichen. Das Ergebnis würde bestimmt sehr aufschlußreich sein.«

»Ich bin sicher, daß Ihnen die Polizei genausowenig gelegen käme wie mir.«

Whitlock war mit seiner Geduld am Ende. Er packte Leitzig beim Kragen und stieß ihn gegen die Wand. Seine Stimme war leise, aber voller Drohung. »Ich bin Ihre Spielchen leid und will jetzt ein paar Antworten hören, und seien Sie versichert: Was ich will, bekomme ich auch.«

Leitzig schüttelte den Kopf. »Sie können mir nicht drohen. Schmerzen können mich nicht schrecken, nach dem, was ich erlitten habe.«

Whitlock stieß ihn zur Seite, trat ins Wohnzimmer und nahm das erstbeste Foto zur Hand. »Ich werde eins nach dem anderen kaputtschlagen, es sei denn, Sie geben mir Auskunft.«

Leitzig starrte auf das Bild, so entsetzt, als drohe Whitlock, eine unschätzbare Ming-Vase zu zerschmettern. »Bitte, ich flehe Sie an, tun Sie ihr nicht weh!«

»Das werde ich nicht, wenn Sie auf meine Fragen antworten.«

»Was wollen Sie wissen? Ich sage alles. Aber bitte, bitte, tun Sie ihr nicht weh!«

Whitlock stellte das Bild zurück aufs Sideboard und trat vor den Heizofen.

Leitzig nahm dasselbe Bild zur Hand und ließ sich in einen Sessel fallen.

»Meine Frau«, flüsterte er sanft und fuhr mit dem Finger über das abgebildete Profil.

»Das habe ich mir gedacht. Wann ist sie gestorben?«

»Vor drei Jahren. Ich habe sie umgebracht.«

»Soll ich das glauben?«

»Sie war krebskrank. Ich konnte nicht mehr mitansehen, wie sie leiden mußte, und habe sie deshalb getötet. Aus Liebe.«

»Euthanasie«, übersetzte Whitlock.

»Egal, wie Sie es nennen, ich habe sie getötet«, fuhr Leitzig fort. »Ich bin mit ihr nach Travemünde gefahren, wo wir fünfundzwanzig Jahre zuvor unsere Flitterwochen verlebt hatten. Sie sollte noch einmal in vollen Zügen ihr Leben genießen. Am letzten Abend habe ich sie beim Essen absichtlich betrunken gemacht, und dann sind wir am Strand spazierengegangen.« Er hielt den Bilderrahmen mit beiden Händen gepackt und war sichtlich bemüht, nicht in Tränen auszubrechen. »Da habe ich sie ertränkt.«

»Und sind nicht dafür zur Verantwortung gezogen worden?«

»Ihr Tod wurde als Unglücksfall zu den Akten gelegt, wenn es das ist, was Sie meinen. Trotzdem bin ich nicht ungestraft geblieben«, antwortete Leitzig und tippte mit der Hand an die Stirn. »Die Schuld macht sich als Migräne bemerkbar. Ich bin nie ohne Kopfschmerzen und habe schon oft mit dem Gedanken an Selbstmord gespielt. Aber dazu fehlt mir der Mut.«

Whitlock rieb sich die eigene Stirn, unter der es immer noch unablässig hämmerte. Er berührte die Platzwunde über dem Auge und nahm erleichtert zur Kenntnis, daß sie zu bluten aufgehört hatte.

Erst jetzt schien Leitzig aufzufallen, in welchem Zustand sich Whitlock befand. »Wollen Sie trockene Sachen? Ich habe eine Menge Pullover und Hosen.«

Das Angebot war verlockend, aber Whitlock verzichtete. »Sie bleiben, wo Sie sind!«

»Was haben Sie mit mir vor?«

»Das hängt ganz von Ihrer Bereitschaft zur Zusammenarbeit ab. Wie sind Sie in die Plutoniumschieberei verwickelt?«

Leitzig starrte auf das Foto in seinem Schoß. »Man hat mich erpreßt.«

»Womit?«

»Ich zeig's Ihnen. Darf ich aufstehen?«

»Wohin wollen Sie?« fragte Whitlock.

»Ans Sideboard.«

Leitzig zog eine der Schubladen heraus und brachte einen braunen Umschlag zum Vorschein, den er Whitlock überreichte, bevor er wieder im Sessel Platz nahm.

Der Umschlag enthielt sechs Schwarzweiß-Vergrößerungen. Sie waren allesamt mit einem Nachtobjektiv aufgenommen und zeigten Leitzig, wie er den Kopf seiner Frau mit Gewalt ins Wasser tauchte. Auf dem letzten Bild sah man ihn aus den Wellen steigen, während der leblose Frauenkörper mit dem Rücken nach oben im Wasser trieb. Whitlock steckte die Fotos in den Umschlag und gab ihn Leitzig zurück.

»Diese Bilder hätten mich für den Rest meines Lebens hinter Gitter gebracht.«

»Wer hat sie aufgenommen?«

»Das weiß ich nicht. Sie sind mir zwei Tage nach der polizeilichen Vernehmung zugeschickt worden.«

»Was ist anschließend passiert?«

»Zuerst einmal gar nichts. Nach sechs Wochen wurde ich im Institut, an dem ich gearbeitet habe, angerufen. Man gab mir den Tip, mich für den freigewordenen Posten des Cheftechnikers in der Wiederaufbereitungsanlage zu bewerben. Gleich nach dem ersten Einstellungsgespräch bin ich angenommen worden. Später fand ich heraus, daß mein Vorgänger auf mysteriöse Weise beim Skilaufen in St. Anton ums Leben gekommen war. Ich bin überzeugt, daß er ermordet wurde, damit ich als ihr Mann an seine Stelle treten konnte.«

»Haben Sie jemals Ihre Erpresser zu Gesicht bekommen?«

»Mit zwei von ihnen bin ich hin und wieder zusammengetroffen. Der ältere von beiden war ein ganz übler Bursche, kräftig gebaut, mit schwarzen Haaren und tiefliegenden Augen.«

»Und sein Name?«

»Hendrick, Hendricks oder ähnlich. Er war so ein Typ, den man nicht gern darum bittet, seinen Namen zu wiederholen.«

»Und der andere?«

»Kanadier. Er nannte sich Vanner. Blondes Haar, blonder Schnauzer und immer einen Filzhut auf dem Kopf. Er war der Chauffeur von Hendricks und fuhr einen schwarzen Mercedes.«

Wieder war ein Puzzlestück an seinen Platz gerückt. »Wann hat das mit der Schieberei angefangen?«

Leitzig holte eine Packung Zigaretten aus der Tasche und steckte sich eine an. »Sechs oder sieben Monate, nachdem ich in der Firma anfing. Vorher mußte ich vier neue Techniker einstellen, und obwohl ich Dutzende von Bewerbern interviewt habe, durfte ich nur die nehmen, die Hendricks vorgeschlagen hatte. Sie waren bestens qualifiziert, deshalb gab's auch keine Verdächtigungen. Zu fünft konnten wir die Plutonium-Transaktionen ungestört abwickeln.«

»Ich bin Stöße von Computerausdrucken durchgegangen und konnte nicht einen Fehlbetrag ausfindig machen. Sie haben das Plutonium offenbar während der eigentlichen Aufbereitung abgeschöpft. Wie hat Ihnen das gelingen können, obwohl noch viele andere Techniker in der Nähe waren? Sind noch andere eingeweiht gewesen?«

»Bis auf ein paar Werkschutzangestellte und Fahrer war kein anderer beteiligt. Das gilt auch für mein übriges Personal. Ich hatte mein Team. Und wir haben das Plutonium nicht während, sondern nach der Wiederaufbereitung abgeschöpft.«

»Danach? Aber bevor die Zahlen in den Computer kommen, werden sie doch von verschiedenen Stellen überprüft.«

»Zugegeben, an den Mengenwerten herumzupfuschen, ist ganz und gar ausgeschlossen. Aber in den Statistiken ist unter der Überschrift ›Restwerte‹ eine unscheinbare Zahlenreihe zu finden. Die haben Sie wahrscheinlich übersehen.«

»Ich erinnere mich. Die Zahlen waren verschwindend klein. Karin sagte, daß sie wohl das beziffern, was an spaltbarem Material in den Abfällen übrigbleibt. Davon verstehe ich nichts.«

Leitzig drückte die Zigarettenkippe aus. »Während der Führung durch die Firma habe ich Ihnen doch erklärt, daß die Uran- und Plutoniummengen mehrere Extraktionsphasen durchlaufen, um alle Verunreinigungen herauslösen zu können. Erst dann wird das Material getrennt. Die Rückstände werden noch einmal separat gesäubert, um darin eingeschlossene Uran- oder Plutoniumanteile herausfiltern zu können. Die so gewonnenen Mengen variieren um wenige Grammzahlen. Aber die summieren sich.« Er steckte eine zweite Zigarette an. »Um von Anfang an jedem Verdacht aus dem Weg zu gehen, habe ich der Firmenleitung erklärt, wie unzufrieden ich mit dem Auswertungsverfahren der Rückstände bin. Und so hat man mir den Auftrag gegeben, persönlich darüber zu wachen. Besser konnte es nicht kommen. Ich hatte freies Spiel. In drei Tagesschichten lassen sich acht bis neun Gramm abschöpfen, die nicht in die Statistik eingehen. In zwei Jahren sind so sechs Kilogramm hochangereichertes und kernwaffentaugliches Plutonium zusammengekommen.«

»Für wen bestimmt?«

»Einmal habe ich Hendricks davon sprechen hören, daß es in ein geheimes Labor nach Libyen verschifft werden soll.«

»Hat er auch den Namen des Schiffs erwähnt?«

»Wenn ja, habe ich's nicht mitbekommen.«

»Hat er gesagt, wofür das Material verwendet wird?«

»Strengen Sie doch Ihre Phantasie an. Für atomare Sprengköpfe vielleicht. Allerdings vermute ich, daß eine Bombe geplant ist. Sechs Kilogramm sind genau die richtige Menge.«

»Eine Atombombe für Libyen? Um Himmels willen!« Whitlocks Herz fing heftig zu pochen an. »Ich will die Namen all Ihrer Komplizen. Techniker, Werkschutzangestellte, Fahrer und so weiter.«

Die Türglocke läutete.

»Darf ich aufstehen, oder bin ich immer noch ein Gefangener?«

»Sie werden auch in Zukunft nie etwas anderes sein«, antwortete Whitlock und nahm eins der Fotos vom Kaminsims.

Leitzig verließ das Wohnzimmer.

Whitlock hörte, wie die Tür geöffnet wurde und ein Geräusch, das wie ein unterdrücktes Husten klang. Die meisten Leute hätten mit diesem Laut nichts anfangen können, aber er wußte sofort, was passiert war. Jemand hatte einen schallgedämpften Schuß abgefeuert. Er lief gebückt durch die Wohnzimmertür und sprang der Länge nach auf den durchgewetzten Flurteppich, die Beretta im Anschlag. Von einem Pistolenschützen war nichts zu sehen. Whitlock stand auf, rannte auf die Veranda und sah gerade noch einen Mann in weißer Ledermontur auf der schwarzen Suzuki davonrasen.

Leitzig hockte vor der Wand. Blut strömte aus einem Einschußloch im Bauch. Nachdem er die Eingangstür zugeschlagen hatte, eilte Whitlock ins Wohnzimmer und wühlte in den Sideboard-Schubladen herum auf der Suche nach frischen Tüchern, mit denen sich der Blutfluß aufhalten ließ. Dann holte er seine Schuhe aus der Küche und steckte die Erpresserfotos in die Tasche. Leitzig war schon halb ohnmächtig. Whitlock konnte ihm nicht weiter helfen. Er rief einen Krankenwagen an, ohne seinen Namen zu nennen, und verließ das Haus.

Es drängte ihn, bei Karin vorbeizuschauen. Er parkte in der Einfahrt, eilte zur Tür und klingelte. Niemand meldete sich. Er langte durch die zerbrochene Scheibe und entriegelte die Tür.

»Karin?« rief er durch den Flur.

Keine Antwort.

Er schaute in der Küche nach und im Wohnzimmer und ging dann die Treppe hinauf ins Schlafzimmer. Die Tür stand offen, so wie am Morgen, als er das letzte Mal nach Karin gesehen hatte. Er warf einen

Blick ins Zimmer. Sie schlief immer noch. Ihr dunkles Haar floß über das cremefarbene Kopfkissen.

Whitlock machte sich auf den Weg und schloß die Eingangstür von außen ab. Während der Fahrt zum Hotel ging ihm noch einmal der ereignisreiche Morgen durch den Kopf, und er freute sich schon darauf, Philpott endlich wieder Ergebnisse melden zu können. Doch zuallererst wollte er sich ein dampfend heißes Bad gönnen und die Platzwunde über dem Auge verarzten. Dann würde er wieder dem Unwetter trotzen müssen, um den Golf in irgendeiner Tiefgarage abzustellen und einen Ersatzwagen zu besorgen. Ein zerbeulter und angekratzter gelber Golf wäre viel zu auffällig, und es war anzunehmen, daß ihn jemand vor Leitzigs Haus hatte parken sehen. Wenn die Polizei ihn mit dem Wagen in Verbindung brächte, würde ihm womöglich Schlimmeres blühen als Sabrina in Zürich.

Als er das Foyer des Europa Hotels betrat, schienen alle Augen auf ihn gerichtet zu sein. Er lächelte befangen, ging verlegen auf den Empfangsschalter zu und verlangte nach seinem Zimmerschlüssel.

Den Schlüssel entgegennehmend, sah er sich unauffällig nach allen Seiten um und beugte sich über den Schalter. Auch die Empfangsdame tat geheimnisvoll, rückte näher und neigte ihm ihr Ohr zu, um besser hören zu können.

»Sie werden es nicht glauben«, sagte er, »aber es regnet.«

Mit amüsiertem Lächeln schaute sie ihm nach, bis er im Lift verschwand.

Als Sabrina aus ohnmachtsähnlichem Schlaf erwachte, sah sie mit verschwommenem Blick in ein ihr zugewandtes Gesicht. Sie rieb sich die Augen und schaute genauer hin.

»Mike?« fragte sie mit schwerer Zunge. »Mike, ist mit dir alles in Ordnung?«

»Ja, mir geht's gut«, knurrte er und setzte ein Glas an ihre Lippen. »Trink!«

Sie nahm einen Schluck Branntwein, fing zu husten an und röchelte, als es ihr heiß die Kehle hinunterlief. Sie stieß das Glas von sich und sagte: »Du weißt, daß ich das Zeug nicht ausstehen kann.«

»Auf das, was man haßt, reagiert man am schnellsten«, ließ Philpott aus einer Ecke des Zimmers verlauten.

Sie lag auf einem Einzelbett. Das Zimmer, in dem sie sich nun umschaute, schien zu einem Hotel zu gehören. »Wo sind wir?«

»Im Da Francesca Hotel in Prato«, antwortete Philpott und stand auf. »Die amerikanische Botschaft in Rom hat einen anonymen Anruf erhalten. Ihr wurde mitgeteilt, daß Sie und Mike bewußtlos in einem kleinen Schuppen am Bahnhof von Prato zurückgelassen worden sind. Der Anrufer hat der Botschaft außerdem geraten, sich mit uns in Verbindung zu setzen. Woher wußten die Gangster, für wen Sie arbeiten? Mike hat nichts erzählt...«

»Und ich auch nicht«, zischte sie unwirsch und faßte sich gleich darauf an die Schläfen. »Stefan Werner ist ein KGB-Agent. Er wußte Bescheid.«

»Werner und KGB?« sagte Kolchinsky, der auf einem Stuhl neben der Tür saß.

Sabrina wandte sich ihm zu und musterte ihn mit besorgtem Blick. Er trug eine dicke Halsmanschette, die seinen Kopf leicht nach hinten drückte.

»Was ist passiert?« fragte sie.

»Ich hab' ein kleines Schleudertrauma. Michael wird Ihnen später alles genau erklären.« Er griff nach den Zigaretten, die neben ihm auf dem Tisch lagen.

Sie schob das Kopfkissen an die Bettkante und richtete sich auf. »Kann ich was zu trinken haben? Meine Zunge fühlt sich an wie frischgegerbtes Leder.«

»Kaffee?« Philpott zeigte auf ein Tablett auf dem Fernsehapparat.

»Ja, bitte«, antwortete sie.

»Mit Milch, ohne Zucker?«

»Genau so.« Er goß ihr eine Tasse ein, und Sabrina beugte sich vor, um sie in Empfang zu nehmen.

Hastig trank sie ein paar Schlucke und stellte Tasse und Unterteller auf der Nachtkonsole ab. Dann erzählte sie — detailliert und professionell wie immer —, was im Zug vorgefallen war, ließ aber mit keiner Silbe durchblicken, daß sie auf Hendriques Forderungen eingegangen war, denn sonst hätte sie mit einem Kreuzfeuer der Kritik rechnen müssen, besonders mit der von Graham. Sie war seinetwegen nachgiebig gewesen und wußte, daß sie diese Entscheidung nie bereuen würde.

»Die ganze Operation wird also vom KGB finanziert«, bemerkte Philpott, nachdem sie ihren Bericht abgeschlossen hatte. »So viel zu *Glasnost*, Sergei.«

»Sie dürfen nicht alles und jeden über einen Kamm scheren, Malcolm«, entgegnete Kolchinsky und wandte sich Sabrina zu. »Hat Werner durchblicken lassen, wer sein Hintermann ist?«

Sie schüttelte den Kopf.

»Ich werde mich gleich mit Zürich und New York in Verbindung setzen. Mal sehen, was ich ausfindig machen kann.« Kolchinsky stand behutsam auf.

Philpott trat zur Tür und legte eine Hand auf seine Schulter. »Sie kennen sich in der KGB-Hierarchie bestens aus. Ich nehme an, daß es in diesen Kreisen nur wenige Extremisten gibt, die zu so einer Sache fähig sind.«

»Mehr, als Sie denken«, erwiderte Kolchinsky und verließ das Zimmer.

»Warum ruft er nicht von hier aus an?« fragte Sabrina.

»Weil ich auf ein wichtiges Telefonat warte«, antwortete Philpott und nahm auf dem Stuhl Platz, den Kolchinsky geräumt hatte.

»In den letzten Stunden hat sich einiges getan. Ich habe Mike schon über alles aufgeklärt, bevor Sie aufgewacht sind.«

»Warum haben Sie mich nicht früher geweckt, Sir?«

»Dazu bestand keine Veranlassung. Solange der Anruf nicht kommt, können wir ohnehin nichts unternehmen.« Philpott nahm Pfeife und Tabaksbeutel zur Hand. »Nachdem uns bekannt war, wo Sie stecken, habe ich einen Hubschrauber losgeschickt, um dem Zug bis nach Rom zu folgen. Dummerweise mußten wir erfahren, daß der Güterwaggon nirgends zu sehen ist.«

»Soll das heißen, er ist abgehängt worden?«

Philpott steckte die Pfeife an und blies den Rauch zur Decke. »Genau das wollte ich damit sagen. Ich habe ein paar unserer Männer den Zug besteigen lassen, aber Werner und Hendrique waren auf und davon. Laut Schaffner hatten sie bereits zwei Stunden vorher den Zug verlassen, und zwar in Prato. In Prato allerdings ist der Waggon nicht abgekoppelt worden. Also mußten wir jede Station zwischen Modena und Prato abklappern, um rauszufinden, wo der Wagen steckt.«

»Und? Hatten Sie Erfolg?«

»Nach über einer Stunde. Ein Bahnbeamter von Montepiano — das ist eine Stadt zwanzig Kilometer nördlich von hier — konnte sich vage daran erinnern, einen einzelnen Waggon auf einem der Gleise gesehen zu haben. Zeitlich paßt alles zusammen. Wir können zwar nicht ausschließen, daß man uns auf eine falsche Fährte locken will, aber andere Hinweise haben wir nicht. Die Hubschraubermannschaft ist unterwegs nach Montepiano und wird sich den Waggon mal aus der Nähe ansehen.«

»Und auf deren Anruf warten Sie?«

Philpott nickte. »Wenn wir erst einmal den nächsten Zielort für das Plutonium kennen, werden Sie hoffentlich schon vorher dasein können, um den Weitertransport zu verhindern. Einer unserer Hubschrauber steht nicht weit von hier in Bereitschaft, und aus Zürich habe ich erfahren, daß sich der Pilot hier auskennt wie in seiner Hosentasche.«

»Sie wollen uns also losschicken, obwohl Werners Drohung sehr ernst zu nehmen ist?«

»Du müßtest doch eigentlich die UNACO-Politik ...«

»Mike, das reicht! Wenn Sie sich immer an die Regeln hielten, wäre Ihr Kommentar durchaus erwünscht. Aber Sie zitieren die Charta so, als würde Stallone aus Macbeth vorlesen.«

Sabrina kicherte und schlug die Hand vor den Mund. »Tut mir leid, Sir.«

Graham warf ihr einen eisigen Blick zu.

»Ob Werner nur geblufft hat, als er drohte, das Plutonium notfalls in die Luft zu sprengen, läßt sich natürlich nicht sagen. Aber auf ihn einzugehen hieße, diesen Verbrechern freie Hand zu lassen. Weil das nicht zugelassen werden darf, ist die UNACO gegründet worden. Wir können uns da nicht raushalten.« Philpott saugte an der Pfeife. »Ein Jäger schießt, wenn er einen tollwütigen Hund in die Enge getrieben hat, und zwar gezielt. Denn wenn er das Tier nur verletzt, könnte es zurückbeißen. Ich glaube, wir verstehen uns.«

Beide nickten.

Philpott zeigte mit dem Pfeifenstiel auf die zwei beigefarbenen Tragetaschen, die neben dem Bett standen. »Die konnte ich vergangene Nacht von der Schweizer Polizei zurückholen. Ich bin sicher, Sie wollen sich umziehen.«

Sabrina stieg aus dem Bett und griff nach den Taschen. »Besten Dank, Sir. Es tut bestimmt gut, wieder in den eigenen Sachen rumlaufen zu können.«

»Das Badezimmer ist da hinten«, sagte Philpott und deutete auf die Tür zur Rechten.

Sie ging ins Badezimmer und zog die Tür hinter sich zu.

Philpott stand auf und trat ans Fenster, grad so als schämte er sich, in der Nähe der Tür zu bleiben. »Warum können Sie sich mit Sabrina nicht besser vertragen, Mike? Gefällt es Ihnen nicht, daß sie eine Frau ist? Oder liegt's daran, daß sie nicht Ihre Erfahrung hat? Schießt sie Ihnen womöglich zu gut ...?«

»Damit hat das nichts zu tun«, entgegnete Graham eingeschnappt.

»Haben Sie Sabrina jemals auf dem Schießstand gesehen? Ich frage nur, weil ich weiß, daß Sie Ihre Schießübungen lieber allein machen.«

»Ich weiß, daß sie gut ist. Besser als ich«, antwortete Graham schulterzuckend.

»Ich mußte während der letzten Tage viel über Sie beide nachdenken und habe mir deshalb das hier aus New York zuschicken lassen.« Philpott öffnete seinen Aktenkoffer und nahm einen Aktenordner heraus. »Natürlich sind diese Unterlagen streng vertraulich, aber da Sie ihr Partner sind, denke ich, daß Sie einmal hineinschauen sollten. Hier sind die Auswertungen von Sabrinas letzten Schießtests. Sehen Sie sich das an, vielleicht können Sie daraus lernen.«

Graham öffnete den Ordner und nahm das Foto des ersten Ziels zur Hand. In der oberen rechten Ecke stand vermerkt: *Beretta 92/15 Schüsse.* Im Zentrum der Scheibe war nur ein einziges Loch zu sehen. Auf das zweite Ziel war zehnmal mit einer Mannlicher Luxus geschossen worden, und abgesehen von einem Fehlschuß gab es auch in diesem Fall nur Volltreffer, die anscheinend absichtlich ein kreisrundes Loch beschrieben.

Philpott deutete auf den Fehlschuß und sagte: »Das war ihr erster Versuch. Sie hatte die Waffe vorher nicht richtig justiert. Niemand ist perfekt.«

Graham klappte den Ordner wieder zu und gab ihn an Philpott zurück. »Ich hätte nie für möglich gehalten, daß jemand so gut schießen kann.«

Philpott hob den Aktenordner in die Höhe. »Ich

weiß, daß einige Kollegen annehmen, ihr einflußreicher Vater hätte ihr den UNACO-Posten zugeschanzt. Aber das ist Unsinn. Ob sie einen Würstchenverkäufer oder den Präsidenten zum Vater hat, spielt für uns keine Rolle. *Sabrina* war auf dem Schießstand und nicht ihr Vater.«

»Darf ich Ihnen eine vertrauliche Frage stellen, Sir?«

»Hängt davon ab, was Sie wissen wollen«, antwortete Philpott und steckte den Ordner zurück in die Tasche.

»Hat Sabrinas Vater Ihre Entscheidung letztendlich nicht doch ein wenig beeinflußt?«

»Wenn Sie George Carver jemals getroffen hätten, hätten Sie die Frage nie gestellt.«

Graham wartete auf eine ausführlichere Auskunft, und so entstand eine längere Pause. »Fahren Sie fort, Sir!«

»Was soll ich noch sagen? Ihre Frage ist beantwortet.«

Sabrina kehrte aus dem Badezimmer zurück, bevor Graham mehr aus Philpott herausbringen konnte. Sie trug einen weiten weißen Pullover und enge Jeans, deren Hosenbeine in knöchelhohen braunen Lederstiefeln steckten. Die Haare hatte sie mit einer weißen Schleife hinter dem Kopf zusammengebunden.

»Warum ist plötzlich alles so still hier?« fragte sie lächelnd. »Soll ich mich noch mal für fünf Minuten ins Badezimmer zurückziehen?«

»Mike hat sich nach Ihrem Vater erkundigt.«

»Was ist mit ihm?«

Graham warf Philpott einen bitterbösen Blick zu und überlegte, wie er sich rausreden konnte, denn mit der Wahrheit wäre jetzt nicht weiterzukommen. »Ich hab' unseren Boß bloß gefragt, ob er deinen Vater jemals kennengelernt hat.«

Sie krauste die Stirn. »Und? Haben Sie, Sir?«

»Ja, wir sind uns einmal in Montreal begegnet. Nachmittags hatte ich auf einem Polizeikonvent eine Rede gehalten und wurde für den Abend vom amerikanischen Botschafter, der damals Ihr Vater war, zu einer Cocktailparty eingeladen. Es war eine der üblichen langweiligen Partys. Für Heiterkeit sorgte nur ein lustiger Zwischenfall, als nämlich ein kleines Mädchen im Pyjama hereingeplatzt kam, um allen Gästen die Goldsterne zu zeigen, die ihm der Lehrer am Morgen ins Schulheft geklebt hatte.«

»War ich das?« fragte Sabrina und verzog das Gesicht. »Wie peinlich.«

»Am meisten hat mich beeindruckt, wie Sie zwischen Französisch und Englisch hin- und herwechseln konnten. Ich weiß, daß Ihre Mutter Französin ist. Obwohl das Töchterchen erst sieben oder acht Jahre alt war, sprach es genauso fließend wie die Mutter. Daran kann ich mich noch gut erinnern.«

»Ich bin halt zweisprachig aufgewachsen. Mit meinem Vater habe ich Englisch gesprochen, mit meiner Mutter Französisch. Das war für mich das natürlichste auf der Welt. Als ich zum ersten Mal im Haus meiner Freundin übernachten durfte — damals muß ich um die zehn gewesen sein —, sprach ich mit deren Eltern genauso wie mit meinen. Ich dachte, alle Mütter sprächen Französisch.« Sie setzte sich auf den Bettrand und musterte die unlackierten Fingernägel. »Haben Sie schon was von C. W. gehört, Sir?«

»Ja, bevor ich Zürich heute morgen verlassen habe. Nach all den Ereignissen ist mir das völlig entfallen.«

Philpott wiederholte Whitlocks Bericht, angefangen von Karins nächtlichem Anruf bis zu dem Anschlag auf Leitzig rund neun Stunden später.

»Ist dieser Leitzig tot?« wollte Graham wissen.

»C. W. hatte ein paar Minuten, bevor er mit mir sprach, im Krankenhaus angerufen und erfahren, daß Leitzigs Zustand sehr kritisch sei.«

»Und C. W.? Wie schlimm ist seine Verletzung am Auge?« fragte Sabrina.

»Die ist mit fünf Stichen zugenäht worden. Mike ist auch verletzt worden.«

»Was ist passiert?« Sabrina war sichtlich besorgt.

Graham zuckte bloß mit den Achseln.

»Beim Sprung aufs Waggondach hat er sich die Schulter geprellt. Vom Arzt sind ihm Schmerzmittel verabreicht worden. Das muß vorerst reichen. Wenn wir wieder in New York sind, kann er sich ordentlich behandeln lassen.«

Das Telefon läutete.

Philpott ging zur Nachtkonsole und hob den Hörer ab. Er hörte aufmerksam zu, nickte gelegentlich und hängte ein, ohne ein Wort gesagt zu haben.

»Der Waggon ist an einen Zug gehängt worden, der nach Triest fährt und um zwanzig vor fünf dort ankommen soll. Sie haben noch eine knappe Stunde Zeit, könnten also vor dem Zug da sein. Ich rufe den Piloten an.«

Sabrina und Graham warfen ihre Jacken über und steckten die neuen Berettas ein, die Kolchinsky mit je einem zusätzlichen Magazin für sie auf dem Bett zurückgelassen hatte.

»Der Pilot wartet im Foyer«, sagte Philpott, nachdem er den Hörer aufgelegt hatte.

In aller Eile verließen sie das Zimmer.

Der Hubschrauber schaffte die rund dreihundert Kilometer nach Triest in vierzig Minuten und landete auf einem Feld direkt hinter dem Bahnhof.

Graham und Sabrina sprangen nach draußen, bevor der Pilot den Motor abgeschaltet hatte, und liefen zum Bahnhofsgebäude. In der großen Halle wimmelte es von Touristen und Pendlern. Nach einem kurzen Rundumblick faßte sie Graham beim Arm und führte ihn zu einem Zeitungskiosk, der in der Nähe stand.

»Ich werde mich in der Information da drüben nach dem Zug erkundigen. Bleib am besten hier stehen, sonst verlieren wir uns noch in dem Getümmel. Bin gleich wieder da.«

Und schon war sie verschwunden.

Als sie fünf Minuten später zurückkehrte, zeigte sie ein düsteres Gesicht.

»Jetzt sag nicht, der Zug ist schon angekommen.«

Sie nickte. »Vor fünfundzwanzig Minuten.«

»Genug Zeit zum Umladen. Auf welchem Gleis?«

»Sieben.«

»Wir müssen zum Hubschrauber und versuchen, von da aus den Bahnsteig zu erreichen. Ob uns Philpott wohl den Weg freigemacht hat wie in Straßburg?«

»Jetzt ist die Gelegenheit da, mein As auszuspielen«, sagte sie und zog zwei Plastikkarten aus der Tasche. Eine davon steckte sie Graham zu. »Die hab' ich den Kripoleuten in der Schweiz geklaut. Du brauchst bloß die Karte zu zücken und *polizia* zu sagen. Den Rest der Unterhaltung besorge ich.«

»Manchmal könnte man annehmen, daß du mehr als nur ein hübsches Frätzchen bist.«

»Welch ein Lob aus deinem Munde.«

Die Schranke zu Gleis sieben war unbewacht. Also konnten sie den direkten Weg einschlagen, ohne gesehen zu werden.

Sabrina zeigte auf die Lok. »Ein *Rapido.* Kein Wunder, daß er vor der planmäßigen Zeit angekommen ist.«

»Was ist denn ein *Rapido*?«

»Ein Schnellzug. Hält nur in größeren Städten.«

»Und was war das für eine Schaukelkiste, in der wir gefahren sind?«

»Ein *Locale* wahrscheinlich, einer, der in jedem Kuhdorf hält.«

»*Cosa desidera*?« meldete sich eine Stimme hinter ihnen.

»Halt deinen Ausweis parat«, sagte sie zu Graham.

Sie drehte sich um und sah einen Bahnbeamten auf sich zukommen, dem sie den Ausweis entgegenstreckte, wobei sie nicht vergaß, das Paßfoto mit den Fingern zuzudecken. Bevor er zu Wort kommen konnte, bombardierte sie ihn mit Fragen auf italienisch, die er wenig später bereitwillig beantwortete. Sie dankte ihm für die Auskunft und wartete, bis er sich wieder getrollt hatte.

»Die Kiste ist in einen weißen Lieferwagen umgeladen worden, gleich nachdem der Zug angekommen ist.«

»Hat er gesagt, wohin die Fracht geht?«

»Er glaubt, irgendwas von einem Schiff gehört zu haben, aber der Name blieb offenbar unerwähnt.«

»Wenn das Plutonium für Libyen bestimmt ist, kommt Triest als Versandort ebenso in Frage wie jeder andere Hafen.«

»Ab durch die Adria und dann ins Mittelmeer.«

»Genau. Ich will mir trotzdem mal den Güterwagen anschauen. Nach dem, was in Lausanne passiert ist, sind mir die Auskünfte von europäischen Bahnbeamten nicht ganz geheuer.«

Obwohl es unwahrscheinlich war, daß ihnen irgend jemand von der anderen Seite auflauerte, steckten beide ihre Beretta vom Schulterhalfter in die Tasche, als sie sich dem Güterwaggon näherten. Dicht an die Wand geschmiegt, rückte Sabrina auf die Tür zu, die sie zur Seite schob, als Graham ihr ein Zeichen gab. Der Waggon war leer.

»Wir verschwenden hier nur unsere Zeit«, meinte Graham und schob die Tür wieder zu.

Es dämmerte bereits, als sie sich auf den Weg zurück zum Hubschrauber machten. Wenig später war die Maschine aufgestiegen und flog in Richtung der Docks.

»Sieh mal!« rief Sabrina, als der Hubschrauber in geringer Höhe den Hafenkomplex überflog.

Graham folgte ihrer Blickrichtung. Zwischen den Anlegestellen neun bis siebzehn war ein umgrenzter Abschnitt zu erkennen, der, beleuchtet von zahlreichen Flutlichtern, in den auffälligen Farben des Wernerschen Unternehmens aufstrahlte. Von jeder Gebäudewand und von allen Verladekränen prangte das

Firmenzeichen W; sogar die Numerierung der einzelnen Kais entsprach in ihrer graphischen Gestaltung diesem Signet. Was Sabrina und Graham am meisten überraschte, war die Ordnung und Sauberkeit, die dort im Vergleich zu den übrigen Anlagen herrschte, wo lauter Gerümpel herumlag und Schmierereien sämtliche Mauern verunzierten. Das umzäunte Gelände von Werner war dagegen blitzblank aufgeräumt, und die Wände der Lagerhallen schienen erst vor kurzem frisch gestrichen worden zu sein. Das mußte man diesem Werner lassen: Er hielt seine Reederei zumindest von außen gut in Schuß.

»Soll ich auf eine der Anlegestellen runtergehen?« rief der Pilot über die Schulter nach hinten.

»Nein, bringen Sie uns zum Büro der Hafenmeisterei«, antwortete Sabrina.

Der Pilot streckte den Daumen nach oben und brachte die Maschine wenig später zwanzig Meter von einem roten Ziegelgebäude entfernt zur Landung. Sabrina und Graham liefen über den Rasen auf das Gebäude zu und traten ein. Er setzte sich auf eine Bank neben der Eingangstür und überließ es der Partnerin, mit dem diensthabenden Zollbeamten am Empfangsschalter zu sprechen. Der warf während der Unterhaltung immer wieder einen Blick in sein Logbuch und bekritzelte schließlich ein Stück Papier, das er ihr zuschob. Sie bedankte sich und kehrte zu Graham zurück.

»Einer von Werners Frachtern . . .«, sie las vom Zettel ab, ». . . die *Napoli*, lag noch bis vor einer Stunde an Pier Nummer elf.«

»Das hilft uns nicht viel weiter«, entgegnete er.

»Laß mich ausreden!« erwiderte sie. »Offenbar war die

Napoli schon sechs Stunden hinter der Zeit, denn der Kapitän ist von Werner persönlich angewiesen worden, auf eine Kiste zu warten. Schließlich mußte der Frachter dann doch ohne die Kiste auslaufen. Aber kaum war er weg, da ist ein Hubschrauber der Firma Sikorsky am selben Pier runtergekommen und hat die Kiste eingeladen, um sie der *Napoli* nachzuschicken.«

»Ist der Hubschrauber schon losgeflogen?«

Sabrina nickte. »Vor fünfundzwanzig Minuten.«

Wütend schlug Graham mit der Faust auf die Armlehne der Bank.

»Sie sind uns immer einen Schritt voraus.«

»Da ist noch etwas: Die *Napoli* hat Getreide für Äthiopien an Bord. Es ist kaum zu fassen, daß jemand den Hunger von Menschen für seine politischen Ziele ausnutzt.« Sie schüttelte den Kopf. Ihr Blick war voller Zorn und Enttäuschung zugleich.

»Das Schiff läßt sich noch abfangen«, meinte Graham, als ob er sie trösten wollte. »Welche Häfen läuft es an?«

»Zuerst Dubrovnik, wo es am frühen Morgen ankommen wird, dann Tripoli.«

»Wir müssen also eingreifen, bevor es Dubrovnik wieder verläßt«, meinte er entschlossen und stand auf. »Werner wird sich wahrscheinlich ständig in der Nähe des Plutoniums aufhalten. In Dubrovnik laufen wir ihm bestimmt wieder über den Weg.«

»Das ist kein Spiel, Mike«, sagte sie und faßte ihn beim Arm, als sie das Bürogebäude verließen.

»Du hast recht. Herausforderung wäre der treffendere Ausdruck.« Nach wenigen Schritten drehte er sich um und blickte ihr ins Gesicht. »Du bist der Scharfschütze, halt dich an Werner. Aber dieser Hendrique gehört mir.«

»Unser Auftrag hat auch nichts mit einer Vendetta zu tun«, rief sie hinter ihm her, doch ihre Worte verflüchtigten sich im eisigen Wind.

»Wir müssen noch heute nacht nach Dubrovnik«, sagte er zum Piloten.

»Dubrovnik?« Der Pilot schüttelte den Kopf. »Unmöglich, das ist nicht drin.«

»Was, zum Teufel, soll das heißen?«

»Der Tower meldet eine heftige *Bora*, die die gesamte dalmatinische Küste mit einem so dicken Nebel überziehen wird, daß sämtliche Starts und Landungen abgesagt werden mußten.«

»Wir sind bei der UNACO und nicht auf irgendeinem Pfadfindertreffen. Risiko gehört zu unserem Geschäft, oder ist Ihnen das bei Ihrer Einstellung nicht mitgeteilt worden?«

Der Pilot warf Graham einen giftigen Blick zu, war aber vernünftig genug, seinen Ärger unter Kontrolle zu halten. »Ich würde bestimmt einiges riskieren, wenn es die Sichtverhältnisse zuließen. Aber der Nebel ist, wie mir gesagt wurde, so dicht, daß man die Hand vor Augen nicht sieht. Wenn wir jetzt fliegen, begehen wir schlicht Selbstmord.«

»Wann können wir mit einer Auflösung des Nebels rechnen?« fragte Sabrina.

»Laut Wetteramt gegen Morgen.«

»Und werden Sie uns dann nach Dubrovnik fliegen?« wollte Sabrina wissen.

»Der Tower hat versprochen, mir eine Meldung durchzugeben, sobald sich der Nebel auflöst.«

Graham gab sich geschlagen, sagte aber nichts. Er wußte, daß der Pilot recht hatte.

»Eine Frage noch«, sagte Sabrina. »Wie kommt ein Schiff in diesem Wetter klar?«

Der Pilot stierte hinaus in die Dunkelheit. »Es wird wahrscheinlich irgendwo da draußen den Anker geworfen haben. Bei dem Wetter würde nur ein Verrückter weiterzufahren versuchen.«

Graham und Sabrina sahen einander an; jeder wußte, was der andere dachte.

»Sie können mit mir zum Flughafen umkehren. Da wartet ein Auto, das uns in die Stadt bringen kann. Wir müssen für die Nacht noch ein Hotel suchen.«

»Ja, das machen wir, vielen Dank«, antwortete Sabrina.

Während des kurzen Fluges, grübelten Graham und Sabrina schweigend über das Problem nach, von dem der Pilot nichts wissen konnte.

Whitlock trat vor den Spiegel, um seine Krawatte zu richten, und betrachtete die Stiche über der rechten Augenbraue. Ein Lenkrad hatte geschafft, was keinem Gegner in seiner vierjährigen Boxzeit als Schüler gelungen war: eine Platzwunde. Gegen eine Narbe hatte er eigentlich nichts einzuwenden, doch was er nun zurückbehalten sollte, würde kaum auffallen, sobald die Haare nachgewachsen wären. Seiner Meinung nach konnte eine Narbe dem Gesicht Charakter und Ausdruck verleihen. Er erinnerte sich an die Wundmale auf dem Gesicht seines Großvaters, drei auf jeder Wange, die von den Schnitten eines Medizinmannes stammten und mit dem messerscharfen Schneidezahn eines erlegten Löwen eingeritzt worden waren, als der Junge den Initiationsritus über sich ergehen lassen mußte, so wie alle Männer seines Stammes. Whitlocks Großvater mütterlicherseits, der hochaufgeschossene Krieger mit den vernarbten Wangen, hatte den kleinen C. W. oft mit Geschichten von vergangenen Schlachten der Massai begeistern können. Den Vater seines Vaters, jenen kleinwüchsigen und rotgesichtigen Major der britischen Armee, kannte Whitlock nur mit einer dicken Zigarre im Mund und einer Flasche billigen Whiskeys in der Hand. Sein Vater hatte eine acht Zentimeter lange Narbe zwischen den Schulterblättern, die, wie er dem Sohn hatte weismachen wollen, von einem Streit mit dem Nachbarstamm herrührte. Erst nach seinem Tod war Whitlock von der Mutter darüber aufgeklärt worden, daß sich der Vater diese Verletzung bei einer Schlägerei unter Besoffenen in einem Nachtclub von Nairobi zugezogen hatte. So sehr er sie auch liebte, hatte Whitlock seiner Mutter diese Enthüllung nie verzeihen können. Ihm war damals zumute gewesen, als sei ein Teil des afrikanischen Zaubers aus seinen Vorstellungen gestrichen worden.

Er schmunzelte. Sein Massai-Großvater wäre stolz auf den Enkel. Whitlock warf einen Blick auf die Uhr. Sieben Minuten nach acht. Um halb neun war er bei Karin zum Abendessen verabredet. Er würde sich bei der Gelegenheit von ihr verabschieden, weil es für ihn in Mainz nichts mehr zu tun gab. Kaum zu glauben, daß er noch vor vierundzwanzig Stunden in seinem Hotelzimmer auf und ab gegangen war, verzweifelt darüber, in seinen Ermittlungen nicht weiterzukommen.

Er steckte die Browning unterm linken Arm ins Halfter, denn der mysteriöse Motorradfahrer stellte immer noch eine Gefahr dar.

Das Telefon läutete.

Er setzte sich auf den Bettrand und nahm den Hörer ab. »Hallo?«

»C. W.?«

»Karin, sind Sie's?«

»Bitte helfen Sie mir, sie haben ...«

Der Hörer wurde ihr aus der Hand gerissen. »Seien Sie um halb neun in der Firma, oder die Kleine stirbt!« knurrte eine Männerstimme auf deutsch.

»Da komm' ich nicht rein. Meine Besuchserlaubnis ist eingezogen worden«, antwortete Whitlock gelassen, obwohl ihm das Herz bis zum Hals schlug.

»Keine Sorge, Sie kommen schon rein. Um halb neun am Kühlbecken, und zwar unbewaffnet. Sonst geht's der Kleinen dreckig.«

Die Verbindung wurde unterbrochen.

Whitlock verschwand im Badezimmer und tauchte kurz darauf mit gelöster Krawatte wieder auf, die er nun vor dem Spiegel ein zweites Mal um den Kragen band. Dann zog er das Jackett über und ging in die Hotelhalle hinunter. Nachdem er den Schlüssel beim Empfang abgegeben hatte, eilte er hinaus in die kalte Nacht zu dem neu gemieteten Auto, das auf der anderen Straßenseite parkte. Ein weißer Vauxhall Cavalier. Er war entschlossen, diesen einen Wagen intakt zu halten. Deshalb nahm er nicht die alte Frankfurter Straße, sondern die Autobahn.

Statt der sonst dreiköpfigen Wache entdeckte er jetzt nur einen Werkschutzangestellten, als er sich dem hell erleuchteten Firmengelände näherte. Erst als er vor dem Schlagbaum anhielt, sah er, daß der Mann eine Jatimatic, eine aus Finnland stammende Maschinenpistole, in der Hand hielt, was Whitlock überraschte, zumal die Jatimatic recht neu auf dem Markt und außerhalb von Skandinavien äußerst selten anzutreffen war.

Bei dem Wachposten handelte es sich um denselben Mann, der ihn am Morgen abgewiesen hatte.

»Ich hoffe, die Überstunden werden gut bezahlt. Bei dem Arbeitseifer, den Sie zeigen ...«, sagte Whitlock durchs offene Fenster.

Der Mann befahl, die Hecktür zu öffnen. Kaum war er eingestiegen, schlug er die Tür zu und drückte den Lauf der Jatimatic in Whitlocks Nacken.

»Knarre her, aber langsam!«

»Man hat mir am Telefon geraten, keine mitzubringen.«

»Knarre her!« fauchte der Wächter und versetzte der Maschinenpistole einen leichten Ruck.

»Schon gut«, antwortete Whitlock beschwichtigend und angelte die Browning aus der Tasche.

»Langsam, hab' ich gesagt.«

»Noch langsamer, und mein Arm würde stillstehen.«

Der Mann schnappte ihm die Waffe aus der Hand. »Fahren Sie los! Den Parkplatz für Besucher lassen Sie links liegen und fahren hundert Meter weiter geradeaus! Vor Tor Nummer siebzehn halten Sie an!«

Whitlock folgte den Anweisungen des Wächters und fuhr vor das weiße Tor, auf das mit schwarzer

Farbe eine 17 gemalt war. Darunter stand zu lesen: *Für Unbefugte ist der Zutritt strengstens verboten.* Als Whitlock aus dem Auto stieg, fiel ihm ein helles Aufblitzen ins Auge. Hinter einer abseits stehenden Eiche, die von einem der Scheinwerfer angeleuchtet wurde, entdeckte er die schwarze Suzuki. Der Wächter stieß ihm die Jatimatic in den Rücken und drängte ihn auf das weiße Tor zu. Es schwang nach innen auf.

»Links rum!« befahl der Wächter.

Whitlock gehorchte und fand sich nach weiteren zwanzig Schritten vor der Tür zum Lagerbecken wieder, zu dem Leitzig ihn vor zwei Tagen geführt hatte. Die Tür war nur angelehnt, und er stieß sie mit den Fingerspitzen auf. Dann blickte er über die Schulter in Erwartung weiterer Befehle.

Der Wächter deutete auf die Metalleiter an der rechten Wand. »Hochklettern bis ganz oben!«

Whitlock hoffte, den Mann auf der Leiter entwaffnen zu können, doch der folgte erst nach, als Whitlock schon auf halber Höhe war, und diesen Abstand hielt der andere geflissentlich bei. Als sich Whitlock dem Leiterende näherte, konnte er die weißen Lederstiefel und Hosenbeine des Motorradfahrers erkennen, der ein paar Meter weiter auf dem Laufsteg stand. Dann kletterte auch er auf den Steg und sah das Gesicht des anderen zum ersten Mal.

Karin trug eine dunkle Sonnenbrille, hinter der sie das blau geschlagene Auge versteckte. Die schwarzen Haare bildeten einen krassen Kontrast zur weißen Ledermontur.

Schwer keuchend tauchte der Wächter auf dem Laufsteg auf und reichte ihr die Browning.

»Filzen!« sagte sie auf deutsch.

Der Wächter hatte Whitlock schnell durchsucht. »Er ist sauber.«

»Es scheint Sie nicht gerade zu überraschen, daß ich die Fäden in der Hand halte. Meine Vorstellung am Telefon war doch überzeugend, oder nicht?« fragte sie.

»Zugegeben. Allerdings überrascht mich jetzt, daß Sie dieses hübsche Veilchen in Kauf genommen haben, obwohl — korrigieren Sie mich, wenn ich falsch liege —, obwohl Sie und Vanner doch vorhatten, mich bei meinem ersten Besuch in Ihrem Haus umzulegen.«

»Woher wissen Sie von Vanner?«

»Leitzig hat mich aufgeklärt, bevor Sie ihm die Kugel in den Bauch geschossen haben.«

»Tja, das blaue Auge war Pech. Frankie, also Frank Vanner, hat mir aus Versehen die Küchentür ins Gesicht geschlagen, als er die Polizeisirenen hörte und nach draußen rannte. An der Stelle ging unser Plan nicht ganz auf. Wir haben erwartet, daß Sie allein kommen.«

»Und wer genau ist dieser Vanner?«

»Hendriques rechte Hand. Ursprünglich sollte er im Zug mitfahren, aber Werner hat ihn zurückgeschickt, als Sie aufkreuzten.« Sie hob die Hand, als er das Wort zu ergreifen versuchte. »Jetzt darf ich wohl mal eine Frage stellen.«

Whitlock starrte in die Mündung der Browning, die auf seine Brust gerichtet war. »Wenn Sie mich so lieb bitten.«

»Seit wann haben Sie mich im Verdacht?«

»Getraut habe ich Ihnen von Anfang an nicht, und dann gab mir Leitzig einen Hinweis, der mich richtig nachdenklich gemacht hat. Er sagte, daß man ihn unter anderem auch deshalb in die Firma geholt habe, um Hendriques vier Techniker einzustellen, die zusammen mit den Fahrern und Wächtern bei der geplanten Sache mithelfen sollten. Im Hilton haben Sie mir erklärt, daß die Einstellung der Fahrer und Werkschutzleute in Ihren Aufgabenbereich fällt. Ich brauchte also nur zwei und zwei zusammenzurechnen.«

»Ich bin beeindruckt«, sagte sie, ohne sich die Mühe zu geben, auch so zu klingen. »Natürlich haben Sie recht. Ich stelle die Leute ein, die mir Hendrique vorschlägt, und obwohl ich mich eigentlich nur mit Öffentlichkeitsarbeit befassen sollte, schöpft niemand Verdacht. In das, was ich eigentlich tue, sind nur vier Personen eingeweiht: Werner, Hendrique, Frankie und mein Kontaktmann.«

»Und was ist mit Leitzig?«

»Leitzig?« höhnte sie. »Eine meiner Sonderaufgaben war es, Leitzigs Arbeit zu beaufsichtigen und meinen Kontaktmann darüber auf dem laufenden zu halten. Hätte unser Cheftechniker gewußt, daß ich ihm auf die Finger schaue, wäre er bestimmt ausgerastet. Er hielt sich doch für die Nummer eins der gesamten Firma. Von unserer Truppe arbeiteten alle für ihn. Er zahlte jeden aus, und wenn einer zu gierig wurde, ließ er Hendrique kommen.«

»Was ist mit seinem Vorgänger passiert? Hat Hendrique ihn umgebracht?«

»Er hat sich geweigert mitzuarbeiten und drohte, den Coup auffliegen zu lassen, bevor er überhaupt begonnen hatte. Hendrique hat ihn umgelegt und seinen Tod als Skiunfall getarnt.« Ihr Lächeln wirkte gezwungen. »Ich glaube, ich habe Ihnen genug Fragen beantwortet.«

Sie trat einen Schritt zurück, streckte die Browning um Armeslänge aus und zielte auf Whitlocks Stirn. Ihr Finger krümmte sich um den Abzug. Wie gebannt starrte er auf die Mündung. Ihm war klar, daß er keine Chance mehr hatte. Ihr Handgelenk wippte zur Seite, bevor der Schuß fiel. Die Kugel traf den Wächter genau in die Brust und schleuderte ihn vor die Wand. Sie feuerte ein zweites Mal, und der Mann stürzte bäuchlings auf den Laufsteg. Die Jatimatic kam polternd vor Whitlocks Füßen zu liegen.

»Sie könnten's mal versuchen«, sagte sie und registrierte jedes Zucken seiner Augen. »Ich würde Ihnen allerdings raten, das Ding wegzustoßen.«

Er schob die Waffe mit dem Fuß vom Laufsteg.

»Heute nacht wird in diesem Firmenabschnitt nicht gearbeitet, und wenn trotzdem jemand vorbeikäme, würde er nicht das geringste hören. Die Halle ist schalldicht. Wir sind ganz unter uns.«

Whitlock warf einen Blick auf den toten Mann. »Sie haben eine merkwürdige Art, Loyalität zu entlohnen.«

»Wie gesagt: Er hat für Leitzig gearbeitet, nicht für mich. Und außerdem wußte er zuviel über mich. Ich mußte ihn über meine Funktion aufklären, sonst hätte ich ihn kaum dazu bewegen können, mir zu helfen. Wie dem auch sei, der Zwischenfall kommt mir recht gelegen. Der Wächter hat Sie beim Herumschnüffeln ertappt und Sie zu überwältigen versucht. Sie haben sich gebalgt, und dabei ist er von einer Kugel erwischt worden, während Sie das Gleichgewicht verloren haben und zu Tode gestürzt sind. Die Geschichte ist vielleicht nicht sonderlich originell, aber stichhaltig genug.«

»Und was ist, wenn ich das Gleichgewicht nun nicht verliere?«

»Dann werde ich Sie abknallen. Damit wäre zwar auch mein kleines Szenario gestorben, aber darüber brauchen Sie sich keine Gedanken mehr zu machen.«

»Wie einfühlsam von Ihnen.« Er trat ans Geländer und schaute hinab auf die glatte Wasseroberfläche in zwanzig Meter Tiefe. »Darf ich noch eine letzte Frage stellen?«

»Nur zu.«

»Für wen arbeiten Sie?«

»KGB, Abteilung S. Für den Verein arbeite ich seit meiner Studienzeit.« Ihre Stimme klang merkwürdig hohl. »An der jetzigen Situation bedauere ich nur eins: daß wir letzte Nacht nicht zusammen ins Bett gegangen sind.«

»Tja, immerhin hätten Sie sich den Ausflug von heute sparen können.«

»Blödsinn. Im Bett hätte ich Sie doch nicht umgebracht«, antwortete sie leise. »Ich war einfach bloß scharf auf Sie.«

»Das ließe sich nachholen.«

»Machen Sie keine Witze!« fauchte sie und senkte den Pistolenlauf auf seine Brust. »Wenn Sie in zehn Sekunden nicht gesprungen sind, drück' ich ab.«

Er wandte den Kopf zur Seite und blickte aufs Wasser hinab, verzog plötzlich das Gesicht vor Schmerzen und faßte sich mit der Hand in den Nacken. Die Halswirbel massierend, tastete er mit den Fingern nach dem Stilett, das er vor seinem Aufbruch aus dem Hotel in eine Scheide unter den Kragen gesteckt hatte. Ungezählte Male hatte er vor dem Schlafzimmerspiegel zu Hause geprobt, was er nun zum ersten Mal als letzten Rettungsversuch in die Tat umzusetzen versuchte. Wollte er Erfolg haben, so mußte der Handgriff überraschend und präzise ausgeführt werden; die kleinste Ungeschicklichkeit würde ihn das Leben kosten. Er umfaßte den Griff, neigte den Kopf ein wenig zur Seite, um die Klinge aus der Scheide ziehen und mit ein und derselben Bewegung von sich schleudern zu können.

Sie sah das aufblitzende Messer im allerletzten Augenblick, aber anstatt zu feuern, klammerte sie die Hand unwillkürlich fester um den Pistolenknauf. Die scharfe Klinge pflügte über ihren Handrücken. Mit einem entsetzten Aufschrei ließ sie die Browning fallen, stolperte ein paar Schritte zurück und preßte die blutende Hand an den Leib. Was nun geschah, sah er wie im Zeitlupentempo. Sie stieß mit dem Rücken ans Geländer, verlor den Halt und kippte nach hinten, bekam aber mit der verletzten Hand eine der senkrechten Verstrebungen zu fassen. Es gelang ihr, auch mit der anderen Hand zuzufassen, und mit irrem Blick starrte sie aufs Wasser in zwanzig Meter Tiefe.

»Nicht nach unten sehen!« rief Whitlock. »Geben Sie mir Ihre Hand!«

»Ich rutsche ab«, schrie sie. »Helfen Sie mir, um Himmels willen, helfen Sie mir!«

Er ging in die Knie und griff nach einem ihrer Handgelenke, aber das Blut auf ihrer Haut wirkte wie ein Schmiermittel. Er krallte ihr die Fingernägel ins

Fleisch und zerrte am Arm. Ein letztes Mal um Hilfe bettelnd, löste sie die Hände, eine nach der anderen, von der glatten Geländerverstrebung und schlang die Finger um seine Handgelenke. Sosehr er auch zupackte, sie entglitt seinem Griff immer mehr. Jetzt schien sie auch die Schmerzen nicht länger ertragen zu können und ließ die verwundete Hand zur Seite fallen. Der Arm schlüpfte ihm durch die Hände. Er sah sie mit weit aufgerissenen, flehenden Augen zu ihm aufblicken, als ihre Finger über seine Handflächen kratzten und schließlich ins Leere griffen. Erschaudernd wandte er sich ab, mußte aber mitanhören, wie Karin aufs Wasser klatschte.

Schließlich stand er auf und schaute hinab. Sie trieb mit dem Gesicht nach unten im Becken. Nur der weiße Lederrücken schwamm auf Höhe des Wasserspiegels.

Whitlock zog dem toten Wächter die Magnetkarte aus der Tasche, um damit die Tür öffnen zu können, las dann die Browning vom Laufsteg auf und kletterte über die Leiter nach unten.

Nachdem er die Tür zum Lagerbecken hinter sich hatte zugleiten lassen, eilte er durch den Korridor nach draußen. Langsam fuhr er mit seinem Wagen an den Schlagbaum heran. Ein Mann vom Werkschutz kam aus der Pförtnerloge und warf einen flüchtigen Blick auf Whitlocks Besucherausweis. Ob der nun tatsächlich noch Gültigkeit hatte oder nicht, war ohne Belang, denn kein Wächter macht sich die Mühe, Besucher, die das Firmengelände verlassen, genauer zu überprüfen.

»Sie haben nicht zufällig einen Kollegen von mir gesehen? Als ich vor ein paar Minuten die Schicht angetreten habe, war der Posten unbesetzt. Hier hätte jeder durchfahren können.«

»Nein, tut mir leid«, antwortete Whitlock mit entschuldigendem Lächeln.

Der Mann öffnete den Schlagbaum.

Whitlocks nächste Station würde das Krankenhaus sein, wo er sich nach Leitzigs Zustand erkundigen wollte. Als er das letzte Mal nachgefragt hatte, war ihm mitgeteilt worden, daß der Patient außer Lebensgefahr sei. Sobald Whitlock die Namen der Komplizen von Leitzig erfahren würde, könnte er einen abschließenden Bericht an Philpott durchgeben.

Und dann ab nach New York.

Zurück zu Carmen.

11

Am frühen Morgen, kurz nach vier, wurde dem Hubschrauberpiloten vom Flughafen mitgeteilt, daß sich der Nebel über der Adria ausreichend gelichtet habe und der Flug nach Dubrovnik möglich sei. Zehn Minuten später gaben der Pilot, Sabrina und Graham ihre Hotelschlüssel ab, und nach insgesamt fünfundzwanzig Minuten erhielten sie vom Tower die Starterlaubnis. Kaum waren sie in der Luft, als Graham und Sabrina ihre Tauchanzüge auspackten, die sie angefordert und in einem Schließfach am Flughafen hatten deponieren lassen. Es war gar nicht so leicht, in der engen Kabine T-Shirt und Shorts auszuziehen, die sie unter den warmen Wintersachen trugen, um anschließend in den Tauchanzug steigen zu können.

Als sie zweieinhalb Stunden später Dubrovnik erreichten, hatte sich der Nebel gänzlich verzogen, und die ersten Sonnenstrahlen schimmerten hinter dem dunklen Horizont auf wie Pinselstriche eines gigantischen Aquarells.

Der Pilot deutete nach unten, als sie den von der Werner-Reederei gepachteten Hafenkomplex überflogen, der im Vergleich zur Anlage in Triest sehr viel kleiner war und nur zwei Anlegestellen umfaßte sowie eine Reihe von Lagerhallen, bemalt in den Farben

Schwarz, Rot und Gelb. Der Pilot hatte bereits mit der Hafenbehörde Funkkontakt aufgenommen und erfahren können, daß die *Napoli* noch nicht eingetroffen war. Wann sie Dubrovnik anlaufen würde, ließ sich noch nicht genau vorhersagen. Zur Zeit waren beide Anlegestellen frei.

Als der Pilot die Maschine vom Hafen wegsteuerte, um jene Stelle anzufliegen, die auf einer dem Gepäck beigelegten Karte eingezeichnet war, zogen Graham und Sabrina ihre Schwimmflossen an, streiften die Kopfmasken über und steckten die Berettas und je ein Paar Turnschuhe in wasserdichte Taschen, die sie mit einem Haken an der Taille befestigten. Die auf der Karte eingetragene Stelle lag, wie sich herausstellte, gut fünfhundert Meter vor der Küste. Ein perfekter Ort, um unbemerkt auszusteigen. Der Pilot senkte die Maschine bis auf drei Meter über die Wasseroberfläche herab und gab mit heftigem Kopfnicken das Zeichen zum Absprung. Graham und Sabrina waren kaum ins Wasser eingetaucht, als der Hubschrauber wieder aufstieg und über den Strand von Ploce in Richtung Flughafen davonzog.

Beide waren erfahrene Schwimmer und hatten keine Schwierigkeiten, die weite Strecke bis zum Hafen hinter sich zu bringen. Die letzten hundert Meter legten sie schnorchelnd dicht unter der Wasseroberfläche zurück, um nicht von den starken Scheinwerfern aufgespürt zu werden, die trotz zunehmenden Sonnenlichts noch eingeschaltet waren. Nachdem sie die Pier erreicht und ein wenig verschnauft hatten, stieg Graham über eine rostige Metalleiter zwischen den Kais sieben und acht aus dem Wasser und spähte über den Rand der frisch asphaltierten Anlegestelle. Kein Mensch war zu sehen. Vor einer Lagerhalle am Kai acht parkte ein firmeneigener Land Rover.

Plötzlich öffnete sich das Tor der Halle, und ein Mann trat heraus, der eine Spectre, eine italienische Maschinenpistole, geschultert hatte. Graham duckte sich und lauschte auf die Schritte des Mannes. Als der nicht näher zu kommen schien, hob Graham vorsichtig den Kopf und fluchte im stillen. Denn der Mann war neben dem Land Rover stehengeblieben, senkte den Kopf, um eine Zigarette anzustecken, warf dann das Streichholz zu Boden und lehnte sich mit verschränkten Armen an die Beifahrertür. Unbemerkt an dem Mann vorbei ins Lager zu gelangen, war so gut wie ausgeschlossen, und nicht einmal Graham hatte Lust, es mit einer Spectre aufzunehmen, der wohl gefährlichsten Maschinenpistole kürzerer Reichweite, die auf dem Markt zu haben war. Flüsternd gab er Sabrina Bescheid, die — sich mit einer Hand an der Leiter festhaltend — ihre Schwimmflossen auszog und Graham in die Hand drückte. Dann schlüpfte sie in ihre Turnschuhe und steckte die Beretta in die Seitentasche.

»Lenk ihn ab, sobald ich dir ein Zeichen gebe!«

»Ach ja? Hast du überhaupt eine Ahnung davon, was so eine Spectre draufhat?«

»Klar. Sie hat fünfzig Schuß und trifft auf hundertfünfzig Meter ziemlich genau.« Sabrina legte die Hand auf Grahams Arm und fügte hinzu: »Zum Schießen wird er nicht kommen. Vertraue mir.«

Bevor er antworten konnte, war sie nach oben geklettert und schlich geduckt auf den Land Rover zu. Mit einer Hand auf dem Boden abgestützt, sah sie sich um und nickte Graham zu. Der tauchte hinter dem Rand ab und warf ihre Schwimmflossen auf den Asphalt. Der Mann wirbelte herum, riß die Spectre von der Schulter und wartete darauf, den Besitzer der Flossen in Empfang nehmen zu können. Nach einigen Sekunden zog er die Stirn kraus und näherte sich zögernd dem Rand der Anlegestelle, blieb aber nach wenigen Schritten stehen und kehrte Sabrina den Rücken zu. Sie fiel lautlos über ihn her und schickte ihn mit einem gezielten Handkantenschlag zu Boden.

»Mike!« zischte sie.

Graham eilte herbei und half ihr, den betäubten Wachposten unter den Land Rover zu schleifen.

»Hendrique ist hier«, warnte er, nachdem er einen Blick durchs Autofenster geworfen hatte.

Sie legte den Gurt der Spectre um die Schulter. »Woher weißt du das?«

Er machte sie auf den braunen Aktenkoffer aufmerksam, der auf der Rückbank lag, und sagte: »Darin steckt das Spiel, mit dem wir uns im Zug die Zeit vertrieben haben.«

»Wenn Hendrique hier ist . . .«

». . . wird Werner nicht weit sein.«

Sie öffnete das Tor der Halle einen kleinen Spaltbreit, konnte aber nur ein paar Kisten entdecken, die an der Seitenwand aufgestapelt waren und das inzwischen vertraute Firmensignet aufwiesen. Die Beretta fest im Griff, zog sie das Tor weiter auf. Drei Reihen aufgetürmter Kisten unterteilten die dunkle Halle. Die beiden Zwischenräume boten einem Gabelstapler ausreichend Platz zum Manövrieren. Sabrina und Graham schlüpften in die Halle.

Als er das Tor geschlossen hatte, flüsterte er ihr zu: »Du nimmst den linken, ich den rechten Gang!«

Sie schüttelte den Kopf. »Wir sollten lieber zusammenbleiben. Sie sind mindestens zu viert, und wer weiß, wie viele Wachen hier noch rumschwirren.«

Schulterzuckend gab er ihr nach.

Sie hatten das Ende des Durchgangs erreicht, und er wollte gerade in den zweiten Teil des L-förmigen Gebäudes vordringen, als sie ihn beim Arm faßte und den Finger auf den Mund legte. Beide lauschten angestrengt, konnten aber nichts hören.

»Ich habe Stimmen gehört«, flüsterte sie.

»Sie müssen irgendwo in der Nähe stecken. Komm!«

Er preßte den Rücken gegen die Kisten, hielt die Beretta in Kopfhöhe und spähte vorsichtig in den angrenzenden Gang. Er war leer. Der zweite Gebäudeteil war ähnlich unterteilt wie der erste: Drei Stapelreihen erstreckten sich über hundert Meter bis hin zur entfernten Wand. Graham zeigte auf die mittlere Reihe, und gemeinsam liefen sie los und versteckten sich in einer schmalen Lücke zwischen den Kisten, um von dort aus in den anderen Gang blicken zu können. Am Ende des Gangs befand sich ein kleines Büro mit gläsernen Trennwänden. Werner saß darin an einem Tisch und hatte ihnen den Rücken zugekehrt. Er spielte Karten mit Kyle und Milchan. Hendrique lehnte an der Wand und sah ihnen zu. Sein Franchi-Spas-Gewehr lag neben ihm auf einem Aktenschrank.

»Denk daran, was der Boß zum Thema Todesschuß gesagt hat.« Sabrina legte die Maschinenpistole hinter sich, ging in die Hocke und suchte nach einem geeigneten Schußwinkel. Dann legte sie das rechte Handgelenk auf den linken Unterarm und nahm Werners Hinterkopf ins Visier der Beretta.

»Was ist das für ein Geräusch?« flüsterte sie.

»Was für ein Geräusch?«

»Das Rascheln.«

»Wahrscheinlich Ratten«, antwortete er gleichgültig. »Ja, da ist ein Loch in der Kiste neben dir. Da werden sie wohl drinstecken.«

Die Vorstellung einer von Ratten wimmelnden Kiste schreckte sie auf. Die Beretta fiel klappernd zu Boden, als Sabrina in den Gang hinausstolperte.

Hendrique riß das Gewehr vom Schrank, schnellte herum und feuerte durch das Bürofenster. Doch Graham war im selben Moment herbeigesprungen und hatte Sabrina mit einem rüden Football-Tackling zu Boden gerissen, bevor die Kugel über sie hinwegschoß und ein Loch in die Kiste hinter ihnen schlug. Hendrique hielt die beiden in Schach, während Kyle und Milchan die am Boden liegenden Waffen einsammelten und Graham die Beretta aus dem Gürtel zogen.

Als sie auf die Beine gezerrt wurden, entdeckten sowohl Sabrina als auch Graham, was sich in der aufgesplitterten Kiste verbarg: Maschinengewehre vom Typ AK 47.

Werner schien die beiden gar nicht zur Kenntnis nehmen zu wollen, als sie ins Büro gebracht wurden. Sein Blick war auf Hendrique gerichtet. »So viel zu Ihren handverlesenen Wachen. Oder sind die zwei hier womöglich von einem Raumschiff ins Lager gebeamt worden?«

Ausnahmsweise wußte Hendrique diesmal nichts auf Werners zynische Bemerkung zu entgegnen.

»Daß wir uns wiedersehen, habe ich doch geahnt«,

sagte Werner zu Sabrina. »Du hast deine Ankunft übrigens perfekt getimt. Ich wollte nämlich gerade aufbrechen. Im Hangar wartet mein Wasserflugzeug, vollgetankt und startbereit.«

»Und was ist mit der *Napoli?*«

»Die muß viel Zeit gutmachen und wird deshalb nicht in Dubrovnik anlegen. Ich für mein Teil fliege jetzt nach Hause. Den Rest übernimmt Hendrique.«

»Er nimmt also auch den Zünder in Verwahrung, seh' ich das richtig?«

»Ach, Mister Graham, ich hätte von einem so erfahrenen Mann wie Ihnen eine vernünftigere Frage erwartet.« Werner bedachte Hendrique mit einem verächtlichen Blick. »Er ist ein Söldner, ein Waffen- und Drogenschmuggler und hat nur Geld im Kopf. Höhere Ziele sind ihm noch nie in den Sinn gekommen. Hätte er den Zünder, würde er bestimmt einen kleinen Erpressungsversuch unternehmen.«

»Das reicht!« fauchte Hendrique.

»Sollte ich mich etwa irren?« stichelte Werner weiter und wandte sich dann Graham zu. »Der Zünder bleibt bei mir. Die Sache ist im Grunde recht simpel. Wenn Sie nicht aufgekreuzt wären, hätte ich mich aus dem Staub gemacht, ohne daß irgend jemand etwas davon erfährt. Die *Napoli* könnte unterdessen ihren Zielort sicher erreichen, denn Ihre Leute werden einen großen Bogen um sie schlagen, weil immer noch damit zu rechnen ist, daß ich mit dem Zünder in Reichweite bin. Daß Sie hier aufgetaucht sind, bestätigt meine Vermutung. Ohne meine Warnung wären Sie nämlich wahrscheinlich schon längst an Bord der *Napoli.*« Er nahm die Reisetasche zur Hand, die neben dem Tisch stand. »Übrigens haben wir Sie deshalb im Zug am Leben gelassen. Schließlich sollten Sie doch die Information an Ihre Vorgesetzten weitergeben. Aber jetzt tut's mir leid um Sie. Ich kann Sie nicht mehr brauchen. Hendrique wird sich Ihrer annehmen.«

»Sag den anderen Bescheid!« verlangte Hendrique und drückte Kyle das Funkgerät in die Hand. »Ich werde draußen auf sie warten.«

Mit zügigen Schritten durchquerte Hendrique die Halle. Die beiden anderen Wachposten warteten bereits vor dem Tor und knieten neben ihrem Kumpanen, der immer noch am Boden lag.

Hendrique zerrte ihn in die Höhe und und stieß ihn unsanft gegen den Land Rover. »Deinetwegen hab' ich mich von Werner beleidigen lassen müssen.«

»Tut mir leid«, brummte der Mann und massierte sich den Nacken.

Hendrique zog seine Desert Eagle, schoß dem Wächter aus kürzester Distanz in die Brust und wandte sich mit wütender Miene den beiden anderen zu. »Fehler laß ich nicht durchgehen. Ihr zwei werdet jetzt hierbleiben, und wehe, ihr haltet die Augen nicht offen!«

Er nahm den Aktenkoffer aus dem Wagen und verschwand wieder in der Halle.

»Was war das für ein Schuß?« wollte Werner wissen, als Hendrique ins Büro zurückgekehrt war.

»Eine Disziplinarmaßnahme«, antwortete Hendrique und holte das Spielbrett aus dem Koffer.

Kyle räumte die Karten und Kaffeebecher vom Tisch, während Hendrique die Birne aus der von der Decke baumelnden Lampe schraubte und den Strom anzapfte.

»Was hast du vor?« fragte Kyle, ganz aufgeregt vor Vergnügen. »Willst du die beiden gegeneinander ausspielen?«

»Wär' auch keine schlechte Idee. Aber ich finde, Graham sollte sich mal mit Milchan messen.« Er sah Milchan an und fügte hinzu: »Nur wenn du willst, versteht sich.«

Milchan tippte an die eigene Brust und zog dann den Finger quer über den Hals.

»Falls Sie nicht verstanden haben, Graham: Milchan will mit Ihnen bis zum Tod spielen.«

»Und wenn ich mich weigere?« fragte Graham trotzig.

»Dann bin ich gezwungen, Ihre hübsche Assistentin umzulegen«, antwortete Kyle.

»Partnerin«, korrigierte Sabrina.

»Bind sie an den Stuhl!« sagte Hendrique zu Milchan. »Sie bekommt einen Vorzugsplatz in der ersten Reihe.«

»Tut mir leid, daß es so enden muß, Sabrina«, bemerkte Werner. Dann drehte er sich um und verließ das Büro. Seine Schritte hallten noch lange nach.

»Ich wette, er war ganz schön scharf auf dich, Süße. Das kann man ihm nicht verübeln.« Grinsend langte Kyle nach ihrem Gesicht.

Sie biß ihm in die Hand.

»Du Sau!« knurrte Kyle und machte Anstalten, sie mit der Spectre zu schlagen.

Graham stürmte an Hendrique vorbei und streckte Kyle mit einem Fausthieb zu Boden.

Hendrique drückte den Gewehrlauf in Grahams Nacken und befahl: »Fessel ihm die Beine!«

Milchan packte Graham beim Arm und stieß ihn auf einen Stuhl.

»Dafür wirst du bezahlen«, zischte Kyle und zielte mit der Maschinenpistole auf Graham.

Hendrique schob den Lauf der Spectre zur Seite. »Du gehst mir langsam auf die Nerven, Eddie. Mach dich zur Abwechslung mal nützlich. Du könntest zum Beispiel den Hubschrauber startklar machen.«

»Aber ich will zugucken«, jammerte Kyle und zeigte auf das Spielbrett.

»Wir haben noch einiges zu erledigen und können nicht bleiben. Also los, tue, was ich dir gesagt habe!«

Widerwillig gab Kyle die Spectre ab und verließ das Büro.

Hendrique trat vor das Spielbrett, legte beide Hände auf die Tasten und hob zuerst die eine, dann die andere an. Der Stromstoß verpuffte durch die leeren Handschellen. Er nahm nun einen Schlüssel aus dem Seitenfach des Aktenkoffers, steckte ihn in ein Schloß am Brettrand und drehte einmal um. Neben dem Schloß leuchtete ein rotes Licht auf.

»Auf die ersten beiden Durchgänge wird verzichtet. Legt jetzt die Handschellen an!«

Beide Männer ließen die Fesseln über ihre Handgelenke schnappen und legten die jeweiligen Schlüssel auf die Mitte des Bretts.

»Der Todesstoß ist eingeschaltet. Nicht einmal der Tauchanzug wird Sie retten können, Graham.«

»Sie gehen wohl davon aus, daß ich als erster zurückziehe?«

»Davon bin ich überzeugt. Milchan spielt nur, wenn der Todesstoß aktiviert ist, und wie Sie sehen, lebt er immer noch.« Hendrique stieß die Gewehrmündung in Sabrinas Nacken. »Wenn Sie nicht gleichzeitig mit Milchan die Taste drücken, werde ich sie abknallen.«

Graham sah seine Partnerin an. Sie lächelte kläglich.

»Auf die Plätze!« kommandierte Hendrique.

Milchan legte die Hand über die Taste und fixierte Grahams Gesicht. Der atmete einmal tief durch und führte die Hand über die andere Taste.

»Los!« sagte Graham.

Beide drückten gleichzeitig zu.

»Tut mir leid, daß ich nicht bleiben kann, um Sie sterben zu sehen. Aber wir haben noch eine kleine Verzögerung aufzuholen.« Hendrique verschwand draußen in der Halle.

Sofort versuchte Sabrina, die gefesselten Hände zu befreien, aber der Knoten war mit den Fingern nicht zu erreichen. Sie rückte auf dem Stuhl herum, bis sie mit dem Rücken vor der zersplitterten Fensterscheibe saß.

»Mike?«

»Mach dir keine Sorgen um mich«, antwortete er, ohne Milchan aus den Augen zu lassen.

Sie warf einen Blick über die Schulter. Der Stuhl war nur zwei Handbreit vom Fenster entfernt. Sie würde die Lehne zurückkippen müssen, mußte aber befürchten, die Hände und Gelenke an den Scherben zu verletzen, die aus dem Rahmenteil herausragten. Doch eine andere Möglichkeit blieb ihr nicht. Rhythmisch wippte sie mit dem Oberkörper vor und zurück, brachte dadurch den Stuhl immer heftiger zum Wackeln und kippte schließlich rücklings vor den Rahmen. Zu ihrer Erleichterung glaubte sie im ersten Moment, um eine Schnittverletzung herumgekommen zu sein. Aber als sie den Daumen bewegte, spürte sie Blut über die Handfläche rinnen. Mit dem Zeigefinger konnte sie nun erfühlen, daß der Daumen von einem langen Glassplitter angeritzt worden war. Sie preßte die Fessel an den schartigen Grat der Scherbe, bewegte die Handgelenke auf und ab und konnte so innerhalb weniger Sekunden die Fessel aufschneiden. In Windeseile löste sie nun auch die festgebunden Füße und sprang vom Stuhl auf.

»Was muß ich tun, Mike? Die Drähte abklemmen?«

Der Zeiger stand auf Stufe sechs. »Schließ meine Handschelle auf!« zischte er.

»Warum nicht zuerst die Stromzufuhr unterbrechen?«

»Los, die Handschelle!«

Sie nahm die beiden Schlüssel vom Brett. »Und wenn da irgendwo eine Falle eingebaut ist?«

»Unsinn. Mach jetzt endlich!« Auf Grahams Gesicht waren schon erste Anzeichen von Schmerz zu erkennen.

Sie schloß die Handschelle auf. Mit der freien Hand langte Graham übers Brett und ließ den Metallring um Milchans Handgelenk schnappen, das nun in zwei Handschellen steckte.

Der Zeiger hatte Stufe acht erreicht.

Schweißperlen liefen über Milchans vernarbtes Gesicht. Entsetzt starrte er auf Grahams Hand, die immer noch auf der Taste lag.

»Vielleicht hat Hendrique ja doch recht, und ich ziehe als erster die Hand zurück. Allerdings hab' ich jetzt nicht mehr viel zu verlieren. Was meinst du, Milchan?« Milchan quälte sich ein Lächeln ab, trotz des anschwellenden Stromflusses, der ihm durch den Körper jagte.

»Tu's nicht, Mike!« rief Sabrina. »Du kannst ihn doch nicht kaltblütig umbringen.«

Stufe neun war erreicht.

»Er aber hätte dich kaltblütig umgebracht, wenn's andersherum ausgegangen wäre und du immer noch gefesselt auf dem Stuhl sitzen würdest. Wie sagt man so schön? Wer anderen eine Grube gräbt . . .«

Zögernd griff sie zum Kabel, das in der Lampenfassung steckte.

»Hände weg! Das geht nur mich was an.«

»Was hast du davon, ihn umzubringen? Dadurch kommen Carrie und Mikey auch nicht zurück«, platzte es aus ihr heraus.

Der Zeiger stand auf Stufe zehn.

Graham starrte sie an. Der Schmerz schien aus seinen Augen verschwunden zu sein, obwohl er am ganzen Körper zitterte. Dann, für Sabrina und Milchan völlig unerwartet, riß er plötzlich das Kabel aus der Fassung.

Milchan fiel erschöpft an die Stuhllehne zurück und rang nach Luft.

Graham und Sabrina standen mit dem Rücken zum Fenster, und so konnte keiner von beiden den Wachposten herbeischleichen sehen, bis er im Türrahmen auftauchte.

»Hendrique hat gemeint, ich solle mal nachsehen,

ob du vielleicht Hilfe brauchst«, sagte der Mann zu Milchan, der sich beeilte, die Handschellen loszuwerden. »Scheint so, als wäre ich gerade noch rechtzeitig gekommen.«

Milchan nickte zustimmend und ging auf den Wachposten zu.

»Hendrique sagt, ich soll die beiden umlegen, falls sie noch am Leben sind«, erklärte der Mann und hob seine Maschinenpistole.

Milchan schlug seine schaufelförmigen Hände dem Wächter rechts und links um die Ohren und verdrehte dessen Kopf so ruckartig, daß die Wirbel knackten wie dürres Holz. Er stieß den leblosen Körper in die Ecke des Büros, tippte mit der Hand auf die eigene Brust und zeigte dann auf Graham und Sabrina, wobei er den Mund bewegte, als wollte er etwas sagen.

»Er meint wohl, daß wir jetzt quitt sind«, erklärte Sabrina, die ihm von den Lippen lesen konnte.

Graham traf ihn mit einem wuchtigen Aufwärtshaken unters Kinn. Milchan war ohnmächtig, bevor er auf dem Boden aufschlug.

»Jetzt sind wir wirklich quitt.«

Sabrina sah ihren Partner fragend an, nahm dann die Berettas vom Aktenschrank und warf Graham eine zu. »Vielleicht können wir Stefan noch aufhalten.«

Er hielt sie am Arm fest. »Wenn die Sache hier vorbei ist, müssen wir mal ein paar Worte miteinander wechseln. Über Ratten.«

Sie nickte und hob die Spectre vom Boden auf.

Als die beiden das Büro verlassen hatten, gingen sie auf getrennten Wegen durch die Halle und trafen am

Ausgang wieder zusammen, wo sie über die Leiche des von Hendrique erschossenen Wächters steigen mußten.

Die Sonne war aufgegangen.

Unter einem kuppelförmigen Wellblechdach, das zweihundert Meter entfernt am Ende von Kai acht übers Wasser hinausragte, hörten sie den Motor eines Flugzeugs aufheulen. Im Sprinttempo rannten sie zum Hangar hin und nahmen mit gezogenen Waffen rechts und links von der Eingangstür Aufstellung. Vorsichtig drückte Sabrina die Klinke nieder und riß die Tür auf. Graham warf sich mit einem Hechtsprung durch die Öffnung und rollte zweimal der Länge nach über den Betonboden, bevor er einen gezielten Schuß auf den verdutzten Wachposten abfeuerte, den die Kugel in den Hals traf und rücklings ins Wasser schleuderte. Werner nutzte die Attacke auf den Wächter, um den Motor voll aufzudrehen, und steuerte den Flieger aufs offene Wasser hinaus. Ein halbes Dutzend Schnellboote lagen im Hangar vertäut. Graham rannte Sabrina hinterher, die bereits in eine siebzehn Fuß lange 170 GTS gesprungen war.

»Weißt du, wie man damit umgeht?«

»Du machst wohl Scherze?« antwortete sie grinsend. »Mein Vater hat eine Vierzig-Fuß-Yacht vor Miami liegen. Wenn ich da unten bin, flitze ich die meiste Zeit über mit dem Ding in der Gegend herum.«

Sie wartete, bis er die Leinen gelöst hatte, drehte den neunzig PS starken Motor auf und raste dem fliehenden Flugzeug nach.

Je länger sie darüber nachdachte, desto mehr verdroß es sie, in der Lagerhalle gepatzt zu haben. Werner hatte ein optimales Ziel geboten, und es wären nur noch zwei, drei Sekunden nötig gewesen, um ...

Das Schnellboot zog mit dem Flugzeug gleich. Werners Gesicht war hinter dem Türfenster zu sehen. Er schien ins Funkgerät zu brüllen, und seine Lippen bewegten sich unaufhörlich. Sabrina steuerte das Boot vor die Maschine und zwang Werner, die Geschwindigkeit zu drosseln und den Kurs zu ändern. Er reagierte so, wie sie es wollte. Vor ihnen lag der schmale Ausläufer der Hafenmauer mit dem unbemannten Leuchtturm. Sabrina hatte vor, das Flugzeug vor die Hafenmauer zu drängen, und half mit riskanten Wendemanövern nach. Graham hielt die Spectre im Anschlag und wartete auf Werners ersten Fehler.

Werner ahnte, was sie im Schilde führten, und suchte verzweifelt nach einem Ausweg; hatte er sich doch fast schon zu Hause gewähnt. Ihm blieb nur eine Chance, und die mußte er nutzen. Er lockte das Boot auf die Steuerbordseite zwischen sich und dem Ufer, bog in einer scharfen Kehre ab und steuerte hinaus aufs offene Wasser. Sabrina riß das Ruder so ruckartig herum, daß Graham fast über Bord gegangen wäre, hätte er sich nicht rechtzeitig an der Windschutzscheibe festgehalten. Das Boot hüpfte übers Wasser, als Sabrina dem Flieger nachjagte und ihn zur Seite zwang wie ein Schäferhund, der einen durchgebrannten Hammel zurück in die Koppel zu treiben versuchte. Werner hatte jetzt genügend Fahrt aufgenommen, war aber der Hafenmauer gefährlich nahe gekommen. In seiner Verzweiflung riß er die Kette vom Hals und preßte den Zünder drohend ans Seitenfenster. Dann zog er den Steuerknüppel an, und die

Schwimmer hoben sich langsam aus dem Wasser. Graham ließ eine Geschoßgarbe auf das steigende Flugzeug los. Die Kugeln durchschlugen das Blech in einer krummen, punktierten Linie. Werner zuckte zusammen, der Zündmechanismus flog ihm aus der Hand. Die Maschine war inzwischen gut fünf Meter gestiegen, geriet nun außer Kontrolle und raste auf das Leuchtfeuer zu. Werner war an der rechten Schulter getroffen worden und blutete stark. Es gelang ihm zwar noch, unmittelbar vor dem Leuchtturm abzudrehen und den Rumpf dicht über die Mauer wegstreifen zu lassen, konnte aber nicht mehr verhindern, daß die rechte Tragfläche und der rechte Schwimmer aufschlugen und abgerissen wurden. Das Flugzeug drehte eine groteske Pirouette und stürzte aufs Wasser, das sofort durch eine Öffnung in der halbgeborstenen Tür in die hintere Kabine strömte. Werner krümmte den Körper vor Schmerzen und versuchte aufzustehen, mußte aber zu seinem Entsetzen feststellen, daß der Fuß zwischen Tür und Sitzkante eingeklemmt war. Die Maschine erbebte, als das vollgeflutete Schwanzende im Wasser abtauchte.

Erst jetzt entdeckte Werner den Zünder, dessen Kette sich zwischen den Armaturen verfangen hatte. Er riß das Ding an sich, klappte den Deckel auf und suchte mit triumphierendem Grinsen die Blicke seiner Verfolger im Schnellboot.

»Stefan, nein!« schrie Sabrina.

Der Flieger bäumte sich auf, und der Rumpf verschwand im Wasser. Graham feuerte drauflos. Die Kugeln durchsiebten die nun senkrecht aufgerichtete Spitze, verfehlten aber den im Cockpit Eingeschlossenen.

Werner drückte den Knopf.

Instinktiv gingen Sabrina und Graham in Deckung und blickten verängstigt über den Bootsrand in Erwartung der Explosion.

Doch die blieb aus.

Werner drückte ein zweites und drittes Mal. Aber bis auf das Wasser, das gurgelnd ins Cockpit strömte, war nichts zu hören. Langsam und immer fester krallte sich seine Hand um den Zünder.

Das Cockpit sackte ins Wasser, und dann tauchte auch die Propellerspitze unter.

Sabrina legte die Unterarme auf den Rand der Windschutzscheibe und blickte auf die wild schäumenden Blasen, die von der sinkenden Maschine aufstiegen. »Wenn man bedenkt wie erfolgreich er als Geschäftsmann war. Himmel, er hatte tatsächlich vor, halb Europa mit sich untergehen zu lassen.«

Graham warf die Spectre auf den Sitz hinter sich, fuhr mit den Fingern durchs feuchte, zerzauste Haar und sagte: »Glaubst du, daß er übergeschnappt ist?«

»Was denn sonst?«

»Er war ein Fanatiker und glaubte wohl an das, was er tat.«

»Auch wenn halb Europa dabei draufgegangen wäre?«

»Selbst das hätte er wahrscheinlich in Kauf genommen«, antwortete Graham. »Fanatismus ist nicht mit Verrücktheit zu verwechseln. Glaubst du, die japanischen Kamikazeflieger waren verrückt?«

»Eine gewisse Art von Verrücktheit gehört schon dazu.«

Plötzlich war weit hinter ihnen das Geräusch von Rotoren zu hören. Sabrina brachte das Schnellboot in Fahrt und steuerte dem herbeifliegenden Hubschrauber entgegen. Werners Firmensignet auf beiden Seiten der Augusta Bell war unübersehbar. Kyle steuerte die Maschine, und Hendrique saß neben ihm.

Als der Hubschrauber nur noch fünfzig Meter entfernt war, raste er in steilem Winkel nach unten. Hendrique feuerte mit seiner Spectre durch die offene Cockpittür. Graham widerstand der Versuchung, auf das Fahrgestell zu schießen, als die Maschine über das Boot hinwegflog. Er hatte nur ein Magazin dabei, und jeder Schuß zählte. Sabrina warf das Steuerrad herum und versuchte, so schnell wie möglich in den Hafen zurückzukehren. Kyle wendete die Maschine in weitem Bogen und hielt, dicht über der Wasseroberfläche fliegend, direkt auf das Schnellboot zu. Graham ließ die Spectre fallen und warf sich neben Sabrina zu Boden. Die Waffe rutschte über Bord.

Jetzt blieben ihnen nur noch zwei Pistolen, während Hendrique ein ganzes Waffenarsenal im Cockpit mit sich führte.

Hendrique schleuderte eine Handgranate zur Tür heraus, als der Hubschrauber in Kopfhöhe über den Bug des Bootes hinwegraste. Sabrina hatte schnell reagiert und das Steuer herumgerissen. Eine Fontäne spritzte über die beiden hinweg, als der Sprengkörper im Wasser zerplatzte. Eine zweite Granate, aus größerer Höhe abgeworfen, explodierte knapp einen Meter neben dem Boot. Sabrina mußte all ihr fahrerisches Geschick aufbieten, um das Boot unter Kontrolle zu halten, das von der Druckwelle zur Seite geschleudert wurde. Im Zickzackkurs fuhr sie weiter und machte es so für Hendrique unmöglich, zu einem gezielten Wurf ansetzen zu können. Noch bevor er eine weitere Attacke starten konnte, hatten Sabrina und Graham den Hangar erreicht, der ihnen einstweilen Schutz bot. Doch draußen wartete der Hubschrauber auf sie. Wenn sich die Maschine vor die Hangaröffnung senken würde, wären seine Insassen gut aufs Korn zu nehmen.

Aber der Hubschrauber flog an der Halle vorbei, und Hendrique schleuderte eine Granate durch den Eingang, die jedoch keinen Schaden anrichten konnte. Das Schnellboot war außer Reichweite. Aber es konnte nicht lange dauern, bis Hendrique seine Spectre in Aktion bringen würde. Vor einem anhaltenden Sperrfeuer wäre ein Ausweichen kaum möglich.

Tatsächlich feuerte Hendrique seine Spectre ab, als der Hubschrauber zurückkehrte. Beide warfen sich wieder auf den Boden. Nach dem Angriff war Graham als erster auf den Beinen und untersuchte den Schaden. Drei Geschosse hatten sich in den Bug des Schnellbootes gebohrt, drei Geschosse, die ebensogut ins Auge hätten gehen können. Sabrina? Graham stockte der Atem, er wagte es kaum, sich nach ihr umzudrehen. Sie lag, alle viere von sich gestreckt, im hinteren Teil des Boots.

Kyle bereitete gerade einen neuen Angriff vor, als das Schnellboot unter dem Hangar zum Vorschein kam und langsam ins Hafenbecken hinausglitt. Graham stand händeringend am Steuer. Der Hubschrauber senkte sich und flog herbei.

»Sie ist tot. Ihr habt sie umgebracht, ihr Schweine!« brüllte Graham und warf einen verzweifelten Blick über die Schulter.

Sabrina öffnete um einen Spaltbreit die Augen und zwinkerte ihm zu.

»Ich hab' die Nase voll!« schrie er dem Hubschrauber entgegen.

»Wirf die Knarre über Bord!« befahl Hendrique von oben.

Graham griff zögernd nach der Beretta, die in seinem Gürtel steckte.

»Mach schon!« zischte Sabrina.

Er warf die Pistole ins Wasser.

Die Augusta Bell wurde von einem 400 PS starken Turbo-Motor angetrieben, der direkt unter den Rotoren auf dem Dach der Maschine angebracht war. Sabrina hatte nur einen einzigen Versuch frei. Bevor sie den wagen konnte, mußte der Hubschrauber in eine für sie günstige Position geschwenkt sein. Sie wollte den Motor treffen, konnte ihn aber nicht einmal sehen.

Der Rumpf der Maschine stand nun schräg zum Boot. Sabrina hielt ihre Beretta fest gepackt. Jeden Augenblick konnte das Ziel in Sicht kommen. Ausgerechnet jetzt kamen ihr Zweifel. Wenn der Plan schiefginge, würde Graham zuerst dran glauben müssen. Aber seltsamerweise schöpfte sie aus dieser bedrohlichen Konsequenz neues Selbstvertrauen. Die Rumpfseite, an der Kyle saß, war jetzt der ganzen Länge nach dem Boot zugewandt. Sabrina streckte die Arme aus und drückte zweimal kurz hintereinander ab.

Im Hangar hatte Graham von seiner Partnerin den Rat bekommen, das Boot genauso zu bedienen wie ein Auto. Er gab nun Vollgas, um so schnell wie möglich unter dem Hubschrauber wegzukommen. Sabrina sprang über den Sitz nach vorn, ergriff das Steuer, drosselte das Tempo und drehte das Boot in Richtung auf den Hubschrauber. Die Rotoren waren bereits langsamer geworden, und Kyle mühte sich wie wild, den Motor wieder in Schwung zu bringen. Der Hubschrauber fiel wie ein Stein vom Himmel. Rumpfteile wurden in die Luft geschleudert, als die Maschine aufs Wasser schlug und in zwei Teile zerbrach.

»Wo hast du eigentlich so verdammt gut schießen gelernt?« fragte Graham, der vor lauter Verblüffung einen idiotischen Gesichtsausdruck zeigte.

Sie zuckte bescheiden mit den Schultern und steuerte das Schnellboot hinaus aufs offene Wasser. Keiner von beiden bemerkte das zweite Boot, das langsam aus dem Hangar herauskroch und in weitem Abstand die Verfolgung aufnahm.

Über das kleine Funkgerät an Bord des Schnellbootes erfuhr Sabrina von der Küstenwache die Position der *Napoli*, und zwanzig Minuten später hatten sie den 17000 Tonnen-Frachter in der Ferne ausfindig gemacht. Der verrostete Rumpf schien nach einem frischen Anstrich zu lechzen, und der einzige Hinweis auf die Zugehörigkeit zu Werners Flotte war die Reedereifahne, die hoch über dem Achterdeck neben einer liberianischen Flagge flatterte. Im Näherkommen entdeckten Sabrina und Graham am Schornstein die vagen Umrisse eines großen W, das vor kurzem überstrichen worden war.

Ein Matrose, der an der Reling stand, deutete auf das gelbe Signet, das am Bug des Schnellbootes prangte, und sofort wurde ein Fallreep vom Schiff herabgelassen. Graham vertäute das Boot am unteren Ende der Treppe und kletterte nach oben, wobei er dankbar zur Kenntnis nahm, daß die See relativ ruhig war. Hilfreiche Hände streckten sich ihm entgegen, als er die Reling erreichte und an Deck stieg. Mit einem Wink gab er Sabrina zu verstehen, daß sie folgen konnte. Sie war erst auf halbe Höhe hinaufgeklettert, als einem der Seemänner die weichen Kurven unter ihrem Tauchanzug auffielen, und in Windeseile sprach sich herum, daß eine Frau an Bord kam. Die halbe Besatzung war versammelt und grüßte mit eindeutigen Pfiffen und zotigen Anspielungen, als sie schließlich das Deck erreichte.

»Wo ist der Kapitän?« wollte Graham von den Männern wissen.

Einer der Matrosen zeigte hinauf zur Brücke.

Der Kapitän, ein gedrungener Ire namens Flaherty, musterte sie mit argwöhnischen Blicken, als sie sich der Brücke näherten.

Ihm entging nicht, daß Sabrina eine Pistole im Gürtel stecken hatte.

»Wer sind Sie, und was wollen Sie hier?«

»Der Plan mußte geändert werden. Sie sollen jetzt doch Dubrovnik anlaufen«, antwortete Graham.

»Einfach so?« meinte Flaherty mit zynischem Grinsen. »Mir befiehlt nur einer was, und das ist Mr. Werner persönlich.«

»Stefan Werner ist tot«, erwiderte Sabrina und ging mit flehender Gebärde einen Schritt auf Flaherty zu. »Sie müssen unbedingt den Kurs wechseln und in Dubrovnik anlegen!«

Flaherty wandte sich ab und blickte aufs Meer hinaus.

Mit den Fingern tastete er nach dem Alarmschalter

unter dem Kartentisch. Im Bereitschaftsquartier unter Deck blinkte ein Warnlicht auf.

»Ich habe den Auftrag, Dubrovnik zu passieren, um verlorene Zeit wiedergutzumachen. Solange ich von Mr. Werner nichts anderes höre, wird der Kurs beibehalten.«

»Werner ist tot«, wiederholte Sabrina verzweifelt.

»Das behaupten Sie. Aber ich habe keinen Grund, Ihnen zu glauben.«

»Jetzt reicht's mir langsam« funkte Graham dazwischen und zog die Beretta aus Sabrinas Gürtel, bevor sie ihn daran hindern konnte. Er hielt den Lauf direkt vor Flahertys unrasiertes Gesicht. »Befehlen Sie, den Kurs zu ändern und Dubrovnik anzulaufen.«

Flaherty schluckte nervös und fluchte insgeheim über die Trägheit seiner Offiziere, die das Alarmsignal längst gesehen haben müßten. »Ich kenne Sie nicht und weiß nicht, wer Sie hergeschickt hat. Ich kann mir nicht vorstellen, daß Ihnen was daran liegt, ein Schiff zu kapern, das Getreide nach Afrika bringt. Wenn Sie eine Rechnung mit Werner zu begleichen haben, warum muß das auf Kosten von hungernden Menschen geschehen, deren Überleben davon abhängt, daß unsere Fracht rechtzeitig die Hilfsstellen erreicht?«

»Ich habe Ihnen was gesagt«, knurrte Graham.

Der Steuermann warf Flaherty einen verängstigten Blick zu. »Was soll ich machen, Sir?«

»Nichts«, antwortete Flaherty trotzig.

Die Tür zur Brücke wurde aufgestoßen, und zwei Männer stürmten mit angelegten Maschinenpistolen herein. Graham wirbelte Flaherty herum, nahm hinter ihm Deckung und stieß die Beretta in die Fettwülste seines schwitzenden Nackens.

»Mike, warte!« rief Sabrina und wandte sich an den Kapitän. »Wir schlagen Ihnen einen Handel vor.«

»Ich glaube nicht, daß Sie dazu in der Lage sind.«

»Kann sein, aber Ihre Lage ist auch nicht viel besser. Hier unser Vorschlag: Wir lassen Sie ungeschoren davonkommen, wenn Sie vor Anker gehen und ein paar Leute von der Hafenaufsicht an Bord bitten.«

Flaherty kicherte. »Sie verlangen von mir, daß ich die Hafenaufsicht herhole?«

»Es wäre nur zu Ihrem Vorteil, es sei denn, Sie haben was zu verbergen«, antwortete sie in herausforderndem Tonfall.

»Ich hab' nichts zu verbergen«, entgegnete Flaherty und gab den Befehl, die Maschinen zu stoppen.

Die *Napoli* würde etwa nach drei Meilen zum Stillstand kommen.

»So, und jetzt soll ich wohl die Hafenaufsicht anrufen?« Flaherty konnte sich seinen Sarkasmus nicht verkneifen.

Plötzlich waren Schritte auf den Metallstufen zu hören, die zur Brücke hinaufführten. Dann flog die Tür auf. Die zwei bewaffneten Offiziere wirbelten herum, um dem Eindringling gegenüberzutreten. Milchan stand im Türrahmen und sah sich mit zwinkernden Augen um.

»Der ist in Ordnung. Er arbeitet für Mr. Werner«, sagte Flaherty. Dann wandte er sich mit spöttischem Blick an Sabrina. »Sieht nicht gut aus für Sie, zumindest zahlenmäßig.«

Milchan warf die Tür ins Schloß, trat zwischen die

beiden Offiziere und ließ ihre Köpfe zusammenprallen. Beide sackten schlaff zu Boden. Er hob die Maschinenpistolen auf und streckte sie Sabrina entgegen, als wollte er ihr ein Geschenk machen. Sie rechnete mit einer List und zögerte, nahm aber schließlich die Waffen in Empfang. Plötzlich drehte sich Milchan um, sah Graham an und ballte die Faust, tippte mit der anderen Hand davor, deutete dann unters Kinn und zeigte Graham den nach oben gestreckten Daumen.

»Was soll das heißen?«

»Daß du ordentlich zuschlagen kannst«, dolmetschte Sabrina.

Milchan nickte zustimmend.

»Und was passiert jetzt?« fragte Flaherty zaghaft.

»Wir beide gehen jetzt in die Funkstation und rufen an«, antwortete Graham, der ihm immer noch mit der Pistole drohte.

»Mike?« sagte Sabrina und hob die Hand. »Denk daran: Auf den Kapitän haben wir's nicht abgesehen.«

Graham kniff die Brauen zusammen und gab ihr widerwillig die Beretta zurück.

Flaherty zog ein Taschentuch aus der Hose und wischte den Schweiß vom Gesicht. »Wer sind Sie eigentlich?«

»Das dürfen wir Ihnen leider nicht anvertrauen«, erwiderte Sabrina.

Graham wies zur Tür. »Auf jetzt, kommen Sie!«

»Als Kapitän dieses Schiffs habe ich das Recht zu erfahren, was hier eigentlich gespielt wird.«

»Wollen Sie uns weismachen, daß Sie wirklich nicht wissen, was in der Kiste steckt?« fragte Sabrina.

»Kiste? Was . . .« Er stockte und blickte aufgeschreckt

in die Runde. »Meinen Sie die Ladung, die uns letzte Nacht von der Firma Sikorsky an Bord gebracht wurde?«

»Was soll denn laut Werner drinstecken?«

»Maschinenteile«, antwortete Flaherty und richtete den Blick von Sabrina auf Graham. »Gütiger Himmel, und was steckt in Wirklichkeit drin? Oder dürfen Sie mir das auch nicht verraten?«

»Wir stellen die Regeln nicht auf«, meinte sie entschuldigend. »Aber je schneller wir uns bei den Behörden melden, desto eher sind Sie die Kiste los.«

Flaherty bekreuzigte sich. »Natürlich. Na, dann bring' ich Sie jetzt zur Funkstation.« Vor der Tür blieb er noch mal stehen und warf Sabrina einen Blick zu. »Ich kann also davon ausgehen, daß Mr. Werner tatsächlich tot ist?«

»Seine Maschine ist vor einer halben Stunde abgestürzt. Morgen können Sie's in der Zeitung lesen.«

»Er war ein guter Mensch«, weinte Flaherty und führte Graham über die Metallstufen nach unten.

Vier Seeleute kreuzten auf, um die beiden ohnmächtigen Offiziere von der Brücke zu schaffen.

»Wie sind Sie hierhergekommen?« fragte Sabrina Milchan.

Seine Hand beschrieb eine wellenförmige Bewegung.

»Per Boot?«

Er nickte.

»Warum helfen Sie uns?«

Er bog die Finger beider Hände nach innen und verschränkte sie miteinander.

Sabrina verstand die Geste, die soviel wie Freundschaft bedeutete. »Aber ich dachte, Hendrique wäre Ihr Freund.«

Er hob die massigen Schultern und rieb Daumen und Zeigefinger aneinander.

»Sie sind also des Geldes wegen bei Hendrique geblieben«, sagte sie lächelnd.

Er richtete den Zeigefinger auf sie, ballte die Faust — die wohl Graham repräsentieren sollte — und legte die Hand auf den Tisch. Dann hob er die andere Hand und zerrte an einem imaginären Gegenstand. Offenbar wollte er daran erinnern, daß Graham das Kabel aus der Fassung gerissen hatte. Zum Schluß wiederholte Milchan das Zeichen für Freundschaft.

Sabrina überlegte, ob sie erzählen sollte, was mit dem Hubschrauber geschehen war, entschied sich aber dagegen. Wahrscheinlich hatte Hendrique diesem Mann nähergestanden als jeder andere.

Graham und Flaherty kehrten zurück.

»Wann wird der Boß hier sein?« fragte sie.

»In fünf bis zehn Minuten«, antwortete Graham.

»So schnell? Ich dachte, er wäre noch in Prato.«

»Hab' ich auch geglaubt, aber es scheint, daß er vor einer Stunde in Dubrovnik gelandet ist.«

»Ich hatte keine Ahnung, daß es sich bei der Ladung um Schmuggelware handelt«, sagte Flaherty. »Ehrlich nicht, ich schwör's. Sie müssen mir glauben.«

»Haben Sie die Nacht- und Nebelaktion nicht sehr merkwürdig gefunden? Daß Werner so sehr interessiert war an einer einzigen Kiste, muß Sie doch argwöhnisch gemacht haben«, meinte Sabrina.

»Nun ja, aber wie ich Ihrem Vorgesetzten schon gesagt habe . . .«

»Partner«, fiel sie ihm ungehalten ins Wort. »Wie oft muß ich das noch sagen? Wir sind Partner.«

»Also gut, dann eben Partner. Tja, Mr. Werner hat mir gesagt, daß die Kiste Maschinenteile für ein Labor in Libyen enthält, und weil Gaddafi zur Zeit in Verruf ist, würde er lieber nicht viel Aufhebens um seine Geschäfte mit ihm machen. Er wollte der Konkurrenz keine Gelegenheit geben, Stimmung gegen ihn zu machen. Aber er hat mir versichert, daß alles mit rechten Dingen zugeht. Hätte ich ihm etwa widersprechen sollen? Wie gesagt, ich habe Mr. Werner immer für einen guten und anständigen Menschen gehalten.«

Ein Matrose meldete sich an der Tür. »Kapitän, da kommt ein Hubschrauber angeflogen.«

»Ist an Deck Platz für die Landung geschaffen worden?« fragte Flaherty.

»Jawohl, Kapitän.«

»Sie wollen Ihren Chef bestimmt begrüßen«, sagte Flaherty zu Graham.

»Ja«, antwortete Graham, zeigte aber nur wenig Begeisterung.

Flaherty wirkte reichlich niedergeschlagen. Sabrina versuchte, ihn zu trösten: »Keine Bange, Ihnen passiert nichts, es sei denn, Sie werfen uns Knüppel zwischen die Beine.«

»Sie können sich auf mich verlassen«, antwortete der Kapitän.

Milchan hockte auf einer Holzkiste am Rand der Kabine, blickte auf und lächelte ihr traurig zu.

»Wir werden ein gutes Wort für Sie einlegen, das verspreche ich Ihnen«, sagte sie und erwiderte sein Lächeln.

Milchan zuckte gleichgültig mit den Achseln. Es schien, als habe er sich schon mit einer längeren Gefängnisstrafe abgefunden.

Philpott stieg als erster aus dem Hubschrauber, der hinter der Brücke an Deck gelandet war. Per Handzeichen wies Graham den Piloten an, den Motor laufen zu lassen, und ging dann zusammen mit Philpott und Sabrina an die Reling des Achterdecks. Philpott ließ sich von ihnen über die jüngsten Vorkommnisse in Kenntnis setzen.

»Sie glauben also nicht, daß der Kapitän mit drinsteckt?«

»So ist es, Sir«, antwortete Sabrina.

»Und was denken Sie, Mike?«

»Ich kann's mir auch nicht vorstellen.« Graham schaute zur Brücke hinauf. »Wie viele Männer haben Sie mitgebracht, Sir?«

»Fünf.«

»Das reicht«, murmelte Graham.

»Wofür?« wollte Philpott wissen.

»Um hier Ordnung zu schaffen. Sabrina und ich wollen zum Lagerhaus zurück, um uns diese AK 47er mal aus der Nähe anzugucken.«

»Glauben Sie, daß dieser Milchan Schwierigkeiten machen könnte? Die fünf Männer sind allesamt vom technischen Personal und kaum in der Lage, einen marodierenden Schwergewichtler in Schach zu halten.«

»Nein, von dem ist nichts zu befürchten«, versicherte Sabrina.

»Wir sehen uns dann, wenn das Schiff im Hafen festmacht«, meinte Philpott.

Sie kehrten zum Hubschrauber zurück.

»Mike? Sabrina?« rief Philpott ihnen nach.

Sie drehten sich mit eingezogenen Köpfen um.

»Gut gemacht«, sagte Philpott.

Sie winkten ihm zu und stiegen in die Hubschraubkabine. Graham zog die Tür zu.

Der Pilot setzte die Maschine vor der Lagerhalle auf und wartete, bis die beiden rausgesprungen waren. Gleich darauf hob er wieder ab, zog eine enge Linkskehre und flog zur *Napoli* zurück.

Sabrina und Graham betraten die Halle.

»Ich nehme mir diesen Teil hier vor, du den hinteren«, schlug Graham vor.

»Wie kriegen wir die Kisten auf?«

»Im Eingang hab' ich ein Stemmeisen liegen sehen. Was Ähnliches wird sich schon irgendwo noch finden.«

Sabrina beschloß, direkt ins Büro zu gehen, denn dort glaubte sie am ehesten Werkzeug finden zu können. Als sie die Tür erreichte, blieb sie wie versteinert stehen. Dann zog sie langsam die Beretta aus dem Gürtel. Wo das Spielbrett auf dem Tisch gelegen hatte, dampfte jetzt ein mit Kaffee gefüllter Becher. Graham lief unbewaffnet und ahnungslos irgendwo in der Halle herum.

Sie sah ihn, als sie sich vom Tisch wegdrehte. Er stand in der Verbindung zwischen den beiden Teilen des L-förmigen Gebäudes. Hendrique hielt ihn von hinten gepackt und drückte den Gewehrlauf unter sein Kinn. Im Näherkommen entdeckte sie eine tiefe Schnittwunde in Hendriques rechter Gesichtshälfte, die vom Nasensteg bis zum Kiefer reichte.

»Das ist weit genug«, sagte Hendrique, als sie sich bis auf fünf Schritte genähert hatte.

Sie blieb stehen.

»Ich muß Ihnen ein Kompliment machen, Miß Carver. Sie können verteufelt gut schießen. Kyle hat's erwischt, und wie Sie sehen, werde ich eine kleine Erinnerung an den Absturz zurückbehalten.«

»Es ist vorbei, Hendrique«, sagte sie. »Werner ist tot und das Plutonium beschlagnahmt. Selbst Milchan steht nicht mehr auf Ihrer Seite.«

»Milchan?« meinte Hendrique verächtlich. »Den überlasse ich Ihnen gerne. Allerdings kann ich mir nicht denken, daß Sie Verwendung für ihn haben. Übrigens, er hat nie gewußt, was in den Fässern steckt. Sonst hätte er wohl kaum dazu überredet werden können, von Lausanne bis Triest auf sie aufzupassen. Er hat in den vergangenen Tagen so viel Strahlung abbekommen, daß er's bestimmt nicht mehr lange macht.«

»Sie haben ihn in den Waggon gesperrt, obwohl Sie wußten, was ihm droht?«

»Irgendeiner mußte es doch tun«, entgegnete Hendrique gleichgültig. »Ich selber wollte mit dem Plutonium gar nichts zu tun haben, aber der KGB hat mich wegen einer dummen Geschichte von früher in der Hand gehabt.«

»Was ist mit diesen AK 47?«

»Seit drei, vier Jahren wickle ich meine eigenen Geschäfte über Werners Firma ab. Er selber wußte nichts davon. Es war purer Zufall, daß wir am Ende doch zusammengearbeitet haben. Ich hatte gehofft, wenigstens einen Teil der Ware verschiffen zu können.« Er zuckte mit den Achseln. »Pech. Aber Hauptsache, ich kann mich selber in Sicherheit bringen.«

»Von wegen. Diesmal kommen Sie nicht davon!« Sabrina richtete die Beretta auf Hendriques Kopf.

»Das Gewehr ist zur Abwechslung tatsächlich geladen. Allerdings weiß ich nicht, ob die Munition das Wasserbad überstanden hat. Aber ich kann Sie beruhigen. Ich werde nicht abdrücken. Graham kommt frei, sobald ich außer Reichweite bin.«

»Schieß endlich!« rief Graham, als Hendrique mit ihm als Geisel zurückzuweichen versuchte.

Sie konnte sich nicht entscheiden, schwankte wie vor Tagen im Zug. Das Foto von Carrie und Mikey kam ihr in den Sinn: Carrie mit ihren betörenden braunen Augen und Mikey mit dem hübschen, frechen Gesicht. Unschuldige Opfer einer vermeintlich richtigen Entscheidung. Dann erinnerte sie sich an Grahams Worte, nachdem er Hendrique an dem elektrischen Spielbrett hatte gewinnen lassen. »Wer den stärkeren Willen hat, gewinnt. Wer sich einschüchtern läßt, hat schon verloren.«

Sie drückte ab.

Die Kugel traf Hendrique über dem rechten Auge. Graham schlug mit dem Arm den Gewehrlauf zur Seite. Mit entgeistertem Ausdruck taumelte Hendrique zurück und rutschte vor einer Reihe von Kisten zu Boden.

Graham zog das Gewehr aus der leblosen Hand, zielte auf die Wand und drückte ab. Putz und Mörtel stoben durch die Luft, als das Geschoß ein Loch in die Mauer schlug.

Sabrina wurde bleich.

Er warf das Gewehr Hendrique vor die Füße, und für einen Moment sah es so aus, als wollte er ihr den

Arm um die Schulter legen. Aber statt dessen tätschelte er ihr bloß den Rücken.

»Gut gemacht, Partner.«

Zusammen gingen sie hinaus zur Anlegestelle. Sabrina schmunzelte. Von einer Lobrede konnte kaum die Rede sein, aber immerhin hatte er einen Anfang gewagt.

12

»Wo bleibt Graham?« fragte Philpott und tippte mit dem Füller an die Schreibtischuhr. »Ich wette, er verspätet sich absichtlich.«

Whitlock und Sabrina wechselten verstohlene Blicke. Derselbe Gedanke war auch ihnen durch den Kopf gegangen. Sie beide waren kurz hintereinander und weit vor der Zeit im UN-Gebäude eingetroffen. Graham, der ewige Quertreiber, war dagegen nun schon eine Viertelstunde überfällig. Sabrina nahm auf einem der schwarzen Ledersofas Platz und hielt die Hand vor den Mund, weil sie sich beim Anblick von Philpotts wütender Miene ein Grinsen nicht verkneifen konnte.

»Ich finde seine Frechheit überhaupt nicht komisch«, sagte Philpott, ohne Sabrina anzusehen.

»Da gebe ich Ihnen recht, Sir.« Sie nahm die Hand vom Mund und mimte auf ernst.

»Mehr Kaffee, Sir?« fragte Whitlock und ging zur Kaffeemaschine.

»Nein. Und hören Sie endlich auf, wie ein werdender Vater hin und her zu rennen!«

Whitlock ließ sich neben Sabrina aufs Sofa fallen. An der Sprechanlage blinkte eine Lampe auf. Philpott drückte den entsprechenden Knopf. »Ja?«

»Mr. Graham ist hier, Sir.«

»Mike Graham? In Person?« fragte Philpott spöttisch.

»Ja, Sir«, kam die zögernde Antwort.

»Danke, Sarah.« Er unterbrach den Sprechkontakt und öffnete die Bürotür per Fernsteuerung.

Graham trug einen Pappkarton unterm Arm.

»Schön, daß Sie mal vorbeischauen, Mike«, meinte Philpott gereizt und ließ die Tür wieder zugleiten.

»Tut mir leid, wenn ich zu spät komme, Sir, aber die Sicherheitsbeamten unten im Foyer haben mich mindestens zehn Minuten lang aufgehalten. Deswegen ...«, erklärte Graham und zeigte auf den Pappkarton.

»Zum Einkaufen haben Sie noch den ganzen Tag Zeit ...«

»Das ist nicht für mich, Sir, sondern für Sabrina«, unterbrach Graham, um Philpott daran zu hindern, einen seiner Vorträge über Disziplin abzuspulen.

»Für mich?« sagte sie mit großen Augen.

Graham stellte den Karton auf dem Kaffeetisch zwischen den zwei Sofas ab. Er nahm einen Aktenordner zur Hand, der unter dem Kartondeckel steckte, und legte ihn neben die zwei von Whitlock und Sabrina ausgearbeiteten Berichte auf den Schreibtisch.

»Was ist da drin?« Sabrina war sichtlich aufgeregt.

»Mach auf!«

»Darf ich, Sir? Bevor wir anfangen?« fragte sie wie ein kleines Mädchen.

Das Telefon läutete. Philpott nickte ungeduldig und nahm den Hörer ab.

Sie öffnete den Deckel, warf einen Blick in den Karton, schreckte plötzlich entsetzt zurück und schien bei Whitlock Schutz suchen zu wollen.

»Was ist los?« fragte Whitlock und schaute ihr über die Schulter.

Graham zog einen Käfig aus dem Karton, worauf sich Sabrina noch enger an Whitlock schmiegte.

»Bitte, Mike, verschon mich!« flehte sie.

»Das ist doch bloß ein Hamster«, meinte Whitlock irritiert.

Sie drehte das Gesicht zur Seite und wehrte mit den Händen ab. »Schaff das Tier weg, Mike. Bitte.«

Graham stellte den Käfig zurück in den Karton und ging vor Sabrina in die Hocke. Mit Blick auf Whitlock sagte er: »Sie hat als Kind schlimme Erfahrungen mit Ratten gemacht und eine Phobie gegen Nagetierchen zurückbehalten.«

»Davon wußte ich ja gar nichts«, sagte Whitlock.

Verlegen nestelte sie an ihrer Bluse herum.

»Bisher war ihr offenbar nicht klar, wie tief diese Angst steckt. Wir haben auf dem Rückflug darüber gesprochen. In Jugoslawien wäre ihr die Geschichte beinahe zum Verhängnis geworden. Aber das soll sie lieber selbst erzählen. Allerdings bin ich der Meinung, daß außer uns und dem Boß keiner Bescheid zu wissen braucht.« Er wandte sich an Sabrina. »Das nächste Mal haben wir vielleicht weniger Glück. Wie ich dir schon im Flugzeug gesagt habe: Solange du dich davor drückst, kommst du von der Phobie nicht los. Du mußt dich ihr stellen. Und weil sich Ratten nicht besonders gut als Haustiere halten lassen, habe ich mich für einen Hamster entschieden. Wir hatten auch einen zu Hause, das heißt, er gehörte Mikey. Weißt du, wie er ihn genannt hat? Quarterback. Wir haben ihm einzureden versucht, daß der Name nicht so recht zu einem Hamster paßt, aber er ließ sich nicht davon abbringen. Oft hat er den Hamster mit ins Bett genommen, und als wir einmal in einem Restaurant beim Essen saßen, steckte Quarterback plötzlich seinen Kopf aus Mikeys Tasche.«

Whitlock kicherte.

»Ich hab' dann gleich die Rechnung verlangt. Sabrina, ich bitte dich, gib dem kleinen Tierchen eine Chance! Versorg ihn gut, beobachte, wie er sich verhält, und ich garantiere dir, daß du deine Angst bald überwunden hast. Abgemacht?«

»Abgemacht«, antwortete sie leise.

Plötzlich wurde es still, und die drei blickten erwartungsvoll auf Philpott, der das Telefonat beendet hatte und in den Berichten herumblätterte. Whitlock räusperte sich.

Philpott blickte auf und langte nach der Pfeife. »Ich will Sie nicht lange aufhalten, aber vielleicht interessiert es Sie ja, wie die Sache nun im einzelnen ausgegangen ist. Was Ihren Einsatz betrifft, C. W.: Die Mainzer Polizei hat nach Leitzigs ausführlichem Geständnis ein paar Verhaftungen in der Firma vornehmen können. Wir können mit Sicherheit davon ausgehen, daß der gesamte Ring aufgeflogen ist. Die Regierung der Bundesrepublik will Maßnahmen treffen, die eine Wiederholung unmöglich machen. Ich denke, ein paar hohe Beamte werden ihren Hut nehmen müssen.«

»Wie steht's um meine Tarnung, Sir? Daß ich schon gleich zu Anfang aufgeflogen bin, hat meinen Einsatz nicht gerade erleichtert.«

»Zugegeben, aber ich sehe keine Veranlassung, in

dieser Frage eine Anderung vorzunehmen. Daß Ihre Tarnung geplatzt ist, war purer Zufall. Das ist vorher nie passiert und wird es auch in Zukunft nicht. Es kommt vor allem darauf an, daß Ihre jeweilige Tarnung so authentisch und glaubwürdig wie möglich ist. Natürlich werde ich mit dem Generalsekretär darüber sprechen, aber ich für mein Teil bin mit der jetzigen Praxis zufrieden.« Philpott deutete auf die Zeitung, die vor ihm auf dem Schreibtisch lag. »Sie haben einen guten Artikel über die Firma geschrieben. Bislang wußte ich allerdings nicht, daß Sie ein so entschiedener Gegner der Kernenergie sind.«

»Windscale, Denver, Three Mile Island, Tschernobyl. Daß so etwas passiert, ist früher immer ausgeschlossen worden. Wie viele Menschen müssen eigentlich noch sterben, bis man diesen Irrtum endlich einsieht?«

»Mit diesem Satz schließen Sie auch Ihren Artikel ab, nicht wahr?«

»Ja, Sir. So denke ich darüber.«

Philpott warf einen Blick auf seine Notizen. »Mike, Sabrina! Ich habe heute das medizinische Gutachten über Sie erhalten. Die Strahlenmenge, der Sie ausgesetzt waren, läßt sich getrost ignorieren. Ihre Werte, Mike, liegen ein bißchen höher, wohl deshalb, weil Sie sich mit Milchan auf dem Waggondach gebalgt haben. Aber auch Sie brauchen sich keine Sorgen zu machen.«

»Was ist mit Milchan?« fragte Graham.

»Sein Bericht liegt mir schon seit gestern vor. Er hat wahrscheinlich nur noch ein halbes Jahr zu leben. Für ihn kann nichts mehr getan werden.« Philpott legte eine Pause ein, um die Pfeife anzustecken. »Zurück zum eigentlichen Fall. Ich habe den KGB dringend aufgefordert, uns sämtliche Informationen über Stefan Werner zukommen zu lassen, und tatsächlich ist heute morgen ein Telex aus Moskau eingetroffen. Ich will für Sie den Inhalt zusammenfassen: Stefan Werner war nicht sein richtiger Name. Er wurde 1941 als Aleksei Lubanov in Minsk geboren. Der KGB warb ihn im Alter von siebzehn Jahren an und bildete ihn in einem zehnjährigen Training als Auslandsagent aus. 1967 tauchte er zum ersten Mal als Stefan Werner in Brasilien auf. Er sprach fließend Portugiesisch und hatte deshalb keine Schwierigkeiten, bei einer Spedition in Rio als Kaufmann unterzukommen. Nach nur einem Jahr war er Geschäftsführer der Firma. Er verließ dann Brasilien und erwarb Anteile an einer deutschen Reederei, die in Zahlungsschwierigkeiten geraten war und sechs Monate später von ihm aufgekauft werden konnte. Damit hatte er den Grundstein gelegt für sein immer größer werdendes Transportunternehmen. So clever er als Geschäftsmann auch war, er blieb dem KGB immer ein ergebener Agent.«

»Was ist mit dem Zünder passiert?« wollte Sabrina wissen.

»Darauf wollte ich gerade zu sprechen kommen. Die sechs Fässer waren allesamt gleich schwer. Unser Expertenteam brauchte viereinhalb Stunden, um festzustellen, daß die ganze Sache eine Finte war. Fünf Fässer enthielten Plutonium IV. Im sechsten und angeblich mit einem Sprengsatz ausgestatteten Faß steckte nichts weiter als Sand. Drahtzieher der ganzen Geschichte ist kein Geringerer als Konstantin Benin.«

»Benin?« murmelte Graham. »Er war doch Mitbegründer von Balaschikha, oder?«

»Stimmt genau. Er hat außerdem Karin Schendel und Stefan Werner geführt – oder Aleksei Lubanov, wenn Ihnen der Name besser gefällt. Daran kann nach unseren Ermittlungen kein Zweifel mehr sein. Sergei ist zur Zeit unterwegs nach Moskau, um ihn zur Rede zu stellen.«

»Was geschieht jetzt mit dem Plutonium?« fragte Whitlock.

»Es ist bereits nach Mainz zurückgebracht worden. Leider mußte das Getreide an Bord der *Napoli* vernichtet werden, aber die UNICEF hat inzwischen schon eine Ersatzlieferung auf den Weg gebracht. Sie müßte Ende der Woche in Äthiopien ankommen.«

Wieder klingelte das Telefon.

»Entschuldigen Sie mich«, sagte Philpott und nahm den Hörer auf. Der Anrufer hatte offenbar Erfreuliches zu berichten, denn Philpott fing zu lächeln an. »Oho, das ist aber wirklich sehr interessant. Danke für den Anruf, Matt.« Er sah die anderen an. »Das Pentagon war am Apparat. Dort hat man soeben erfahren, daß heute in den frühen Morgenstunden ein Industrielabor in der Nähe von Bengasi durch ein mysteriöses Feuer vollständig verwustet worden ist.«

»Das wird doch nicht zufällig der Bestimmungsort für die Plutoniumfracht gewesen sein?« fragte Sabrina.

»Genauso ist es.«

»Haben wir denn zur Zeit eine Kommandoeinheit da unten?« erkundigte sich Graham.

»Nein, und zwar schon lange nicht mehr. Allerdings kreuzt im Augenblick ein sowjetisches Unterseeboot in libyschen Gewässern. Es scheint, Sergeis Hinweise an den Kreml haben Wirkung gezeigt. Das setzt, wie ich finde, der ganzen Sache die Krone auf.« Philpott legte sich einen Stoß Schreibpapier zurecht. »Im Gegensatz zu Ihnen habe ich noch zu tun.«

»Soll das heißen, wir sind entlassen, Sir?« fragte Graham und schaute auf die Armbanduhr.

»Dafür, daß Sie eine Viertelstunde zu spät gekommen sind, haben Sie's ja ziemlich eilig. Worum geht's?«

»Im Yankee Stadion wird heute gespielt. Die Partie fängt in einer halben Stunde an.«

»Wer ist der Gegner?«

»Die Boston Red Sox.«

»Au weia«, stöhnte Whitlock. »Dann brauchen die Yankees in der Tat jede Menge Unterstützung.«

»Ich wußte gar nicht, daß du dich für Baseball interessierst«, meinte Graham überrascht.

»Ich bin zwar kein ausgesprochener Fan, habe aber, seit ich mich hier niedergelassen habe, gelernt, daß Baseball und Football zum New Yorker Alltagsleben gehören. Ich drücke unserer Mannschaft die Daumen.«

Graham klopfte Whitlock anerkennend auf die Schulter und wandte sich dann an Philpott. »Auf Wiedersehen, Sir.«

»Machen Sie's gut, Mike, und noch einmal: besten Dank! Der geht natürlich auch an Sie, Sabrina und C. W.« Philpott nahm die Fernbedienung zur Hand und öffnete die Tür.

»Wie lange bleibst du noch in New York?« wollte Sabrina von Graham wissen, als sie das Büro verlassen hatten.

»Wahrscheinlich werde ich morgen wieder abfahren.«

»Hast du dir für heute abend schon was vorgenommen?«

»Vielleicht geh' ich ins Kino«, antwortete er.

»Wie wär's, wenn ich dir Gesellschaft leistete?«

Er senkte den Blick und massierte den Nasenrücken.

»War nur so ein Gedanke«, meinte sie schließlich, um das peinliche Schweigen zu durchbrechen. »Und, Mike, vielen Dank für das kleine Tierchen.«

»Bitte, bitte«, antwortete er und trat aus dem Vorzimmer in den Flur.

Dann blieb er stehen und sah sich nach Sabrina um. »Ich hoffe, dir gefallen Western-Filme.«

Bevor sie eine Antwort geben konnte, war er verschwunden.

»Na komm, ich spendier' dir Thunfisch auf Roggen, das gibt's unten in dem neuen Gesundheitsladen«, sagte Whitlock und gesellte sich an ihre Seite. »Vorausgesetzt natürlich, du hast Zeit.«

»Was soll das heißen?« fragte sie verunsichert und nahm ihm den Pappkarton ab.

»Könnte ja sein, daß du den Nachmittag brauchst, um dich für das Rendezvous zurechtzumachen«, neckte er.

»Der Witz kostet dich eine Extraportion Salat und ein Glas Orangensaft, zusätzlich zum Thunfisch«, entgegnete sie und schlug einen hochnäsigen Tonfall an.

Sie verabschiedeten sich von Philpotts Sekretärin und gingen in den Flur hinaus.

»Hast du schon einen Namen für den Hamster?« fragte er, als sie in den Fahrstuhl stiegen.

»Quarterback«, antwortete sie. »Was denn sonst?«

Benin hatte Kolchinsky das erste Mal vor zweiundzwanzig Jahren getroffen, als er die Leitung der Abteilung für Überwachung in der Moskauer KGB-Zentrale zugewiesen bekam.

Kolchinsky war sein Stellvertreter gewesen. Das anfängliche Mißtrauen gegeneinander wuchs sich bald in Antipathie aus, und einer der entscheidenden Gründe für Benins Versetzung in die Agentenschule von Gaczyna war die Tatsache, daß die beiden nicht miteinander auskommen konnten. Sie waren zwar beide gleich ehrgeizig, vertraten aber völlig unterschiedliche Anschauungen. Benin war ein linientreuer Stalinist, während Kolchinsky einen gemäßigteren Weg verfolgte und ständig bemüht war, den diktatorischen Machtapparat des KGB zu reformieren, womit er sich nicht gerade viele Freunde einhandelte. Daß er als Militärattaché in den Westen abgeschoben wurde, war nicht zuletzt zu seinem eigenen Schutz so entschieden worden. Weder Kolchinsky noch Benin hatten sich während der vergangenen zweiundzwanzig Jahre gewandelt, was ihre jeweilige Weltanschauung anbelangte ...

Benin warf einen Blick auf die Armbanduhr. Er ließ Kolchinsky nun schon seit zwanzig Minuten im Vorzimmer warten. Aus Gehässigkeit. Endlich nahm er den Telefonhörer ab und wählte eine einzige Zahl.

»Schicken Sie bitte jetzt den Genossen Kolchinsky rein!«

Die Sekretärin führte Kolchinsky in Benins Büro und zog sich sofort wieder zurück.

»Ihrem Bauch nach zu urteilen scheint es Ihnen im Westen zu gefallen«, bemerkte Benin in eisigem Tonfall und deutete dann auf den Stützkragen um Kolchinskys Hals. »Was Ernstes?«

»An Ihrer Stelle würde ich mir lieber um den eigenen Hals Gedanken machen«, entgegnete Kolchinsky und nahm Platz.

»Sie sind also gekommen, um mir die letzte Beichte abzunehmen. Habe ich richtig verstanden?«

Kolchinsky ersparte sich eine Antwort und öffnete seine Aktentasche, aus der er einen Aktenordner sowie den Zünder herausholte. Beides warf er vor Benin auf den Schreibtisch.

»Dieses kleine Gerät steckte in Werners Hand, als man seine Leiche barg.«

Benin nahm das Ding an sich. »Ich mußte ihm und allen anderen weismachen, daß es sich hierbei um einen echten Zünder handelt. Dadurch sollte unsere Sache den nötigen Nachdruck bekommen.«

Kolchinsky zog eine Zigarettenpackung aus der Jackentasche.

»Ich dulde es nicht, daß in meinem Büro geraucht wird.«

»Das Politbüro duldet keinen Hochverrat im eigenen Land«, konterte Kolchinsky und steckte sich eine Zigarette an. »In der ganzen Angelegenheit ist noch eine Frage offengeblieben. Ihr Motiv.«

»Haben Sie erwartet, daß ich jetzt händeringend meine Beichte ablege?«

»Gegen Sie liegen jede Menge Beweise vor«, antwortete Kolchinsky und tippte auf den Aktenordner. »Außerdem bin ich sicher, daß der KGB sehr wohl weiß, wie Ihnen ein volles Geständnis zu entlocken ist. Ich brauche Sie doch nicht an die einschlägigen Methoden zu erinnern, die in solchen Fällen angewendet werden. An deren Entwicklung haben Sie schließlich selber fleißig gearbeitet.«

Benin dachte eine Weile nach. Dann sagte er: »Zu Anfang hatte die Regierung mit ihrer Glasnost-Politik den Westen einfach bloß beschwichtigen wollen. Jetzt pfuscht sie an unserer nuklearen Verteidigung herum. Mein Plan war es, sie daran zu hindern. Wäre nämlich das Plutonium in Libyen eingetroffen, hätte ich den führenden Presseorganen im Westen die Information zugespielt, daß die Sowjetunion ein geheimes Atomwaffenarsenal in einem verbündeten Land anlegt, während ihre Führungsspitze gleichzeitig Scheinverhandlungen zur Abrüstung eingeht, in denen aber lediglich die alten Bestände zur Disposition gestellt werden. Der Generalsekretär wäre mit seinen Dementis nie und nimmer durchgekommen, denn die Beweise hätten gegen ihn gesprochen. Vielleicht wären einzelne westliche Politiker immer noch von seiner Glaubwürdigkeit überzeugt gewesen. Aber die Skeptiker hätten zumindest durchsetzen können, daß alle Gespräche über Abrüstung auf Jahre hinaus auf Eis gelegt würden.«

»Und in der Zwischenzeit wäre wohl ein neuer Mann ans Ruder gekommen, und zwar einer von Ihrem Klüngel«, entgegnete Kolchinsky. »Der hätte dann wieder mächtig aufgerüstet, um Rußland zur stärksten Atommacht der Welt zu machen.«

»Ich bereue nicht, was ich getan habe«, fuhr Benin fort. »Es sollte meinem Land nützen. Wir sind Kommunisten, haben unsere eigene Identität und Regierungsform. Glauben Sie etwa, ich wäre der einzige

Gegner dieser neuen Reformen? Das ganze Politbüro steckt voller Dissidenten. Sie werden auch unabhängig von mir die alten Richtlinien wiederaufleben lassen und den Kampf weiterführen. Daß Sie mich verstehen, erwarte ich übrigens gar nicht. Sie haben sich ja schon vor Jahren für die westliche Denk- und Lebensart entschieden.«

»Sie haben recht«, antwortete Kolchinsky. »Ich verstehe Sie nicht. Mir bleiben solche Fanatiker wie Sie unbegreiflich, die mit stolzgeschwellter Brust von der hehren Sache des russischen Sozialismus schwafeln. Auch Stalin war Sozialist. Wie viele Menschen sind während seiner Herrschaft in Lager verschleppt und umgebracht worden? Andropov, Shelepin, Semichastny: Wieviel Blut ist während ihrer Amtszeit als KGB-Chefs geflossen? Wie können Sie ein System rechtfertigen, das seinen Bürgern den Mund verbietet und jedem, der es wagt, Kritik zu äußern, Schläger aus Ihrer Abteilung auf den Hals hetzt? Mit Glasnost ist endlich die Hoffnung aufgekommen, daß die Bürger in Zukunft wirklich frei reden können.

Ich werde nie den Nachmittag vergessen, als ich in London am Hyde Park Corner war und ein älterer russischer Jude zu Wort kam. Es stellte sich heraus, daß er erst am Vortag in London eingetroffen war. Er weinte vor lauter Glück darüber, daß er in aller Öffentlichkeit reden konnte, ohne Repressalien befürchten zu müssen. An dem Tag schämte ich mich richtig, Russe zu sein. Im Westen habe ich vor allem eins gelernt, daß nämlich in einer Demokratie Sozialismus durchaus möglich ist. Aber der hat nichts mit dem zu tun, was hier propagiert wird. Nein, Konstantin, erzählen Sie mir nichts vom Wert des hiesigen Systems.« Kolchinsky klappte den Aktenkoffer zu und stand auf. »Ich lasse die Akte hier. Ihr Telefon ist übrigens abgestellt, und vor der Tür werden Sie zwei bewaffnete Männer vorfinden, die auf Sie aufpassen, bis der Staatsanwalt eintrifft.

Und noch etwas: Sie werden wohl immer noch nicht dahintergekommen sein, wer das Attentat auf Sie initiiert hat. Bevor ich von New York aufgebrochen bin, habe ich selber ein paar Nachforschungen angestellt. Es sieht so aus, als sei der Auftrag für den Anschlag aus dem Politbüro gekommen. Sie sind einigen hochgestellten Personen schon seit langem ein Dorn im Auge. Und wer hätte das schmutzige Geschäft Ihrer Liquidation besser übernehmen können als die Widerstandsbewegung? Das erklärt auch, warum der Granatwerfer so einfach eingeschmuggelt werden konnte. Die Attentäter wußten natürlich nichts davon. Die dachten, selber auf den einfallsreichen Plan gekommen zu sein. Und die Pointe an der Geschichte ist, daß ausgerechnet Hendrique als Mittelsmann den Granatwerfer über die Firma Werner ins Land geschafft hat. Wie klein ist doch die Welt, nicht wahr?«

Kolchinsky verließ den Raum. Entgeistert starrte ihm Benin hinterher. Er wußte, daß sein Fall vor keinem Gericht zur Verhandlung gebracht werden würde. Statt dessen würde man die Sache möglichst schnell und leise unter den Teppich kehren. Er wußte auch, was ihn erwartete: Gefängnis und Folter, an der er über kurz oder lang zugrunde gehen würde. Es sei denn, er kam der Verhaftung zuvor und machte seinem Leben selber ein Ende.

Er wandte sich, im Drehstuhl herumschwingend, dem Fenster zu, das einen herrlichen Ausblick bot über den verschneiten Wald von Bittsevsky. Dann griff er hinter sich und nahm die Tokarev-Pistole aus der Schreibtischschublade.